ELOGIOS PARA LAS NOVELAS DE TED DEKKER

«Ted Dekker ha estado aquí por años, pero finalmente ha llegado. Esta *es* la verdadera narración de historias».

—Homenaje adelantado de *The Bookshelf Reviews* para *Piel.*

«Ficción absorbente, que obliga a reflexionar, y que es extraordinariamente buena, especulativa y echa abajo barreras».

—Homenaje adelantado de TitleTrakk.com para *Piel.*

«*Saint* está lleno de acción intensa, que mantiene en vilo, y que lo mantendrá pasando las páginas hasta que haya terminado. Existe algo absorbente en el estilo de escritura [de Dekker] que lo distingue del de cualquier otro que he leído, y sin duda *Saint* no se sale de esa senda».

—epinions.com

«*Saint* se entiende como *The Bourne Identity* [La identidad Bourne] de Robert Ludlum, y va de la mano de *The Matrix* y *Mr. Murder de Dean Koontz*».

—Cinco estrellas de cinco, de *The Bookshelf Reviews*

«A los admiradores de Dekker y del suspenso sobrenatural les entusiasmará esta novela creativa».

—Reseña de *Saint* en *Library Journal*

«Como maestro del suspenso cautivador de Dean Koontz y John Grisham, Ted Dekker mantiene en vilo a los lectores tratando de solucionar el misterio de la identidad de *Saint*».

—Adictos del romance

«Dekker está aquí en buena forma, sacando otro *best seller* de acción, misterio y suspenso, mientras utiliza repetidamente algunas de sus escenas más conmovedoras. Esta última trama es una maraña de intriga que obliga a contener el aliento, y es su viaje más saturado de emoción desde *Tr3s*».

—Reseña de *Saint* en INFUZE

«Dekker pone [en *Showdown*] su rúbrica de exploración del bien y el mal en el contexto de una verdadera novela de suspenso que podría agrandar aun más su ya considerable audiencia».

—*Publishers Weekly*

«Solo Peretti y Dekker [en *La casa*] pudieron haber entregado a toda máquina esta novela de suspenso sobrenatural. Ellos me desgarraron a través de las páginas … luego me liquidaron con un giro final, el cual no vi venir. ¡Me cuesta esperar para ver la película!»

—Ralph Winter, productor de *X-Men 3* y *Los fantásticos cuatro*

«[En *Obsessed*] una trama ingeniosa y una rápida acción ponen a Dekker en lo alto de su juego».

—*Library Journal*

«[Con *Tr3s*] Dekker lanza otro libro emocionante … con gran habilidad lleva al lector en un viaje lleno de cambios y giros de trama … un absorbente cuento del gato y el ratón … una mezcla casi perfecta de suspenso, misterio y horror».

—*Publishers Weekly*

«Dekker es el escritor más emocionante que he leído en mucho tiempo. *En un instante* ampliará en gran manera su base de admiradores. Maravillosa lectura … representaciones poderosas. ¡Bravo!»

—Ted Baehr, presidente de la revista *MOVIEGUIDE®*

En un INSTANTE

el amor lo cambia todo

TED DEKKER

GRUPO NELSON
Una división de Thomas Nelson Publishers
Desde 1798

NASHVILLE DALLAS MÉXICO DF. RÍO DE JANEIRO BEIJING

Publicado en Nashville, Tennessee, Estados Unidos de América.
Grupo Nelson, Inc. es una subsidiaria que pertenece
completamente a Thomas Nelson, Inc.
Grupo Nelson es una marca registrada de Thomas Nelson, Inc.
www.gruponelson.com

Título en inglés: *Blink of an Eye*

Publicado por Thomas Nelson, Inc.

Nota del editor: Esta novela es una obra de ficción. Los nombres, personajes, lugares o episodios son producto de la imaginación del autor y se usan ficticiamente. Todos los personajes son ficticios, cualquier parecido con personas vivas o muertas es pura coincidencia.

Traducción: *Ricardo y Mirtha Acosta*
Adaptación del diseño al español: *www.blomerus.org.*

ISBN: 978-1-60255-145-9

Impreso en Estados Unidos de América

08 09 10 11 12 QW 9 8 7 6 5 4 3 2 1

En un INSTANTE

el amor lo cambia todo

capítulo 1

Miriam hizo a un lado las cortinas de terciopelo morado y miró por la ventana hacia el patio. Solo el año pasado habían terminado el palacio de mármol, y fácilmente era la más fabulosa de las residencias de su padre. Ella no las había visitado todas, pero no necesitaba hacerlo. El príncipe Salman bin Fahd tenía cuatro esposas, y había construido tres palacios a cada una, dos en Riad y uno en Jedda. Las cuatro esposas tenían idénticas viviendas en cada lugar, aunque era engañoso decir que sus esposas *poseyeran* los palacios. *Padre* era el dueño de los palacios, con esposa en cada uno.

Este, el decimotercer palacio de Salman, lo había construido exclusivamente para acontecimientos especiales como el de hoy, la boda de Sita, una de las mejores amigas de Miriam.

Afuera, el sol centellaba sobre una fuente de la que manaba agua a borbotones en el centro de una laguna. El agua estaba cubierta por brillantes pétalos rojos de doscientas docenas de rosas llegadas de Holanda. Era evidente que el novio, Hatam bin Hazat, se había enterado que a esta joven novia le gustaban las rosas rojas. Después de haber visto dos días atrás el excepcional arreglo floral, Sita juró que nunca volvería a mirar otra rosa roja en su vida.

Docenas de criados filipinos atravesaban el césped, portando bandejas de plata con elevados montones de toda comida imaginable, preparada por dieciocho jefes de cocina traídos de Egipto. Pato asado con almendras, carne de ternera al curry enrollada en falda de cordero, langosta rellena de hígado... Miriam nunca había visto una exhibición tan extravagante. Y esto solo para las mujeres. Como muchas bodas sauditas, los invitados varones en realidad no veían a las mujeres. La costumbre exigía dos ceremonias separadas por el simple hecho de que las mujeres asistían sin velo a las bodas. La usanza tradicional del movimiento wahabí prohibía que un hombre viera el rostro de una mujer, a menos que fuera pariente o que estuviera ligada íntimamente a su familia.

Por la ventana entraban sonidos de música, tamboriles y jolgorio. Miriam pensaba a menudo que el mundo consideraba injustas para las mujeres las prácticas culturales imperantes en la Península Arábiga. Dos veranos antes ella había estudiado durante tres meses en la Universidad de Berkeley en California, y allí oyó la falsa idea de que una mujer saudita muere tres veces mientras está en la tierra.

Se decía que la mujer saudita muere el día de su primera menstruación, en que la obligan a ponerse el velo negro y a entrar a la oscuridad; muere el día de su boda, en que la dan como posesión a un extraño; y muere cuando finalmente fallece. Miriam había estado tentada a abofetear a la mujer que pronunció esas palabras.

Quizás los estadounidenses se callarían si conocieran mejor la historia saudita. Era bastante cierto que tradicionalmente a la mujer se le prohibían algunas de las actividades aceptadas por Occidente, como conducir vehículos, rendir testimonio en una disputa, o caminar libremente con el rostro descubierto, por ejemplo. Pero todas esas prácticas fomentaban la cultura saudí en formas no vistas en Occidente. Por ejemplo, los sauditas entendían el valor de las familias sólidas, de la lealtad a Dios y a su palabra, del respeto por un orden que defendía tanto a las familias como a Dios.

Miriam dejó vagar su mente por los acontecimientos que la situaron con su amiga Sita aquí, en este magnífico palacio, donde según ella sabía, esperaban la ceremonia que cambiaría la vida de Sita.

El primer monarca del reino, Abdul Aziz ibn Saud, conquistó Riad en 1902. En ese entonces apenas tenía poco más de veinte años. Todos los cuatro reyes que habían gobernado desde su muerte en 1953 eran hijos suyos. Pero al observar Miriam los confusos espacios de la historia, comprobó que fue la primera mujer del rey, y no sus hijos, quien desarrolló el país. El rey tuvo más de trescientas esposas, y fueron estas mujeres las que le dieron muchos hijos.

—Me cuesta creer que esto esté sucediendo de veras —manifestó Sita desde el sofá.

Miriam dejó caer la cortina en su sitio y se volvió. Sita estaba sentada como una pequeña muñeca vestida en encaje y rosa. En las bodas todas las mujeres, desde la novia hasta las criadas, se cambian sus velos y sus *abayas* negras por coloridos vestidos. Los ojos de Sita se veían redondeados y sombríos; por tanto, muy inseguros. Miriam y Sultana la habían rescatado de un tropel de tías que la agobiaban para la ceremonia final, y la trajeron aquí, a este salón que ellas apodaban la sala del piano por el enorme piano blanco asentado a la derecha. La alfombra, un grueso tejido persa con un león bordado en el centro, les tragaba los pies. Evidentemente al diseñador que contrató Salman le gustaban los grandes felinos; los muros del salón formaban un zoológico virtual de pinturas de felinos.

—Estoy aterrorizada —pronunció Sita con temblor en los labios.

Sultana, la tercera en el inseparable trío, recorrió la mano por el cabello de la jovencita.

—*Ssh, ssh.* No será el fin del mundo. Al menos él es rico. Mejor casarse en palacios que en alcantarillas.

—Tiene tanta edad que podría ser mi abuelo.

—Es más joven que el esposo de mi hermana —acotó Miriam—. El marido de Sara tenía sesenta y dos años cuando la tomó. Entiendo que Hatam no tiene más de cincuenta y cinco.

—¡Y yo tengo *quince*! —expresó Sita.

—Sara también tenía quince —contestó Miriam—. ¿Y qué de mi nueva madre, Haya?

Eso acalló a ambas. Un año antes el padre de Miriam había tomado a Haya como novia cuando murió la madre biológica de Miriam. Haya solo tenía trece años en ese entonces. Como se acostumbraba, la muchacha asumió los deberes de la esposa en la casa, aunque era más joven que quienes estaban bajo sus órdenes. Entonces Miriam tenía diecinueve.

Al principio a Miriam le molestaba la muchachita. Pero una mirada a los nerviosos ojos de Haya después de la boda la hizo cambiar de idea. Haya se metió en su papel de esposa sumisa con sorprendente gracia.

Pero Sita no era Haya.

Miriam miró el aterrado rostro de su amiga. También Sita aún una niña. Una pequeña parte de Miriam deseaba llorar. Pero no podía hacerlo, especialmente ahora, a solo minutos de la ceremonia.

Sultana miró por fuera de la ventana. De las tres, ella quizás era la más audaz. Tenía veintitrés años y era estéril. Pero se había casado con un buen hombre que la trataba bien y se hacía el de la vista gorda cuando ella hablaba contra el matrimonio de niñas jóvenes. Los frecuentes viajes de Sultana a Europa le habían dado una perspectiva occidental sobre esa costumbre particular.

—Haya tenía dos años menos que tú —manifestó Miriam.

—Ya lo vi —confesó Sita en tono bajo.

Miriam levantó la mirada. Era raro que alguien viera a su prometido antes de la verdadera boda.

—¿Viste al novio? —preguntó Sultana—. ¿Viste a Hatam?

Sita asintió.

—¿Qué? —interrogó Miriam—. ¿Cómo es él?

—Hace dos semanas, en el bazar —contestó ella, levantó la mirada y le resplandecieron los ojos—. Es gordísimo. Me matará.

Miriam estaba consciente que debía decir algo, pero no le llegaron palabras. Aunque hizo indagaciones, solo había podido averiguar que

Hatam era un acaudalado magnate petrolero de Dammam en el Golfo Pérsico.

Sita olfateó y se pasó la delicada y temblorosa mano por la nariz.

—Hago un juramento —articuló en voz baja—. Juro hoy que no aceptaré a mi esposo. Él no me tocará mientras yo esté viva.

—Por favor, Sita, él será amable —rogó Miriam estirando una mano—. Hoy encontrarás tu vida enriquecida más de lo que se puede expresar con palabras, lo verás.

—¡No estoy lista para casarme! —exclamó, poniéndose de pie, y con el rostro colorado.

Ella temblaba, una niñita a punto de tener un berrinche. Miriam sintió que el estómago se le revolvía.

—Lo juro —continuó Sita, y Miriam no dudó de ella—. Tú tienes casi veintiún años y aún no te has casado. Además tienes este amor secreto con Samir. ¡Te *odio* por eso!

Sita se apartó.

—No me odias, Sita. Mejor es que no me odies, porque eres como una hermana para mí, y te quiero de verdad.

De veinte años y soltera. Había rumores de que docenas de pretendientes se habían acercado al padre para pedir la mano de Miriam, y él no había aceptado a ninguno. Su negativa era un tema delicado para ella.

—No puedes saber cómo se siente ella —comentó Sultana poniendo una mano acallante en el hombro de Miriam—. Salman te protege.

Un calor atravesó las mejillas de Miriam.

—Tanto Haya como Sara se casaron…

La puerta se abrió de par en par y las mujeres se volvieron al mismo tiempo.

—¡Sita! —gritó en el umbral la madre de la quinceañera, pálida como la arena del desierto—. ¿Dónde has estado? ¡Todos están listos!

Entonces vio las lágrimas de Sita y corrió hacia ella.

—No llores, niña, por favor —le suplicó, suavizando el rostro—. Sé que estás asustada, pero todos nos hacemos adultos, ¿no es así?

Le arregló el cabello a su hija y la miró amorosamente.

—Tengo miedo, madre —confesó Sita.

—Por supuesto. Pero debes pensar más allá de la incertidumbre que sientes, y considerar los maravillosos privilegios que te esperan como la esposa de un hombre poderoso —la tranquilizó su madre, y luego le besó la frente—. Él es un hombre rico, Sita. Te dará una buena vida, y tú le darás muchos hijos. ¿Qué más puede pedir una mujer?

—No quiero darle hijos.

—¡No seas tonta! Será un gran honor darle hijos. Lo verás —añadió la madre, luego hizo una pausa y analizó tiernamente a su hija—. Dios sabe cuánto te amo, Sita. Estoy muy orgullosa de ti. Solo ayer eras una niña que jugaba con muñecas. Mira ahora, te has convertido en una joven hermosísima.

Volvió a besar a su hija.

—Bueno, ven —concluyó—. Los tamborileros están esperando; luego hizo caer el velo sobre el rostro de Sita, y con eso quedaron ocultos los temores de la muchacha.

Miriam se unió a mil mujeres en el gran salón y observó cuando los tambores anunciaron la llegada del novio. Los únicos hombres presentes eran el padre de la novia, el novio (cuyo padre había muerto de viejo), y el religioso que celebraría la boda.

Hatam apareció solo, y Miriam casi suelta un grito. Se le asentaba grasa como un tubo hinchado alrededor del estómago, que se agitaba con cada paso bajo una tienda de túnica. La grasa debajo de la barbilla colgaba como una represa de agua. Decir que el hombre era gordísimo sería un horrible error de cálculo. Era una montaña obesa.

Sultana refunfuñó suavemente al lado de Miriam. Varias mujeres la miraron, pero ella no les hizo caso.

Los tambores volvieron a sonar. La madre de Sita y su tía condujeron a la novia. Hatam sonrió y le levantó el velo. Sita lo miró, y en su encubierto acto de rebeldía se veía más hermosa de lo que Miriam podía recordar.

La ceremonia duró solo unos pocos minutos. El verdadero matrimonio se había realizado horas antes, primero con la novia y luego con el novio, por separado, firmando documentos en que afirmaban estar de acuerdo con la dote y los términos del matrimonio.

Ahora el religioso miró al padre de Sita y pronunció las palabras simbólicas que confirmaban la unión. Después de un gesto de aprobación, el religioso miró al novio, quien contestó que aceptaba a Sita como esposa. Mil mujeres rompieron el silencio con alegres alaridos. Hoy el ruido le hizo bajar un frío por los brazos a Miriam. Hatam caminó delante de su nueva esposa, aventando monedas a las mujeres. Sita vaciló, luego lo siguió.

Hatam sacó a Sita del salón, y Miriam vio que su amiga caminaba como un cordero recién nacido, con piernas tambaleantes.

Las mujeres comenzaron a ir hacia la salida, donde esperaba comida, música y fiesta. Podrían celebrar por dos días más después de que el novio se fuera con su nueva esposa.

Pero Miriam no estaba segura de poder participar. No con el juramento de Sita resonándole en los oídos. En voz baja le rogó a su amiga que entrara en razón para que pudiera acoger con alegría su nueva vida.

capítulo 2

Eran las tres de la tarde y Seth Border estaba solo, aunque podría decirse que era el hombre más popular de la universidad. Popular, porque poseía tanto la mente más definida que había visto la universidad desde su inicio, como la clase de rostro de atleta de clase internacional que encantaba a los medios de comunicación. Solo, porque se sentía extrañamente desconectado de esa popularidad.

Si Seth había aprendido algo en Berkeley, era que cuando la academia te pone en un pedestal, espera que rindas como te han promocionado. Si quería que te saliera piel verde, mejor que te pintaras la piel de verde, porque les molestaría que aparecieras en escena con piel celeste. Irónico, considerando la libertad predicada por aquellos en esta parte del país.

Seth miró las pequeñas ventanas que había en las elevadas paredes del salón de conferencias, pensando que era una persona celeste en un mundo de gente verde. Celeste, como el cielo afuera: otro día californiano sin nubes. Se pasó una mano por el enmarañado pelambre rubio y soltó un suspiro apenas audible. Miró la compleja ecuación en la pizarra blanca detrás del profesor, la solucionó antes que él terminara de leerla, y dejó que su mente volviera a divagar.

Tenía veintiséis años, y había sentido toda su vida como una larga serie de abandonos. Sentarse aquí a escuchar conferencias de graduación sobre física cuántica por el Dr. Gregory Baaron con otros cuarenta estudiantes solo parecía reforzar el sentimiento. Debería estar haciendo algo por salirse de este valle. Algo como hacer *surfing*.

El *surfing* siempre fue su único escape de un mundo que había enloquecido, pero la última vez que había visto de verdad el lado bueno de una ola fue hace tres años, en Point Loma de San Diego, durante una inesperada tormenta que depositaba olas de cinco metros a lo largo de la costa desde Malibú hasta Tijuana. No había nada como encontrar la ola correcta y montar en su cresta hasta decidirse a bajar de ella.

Seth experimentó por primera vez la libertad del *surfing* a los seis años de edad, cuando su madre le regaló una tabla y lo llevó a la playa... esa era la manera en que ella y su hijo escapaban de los maltratos del padre de Seth.

A Paul le gustaban tres cosas en la vida y, hasta donde Seth podía ver, solo tres: La cerveza Pabst Blue Ribbon, el béisbol, y él mismo. En ningún orden particular. Apenas le importaba el hecho de que se hubiera casado con una mujer llamada Rachel, y que tuviera un hijo al que llamaron Seth.

Por otra parte, su madre amaba a su hijo. En realidad se habían salvado mutuamente la vida en más de una ocasión, la más notable cuando su papá había confundido sus cuerpos con bolas de béisbol.

Fue durante el peor de esos tiempos en que Seth pidió a su madre que lo llevara a la biblioteca. Ella lo llevó al día siguiente en su Balde Oxidado, como llamaba a su Vega. De los seis años en adelante la vida de Seth constó de una extraña mezcla de *surfing*, lectura y patadas que su padre le daba en la casa.

—Eres especial, Seth —solía expresar su madre—. No permitas que nadie te diga alguna vez algo distinto, ¿me oyes? No hagas caso a lo que tu padre dice.

Las palabras de ella lo inundaban con más calidez que el sol de California.

—Te amo, mamá.

Cuando él decía eso, ella siempre tragaba saliva, lo abrazaba, y se limpiaba las lágrimas en los ojos.

Resultó que Seth era *más* que especial. Era un genio.

En cualquier otro lugar se habría descubierto y nutrido su don exclusivo desde la época en que tenía dos o tres años. Por desgracia —o por fortuna, dependiendo del punto de vista del lector— nadie entendió en realidad que Seth era un joven excepcional hasta que tuvo más edad.

Su madre era peluquera, no maestra, y aunque se aseguró que otras esteticistas se enteraran de la agudeza de su hijo, ella no estaba capacitada para reconocer genios. Y debido a que Rachel lo llevaría tan pronto a la playa o la biblioteca como a la escuela, se debilitó la reputación del muchacho como estudiante.

No fue sino hasta los nueve años que alguien en el mundo académico notó la brillantez de Seth. Un surfista llamado Mark Nobel que asistía a la pequeña universidad Nazarena en Point Loma observó a Seth haciendo *surfing*, e insistió en que le diera cierto giro a su tabla. Para cuando Seth regresó a la playa, el estudiante se había ido a clases. Seth deambuló por la universidad buscando a Mark.

Media hora después lo encontró en el departamento de matemáticas leyendo una ecuación de cálculo con otros veinte estudiantes y un profesor que parecía tener dificultad en mostrarles cuán sencilla era en realidad esta ecuación particular.

Viendo a Seth en la puerta, el profesor sugirió en broma que pasara adelante y mostrara a este grupo de medio inteligentes lo sencillas que podrían ser las matemáticas. Lo hizo.

Luego resolvió otra ecuación más compleja que el profesor escribió en la pizarra. Y otra. Salió veinte minutos después dejando a los anonadados estudiantes, sin estar seguro de cómo sabía lo que sabía. Las ecuaciones sencillamente llegaban a su mente como simples acertijos.

Al día siguiente los maestros en el grado escolar de Seth supieron de su pequeña aventura, y la actitud de ellos hacia él brilló de manera considerable. Él convino en hacer algunas pruebas. Ellos dijeron que menos del uno por ciento de los humanos tenía un coeficiente de inteligencia superior a 135, y que calculaban que el de Einstein fue de 163. El CI de Seth resultó ser de 193. Le dijeron que no se atreviera a desperdiciar una mente tan excepcional.

Pero Seth aún debía hallar una forma de sobrellevar la realidad en casa, lo cual significaba perderse en libros y escapar montando sobre olas. La escuela simplemente no era parte importante de su mundo.

La vida mejoró cuando su papá se fue para siempre después de descubrir la manera eficaz en que un furioso muchacho de trece años podría defenderse. Pero para entonces Seth había perdido por completo su gusto por la educación formal. No fue sino hasta que tuvo veinte años que empezó a responder a la presión de ir tras una verdadera educación.

Seth eligió Berkeley en parte por su proximidad. No estaba en su patio trasero, donde era la curiosidad local que podía contar en números primos mientras dormía; tampoco estaba a trescientos kilómetros de distancia. Pensó que en Harvard o en cualquiera de las otras seis universidades que le rogaban que se inscribiera en ellas sería un tipo celeste en un mundo verde. Berkeley parecía un buen arreglo.

Los tres años que siguieron no lo desafiaron. Por mucho que detestara reconocerlo, se aburría. Estaba aburrido con la academia, aburrido con su propia mente.

El único desafío verdadero para su aburrimiento vino de una fuente improbable: un reclutador de la Agencia de Seguridad Nacional, llamado Clive Masters.

El decano de los estudiantes de Berkeley había solicitado una reunión de melindrosos reclutadores exclusivamente para Seth durante su primer año. Llegaron de IBM, NASA, Laboratorios Lawrence Livermore National, y un grupo de compañías japonesas. Sony Pictures envió un representante… obviamente la magia del cine agarró cerebros. Pero Clive fue el único reclutador que logró captar la atención de Seth.

—Tienes un don, Seth —le manifestó—. Te he estado observando por diez años porque la descripción de mi trabajo es observar personas como tú. Tu desinterés en la educación podría ser sencillamente un crimen. Yo he entregado mi vida a combatir el crimen, primero con el FBI y ahora con la ASN.

—¿FBI, eh? ¿*Naciste* envuelto en una bandera?

—No. Nací para ser desafiado —contestó Clive.

—Encerrando alumnos elegidos con fugitivos —comentó Seth—. Con la escoria de la sociedad. Suena divertido.

—Hay dos clases de chicos malos. Los estúpidos, que conforman como noventa y nueve por ciento del montón, y los brillantes, que sin la ayuda de nadie pueden hacer el mismo daño que mil idiotas. He ido tras algunos de los más astutos —hizo una pausa—. Pero para emocionarse hay algo más que la inteligencia virgen.

—¿Y qué podría ser?

—El peligro.

—El peligro —asintió Seth.

—No hay sustituto para la emoción del peligro. Pero creo que imaginaste eso, ¿no es cierto?

—Y todo en la ASN se relaciona con peligro.

—Divido mi tiempo entre ser llamado a casos desconcertantes y encontrar a un bicho raro que pueda hacer lo mismo. Tú y yo tenemos algo en común.

—Por lo cual te interesas en convencer a un inocente impresionable de que seguir la vida de James Bond es mucho más atractivo que sentarse en el sótano de algún laboratorio a descifrar códigos complicados —contestó Seth.

—No lo había pensado en esos términos exactos, pero tu resumen es acertado. Sin embargo, solucionar retos matemáticos tiene su lugar. El programa de ciencias matemáticas de la ASN es el más grande empleador de matemáticos en el mundo. Descifrar códigos no es un trabajo sencillo. Los corredores de Fort Meade están a la altura de los más brillantes del mundo.

En realidad a Seth le pareció sana la idea de haberse ganado la confianza insensible de este hombre que lo enfrentaba. A diferencia de los demás reclutadores aduladores, Clive parecía más interesado en la psiquis de Seth que en lo que este pudiera hacer por la organización.

—Lo único que estoy sugiriendo es que termines aquí. Obtén tu doctorado en física de alta energía y enloquece al mundo con algún descubrimiento novedoso. Pero cuando te aburras, lo que siempre les pasa a los mejores, piensa en mí.

Clive sonrió de forma enigmática, y Seth no pudo dejar de pensar en que lo haría.

—¿Haces *surfing* Clive?

—Seth el surfista —contestó Clive con risa contenida—. No, no hago *surfing*, pero creo entender por qué tú sí lo haces. Pienso que es por las mismas razones que yo hago lo que hago.

Clive reaparecía cada seis meses más o menos, justo el tiempo suficiente para obsequiar a Seth unos cuantos bocados tentadores antes de desaparecer dentro de su mundo de secretos. Seth nunca pensó seriamente en que alguna vez seguiría la senda que Clive había tomado, pero sentía una conexión con este hombre que, a pesar de no ser un intelectual cabizbajo, aplicaba su brillantez a buscar emociones. Las posibilidades bastaban para ayudar a Seth a sobrellevar los duros meses de aburrimiento.

Seth recibió su licenciatura en su segundo año en Berkeley. Se saltó el programa de maestría y ahora estaba en su segundo año de doctorado. Pero cuatro años en esto lo estaban cansando, y después de todo ya no tenía la seguridad de poder tolerar todas las necedades requeridas para terminar.

Sería excelente que el decano de graduación, Gregory Baaron, el mismo tipo que en este preciso momento daba la conferencia, le permitiera redactar su tesis y terminar con eso. Pero Baaron había...

—Quizás le gustaría decírnoslo, Sr. Border.

Seth parpadeó y volvió la mente al salón de conferencias. Baaron miraba por sobre sus bifocales.

—¿Cómo calcula usted el campo cuántico entre dos partículas cargadas?

Seth aclaró la garganta. Baaron era una de las luminarias principales en el campo de partículas físicas, y había enseñado unas cien veces este material básico. Mucha de su obra se basaba en la ecuación escrita ahora en la pizarra. Por desgracia, la ecuación estaba equivocada. Al menos según Seth. Pero debido a la intervención de Baaron en el asunto, el decano difícilmente consideraría, mucho menos aceptaría, la posibilidad de que fuera errónea. Peor aun, Baaron parecía haber desarrollado una dosis sana de celos profesionales hacia Seth.

—Bueno, eso dependería de si usted lo hace por el libro de texto —contestó Seth.

Cuidado, muchacho. Mantente alerta.

—El libro de texto será suficiente —comentó Baaron después de una pausa, y Seth sintió una punzada de simpatía por el hombre.

—Solucione la ecuación lagrangiana —empezó Seth a parafrasear el propio libro de texto de Baaron—. Es decir, aplique el principio de menos acción, definiendo una cantidad llamada la acción lagrangiana, la integral de la cual está minimizada a lo largo del verdadero sendero observado. La manera más fácil de solucionar la ecuación es usar diagramas Feynman e insertar términos en la acción para cada una de las interacciones de primer orden.

Seth hizo una pausa.

—Usted estudió con Feynman, ¿verdad? —continuó—. Cuando yo tenía quince años leí los documentos con que él ganó el premio Nóbel. Algunos pensamientos interesantes.

Seth hizo otra pausa, pensando que se detendría aquí. Pero no pudo. O simplemente no lo hizo.

—Desde luego, todo el método es problemático en niveles tanto conceptuales como aclaratorios. El problema conceptual es que las ecuaciones parecen decir que la realidad que observamos solo es la suma de todas las realidades posibles. En un nivel aclaratorio es necesario aplicar los métodos de renormalización para hacer que las cantidades resulten correctas. Esa es apenas la señal de una buena teoría profética. Al juntar ambos problemas me inclino a creer que la teoría está equivocada.

El rostro del profesor se contrajo.

—¿De veras? ¿Equivocada? —balbuceó—. Usted debe comprender que los cálculos de este método concuerdan muy bien con la realidad, al menos en el mundo en que vivimos la mayoría de nosotros.

—Los *cálculos* podrían funcionar, pero me preocupa la repercusión. ¿Debemos creer en realidad que todos los futuros imaginables, el real, el que experimentamos de veras, son simplemente la suma ponderada de todos los demás? ¿Es el futuro simplemente el producto de una sencilla fórmula matemática? No lo creo. Algún día se podría ver esta teoría tan anticuada como la teoría de la tierra plana.

Se te fue la mano, Seth. Seth sintió que el pulso se le aceleró.

Baaron lo miró durante lo que debieron haber sido cinco segundos completos.

—El principio de menos acción está ampliamente aceptado como una base para el cálculo —expresó después—. Y a menos que usted se crea más listo que unos cuantos centenares de las mentes matemáticas más brillantes de la nación, creo que lleva todas las de perder, Seth.

La condescendencia en la voz de Baaron, como si el decano fuera su padre que le ordena pararse en el rincón por cuestionar sus recuerdos de la historia del béisbol, empujaba a Seth por sobre un nebuloso precipicio. Ya antes había estado en la misma situación, saltando por el mismo abismo. La experiencia no solo demostró ser siempre insatisfactoria sino también dolorosa.

Saber esta realidad no lo detuvo.

En el salón había más de doscientas sillas de estadio, que ascendían desde el podio hasta una caseta de sonido; y aunque solo cuarenta estaban llenas, los ojos de todos los ocupantes se volvieron en dirección a Seth. Él se metió las manos en los bolsillos y tanteó la pelota antiestrés en el fondo de su bolsillo derecho.

—Dudar de los principios de uno es la marca de un hombre civilizado —contestó Seth.

—Por tanto, ¿no solo soy ahora anticuado sino también incivilizado? —objetó Baaron mientras caminaba hacia el podio con una sonrisita de suficiencia—. Y esto viene de un hombre que apenas conoce la diferencia entre un esmoquin y una camiseta sin mangas. Desde mi posición, su razonamiento parece horrible.

—Nada tiene un aspecto más horrible para nosotros que la razón, cuando no está de nuestro lado —interpeló Seth—. Las grandes ideas son muy difíciles de reconocer, muy frágiles, muy fáciles de matar. Posiblemente las personas que no las tienen no pueden comprenderlas.

Baaron giró la cabeza. Tal vez hubo una exclamación apenas audible en el auditorio. Seth no estaba seguro. Quizás el aire acondicionado se acababa de prender. *Te estás cavando una tumba, Seth.*

—Cuide su lengua, jovencito. Que tenga un talento natural no significa que haya vencido a la ignorancia.

Bueno, ya estaba en una fosa.

—Ignorancia. Ignorar la ignorancia propia es el mal del ignorante. Y todos sabemos que nada es más terrible que la ignorancia en acción.

—Se está pasando de la raya, Sr. Border. Usted tiene una responsabilidad que viene con su mente. Le sugiero que conserve su ingenio para tener cuidado.

—¿Ingenio? Quien no pierde su ingenio sobre ciertas cosas no tiene ingenio que perder.

Alguien tosió para ocultar una risita. El profesor hizo una pausa.

—Este campo es teoría cuántica, no psicología. ¿Se cree usted listo, haciendo ostentación de su cuestionable ingenio? ¿Por qué no me ataca en el punto, muchacho?

—He aprendido a no meterme en confrontación con alguien desarmado. Señor.

El rostro de Baaron enrojeció. Había perdido su serenidad una vez con Seth, cuando este llegó a clase descalzo, vestido con pantalón corto de *surfing*, y cargando una tabla. Había hecho un hueco en la tabla y pegado allí su computadora portátil, de tal modo que todo el artilugio se convirtió en su computadora. El intercambio se hizo feo cuando Seth disertó ante una clase que reía a carcajadas en cuanto a la superioridad del *surfing* sobre la educación.

Ahora nadie reía a carcajadas.

—No soy juguete de nadie —expuso Baaron—. Tenemos estándares en esta institución.

—Por favor, señor, no confunda mi sencilla revisión de literatura como desprecio por su autoridad. Simplemente afirmo los que nuestros eruditos más brillantes han manifestado mejor antes que yo.

—Esto no tiene nada que ver con literatura.

—En realidad sí. En vez de enfrentar su notable intelecto con el mío, temo que he robado el de otros. Es más, ni una sola palabra que he dicho ha sido mía.

Seth hizo una pausa y Baaron solo parpadeó.

—La primera cita fue de Oliver Holmes. La siguiente de George Savile del siglo diecisiete. La siguiente de Amos Bronson Alcott y Gotthold Lessing, y finalmente de Johann Wolfang von Goethe —afirmó Seth pensando que quizás esto lo sacaría de apuros—. Tal vez usted debería presentar una queja contra todos ellos. De todos modos ellos son demasiado imaginativos para asociarlos con las diminutas mentalidades de esta institución.

Seth respiró lentamente. Luego otra vez, o a lo mejor no.

El decano de graduados Gregory Baaron giró y salió por la puerta lateral sin decir nada más. Nadie se movió. Seth miró el reloj en la pared: cinco minutos para salir.

Seth ya se había arrepentido de sus palabras. ¿Por qué hizo esto? ¿Por qué sencillamente no había contestado la estúpida pregunta de Baaron?

Un libro se cerró de golpe. Uno de los estudiantes desalojó la fila de atrás y salió por la entrada posterior. El resto se quedó allí sentado. Matt Doil, un ingeniero de cuarenta y cinco años de Caltech, giró en su silla cerca del frente. Sonrió y movió la cabeza de lado a lado.

—No hablas en serio, al menos acerca de que el principio de acción es anticuado, ¿verdad?

Los demás volvieron a mirarlo. Él aclaró la garganta.

—Cierra la boca y calcula: ¿no fue eso lo que Feynman dijo a los estudiantes que deseaban saber lo que en realidad significaba su método?

Todos sabían que así era.

—Muéstranos —pidió Doil.

—¿Qué les muestro?

—Una alternativa.

Seth pensó en eso. ¿Por qué no? Ya había hecho más daño que el que a lo mejor podía manejar. Tal vez podría redimirse de igual modo.

—Está bien.

Se levantó, caminó hasta la tarima, y levantó un marcador de pizarrón. Tardó treinta segundos en completar un cálculo complejo que sabía que todos entenderían. Terminó el último trazo, señaló la pizarra con el marcador, y giró hacia un estudiante que le habían puesto al lado.

—¿Qué me dice esta ecuación respecto de las fuerzas que obran en este marcador? —preguntó, sosteniendo el marcador entre el pulgar y el índice, como si lo fuera a soltar.

—Que cuando lo sueltes, rebotará —contestó alguien.

—O que cuando lo sueltes, rodará —agregó Matt.

—Pero eso no significa nada —cuestionó Seth—. ¿Y si decido no soltar el marcador? Las cantidades que hay en la pared detrás de mí nos dicen que el futuro es calculable como la suma de todos los futuros posibles. Pero no lo creo. Creo que el futuro está más allá de todo cálculo.

Creo además que el futuro es singular; que solo hay un futuro posible, concretamente el que *sucederá*, porque es conocido por un diseñador.

Los demás lo miraron con desconcierto. Tratar de comunicar algunas de las ideas que le venían a la mente era a menudo más complicado que las ideas mismas. El idioma tiene sus límites.

—¿Y si hago esto?

Se volvió, cambió varios números en el pizarrón, borró la solución, y extendió la ecuación en ocho caracteres con una nueva solución. Depositó el marcador en la bandeja y retrocedió. Era la primera vez que aun él había visto la ecuación escrita.

Aclaró la garganta.

—Hace el mundo mucho más simple, pero también mucho más interesante, ¿no creen?

—¿Funciona eso? —preguntó Matt.

—Creo que sí —respondió Seth—. ¿No funciona?

Por supuesto que sí. Se volvió a la clase. Todos estaban con los ojos bien abiertos. Algunos escribían frenéticamente. Otros aún no lo captaban.

Matt se levantó, con los ojos fijos en la pizarra.

—Tú eres... ¡eso *sí* funciona! Es asombroso.

El fastidio agarró a Seth por la garganta. Había acabado de escribir una pequeña parte de la historia, y por alguna razón se sintió desnudo. Abandonado. No tenía sentido estar aquí en esta tarima para que todos lo miraran. Él pertenecía a un sótano en alguna parte. De vuelta a casa en San Diego.

Giró y salió por la misma puerta que había usado el decano Baaron.

capítulo 3

Miriam se volvió hacia La Meca y se arrodilló en su cuarto mientras aún se oía el llamado del muecín a la oración del mediodía. Se sabía que a Mahoma le disgustaban las campanas de iglesia de su época, así que él insistía en un llamado vocal a la oración. Miriam creía que él tenía razón, pues una campana era demasiado fuerte.

La mujer recitó el primer sura del Corán sin pensar en las palabras. Se le había despertado un entusiasta interés por el libro santo, en parte pensando en convertirse en *hafiz*, el título para quien había aprendido de memoria todos los ciento catorce capítulos del Corán.

Por supuesto, eso habría sido imposible. Ella era mujer. Pero la naturaleza poética del libro era como música para su mente, y le resultaba agradable. La palabra *Corán* significaba «recitación». La fe de Miriam no la obligaba a comprender las palabras del profeta, sino a repetirlas. Por tanto, si ella podía recitar tan bien como un hombre, ¿no podría ser una gran teóloga?

Miriam se puso de pie y volvió a colocar las almohadas sobre su cama. Su cuarto estaba decorado de violeta porque muchos años atrás su padre había decidido que así debía ser, a pesar del disgusto expreso de Miriam por el color. Haber dicho que él debería dejar que las mujeres decoraran con buen gusto le hizo ganarse una bofetada.

La joven se dirigió a la sala principal, donde su madre, la jovencita Haya, daba instrucciones a los criados de cómo preparar el desayuno de Salman. Como muchos hombres con múltiples esposas, Salman alternaba villas a diario, de modo que estaba con cada mujer solo cada cuarto día... una bendición o una maldición para la esposa, dependiendo de cómo ella lo juzgara a él.

Haya atravesó el salón en dirección a Miriam. Usaba un vestido azul brillante y sartas de perlas que sobresalían agradablemente en su cuello cremoso. Miriam vio una vez en España la película *La guerra de las galaxias*, la única película de Occidente que había visto alguna vez. Cuando el villano, Darth Vader, apareció en pantalla cubierto de negro, ella lanzó un grito. ¡Las mujeres sauditas se parecían a los villanos de las películas occidentales!

Haya se había aplicado un toque de maquillaje, algo que solo hacía cuando Salman venía.

—Bajará en unos minutos —informó Haya—. No te quiero por aquí.

—No te preocupes, no tengo intención de estar cerca.

Haya la miró con el rostro carente de expresión. El teléfono sonó.

Miriam atravesó la puerta, ansiosa de encontrar a Samir en el garaje. Se puso su abaya negra y su velo, y salió. El garaje se encontraba aparte, a veinte metros de la entrada.

Como todos los varones fuera de la familia, Samir tenía prohibido verle el rostro, y en realidad no lo había visto... excepto en tres ocasiones. La primera de ellas vino a la mente de Miriam mientras caminaba hacia el garaje.

Ocurrió tres años atrás, al finalizar la tarde, exactamente después de que ella cumpliera diecisiete años. Estaba en el césped posterior caminando con su hermana, Sara, cuando Samir llegó corriendo para informarles de que la madre de ellas las esperaba en el auto. Los gritos de él asustaron a un ganso, el cual salió de la laguna y corrió tras Miriam.

Aterrada por los graznidos agresivos del ave, ella dio la vuelta para huir.

Al girar tropezó con los pies de su hermana. Samir salió corriendo para dar caza al ganso, lo cual hizo con facilidad. Pero en su caída, a Miriam se le deslizó el velo. Se puso de pie mirando a un atónito Samir antes de darse cuenta de que tenía el rostro descubierto.

Ninguno se movió por varios segundos. Samir la miró al rostro como si acabara de llegar al cielo y estuviera viendo su primer ángel. Algo en el alma de Miriam cambió con esa mirada. Ante los ojos de él, ella era una persona. No debido a su belleza sino a que en ese instante ella se había convertido en algo más que un costal negro entre otro millón de costales negros.

Samir se había enamorado. Miriam no pudo resistir corresponder a su amor. Así que empezó un romance que en dos ocasiones separadas los llevó a España, donde se alejaron de la familia y pasaron horas mirándose a los ojos y hablando de amor. En la segunda ocasión él le había jurado amarla por siempre y casarse con ella, sin importar las consecuencias.

—Miriam.

La voz de él le interrumpió los recuerdos.

—Samir.

Samir estaba en las sombras del garaje, y el corazón de ella se hinchó. Él usaba el tradicional *thawb* blanco de algodón, pero en su mente ella imaginó la fortaleza de sus brazos y de su pecho debajo de la prenda. Su cabello negro caía por sobre sus ojos color café con leche. Miriam miró una vez más hacia la villa y se metió a las sombras, con el corazón palpitándole tanto por la incorrección de aquello como por su amor.

—¿No te vio nadie? —preguntó él.

—No. ¿Y cómo está mi amor?

—Por favor, mantén tu voz…

—No seas como un ratón. Nadie puede oírnos.

Ella era audaz, ¿verdad? Tal vez la boda de Sita la había envalentonado.

—Si crees que soy un ratón, entonces no sabes lo que es un león —contestó él sonriendo.

—¿Un león? Te convertiré en un corderito. Te extraño, Samir. ¿Cuándo podemos volver a irnos?

Ella aún usaba el velo, y en cierta forma esto le daba valor para saber que él ni siquiera podía imaginar su expresión.

—Lo estoy disponiendo —respondió Samir—. El próximo mes. De nuevo a España. Quizás esta vez nos quedemos.

—¿Quedarnos? No me tientes si no puedes también hacer una promesa.

—Prometo que nada podrá impedir que este amor que te tengo te robe para siempre.

Ella quiso levantarse el velo, para ver cómo se le agrandaban los ojos al joven al verle la boca y los ojos. El pensamiento le hizo temblar las manos.

—Estoy loco por ti —le confesó él.

—¿Loco? ¿Dónde oíste un dicho tan tonto? —inquirió ella, pero más bien le gustó.

—En una película estadounidense. ¿Te gusta?

—Es expresivo, ¿verdad? Loco. Y yo estoy loca por ti, mi león.

Él la miró por un momento antes de dejar que una sombra le cruzara la mente.

—Tu padre me ha ordenado que te lleve hoy a una reunión. A las once.

—¿Ah, sí? ¿Con quién?

—Abú Alí al-Asamm —contestó él distanciándose un poco—. El jeque.

Miriam sintió que se le abría la boca.

—¿Al-Asamm?

¿Cómo era posible eso? Él era uno de los jeques chiítas más influyentes en el país, pero no era suní, y seguramente tampoco wahabí.

—¿Para qué demonios?

—No lo sé.

—Se supone que me iba a encontrar con Sultana en el bazar.

—Entonces le diré a ella que estarás allá más tarde.

Miriam titubeó.

—¿Qué desea él?

—Tendrás que preguntárselo a tu padre. Yo solo soy el chofer. Por ahora.

Como a propósito, un Mercedes negro subía por la entrada. Miriam retrocedió, con la mente aún absorta por la idea de reunirse con el jeque. Estaba más allá de su comprensión por qué tan poderoso hombre, de ninguna manera relacionado con la Casa de Saud, pediría reunirse con ella a solas.

El auto se estacionó frente al garaje.

—Te veré aquí en dos horas.

La puerta detrás del conductor se abrió y salió un hombre con gafas negras de sol debajo de un *ghutra* o tocado blanco. Miriam no lo reconoció, pero a juzgar por su traje de negocios él solo significaba eso: negocios.

—¿Es usted Miriam, la hija de Salman?

—Sí.

—Entre —ordenó él con voz carente de emoción.

—Miriam miró a Samir, quien observaba al hombre.

El tipo con gafas retrocedió y señaló la parte trasera del auto.

—Entre, por favor. Sita, la esposa de Hatam, ha exigido verla. Por favor, entre.

—Está bien —dijo Samir casi sin aliento—. Ve.

Miriam salió de donde estaba y corrió hacia el enorme Mercedes negro. Abrió la puerta trasera izquierda y se deslizó al lado del hombre, quien se había sentado sin mirarla.

—¿Qué pasa?

—Silencio —ordenó el hombre cerrando la puerta de golpe.

Sita la había llamado. Buenas noticias, entonces. Su esposo no permitiría que su nueva esposa llamara a sus amigas si ella estuviera en problemas.

Pasaron una enorme mezquita blanca, y Miriam observó a los hombres que atravesaban las entradas. El Islam estaba apoyado por cinco pilares, sencillos y hermosos, y —contrario a las más restrictivas *sharias* o leyes canónicas— no coartaban a las mujeres. Cinco pilares: La profesión de fe: «No hay más dios que Alá y Mahoma es su profeta». Las oraciones diarias: antes de la salida del sol, al mediodía, entre las tres y las cinco de la tarde, después de la puesta del sol, y antes de acostarse. El ayuno anual del Ramadán. El *hajj* o peregrinación a La Meca. Las limosnas para los pobres.

Y para algunos un sexto: la yihad, mientras la situación lo justificara, «extender el Islam o defenderlo contra los infieles». Este último pilar no era tal para los musulmanes, incluyendo a Miriam, pero claramente motivaba a esos pocos fundamentalistas que habían levantado la espada en nombre de Dios. No muy diferente de los judíos, quienes habían entrado a su supuesta tierra prometida en virtud de la espada.

Miriam supo hacia donde iban solo cuando el auto atravesó una entrada. El Mercedes se detuvo en una costosa villa cubierta con buganvillas. Estaban en la casa en que Sita se crió, lo cual la sorprendió. Sita ya no vivía aquí.

Un terror le caló los huesos a Miriam.

El hombre la enfrentó por primera vez. Ella pudo ver el reflejo de su velo en las gafas de él.

—¿Sabía usted que el nuevo esposo de Sita, Hatam, es miembro leal de la secta nizarí?

¿Nizarí? Miriam ni siquiera sabía que aún existiera la extremista secta. Los rumores de sus actividades hacían que los talibanes de Afganistán parecieran moderados en comparación.

—Igual que el padre de Sita —continuó el hombre—. Por eso hacen tantos negocios juntos. Recuerde lo que vea hoy. Considérelo un mensaje de Omar bin Khalid. Salga.

Miriam no tenía idea de lo que el hombre quiso decir, pero sus palabras hicieron que se le secara la boca.

¿Quién era Omar bin Khalid?

Ella siguió al hombre, rodeada de silencio, por un pasadizo abovedado que daba a los terrenos en que ella y Sita habían caminado muchas veces. A su derecha había un viejo columpio sin usar, de roble, debajo de varios árboles elevados. Las palmas se balanceaban con la leve brisa matutina. Aún silencio. No había ningún indicio de que aquí hubiera alguien de la familia.

El hombre la llevó por el costado de la casa y no por la puerta del frente. Dieron vuelta en la esquina, en dirección a la piscina.

Entonces Miriam las vio. Cuatro personas de pie en el círculo de la pileta. Sita, su padre, su madre cubierta con un velo, y otro hombre.

Sita también tenía puesto un velo negro, y estaba de pie con los brazos en los costados. ¿Qué podría significar esto…?

Miriam se detuvo, helada en el concreto. Ahora comprendió que la persona parada junto al padre de Sita no tenía relación con la joven. El alto y delgado hombre usaba la túnica blanca de la policía religiosa de Arabia Saudí, los mutawa, pero una tela roja rodeaba su tocado.

¿Quizás también de la secta nizarí?

En la mente de Miriam aparecieron imágenes de palizas y humillaciones narradas de épocas no muy lejanas. La ley canónica era difícil, pero los días de sectas extremistas como los nizarí hacían palidecer aun a los más devotos fundamentalistas.

En ese instante Miriam supo que su amiga cumplió su juramento. Sita había rechazado a su esposo, y pagaría un precio.

¡Ah, querida Sita! Por un fugaz momento Miriam pensó en correr hacia su amiga, agarrarle la mano, y huir hacia la cerca. Pero el padre de Sita, Musa, era un hombre bueno, y sin duda también razonable. El

castigo sería decisión de él, no del mutawa, sea nizarí o no. Seguramente será misericordioso.

Miriam se obligó a seguir adelante. Los allí reunidos la observaron en silencio. Aunque ella no le veía los ojos a Sita, pudo sentir en la piel su mirada fija como navajas de afeitar. Llegaron hasta el borde de la alberca, a través del espacio de agua entre Sita y su padre, y se detuvieron.

Nadie habló por un momento. Miriam miró a Musa. Profundas arrugas tallaban su pétreo rostro. Aún no hacía calor, pero en las cejas le brillaba sudor. El hombre religioso se movió sobre sus pies, y sus sandalias rasparon el concreto.

—¿Son estos todos los testigos? —preguntó tranquilamente.

Miriam deseó gritarle al huesudo y oscuro rostro, y despertarlo de su aterradora apatía. Pero permaneció en silencio al lado del tipo trajeado, quien asintió una sola vez.

Un suave gemido flotó a través de la piscina. Miriam no estaba segura si vino de Sita o de su madre. Suspiró por decir algo, por suplicar indulgencia a favor de su amiga. *Todo saldrá bien. Si la golpean, sus heridas sanarán. Si le cortan la mano por negarse a tocar a su esposo, quedará libre de él.* Sin duda el hombre ya se había divorciado. No viviría con esta mancha en su nombre.

Tampoco el padre de Sita.

—No hay dios más que Dios —habló el hombre religioso—, y Mahoma es el profeta de Dios. Ningún hombre escapará de su ira. Es por nuestro amor a Dios, a su profeta, y a todo lo que está escrito que nos hemos reunido, no sea que nos convirtamos en un pueblo que deshonre a Dios.

Sita permanecía inmóvil, distinta de la feroz muchacha que Miriam conocía. Náuseas le revolvían el estómago. Ella había oído que a veces quienes administran castigo severo drogaban al acusado para evitar que luche. Si la iban a golpear…

—Se sabe que esta mujer ha deshonrado los derechos de su esposo y lo ha lastimado en una manera no distinta al asesinato. Ella ha hecho una burla de Dios y del Islam, y debe ser castigada según las leyes de los nizarí, siervos de Dios. Así sea.

El labio superior de Musa temblaba. Aún no se movía nadie. Una vez Miriam vio un azotamiento, una ocasión horrible. Pero aquel momento estuvo lleno de ira y gritos, no de este silencio.

Se volvió a oír el gemido, de la madre de Sita, y esta vez persistente, y luego se convirtió en un lloriqueo suave y convulsionado.

El hombre religioso levantó la barbilla y musitó algo que Miriam no pudo entender. Él cerró los ojos.

—Ustedes han oído de Dios. Hagan lo que deben hacer.

Con los ojos aún fijos directamente al frente, Musa agarró el brazo de su hija. El lloriqueo se volvió un sonido gutural que desgarró el aire. La madre de Sita agarró a su hija del otro brazo.

—¡No! —protestó la madre—. ¡Es mi hija!

El terror recorrió el pecho de Miriam, electrificándole el corazón.

La madre de Sita acercó a su hija hacia sí, y cayó de rodillas. Sita parecía una muñeca de trapo a punto de ser destrozada. La cabeza le colgaba sobre los hombros.

—Tómenme a mí. Suplico...

La mano del hombre religioso chasqueó contra el rostro de la madre de la muchacha, acallando el llanto y haciéndola retroceder tambaleando. Miriam gritó sin querer. Sita dio un paso hacia el costado, pero el hombre la agarró del codo y se lo apretó como un torno.

—¡Sita! —gritó Miriam.

—¡Silencio! —gritó el guardián de Miriam tirándole del brazo. Ella sintió un dolor que le bajaba hasta el codo.

Sita giró la cabeza hacia Miriam.

¡Cielos, querida Sita! ¿Qué te van a hacer?

El padre de Sita temblaba ahora de pies a cabeza. El religioso le dio a este un codazo señalándole las gradas. Musa parpadeó, luego fríamente bajó a su hija por las gradas y la metió al agua. Sita siguió como un cordero, tapada y sumisa, esperando su fatal inmersión. El agua azul clara empapó el extremo de la negra abaya de Sita.

A Miriam le pasó por la mente que ella había dejado de respirar. El silencio sobrenatural volvió, salpicado solo por la sangre que le martillaba los oídos. Largos dedos de horror le serpenteaban sobre la nariz y la boca, asfixiándola. Lo que ocurrió a continuación se desarrolló sin fanfarria, como un sueño, distante y desconectado de razón.

Musa colocó su enorme mano en la cabeza de la dócil muchacha y la metió al agua.

Miriam se estremeció, y su guardián la apretó con más fuerza. *No, no, no, no...* gritó ella, pero los gritos se negaban a atravesarle la garganta.

La abaya de Sita flotó alrededor de ella como una nube negra. El rostro de Musa enrojeció del temblor. Sus ojos, aún fijos en algún horizonte invisible, se inundaron de lágrimas. La mente de Miriam vaciló. Lo que presenciaba no era real. Este padre no sostenía a su hija quinceañera debajo del agua en esta alberca en que ella había chapoteado de niña. Esta solo era una horrible visión del infierno que terminaría en...

Sita comenzó a luchar.

Sus piernas patearon desde su vestimenta blanca. Sus brazos se sacudían y sus manos rompían la superficie, salpicando como pez varado en la playa. El velo flotaba arriba, y por primera vez desde la boda de su amiga, Miriam vio el rostro de Sita. Ojos cafés, grandes y bien abiertos. Boca apretada, cubierta con una amplia banda de cinta adhesiva plateada.

Los ojos de Musa se le salían de las órbitas; los brazos le temblaban. Abrió la boca y comenzó a gritar.

Pero mantuvo a su hija abajo.

Musa había escogido ahogarla.

La mente en lucha de Miriam se rindió y colapsó. Ella giró a la derecha, liberándose del agarre del hombre. Debía salvar a Sita. ¡Tenía que conseguir ayuda! ¡Debía zambullirse y ponerla a buen recaudo!

Su mejilla estalló bajo el puño del guardián, y la piscina se inclinó a un lado. Un gruñido, bajo y sobrenatural, brotó de su garganta. Comenzó a caer. Se golpeó en el duro concreto, a centímetros del agua.

Debajo de la superficie, Sita dejó de luchar.

Su padre aún gritaba, largos y aterradores lamentos pasaban por sus retorcidos labios. El rostro insensible del hombre religioso revelaba la verdad: no era la primera vez que había supervisado a un padre que ahogaba a su hija; y no sería la última.

Los ojos inertes de Sita miraban hacia arriba a través del agua titilante. El mundo de Miriam se ennegreció.

capítulo 4

Khalid bin Mishal bin Abd al-Aziz. Ese era su nombre: Khalid, hijo de Mishal, quien era hijo del primer rey, Abdul Aziz. Khalid siempre había creído que el nombre era profético, un nombre que imploraba que intentara conseguir el trono. Técnicamente él era un sobrino real; el hermano de su padre había sido el rey Fahd antes que el monarca reinante, Abdullah, tomara el trono. Aunque el primer rey, Abdul Aziz, había procreado cuarenta y dos hijos, el reino no necesitaba tantos reyes. Cuatro para ser exactos, todos ellos hijos de Abdul Aziz. Eso convertía en menos afortunados a treinta y ocho.

La época no era misericordiosa; los hijos del rey eran muy viejos para un golpe de estado: el padre de Khalid tenía setenta y ocho años, y él cincuenta y ocho. Quienes no eran demasiado viejos sin lugar a dudas eran muy liberales. Era el momento de que Arabia Saudita volviera a su gran llamado como protector mundial del islamismo.

Khalid pensaba que era hora de un nuevo rey. Por mucho tiempo había planeado esto.

Khalid estaba sentado sobre almohadas rojas con su hijo, Omar bin Khalid, y Ahmed, el director de transporte. Igual que los demás, Khalid usaba el tradicional tocado *ghutra*, pero coronado con un rojo *igaal*, o cordón circular. Los tres se reclinaban en un salón parecido a una tienda beduina, pero en realidad era un salón del palacio de Khalid.

Omar levantó un vaso de escocés y sorbió el licor ámbar. El alcohol era ilegal en Arabia Saudí, por supuesto, pero la mayoría de los hogares reales estaban bien abastecidos. El mismo Khalid no bebía, pero todo hombre tenía derecho a sus vicios. Omar tenía más que su parte. Mujeres, por lo pronto. Ni siquiera Khalid aprobaba la falta de respeto de Omar por las mujeres jóvenes. Había sacado de apuros a su hijo en más de una situación con mujeres muertas. Un día el sexo sería su perdición.

Pero hoy usaría a Omar para alcanzar sus propios fines.

Tanto padre como hijo abrazaban las enseñanzas de los nizarí, un hecho que muy pocos sabían. Como tales, estaban excepcionalmente calificados para derrocar al monarca actual y restaurar los días de gloria, como Dios quería.

—Se necesita una gran disciplina para ser un gran líder —comentó Khalid—. La nación lucha por mantenerse a flote.

—Hay diferencia entre hablar en privado acerca de cambiar las cosas, y hacerlo —opinó Ahmed—. Mira a Al-Massari. Fue exiliado a Inglaterra con su banda de disidentes. Osama bin Laden y su comité de reforma... todos sabemos lo que le sucedió. El gobierno no recibirá sencillamente el cambio por el bien de...

—No les estoy pidiendo que cambien —interrumpió Khalid—. Si hay un cáncer, no lo persuades a que *cambie*. Lo cortas. Ese fue el problema de Al-Massari y de Bin Laden. Ninguno de los dos tenía los recursos para cortarlo. Yo sí.

—Nosotros sí —intervino Omar por primera vez.

Ahmed lo miró. Khalid había esperado hasta ahora para hacer que el director entrara en total confianza.

—¿Qué significa que ustedes los tienen? —indagó Ahmed.

Khalid sonrió.

—Déjame hacerte una pregunta. Si un hombre en mi posición tuviera el apoyo total de los ulemas, o eruditos musulmanes, y de veinte de los más importantes príncipes, y de la inmutable ambición de derrocar al rey, ¿podría hacerlo?

Ahmed miró hacia la puerta. Todos sabían que conversaciones como esta podrían llevarlos a la muerte. Analizó el rostro de Khalid.

—No —contestó—. Aun con los príncipes y los eruditos religiosos, no es suficiente para un éxito duradero.

—Eres sincero. Recordaré eso cuando esto termine.

Omar rió desde su posición en la almohada y bebió lo que quedaba de escocés en su copa.

—Tienes razón —concordó Khalid—. Derrocar un gobierno no es lo mismo que instalar uno nuevo. Sin embargo, ¿y si un hombre en mi posición también tuviera el apoyo total de la minoría chiíta en las provincias orientales?

—Eso no sería posible. Somos suníes.

—Cualquier cosa es posible cuando está en juego un poder tan grande. Deberías saberlo. Consiénteme por un momento.

Ahmed titubeó.

—Entonces, sí —contestó, cambiando su mirada y sus pensamientos—. Se podría hacer.

Sus ojos se posaron en Khalid.

—¿Cómo se obtendría tal apoyo?

Khalid se puso de pie y caminó hasta una bandeja de frutas. Agarró un trozo de *nangka*, una dulce fruta amarilla importada de Indonesia.

—Por medio del jeque, desde luego —contestó, llevándose la fruta a la boca.

Si había un líder entre los cuatro millones de chiítas que vivían en las regiones orientales de Arabia Saudita, era Al-Asamm, y llamarlo *el* jeque era suficiente.

—Al-Asamm no ha mostrado su poderío en diez años; y no es amigo de la Casa de Saud. ¿Qué esperas...?

—En realidad no ha mostrado su poderío en casi veinte años. ¿Has pensado en eso? De vez en cuando ofrece una demostración simbólica, pero no como una vez se dio a conocer.

—Eso no lo convierte en amigo.

—Los chiítas son personas apasionadas. Mira a Irán... ellos saben cómo derrocar. Por supuesto, no les daríamos mucho poder, pero constituyen el quince por ciento de los ciudadanos sauditas. Les daremos voz.

—¿Y cómo en el nombre de Dios propones acercarte al jeque Al-Asamm? —preguntó Ahmed agitando una mano—. Nunca resultará.

—Sí, sí funcionará —contestó el hijo de Khalid.

Los dos miraron a Omar.

—Sí funcionará —concordó Khalid—. Dile por qué funcionará, Omar.

Omar observó a su padre y a Ahmed, tratando de mantener oculto su desprecio por ambos. Había tenido que soportar muchas reuniones como esta, conspirando y reuniendo apoyo para el plan de su padre. Ahora, a menos de una semana del verdadero intento de golpe, se estaba convirtiendo en su plan. No porque él lo hubiera concebido, sino porque sin él fallaría el intento. Luego él mismo se convertiría en rey, después de que mataran a Padre. Pensó que el gobierno del reino se levantaría en sangre. Sangre y matrimonio. Uno y otro a su mano.

—Funcionará porque me casaré con su hija —expresó Omar.

El padre se volvió a Ahmed.

—¿Ves? Funcionará porque mi hijo se casará con la hija del jeque Al-Asamm —repitió sonriendo.

—¿Qué hija? ¿Y cómo ayudará eso?

Omar agarró un higo y frotó la cáscara, mirando a Ahmed.

—La razón de que el jeque Al-Asamm haya permanecido tranquilo estos últimos veinte años es que mi padre compró su lealtad —informó Omar—. Mi padre convenció a Salman bin Fahd de que adoptara a la hija de Al-Asamm a cambio de la lealtad del jeque. Su nombre es Miriam. Cuando ella se case conmigo y tenga un hijo crearemos un vínculo inseparable entre la realeza suní y los chiítas. El jeque insistió en que ella no se casara hasta que cumpliera veintiún años. Es evidente que él no tenía prisa por debilitar su línea de descendencia. Ahora ella está a una semana de ese cumpleaños.

—¿Es la hija de Salman, Miriam, de veras la hija del jeque chiíta? —preguntó Ahmed poniéndose de pie—. ¿Abú Alí al-Asamm? Ellos son chiítas; nosotros somos suníes.

—De ahí el secreto —manifestó Omar—. Cuando ella se case en la familia real y tenga un hijo, el jeque Al-Asamm estará ligado por sangre al trono.

Ahmed parecía demasiado asombrado para hablar.

—Miriam se casará con Omar en una ceremonia secreta —expresó Khalid—. A cambio, Al-Asamm apoyará nuestro golpe. Le daré la gobernación de la provincia oriental. Esto se planeó hace veinte años, cuando Omar solo era un niño.

Ellos no tenían la seguridad de que Ahmed apoyara su plan; sin embargo, habían revelado lo mismo a dos docenas de ministros, y todos menos el ministro de educación entendieron lo que estaba en juego. El hombre murió una hora después… un trágico accidente.

Omar se puso de pie y agarró una manzana. Mordió profundamente su pulpa crujiente.

—Necesitamos tu apoyo, Ahmed. Tu posición es crítica para nuestros planes. Necesitamos los aeropuertos.

El ministro de transporte bajó la voz hasta un susurro.

—Esta conversación es una traición. Ustedes están determinando su propia muerte.

—Lo que hemos dicho es traición hoy; en una semana, lo que será traición es que le hables a mi padre en tal forma —declaró Omar.

Ahmed miró a Khalid y luego retrocedió.

—¿Tienen ustedes el compromiso *total* del jeque Al-Asamm?

—¿Te estaríamos hablando si no lo tuviéramos? Tomaré a su hija Miriam como mi esposa en cuatro días.

—¿Y luego?

—Dos de nuestros generales tienen sangre chiíta —comunicó Khalid—. Si tenemos a Al-Asamm, los tendremos a ellos. Derrocaremos a Abdullah al día siguiente a la boda. Seré rey en una semana. Dentro de un mes seremos un estado fundamentalista.

Los labios de Ahmed se curvaron en una sonrisa débil y medrosa.

—Entonces ustedes tienen mi apoyo —confesó; luego hizo una pausa, estudiando el rostro de Khalid mientras comprendía las posibilidades—. Tienen mi apoyo total.

Ahmed agachó la cabeza.

—No hay dios sino Dios —concluyó.

Omar dio otro mordisco. Simplemente así, el hombre había trasladado sus lealtades del monarca reinante a Khalid. Por supuesto, si se negaba lo pagaría caro.

Un timbre sonó cerca de la puerta de la tienda.

—Adelante —ordenó Khalid.

Entró un hombre delgado que vestía traje de negocios y agachó la cabeza. Omar sintió que se le aceleraba el pulso. Su criado se acercó a la mesa y los miró sin pronunciar palabra.

—¿Bueno?

—Está hecho.

La comisura de los labios de Omar se retorció.

—¿Está muerta la muchacha? —preguntó.

—Fue ahogada hace una hora, como usted insistió.

Ellos miraron al criado en silencio. Los apedreamientos eran una molestia lenta e interminable. Mejor ahogar y dar por terminado el asunto.

—¿Y la muchacha? —preguntó Omar.

—Como usted dijo.

—Gracias. Puedes salir.

—¿De qué se trata? —indagó Ahmed, pálido.

—Ese fue el juicio de Dios —notificó Omar—. Y un mensaje para mi querida novia.

capítulo 5

Seth atravesó el campo norte y se dirigió al Departamento de Filosofía de Berkeley. Los pantalones de pana se le fruncieron levemente sobre las viejas sandalias mientras pasaba sobre la hierba. A su derecha un equipo de danza en faldas cortas realizaba volteretas. Ribeteado por un claro arreglo, el edificio Club de la Facultad se erguía detrás de ellos. Él había estado dentro en cuatro ocasiones, cada vez para un acontecimiento que requería su presencia. La mayoría, recepciones en honor de sus premios.

Como el programado para la noche del jueves. La Sociedad Física Estadounidense y el Instituto Estadounidense de Física lo habían nombrado eso o aquello del año, y quiéralo o no el decano de graduación estaba obligado a reconocer el premio. Al pensar en esto ahora, Seth se preguntó qué pasaría si no se presentaba. No se sentía muy social después del fiasco de ayer con Baaron. Vaticinaba doscientos individuos de la facultad vestidos de punta en blanco con copas de champaña y nadie con quién brindar.

—¡Seth!

Se volvió para ver a Phil —un estudiante de tercer año y la personificación de un lerdo con gafas, chaleco de bolsillos y granos— corriendo detrás de él. Phil estaba entre la media docena de inestables con quienes Seth se sentía cómodo de verdad.

—Hola, Phil —saludó Seth, metiendo la mano en el bolsillo y moviendo entre los dedos la pelota antiestrés.

Phil le pegó en la mano con una revista abierta de crucigramas.

—¿Estás listo?

—Seguro —contestó Seth—. Déjame verla.

Phil sostuvo la página en alto, mostrando un crucigrama de diez centímetros. Seth hizo rápidas observaciones mentales del patrón del crucigrama: espacios negros, espacios blancos, números. Categoría: BUENAS NOTAS.

—Está bien.

Phil sacó el crucigrama y miró al frente.

—¿Adónde vas?

—A reunirme con el Dr. Harland. ¿Y tú?

—A la cafetería. Está bien, ¿listo? Diecisiete horizontal, diez letras, clave: *expropiar*.

—*Apropiarse* —respondió Seth.

Phil dio vuelta a la página, chequeó la respuesta, y continuó.

—Bien. Veinticuatro horizontal, siete letras, clave: *Tipo trabajador en una pandilla*.

Seth consideró la clave por un instante.

—Eso sería *nulidad*, Phil —enunció con su mejor voz de presentador de juegos.

—Nunca lo había oído —dijo el joven estudiante—. Tres vertical, cinco letras, clave: *Someter*.

—¿Tres vertical? *Domar*.

—¿Respuesta final?

—*Domar*, Phil. Tiene que ser *domar*.

—¿Cómo haces eso sin mirar?

—Sí miré, ¿recuerdas? La letra *O* atraviesa *apropiarse* y la *A* cruza *domar* —explicó Seth.

—Oí que le cantaste unas cuantas verdades a Baaron —contestó Phil cerrando de golpe la revista.

—¿Oíste eso?

—Sí. ¿Es verdad?

—Lo es.

Seth vio que Phil observaba ahora a las bailarinas. Mucho tiempo atrás había decidido que las mujeres tenían un efecto inexplicable en su mente, minimizando su capacidad de procesar el pensamiento en elementos lógicos. Sin error, las mujeres convertían a Seth en alguien que él en realidad no creía ser, alguien confundido como para pensar y hablar con claridad.

Phil, sin embargo, mataría por sentarse a solas con una chica en una banca. Cualquier chica. Desde luego que él negaba violentamente el deseo.

Phil vio que Seth lo había visto y agachó la cabeza.

—Nos vemos.

—Nos vemos.

Seth se fue, con las manos metidas hasta el fondo en los bolsillos y la cabeza agachada.

Al edificio le habían puesto el nombre Moisés... irónico pero apropiado considerando su actual ocupante. Seth siempre había creído que el presidente de filosofía, el Dr. Samuel Harland, era la viva imagen de Charlton Heston con su cabello rubio sin brillo y sus tenues ojos azules. Era el único individuo en el lugar digno del nombre del edificio.

Tocó la puerta de la oficina del director del departamento, oyó un apagado «Adelante», y entró.

—Buenos días.

—Siéntate —concretó el profesor.

—¿Tan malo es? —respondió Seth sentándose.

—Por desgracia, sí. Baaron está furioso.

Seth hizo una pausa. Si había alguien en su vida en quien podía confiar, era este hombre.

—Usted no esperaría que el decano académico de una apreciada institución como esta dejara que una pequeña locura lo sacara de quicio.

—Tú no lo harías —contestó Harland—. Pero por cualquier motivo, casi siempre definitivamente lo sacas de quicio.

—Lo ataqué con citas famosas...

—*Sé* lo que hiciste. Pudiste haber sido un poco más selectivo, ¿no crees?

Harland no pudo ocultar el destello de humor en sus ojos.

—No sé cómo me meto en estas absurdas situaciones —contestó Seth moviendo la cabeza de lado a lado.

—Creo que lo sabes. Eres un desafío descarado para las teorías de orden de Baaron.

—Si es que a alguien le interesa, yo digo la verdad —afirmó Seth—. ¿No es eso lo que usted siempre me ha dicho? ¿Ir obstinadamente tras la verdad?

—Ir tras la verdad y *presentarla* son dos disciplinas distintas. ¿Cómo supones que me iría aquí si anduviera por ahí haciendo volar a mis compañeros al condado vecino? Esto se está convirtiendo en un hábito para ti.

—Usted tiene razón —respondió Seth restregándose las manos y colocándolas en las rodillas.

Baaron era brillante, merecedor de su noble posición en la universidad. Pero bastaba con ponerlo en un salón con Seth, y la mitad de sus chips parecían descomponerse. Era un blanco fácil, al que Seth no podría dejar de disparar de vez en cuando. El hecho de que Baaron hiciera que Seth recordara a su padre no ayudaba.

La tensión se había iniciado un año atrás, cuando Seth escribió un artículo sobre la gran fuerza, en que cuestionaba la creencia prevaleciente. El artículo fue escogido por varios periódicos científicos y publicado con algunos elogios. Difícilmente era culpa de Seth que la teoría prevaleciente, la cual Seth descartó, fuera desarrollada nada más y nada menos que por el Dr. Gregory Baaron. El mundo de la física era pequeño.

—Deberías aprender a tener más tacto, ¿de acuerdo? A armonizar un poco.

La confianza de Seth en Harland se debía en gran parte a la humilde brillantez del hombre. Si la educación formal de Seth le había enseñado algo, era que inteligencia famosa no tenía nada que ver con sinceridad intelectual, con ser genuino. Había escasez de personas que apreciaran el talento excepcional y la franca sinceridad. El sistema prefería la clase de brillantez que se alineaba con el sabor del día.

Samuel Harland era cualquier cosa menos el sabor del día. No tenía interés en besar las creencias elitistas, así que podía fumar su pipa en el club de la facultad. Sencilla y metódicamente perseguía todo pensamiento hasta su conclusión lógica, y ponía allí su fe: en lo que veía al final del rastro.

La sonrisa desapareció del rostro de Seth.

—Bueno, usted tendrá que perdonarme, pero no estoy cimentado para un sistema como este. Parece que no calzo en él.

—Baaron ha logrado poner de su lado a algunos de la facultad —contestó Harland asintiendo—. Están hablando de reprimendas oficiales.

Seth miró por la ventana.

—Estoy pensando en tirar el programa a la basura, y en regresar a San Diego.

—Ya dijiste eso antes.

—Quizás debí haberlo hecho antes. Anoche hablé con mamá. Ella perdió su trabajo.

Harland titubeó.

—Lo mejor que puedes hacer por tu madre es terminar tu doctorado. ¿Cómo te vas a ganar la vida, bombeando gasolina?

—Los dos sabemos de una docena de corporaciones que me ofrecerían dinero decente ahora mismo —opinó Seth, mirando por la ventana y suspirando—. ¿Oyó usted hablar del cálculo que hice en la pizarra?

—Oí algo acerca del campo de la ecuación lagrangiana.

—Eso fue parte de ella. Pero ideé una ecuación que limita posibles futuros a uno solo —expresó Seth y sonrió—. Eso debería ser música para los oídos de usted.

—¿Cómo es eso?

—Apoya la existencia de un ser superior que lo sabe todo.

—Ah, sí, la teoría del ser superior. Decidiste inclinarte a ese camino, ¿verdad?

—No. Por ahora seguiré cómodamente neutral sobre el tema, a pesar de mi prueba de lo contrario.

—¿Has probado de veras la existencia de Dios? —inquirió Harland riendo.

—Yo no iría tan lejos, pero el asunto tiene algo que ver con ello, ¿no es cierto? —contestó Seth inclinándose para agarrar una hoja de papel del escritorio de Harland—. ¿Me permite?

—¡Por supuesto! ¿Me vas a mostrar la ecuación?

—No. Voy a interpretarla en un silogismo hipotético de ordenamientos.

Expresó su argumento mientras lo ponía por escrito.

(A) Si existe un Dios que lo sabe todo, entonces él sabe exactamente cuál es EL futuro. (Sabe si voy a toser en diez segundos.)

(B) Si Dios sabe cuál es EL futuro, entonces ese futuro OCURRIRÁ, a menos que Dios se equivoque. (Toseré en diez segundos.)

(C) Puesto que Dios no se puede equivocar, NO hay posibilidad de que ocurra cualquier otro futuro, diferente al que Dios conoce. (NO hay posibilidad de que yo no tosa en diez segundos.)

(D) POR TANTO, si Dios existe, solo hay UN futuro, que es EL futuro que él sabe. (Toso en diez segundos.)

Seth bajó el lápiz.

—Básicamente, si Dios existe, es nula la posibilidad de que haya más de un futuro. Y viceversa. Creer que Dios existe también requiere que se crea que el futuro es inalterable. Por definición. Solo puede haber *un* futuro, y ninguna voluntad puede cambiarlo.

—¿Y las ramificaciones de esta teoría?

—La religión no tiene propósito.

—Conocer los hechos no necesariamente prueba la peculiaridad del futuro.

—Usted solo está buscando cinco patas al gato entre conocimiento de hechos y probabilidades.

Harland asintió lentamente. Ya habían discutido el asunto en varias ocasiones, y él no parecía ansioso de tirarse otra vez de cabeza.

Seth miró por la ventana.

—Usted debería reconsiderar el deísmo…

Una paloma golpeó la ventana con un fuerte *ruido*.

—¡Ay! —parpadeó Seth—. Usted creería que eso rompería la ventana.

—¿Qué?

—La fuerza del ave golpeando la ventana —contestó Seth mirándolo.

—¿Qué ave? —volvió a preguntar Harland, mirando hacia la ventana.

—¿Qué quiere usted decir con qué ave? ¿No vio eso?

—No.

—¿No oyó un fuerte *ruido* ahora mismo?

—No. No oí…

Una paloma golpeó la ventana con un fuerte *ruido*. Cayó en medio de un revoloteo de plumas.

—¿Como ese? —preguntó Harland.

Seth miró el claro cristal. Sí, *exactamente* como ese.

—Sí. Podría jurar que vi exactamente eso hace diez segundos. Como una sensación de haberlo experimentado antes —confesó Seth moviendo la cabeza de lado a lado.

—¿Estás bien?

—Sí.

Extraño. Muy extraño.

—Otro año aquí y estarás fuera —manifestó Harland—. Quédate.

—Ahora usted se parece a Clive Masters —cuestionó Seth sentándose otra vez.

—Cualquiera con medio cerebro diría que deberías terminar.

—¿Así que usted sugiere…?

—Diviértete el jueves en la recepción. Sonríe, sé agradable. Trata de mantener cerrada la boca; incluso hasta de ofrecer una disculpa a Baaron…

—Hacerles la pelota.

—Dilo en lengua vernácula.

—Ser razonable y hacer lo que es mejor para todos.

—Sí.

Seth se puso de pie y fue hasta la ventana. Sus dedos se deslizaron dentro del bolsillo y juguetearon con la pelota antiestrés. La paloma cojeaba en el pasto, aturdida.

—No soñaría con nada más, profesor.

capítulo 6

El moretón en el rostro de Miriam estaba oculto para Samir, pero por el temblor en la voz de la muchacha supo que algo terrible había ocurrido. La tragedia en la mente de ella era demasiado grande para hablar del tema... así que iban en silencio.

Miriam había despertado en el auto y llorado por su amiga. En casa, su padre Salman se negó a oír nada al respecto, insistiendo en que si había ocurrido como ella decía, el asunto estaba fuera de la influencia de él. Miriam fue a su cuarto y se quedó dormida sobre una almohada humedecida por las lágrimas. Antes había oído de muertes a pedradas y hasta de ahogamientos, por supuesto, pero solo en historias de hombres maniáticos en remotas regiones desiertas. Nunca se pudo haber imaginado ver a su mejor amiga ahogada por Musa. Malvado, perverso Musa.

¡La secta nizarí existía, y eran unos dementes!

Haya la despertó antes del mediodía. Le dijo que Samir estaba esperando para llevarla a su cita. Miriam casi lo había olvidado. El jeque Al-Asamm quería verla. ¿Por qué? ¿Tenía un hijo con quien casarla? Entonces tendría que acudir a Salman, no a ella.

A Miriam no le importaba. En lo único que podía pensar era en Sita. Se limpió las lágrimas y se preparó.

Samir la llevó por las calles de Riad, pareciendo entender la necesidad que tenía ella de estar en silencio, pasó por nuevas estructuras diseñadas por arquitectos occidentales. Casi la cuarta parte de la población de Arabia Saudí eran emigrantes, mano de obra importada, y peritos para construir la ciudad y servir a la Casa de Saud. Los extranjeros eran eficazmente separados de las vidas de la mayoría de los sauditas, aislados en comunidades diseñadas para ellos, pero su toque se podía ver en todas partes. La lenta influencia occidental en este lugar, donde nació el islamismo, era una tragedia blasfema para muchos musulmanes fundamentalistas.

Hoy, por primera vez, Miriam pensó que esto simbolizaba la esperanza de libertad.

Serpentearon por los suburbios, construcciones areniscas de ladrillo y cemento. Cuadrado. Todo cuadrado. Y luego estuvieron en el desierto, el cual se extendía sin fin hasta Dhahran en el Golfo Pérsico. Los estadounidenses habían usado Dhahran como base durante la Guerra del Golfo.

—Sita fue ahogada por su padre esta mañana por desobedecer a Hatam —enunció ella.

—¿Qué? ¡No!

—Sí —afirmó ella llevando la mano a la boca, temiendo que empezaría a llorar otra vez. Las llantas zumbaban debajo de ellos.

—¡Despiadado! —exclamó Samir—. ¡Ese tipo es un cerdo!

Miriam tragó el grumo que le subía por la garganta.

—¿Cómo pudo ocurrir eso? —preguntó él.

—El padre de Sita es nizarí.

Samir se aferró al volante y negó con la cabeza, claramente sorprendido.

—Los nizarí casi ni existen. No entre la gente respetable —indicó, parecía no saber qué decir—. Lo siento mucho, Miriam. Algunos hombres pueden ser animales con sus mujeres.

Él miró por la ventanilla, con la mandíbula torcida.

—Puedo entender una paliza, pero ¿ahogarla? No es…

—¿Una paliza? —gritó ella—. ¡Ningún hombre debería tener derecho de golpear a una mujer! ¿Qué le da ese derecho a un hombre? ¡Es inhumano ahogar a tu hija, y es inhumano golpear a tu esposa!

Estas eran las palabras más fuertes que Miriam había dicho a oídos de Samir. Él mascullό estar de acuerdo, pero era obvio que las palabras de ella le hirieron profundamente los oídos. El resto del viaje Miriam se sentó junto a él, como hacía a menudo cuando estaban solos; pero hoy ella estaba aturdida y entumecida.

Quince minutos después de salir de la ciudad, Samir ingresó en una carretera destapada que llevaba a una solitaria tienda beduina. Dos Mercedes en vez de camellos formaban una clase de puerta frente al ala principal de lona.

Samir detuvo el auto. Los alcanzó una nube de polvo.

—Él está esperando adentro.

Miriam se bajó. Una mujer beduina vestida con la tradicional abaya negra, pero sin que el velo le cubriera todo el rostro, salió de la tienda y observó a la muchacha. Los velos beduinos iban sobre el caballete de la nariz, dejando que el mundo viera libremente los ojos.

Miriam llegó a la tienda y miró los sonrientes ojos de la extraña mujer.

—Usted aquí se puede quitar el velo —señaló la mujer.

Quizás al jeque no le preocupaba la tradición. No queriendo ser grosera, Miriam se quitó el velo y entró.

Abú Alí al-Asamm, un hombre santo con barba, se sentaba sobre una almohada de seda y hablaba en tono tranquilo con una mujer a su derecha. Una alfombra granate con tejidos dorados cubría la mayor parte del piso, y sobre esta alfombra se encontraba una solitaria mesa bajita. Aparte de eso solo había una base para té y un tazón de frutas… apenas el mobiliario de una tienda típica. Según parece, ellos habían venido con poco tiempo y únicamente con lo que se podía cargar en los autos que había afuera.

La plática se acalló al cerrarse la lona detrás de Miriam. El jeque estaba recostado de lado, y no le fue tarea fácil ponerse de pie. Se levantó y la miró con ojos que dejaban ver asombro y curiosidad.

—Miriam.

Ella bajó la cabeza, sintiéndose expuesta. Era obvio que él sabía su nombre, pero lo pronunció como si entre las sílabas hubiera algún misterio. ¿De qué se trataba todo esto? ¿Sabía él del ahogamiento de Sita?

El jeque fue hacia Miriam, con ojos sonrientes.

—Es un placer conocerte al fin —enunció, tomándole las manos y besándolas—. Qué belleza, igual a tu madre, que Dios la tenga en su reposo.

—No sé qué quiere decir usted —objetó ella—. ¿Conoce a mi madre?

—Pero por supuesto. Ella era mi esposa; yo diría que la conocí muy bien.

El silencio del desierto envolvió a Miriam.

—Perdóneme, pero usted está equivocado. Yo nunca lo he visto; ni a su esposa. Ella no es mi madre.

—No. Miriam. Temo que tú eres la que está equivocada. Salman te adoptó, ¿no lo sabes?

—¿Qué?

—¿No te lo dijo?

—¡Eso es ridículo!

—Ven... —manifestó él mirándola, luego se apartó—. Siéntate.

Ella no había oído bien.

—No entiendo.

El jeque se volvió a acercar, vio temor en los ojos de Miriam, y le puso una mano en el hombro.

—Perdóname. Es una conmoción. Qué insensible soy. He estado observándote todos estos años, y te estás enterando por primera vez que soy tu verdadero padre.

Ella apenas podía imaginarlo. Es más, no podía. ¿Por qué no se lo dijeron antes? No había parecido, lógica ni nada que lo vinculara a este hombre.

—Eres un perfecto reflejo de tu madre, Jawahara, quien murió al darte a luz —informó el jeque, y señaló a una hermosa mujer que estaba sirviendo té—. Esta es Nadia, mi segunda esposa.

Nadia dejó la tetera, corrió hacia Miriam, y le besó la mano.

—Mi casa es tuya —enunció.

Miriam no quería esta casa. ¡Se había equivocado al venir! Pero al mirar a los dos supo que decían la verdad. Un hombre tan poderoso no habría inventado una historia tan absurda a menos que fuera totalmente cierta.

Abú Alí al-Asamm era su padre. Que Dios la ayudara.

—Esto no cambia nada —opinó el jeque—. Tú eres quien eres. Una mujer hermosa. Privilegiada en todo sentido. Realeza. Por favor, ven y siéntate.

Se sentaron. Nadia le ofreció fruta, y Miriam agarró una manzana. La mordió de manera distraída, tratando de reflexionar en las repercusiones de esta noticia.

—¿Cómo te está tratando en estos días la casa de Salman? —preguntó el jeque.

De los ojos de él salían arrugas, patas de gallo formadas por una sonrisa perpetua. Miriam sintió que se le hacía un nudo en la garganta. ¿Podría confiar en este hombre del mismo modo que siempre quiso confiar en Salman? ¿Podría un hombre tan extraño ser un verdadero padre para ella?

—Bien —contestó ella; no era la verdad exacta, pero era la respuesta adecuada.

El jeque comenzó a hablar acerca de su vida. En realidad a ella no le importaba nada de eso, pero escuchó con educación e hizo algunas preguntas para mostrar interés.

Lo que Miriam quería saber de veras era el motivo. ¿Por qué el jeque la había dado en adopción a Salman? ¿Qué ventaja había obtenido él?

El supuesto padre habló por diez minutos acerca de la provincia oriental de Dhahran; de los chiítas y de la participación estadounidense en la región; de la madre de Miriam y de cómo ella siempre había querido una hija. Miriam fue su única hija, pero Jawahara había muerto feliz. No obstante, el jeque no la había traído aquí para hablar de su madre.

La conversación se estancó.

—¿Te sientes bien?

—Sí.

—Tus ojos te traicionan, querida mía —expresó el jeque analizándola.

Ella levantó la mirada.

—Tengo... tenía una buena amiga llamada Sita. Contaba quince años y la obligaron a casarse con un viejo. Ella lo rechazó, y esta mañana su padre la ahogó por avergonzarlos. Me... me obligaron a observar.

—Oh, querida, querida, querida —exclamó el jeque chasqueando la lengua y moviendo la cabeza de lado a lado—. Eso es una abominación. Hay castigos mucho más apropiados que la muerte. Lo siento, hija. Lo siento muchísimo.

El jeque suspiró.

—El mundo está cambiando, Miriam —continuó, mirándola cuidadosamente—. Quizás después de cincuenta años de oposición a este gobierno haya llegado mi época. Estoy seguro que te estás preguntando por qué pedí a Salman que te adoptara.

Así que aquí venía entonces la razón.

—Eso me estoy preguntando.

—Lo hice por el bien de Arabia Saudí. Para hacer volver la nación a la verdadera enseñanza del islamismo, y para llevar a mi pueblo, los chiítas, a su justo lugar dentro de la sociedad.

Él hizo una pausa.

—El rey Abdullah ha gobernado ya bastante tiempo.

Las palabras del jeque hirieron profundamente los oídos de Miriam. ¡Traición!

—Palabras fuertes, lo sé —concordó él—. Como tu padre natural he conservado el derecho de darte en matrimonio. Cuando te cases dentro de la Casa de Saud y tengas un hijo, mi nieto estará lleno de la sangre real.

—Pero mi padre…

—¿Salman? Él estuvo de acuerdo con el plan general desde el principio, aunque no le correspondía decir con quién te casarías.

Entonces con voz baja y rápida como si hubiera ensayado mil veces las palabras, el jeque le contó a Miriam los detalles del planeado golpe. Lo más probable es que lo ensayara muchas veces, ¡al haber tramado el plan hace veinte años!

Su padre biológico había forjado una alianza con su familia adoptiva. Ella era solo un títere.

—Te casarás dentro de cuatro días —informó Al-Asamm.

—¡Cuatro días! —exclamó ella sobresaltándose.

—Es fundamental.

El pánico le presionó el pecho, ruborizándola hasta el cuello.

—¿Con quién? ¡No he hecho preparativos!

—Con el hijo de Khalid. Omar bin Khalid.

—¿Omar bin Khalid? ¡Ni siquiera lo conozco!

El jeque se puso de pie.

—¿Y esperas conocer ahora a aquel con quien te casarás?

—No me puedo casar con Omar —objetó ella bruscamente—. ¡Amo a Samir!

Silencio, excepto por la respiración entrecortada de Miriam. Él la miró, boquiabierto por la sorpresa.

—¿Samir? —preguntó finalmente—. ¿El chofer?

Miriam había cometido una terrible equivocación. Por el bien de Samir, debía reponerse. No podía revelar la verdadera profundidad de su amor por él.

—No, usted tiene razón. No lo amo. ¿Pero qué tal si amara a alguien? ¿Aún me obligaría a casarme con un hombre a quien no amo? No conozco una sola persona que hable bien de la familia de Khalid bin Mishal. ¡Son bestias!

—¿Cómo te atreves a proferir tales cosas?

Los orificios nasales del jeque resoplaron. El enojo de él casi la vuelve a poner al borde de su imprudencia. En su mente oyó un portazo, vio deslizarse el pasador. Hace varios años encerraron hasta el día de la boda a una amiga que expresó su opinión respecto de casarse.

—Lo siento. Pero por favor, se lo ruego, ¡no me haga esto!

—Los padres siempre tienen que dar a sus hijas en matrimonio. ¿Me estás diciendo ahora que sabes mejor que yo quién es un buen esposo?

Ella se mordió la lengua.

—¡Una *nación* está en juego! —rugió el jeque—. Tenemos en nuestras manos el poder de salvar al islamismo de la corrupción, ¿y tú piensas solo en tus fantasías?

Nadia permanecía cerca del rincón, mirando hacia otro lado. Su postura le dijo a Miriam que los arrebatos del jeque no eran comunes. Él la había usado una vez para negociar por paz, y lo volvería a hacer, esta vez por poder.

Miriam debía ganar para sí algo de tiempo. *¡Cuatro días!* Se estremeció y contuvo la lengua.

—Perdóneme. Yo estaba pensando irracionalmente. En un día resulta muerta mi mejor amiga y me entero que me caso en cuatro días. Estoy confundida —comunicó y bajó los ojos—. Desde luego que usted tiene razón. Esto es lo que se debe hacer.

Él la miró, serenándose.

—Sí —enunció finalmente—. Lo siento.

—Perdóneme.

Él asintió, y respiró fuertemente.

—Este será un día histórico para el islamismo —declaró el jeque Abú Alí al-Asamm, alargando la mano y poniéndosela en el brazo en un gesto de consuelo—. La boda se realizará en secreto. Samir te traerá mañana a nosotros, y serás mimada como una reina. Y cuando consigamos tomar el trono se celebrará tu boda en público.

El hombre hizo una pausa.

—El novio ha exigido que se sigan adecuadamente las ceremonias de boda, incluyendo el *halawa* —continuó él, refiriéndose a la extracción de todo el bello corporal del cuello para abajo. Mahoma instituyó la práctica en el siglo séptimo, cuando no era común el baño.

Miriam asintió, suprimiendo las ganas de vomitar.

—Ahora vete —añadió él sonriendo—. Antes de que te extrañen.

Ella bajó la cabeza, se volvió a poner el velo, y salió de la tienda sin pronunciar una palabra más.

Samir dejó a Miriam en el bazar y convino en pasar por ella una hora después. Había tratado de averiguar lo que la estaba molestando, y no tenía idea respecto de la boda. Decírselo simplemente lo aplastaría. No podía arriesgarse a hacerlo, por ahora.

El bazar bullía de mercaderes que vendían sus mercancías. Las mujeres, que deambulaban vestidas de negro, inspeccionaban productos a través de sus velos. Miriam encontró a Sultana en su puesto favorito de frutas frescas.

—¡Los cerdos! —le temblaba la voz—. ¿Cómo podía cualquier hombre sensato ahogar a su hija?

Así que Sultana lo sabía. Pero el pavor de sus propios problemas había embotado en Miriam el horror del ahogamiento de Sita.

—Me están dando en matrimonio —anunció Miriam.

Sultana la agarró del brazo. El vendedor de frutas miraba en dirección a ellas. Sultana la llevó hasta el final de la fila.

—¿De qué estás hablando? —le preguntó en voz baja.

—Me reuní con mi padre esta mañana. Me ha dado en matrimonio.

—¡No!

—No. Mi *verdadero* padre. El jeque Abú al-Asamm —confesó con voz temblorosa.

Sultana la miró como si su amiga estuviera loca.

—¿El jeque chiíta? ¿De qué estás hablando?

—Resultó ser mi padre de sangre, Sultana. Fui adoptada en la familia del rey Abdullah a cambio de lealtad.

Sultana parecía un cadáver de pie.

—Sultana, ¿me oíste? Me tengo que casar…

—¿Con quién?

—Con el hijo de Khalid bin Mishal. Omar. La boda es en cuatro días.

—¡Omar bin Khalid!

—Estoy asustada, Sultana —exteriorizó Miriam mirando alrededor, afectada.

—¡Oh querida! Oh querida, oh querida, esto es terrible —exclamó Sultana corriendo hacia el muro de ladrillos que rodeaba el bazar.

Se detuvo después de dar cuatro pasos, y rozó el brazo de Miriam para que la siguiera con urgencia.

—¿Sultana? Sultana, por favor.

La ansiedad de Sultana agudizó la suya propia.

—¿Qué debo hacer?

—¿Sabes quién es Omar? —inquirió Sultana girando hacia ella, una vez lejos de oídos atentos—. ¡Es mi primo hermano! Te puedo contar aspectos de este hombre que te harían vomitar.

Sultana temblaba de furia.

—He hablado con la madre de Sita. ¿Sabes quién presionó a su padre para que la ahogara? Te lo diré. Fue Omar bin Khalid.

—¿Omar? ¿Pero cómo…?

Le retumbaron las palabras del hombre que la había llevado al ahogamiento. Él dijo que el ahogamiento era un mensaje. ¡De Omar!

—¡*No* puedes casarte con él! —gritó Sultana—. Una vez lo vi patear en la cabeza a mi sobrina cuando ella tenía tres años de edad. ¡Por agarrar un juguete de uno de sus sobrinos! ¡La niña estuvo una semana en el hospital!

El temor rodeó a Miriam.

—¡Tengo que hacer lo que el jeque ordena! ¡Mira a Sita!

—¡Y mira quién *mató* a Sita!

—Y si no obedezco, entonces Omar también me matará; ¿es eso lo que quieres?

—¡Basta! —soltó Sultana—. Calla solo por un instante.

Ellas estaban bajo la sombra de una palmera, respirando regularmente al calor de la tarde.

—No estamos pensando con claridad —dedujo Sultana—. ¿Por qué quiere el jeque casarte con Omar bin Khalid?

Miriam se lo dijo. Incluyó también el mensaje de Omar.

—Saber esto basta para que nos maten. Aún no estamos pensando con claridad. Omar es una bestia que organizó el ahogamiento de Sita, ¿no lo ves?

Ella tenía razón. Dios mío, ten misericordia de ellas, Sultana tenía razón.

Miriam volvió a mirar hacia los almacenes. Las observaba una mujer cubierta de negro.

—Tienes razón —aceptó, mirando otra vez a Sultana—. Tienes razón.

—Solo hay una cosa que puedes hacer —le dijo su amiga.

—¿Qué?

—Huir.

La posibilidad anonadó a Miriam en un silencio momentáneo.

—No puedes hablar en serio.

—¡Sí, hablo en serio! Tienes que escapar. Si te quedas te azotarán hasta someterte o terminarás muerta como Sita.

—¿Escapar?

El corazón de Miriam comenzó a latir con fuerza. Un largo silencio se extendió entre ellas. Dos años antes, en un capricho de chiquillas, habían diseñado un detallado plan para huir a Estados Unidos, y se habían convencido mutuamente de que la idea funcionaría. No es que alguna vez pretendieran llevar a cabo ese plan.

—Esos fueron planes de chiquillas. Nunca funcionarían.

—¿Mantiene aún Salman la misma seguridad?

—Sí. Creo que sí. ¿Y si nos atrapan?

—Entonces de todos modos te obligarán a casarte con Omar. Por eso este es el momento indicado para huir. Te necesitan, ¿no ves? Sencillamente no te pueden matar.

Su amiga tenía razón.

—Quizás no me maten, pero yo pagaría un precio muy grande.

—El precio de no intentarlo podría ser mayor.

Miriam no podía decidirse. A la mayoría de las mujeres que conocía les era muy difícil salir de casa, peor aun salir del país. ¿Quién era ella para pensar que podía escapar?

—¿Y Samir? Simplemente no lo puedo dejar.

—¿Dejarlo? Tendrás que dejarlo cualquiera que sea tu decisión. ¿Crees que Omar te permitirá mantener este amor secreto entre ustedes?

Sita flotó en la superficie de la mente de Miriam. Volvió a mirar el muro.

—¿Cómo lo haría? Cuando fui a estudiar a Estados Unidos me vigilaban todo el tiempo. Tenía *criados*. ¿Esperas ahora que simplemente vuele allá y empiece a vivir por mi cuenta? Esto no es como decidir ir en un viaje de compras.

—No, desde luego que no. Pero un viaje de compras no puede comprar tu libertad. ¡*Libertad*, Miriam!

—¿Y si me siguen?

—¿Si te siguen? Lo harán. Pero Estados Unidos es una nación enorme. Te lo digo, Miriam, tienes que huir. Mañana.

Miriam cerró los ojos. La posibilidad de casarse con Omar no era muy diferente de tragar ácido. *Samir… ¡querido Samir!*

—No estoy segura de poder dejar a Samir.

Sultana lanzó un gruñido de frustración.

Ellas habían planeado su escape hasta el más pequeño detalle: el permiso de viaje requerido para todas las mujeres, el pasaporte, el dinero, el destino… todo. Hacerlo era en realidad como saltar un precipicio, pero Miriam ya estaba en una caída libre. Sí, casarse con Omar podría ser *peor* que morir.

—¿Podrías llevarme a Jedda en uno de los Learjets de tu esposo?

—Por supuesto. Viajo allí con regularidad… el piloto no sospecharía nada. ¿Pero por qué a Jedda? Creí…

—Que me pasen a recoger para casarme no era parte de nuestro plan. El jeque vendrá mañana por mí, pero si convenciera a Samir de que debo ir a Jedda por un viaje urgente de compras, ellos se verían obligados a esperar hasta mi regreso. Eso nos daría tiempo. Y los enviaría en la dirección equivocada.

—¿Sabe Samir lo de la boda?

Ellas hablaban rápidamente, en voz muy baja ahora.

—No.

La boda… sonaba extraño. Horrible.

—Volvería a Riad para tomar un vuelo a París y luego continuaría. Si estoy haciendo esto, tengo que hacerlo bien.

Miriam vio el débil contorno de una sonrisa a través del velo de Sultana.

—Esta es la Miriam que conozco.

Hablaron durante otros veinte minutos, revisando con cuidado el plan. Finalmente Sultana la tomó del brazo y la llevó de vuelta a las tiendas.

—Tenemos que ser cuidadosas. ¿Regresa Salman mañana?

—No en tres días.

—Entonces trae todos los documentos con el dinero y reúnete conmigo en el aeropuerto mañana a las nueve de la mañana. Le diré a Samir que te estoy esperando.

Entraron al bazar y anduvieron en silencio por algunos minutos.

—¿Puedes conseguir un horario de vuelos para París? —preguntó Miriam.

—Por supuesto. Si tienes algún problema, llámame esta noche. Yo haré lo mismo.

Miriam respiró profundamente. Ya estaba huyendo.

capítulo 7

Seth se topó con el equipo de danza en el campo Hearst, contiguo al gimnasio. Algunos las llamaban animadoras, pero estas chicas difícilmente eran como las que Seth había visto en el colegio. Eran de las que competían en ESPN2 en el nivel de campeonato nacional, y de vez en cuando iban a danzar en viajes de cruceros o, en algunos casos, en Broadway.

La líder del equipo era una rubia llamada Marisa, una brillante estudiante de física que había acudido a Seth para pedirle ayuda sobre varios artículos. Él no lograba imaginarse en qué necesitaba ella ayuda, pero una vez pasaron una hora juntos en el parque, analizando las diferencias entre física nuclear y física hiperenergética.

Marisa era un oxímoron andante: una estudiante inteligente que parecía decidida a ocultarse detrás de un personaje de Hollywood. Ella le había sonreído y preguntado por qué no tenía novia. Y cuando él se ruborizó, le pasó el dedo por el brazo y sugirió que se conocieran mutuamente.

Dos tardes después Seth se vio en su primera cita en tres años. Al principio todo progresó bien. Ella, la criatura perfecta de veintiún años con suficiente belleza para hacer hervir la sangre de la mayoría de los hombres, y él, el muchacho maravilla con suficiente cerebro para enviar a la mayoría de las mujeres a la congelación profunda.

Fueron a cenar al Crab Shack, y con cada pata de cangrejo aumentaba la molestia de él por los defectos de Marisa: su ciega aceptación de las opiniones sostenidas en noticieros, como si se almacenaran en una televisión convertida en dios, y sus bromas acerca del Dr. Harland. Para cuando llegaron al plato principal, hasta la blanca dentadura de la muchacha le parecía plástica. ¿Cómo podía una estudiante tan brillante dejarse arrastrar con tanta facilidad por tonterías?

Es más, se trastornó tanto que tomó un trago de mantequilla caliente, confundiéndola con su té helado. Marisa rió, desde luego, una juvenil carcajada en tono agudo y alto. Ahora la juventud de la bailarina lo fulminó. Ella era una simple cachorrita que ostentaba su dentadura plástica y deliraba respecto de un mundo que veía a través de lentes ingenuos.

Para asombro de Seth, la chica le pidió que salieran al día siguiente. Él rehusó cortésmente. Fue la última vez que hablaron.

Seth se dirigió hacia el equipo. No reconoció a Marisa hasta que ella lo vio. Él asintió y sonrió. La muchacha debió de haber confundido el gesto como alentador, porque susurró algo a las demás y luego prorrumpió en una fuerte ovación que hizo tanto uso de sus caderas como de su boca.

Seth cubrió su bochorno aplaudiendo y diciendo: «Muy bien, así se hace», o algo parecido. Él no era positivo, porque la mejor parte de su mente lo hacía callar a gritos con objeciones.

Las seis lo miraron, mostrando leves sonrisas. Seth se preguntó qué les había dicho Marisa.

—Hola chicas.

—Hola, Seth.

Se detuvo y metió las manos en los bolsillos.

—¿Qué están haciendo?

Practicando su danza, idiota. Agarró la pelota antiestrés.

—Trabajando en nuestras volteretas —contestó Marisa.

—Impresionante.

Silencio.

—Escuché acerca de tu roce de ayer con el profesor Baaron —comentó Marisa.

—¿Verdad? Sí, eso estuvo muy mal.

—Tal vez para él. Oí que saliste muy bien parado.

—Eso depende de cómo lo veas.

—Creo que el cuerpo estudiantil entiende exactamente qué sucedió.

Seth no estaba seguro de lo que ella quiso decir.

—La ironía es que Baaron tiene una recepción en mi honor mañana por la noche en el club de profesores.

—¿Qué clase de recepción? —preguntó una pelirroja con las manos en las caderas, haciendo una bomba rosada de chicle y luego reventándola con fuerza.

Seth se sintió desproporcionadamente incómodo.

—Bueno, hay un premio llamado Dannie Hainemann. Física matemática. Es algo muy bueno para el profesorado.

—¿Quiénes estarán allí? —preguntó una morena que parecía como si un caballo le hubiera prestado las piernas.

—El profesorado e invitados —contestó Seth—. Más o menos doscientos.

—¿Doscientos? —volvió a preguntar ella, parpadeando—. ¿Quién eres tú, el presidente?

El bochorno de Seth dio como resultado una sonrisa.

—Como dije, es muy importante para algunas personas. Estaba pensando que quizás ustedes podrían asistir.

—¿Nosotras? —inquirió Marisa mirando a las demás.

—Todas ustedes.

Ella lo miró por un momento antes de que se le aclarara el entendimiento. Su boca se curvó en una sonrisa seductora.

—¿Quieres que le demos un poco de sabor al evento?

—¿Qué quieres decir? —preguntó la pelirroja.

—Podríamos danzar.

—¡Ah, por favor! —exclamó la morena con piernas de caballo, cruzando los brazos.

—¿Por qué no, Maggie? —cuestionó Marisa volviéndose a ella—. ¿Qué hay de malo en un numerito para hacer más interesante la fiesta?

—No es exactamente la clase de fiesta...

—¡Exactamente! No es la clase de fiesta de *Seth*, así que añadamos un poco de sabor.

—¿Estará allí Brad Baxter? —averiguó la pelirroja.

Brad era el director de educación física.

—Podría ser —respondió Seth—. ¿Quieres que esté allí?

—¿Puedes hacer eso?

—Seguro —dijo Seth.

El resto de los miembros del equipo se miraron entre sí, ninguna se opuso. Excepto Maggie.

—¿Qué quieres que hagamos? —preguntó ella—. No estoy segura de que me guste esto.

—Es inofensivo —juzgó Marisa.

—No creo que él esté hablando de volteretas en la mesa de Baaron —consideró Maggie, mirando a Seth.

Él asintió.

—En realidad yo tenía algo más en mente. Algo más MTV que ESPN.

—¿Te parecemos bailarinas de *striptease*? —reclamó Maggie.

—No —contestó Seth sonrojado—. Eso no es...

—¡Ya basta, Maggie! —exclamó Marisa bruscamente; luego se volvió a Seth—. Así que entramos y hacemos una danza sexy, y quizás calentemos un poco a Baaron. No veo qué tiene eso de ofensivo. Este no es exactamente un colegio religioso, ¿correcto? ¿Cómo quieres que se haga esto?

Seth no estaba seguro de si la idea fue de Marisa o de él, pero ella sabía conseguir lo que deseaba, y él se lo daría. Él podía verla un día de candidata al Congreso.

—Bueno. Cuando me levante a dar mi discurso... ellos siempre desean que el invitado de honor les diga cuánto le debe a Berkeley, al llegar a cierto punto, ustedes podrían entrar y hacer su... número.

Ahora las demás estaban sonriendo. La idea había echado raíces.

—¿Así que eso es todo?

—Quizás bailar sobre las mesas sería una buena idea. Todos los jefes de departamento y una gran final con Baaron.

¿En qué estaba pensando él?

—No sé —objetó Maggie.

—¡Me gusta! —exclamó Marisa—. ¿Cuándo fue la última vez que el profesorado nos reconoció? Solo piensa en eso, Maggie. Esto los relajará un poco. Hablamos de causar un revuelo.

—Si tenemos que sufrir la ruina...

—Por favor, solo es una danza. No iremos allí con carteles de manifestantes a golpearles las cabezas. ¡Esto es Berkeley!

—Si se produce algún acaloramiento, estoy seguro de que recaerá sobre mí —tranquilizó Seth—. Parece que tengo propensión al calor.

Bandera roja, Seth.

Marisa miró a las demás buscando una rápida aprobación. Un eco de «estoy dispuesta» y un encogimiento poco entusiasta de hombros de parte de Maggie decidieron el asunto.

—Muy bien, estamos comprometidas —manifestó ella, y se volvió—. ¿Alguna otra sorpresa?

—Solo una más —contestó Seth mirando a una rubia menuda a la que había visto que Phil se la comía con los ojos—. Tengo un amigo que necesita una cita. Su nombre es Phil. Un tipo bien parecido con un chaleco de bolsillos. Confía en mí, él es bastante encantador una vez que lo conozcas.

—¿Qui... quieres que salga con un tipo llamado Phil?

—Solo pídele que te lleve a cenar —respondió asintiendo Seth—. Quizás al cine.

—No hay problema —intervino Marisa—. ¿De acuerdo, Suzi? Es encantador.

—Está bien.

—¿Lo harás? —inquirió Seth.

—Seguro.

—Muy bien —asintió él—. Buenísimo.

Maggie cruzó los brazos y se volvió para irse. El pie se le trabó en el zapato de Marisa y tropezó. Trató de agarrarse, pero no logró hacerlo, y cayó al suelo de manera poco elegante.

Seth saltó hacia delante para ayudarla a levantarse.

Pero de pronto Maggie estaba de pie, no tendida en la hierba.

Seth retrocedió y parpadeó.

Maggie cruzó los brazos y se dispuso a irse.

¡Él había visto esto!

Su pie se trabó en el zapato de Marisa…

Él había visto exactamente esto, ¡solo un segundo antes!

…y tropezó.

Esta vez Seth se inclinó hacia delante exactamente cuando Maggie comenzaba a caer. La agarró del codo y la mantuvo erguida.

—¡Vaya! —exclamó ella—. Cuida tus pies, Marisa.

—Qué rápido —afirmó Marisa mirándolo.

Seth bajó la mirada, asombrado.

—¿Estás bien?

—¿Eh? Sí —dijo él, retrocedió un paso, las miró, y empezó a volverse.

—¿Te llamo para los detalles?

—Claro. Llámame.

capítulo 8

Samir llevó a Miriam del bazar donde habían dejado a Sultana. Al salir la muchacha vio las afueras de Riad impulsadas como un sueño de barro y ladrillo, y se le hizo un nudo en el estómago. Su voz salía incomoda y forzada, pero se las arregló para culpar de ello a la muerte de Sita.

Desde luego, ella no podía dejar que Samir conociera la verdad. Que Dios la perdone. No se atrevía a decírselo. No solo porque él tenía una línea directa con su recién descubierto padre, el jeque, y por asociación con Omar, sino porque al contarle a Samir lo pondría en terrible peligro. Cuando Omar descubriera que ella se había ido naturalmente sospecharía la participación de Samir, y lo investigaría a fondo. Mientras menos supiera, mejor.

En la mañana Miriam traicionaría al hombre que amaba. Esta verdad la indisponía. Una y otra vez tragó los nudos que le ahogaban la garganta. ¡Ni siquiera podía despedirse de él! Deslizó la mano sobre la suya y se la apretó. Él se sonrojó. Ella sabía que de un modo u otro terminarían juntos. Le dejaría una carta con Sultana, hablándole de su eterno amor y rogándole que viniera por ella. Una lágrima se le deslizó del ojo.

Miriam le habló de la insistencia de Sultana en que al día siguiente hicieran un viaje privado de compras a Jedda. Le explicó que se trataba de una huida privada, solo durante parte del día, así que le pedía discreción. Samir estuvo de acuerdo con una sonrisa de complicidad.

Dejó a Samir en el garaje, entró de prisa a la casa, y se fue directo a su cuarto sin quitarse el velo. Nada debería parecer fuera de lo común. Lo último que necesitaba era que Haya le viera el rostro manchado de lágrimas. Por suerte su joven madre no estaba alrededor.

Miriam cerró la puerta de su habitación, se dirigió a la cama y se sentó lentamente. A solas por primera vez se descorrió el velo, bajó la cabeza hasta las manos, y lloró.

Transcurrió una hora antes de secarse los ojos y ponerse de pie. Un espejo de cuerpo entero la mostró parada, aún vestida en su negro abaya. La princesa.

La muchacha caminó hasta el espejo y estudió su rostro. Tenía los ojos rojos e hinchados, pero también los tonos oscuros de su piel ocultaban la mayor parte de las señales de su llanto. Aspiró profundamente y se pasó la mano por el cabello negro brillante. Una pequeña peca negra le manchaba la mejilla derecha. Había querido quitársela cuando tenía trece años; pero al revisar una copia de una revista *Cosmopolitan* que Sultana le había dado vio una modelo muy atractiva con una marca parecida en la mejilla. Ella concordó con Sultana en que esa peca debía atraer a los hombres, o los editores de la revista la habrían cubierto.

Miriam se volvió del espejo, se encajó la mandíbula, y se quitó la abaya. Era el momento de seguir sin eso. Examinó cuidadosamente sus posesiones, decidiendo que llevaría lo que cupiera en un maletín de mano y un neceser. Al final se conformó con lo que Sultana y ella primero concibieron mucho tiempo atrás: dos mudas de ropa occidental, *jeans* y blusas que le permitieran mezclarse entre la gente de California; artículos básicos de tocador; el Corán; un joyero lleno de sus joyas más costosas, con valor superior al millón de dólares; y un iPod. El resto del espacio lo ocuparía el dinero. Con dinero podría comprar todo lo que necesitara en Estados Unidos.

Miriam había hablado en forma escandalosa con Sita y Sultana de que un día adoptaría costumbres occidentales, y ahora llegaba ese día. Los *jeans* quizás no eran aceptados en Arabia Saudí, pero Miriam apenas podía esperar para ponérselos en la primera oportunidad que tuviera. Se alejaría de las abayas y los matrimonios arreglados, y se cubriría con los símbolos de la libertad. En Estados Unidos sería cualquier cosa menos saudita. Comería, caminaría y hablaría como estadounidense. Ya lo había hecho durante un verano en California, y lo volvería a hacer... esta vez de forma permanente. Quizás su acento no era inglés, pero su corazón sería estadounidense.

Llegó la noche como una babosa caminando por un alfiletero. Faisal, el hermano de Miriam, llegó a casa con su ego normal detestable. La cena fue intrascendente y ella se excusó temprano.

—Me voy a dormir. Después de mi viaje de compras hoy día decidí que los mercaderes de Riad son demasiado conservadores para mis gustos. Sultana me llevará a Jedda en la mañana. Solo durante el día. Y si Jedda no tiene lo que quiero, simplemente tendré que ir a España, ¿no crees?

—Tal vez debería ir contigo —contestó Haya sonriendo.

—Maravillosa idea. Aunque no estoy segura de que Salman lo aprobaría sin su permiso.

La sonrisa de Haya se ablandó.

—No le dirás que me he ido, ¿verdad? Volaremos en la mañana en uno de los aviones de su esposo, y regresaremos en la tarde.

—Adelante, gasta el dinero de mi esposo. Alguien tiene que hacerlo.

Miriam se dio prisa, con el corazón firmemente plantado en la garganta.

Antes de la una de la mañana se deslizó por la oscurecida villa y entró en la oficina de Salman llevando su pequeño maletín. El vedado escritorio de roble traído de España proyectaba sombras a la luz de la luna. Ella había tardado casi un mes en encontrar la combinación de la caja fuerte de piso oculta debajo del escritorio. Haya conocía la combinación, por supuesto. Alguien además de Salman debía saber cómo tener acceso a los objetos de valor. Él había confiado el código a su joven esposa, sabiendo que ella no abusaría de su confianza. Y en su juventud, Haya seguramente no sospechó que *estaba* violando esa confianza al alardear ante Miriam una noche respecto de la combinación. Sonsacarle los números a Haya no había sido una tarea fácil, pero a Miriam no le importó el aprieto cuando se metió a la oficina esa misma noche y abrió la caja fuerte.

La casa estaba en silencio, a no ser por la respiración de Miriam. Atravesó la gruesa alfombra, hizo a un lado la silla, y se arrodilló, tratando de serenar el corazón. Usando una linterna marcó los números en el orden que había grabado en su mente. Pero los dedos le temblaron y ella erró el primer intento. El segundo produjo un suave clic, y se abrió la puerta.

Miriam pasó el rayo de la linterna por el contenido, colocado exactamente como lo había visto dos años atrás: los pasaportes y certificados de viaje sobre un pequeño estante, y fajos de billetes sobre el piso de la caja fuerte. Igual que muchos hombres sauditas en su posición, Salman mantenía guardada una cantidad sustancial de dinero por si una emergencia política lo obligaba a huir. Había varios montones: euros, francos y dólares estadounidenses. A ella solo le interesaban los dólares.

Hizo una pausa suficientemente larga para convencerse de que la casa aún dormía tranquila. Obrando velozmente revolvió en los documentos y sacó su pasaporte y un documento de viaje en blanco. Tendría tiempo para elaborar el documento con una firma falsificada de Salman, dándole permiso para viajar a Estados Unidos. Miriam solo esperaba que su intento pasara el examen.

La muchacha sacó veinte fajos de billetes de cien dólares, cada uno de dos centímetros y medio de grueso, y los puso en el maletín. Imaginó que había como quinientos mil dólares. Una pequeña cantidad en efectivo en términos sauditas, pero sin duda suficiente para un inicio en Estados Unidos. De lo contrario, siempre podía recurrir a las joyas.

Cerró la caja fuerte, hizo girar el disco, y salió del salón con un nuevo temblor en los dedos. Acababa de cometer un grave crimen y no tenía duda de que Salman insistiría en castigarla si la atrapaban. A la luz del ahogamiento de hoy, ¡quizás ordenaría que le amputaran el brazo!

Le llevó una hora empacar y reempacar el maletín, ocultando el dinero debajo de la ropa. Las autoridades aeroportuarias casi nunca revisaban el equipaje de la realeza, pero siempre había la posibilidad. No encontrarían nada, a menos que le hurgaran las ropas. Desde luego, si abrían el maletín, hurgarían, ¿no es así?

Miriam finalmente cerró la valija y se obligó a volver a la cama.

La mañana llegó lentamente y sin pegar los ojos. Cada minuto de las dos horas que precedían a su partida con Samir parecía hacerse más lento. Miriam bajó las escaleras a las ocho y treinta, y vio con no poco alivio que la casa aún estaba en calma. Se puso el velo y se dirigió al garaje, llevando el maletín en una mano y el neceser en la otra.

Samir la ayudó con el equipaje. Si notó el peso, no dijo nada. Una vez más ella estaba agradecida por la abaya que le ocultaba el rostro… con seguridad la adrenalina que le recorría por la sangre la habría enrojecido; o la habría puesto pálida.

¿Y si Salman necesitaba que su esposa sacara algo de su caja fuerte antes de que Miriam llegara al aeropuerto? ¿Y si a Samir se le cayera el maletín, y derramara el contenido en el suelo? ¿Y si…? ¡Había demasiados «y si»! *¡Esto es un error, Miriam! Deberías salir corriendo hacia la casa. Le podrías decir a Samir que tu ciclo te vino antes y que no puedes hacer este viaje.*

Salieron de la villa. El tráfico bullía con emigrantes que se dirigían a trabajar y sauditas a supervisarlos.

—¿Qué clima crees que esté haciendo en Jedda? —preguntó Miriam.

—Hermoso —contestó Samir, y luego la miró—. Tan hermoso como tú.

El velo le ahorró tener que forzar una sonrisa para disimular su dolor.

—¿Y cómo sabes que no me han salido verrugas debajo de esta sábana?

—Te amaría con verrugas o sin ellas, Dios es mi testigo.

—Antes de que me vieras sin velo, yo solo era una sábana andante. Luego me viste y me convertí en tu amor eterno. ¿Y si hubiera sido fea?

A menudo se hacían bromas en la privacidad del auto, pero ahora las bromas no levantaron el ánimo de Miriam.

—Cierto. Soy hombre. Y como a la mayoría de los hombres, la belleza de una mujer hace cosas extrañas a mi mente —le contestó él, brindándole una sonrisa tímida y coqueta—. Tu belleza casi me produce un paro cardíaco. No sé lo que haría al verte andar por mi casa sin velo. Eso podría matarme.

Pasaron la torre de agua de Riad, una estructura que hacía pensar a Miriam en una copa de champaña.

—Al menos morirías como un hombre casado —manifestó ella volviéndose a él—. No podemos fingir por siempre, Samir. Sabes que me tengo que casar dentro de la familia real. Tengo que producir un hijo de sangre real, ¿recuerdas?

Samir aclaró la garganta y miró hacia delante.

—Mientras estemos en este país nunca nos dejarán casarnos —añadió ella.

—Entonces tendremos que salir del país —contestó él.

Era la primera vez que él lo decía. El corazón de Miriam se llenó de esperanza. Pero no, no podía decirle nada ahora.

—¿Tendremos?

—No he pensado en nada más desde el año pasado —confesó Samir mirándola por un instante y volviendo a enfocarse en la carretera—. Solo tenemos dos opciones: O nunca nos amaremos como se supone que se amen un hombre y una mujer, o salimos del país. Salir sería peligroso. Pero creo... creo de veras que moriría sin ti.

Samir tomó larga respiración.

—Soy un buen musulmán, y siempre seré un buen musulmán. Amo esta nación. Pero si no le importa a Dios, creo que te tomaré como mi esposa.

Miriam sintió que se le salía el corazón. Sintió deseos de decirle por qué iba en realidad a Jedda.

Ella descansó su mano en el hombro de él.

—Samir, dejaría Arabia Saudí para estar contigo aunque me persiguieran todos los guardias del rey —le dijo finalmente mientras una lágrima le brotaba del ojo, y continuó después de una pausa para refrenar sus emociones—. Quiero que me prometas algo.

—Te prometería mi vida —respondió él.

—Entonces prométeme que te *casarás* conmigo. Suceda lo que suceda, te casarás conmigo.

—Mientras no haya dios sino Dios, lo juro.

Miriam quiso levantarse el velo y besarlo. Así lo hizo después de mirar alrededor y ver que el auto más cercano estaba como a cincuenta metros atrás. Los labios de ella ardieron al contacto.

Samir enrojeció y miró por el espejo retrovisor. Se le empañaron los ojos y tragó saliva.

—Si yo hubiera nacido como príncipe —reconoció—, entonces no causaría ningún peligro...

—¡*Eres* un príncipe! Siempre serás un príncipe. El único peligro verdadero que enfrento es estar separada de ti.

Continuaron hacia el aeropuerto en un pesado silencio de deseo mutuo, y Miriam pensó que el corazón le estallaría de amor.

capítulo 9

Sultana estaba esperando en el Mercedes negro de su esposo. Un Learjet blanco aguardaba sobre el asfalto, con la puerta abierta y los motores encendidos. Era típico que los príncipes tuvieran varios aviones, y el esposo de Sultana tenía seis. El piloto, un estadounidense con quien Miriam había volado antes, salió para saludarlas, con una amplia sonrisa. Luego abordaron, se cerró la puerta, y Samir se fue.

Diez minutos después estaban en el aire.

Menos de una hora más tarde aterrizaban en el aeropuerto internacional de Jedda sobre la costa del Mar Rojo. Una vez separadas del piloto hablaron libremente y completaron el papeleo que daba a Miriam permiso de Salman para viajar sola y salir del país. La confianza de Sultana alimentó la de Miriam, y crecía con cada paso.

El terminal principal estaba repleto de personas vestidas de blanco y negro, más hombres de blanco que mujeres de negro. A la derecha de Miriam estaban las ventanillas de boletos de las aerolíneas de Arabia Saudita. Ella esperó con Sultana en este mar de seres que caminaban sin rumbo fijo, vestida con su abaya, y le recorrió una ola de dudas.

—¿Y si Hillary no me recuerda? —cuestionó—. Solo porque me haya dictado estudios del Medio Oriente no quiere decir que sea amigable…

—Deja de intentar escabullirte con palabras. Hay un avión saliendo en cuarenta minutos. Si te apuras puedes alcanzarlo.

Miriam volvió a mirar alrededor. La mano de Sultana le reposó en el hombro.

—Ve con Dios. Y cuéntales en Estados Unidos.

—¿Qué les digo?

Sultana miró por la ventana hacia un avión que rodaba.

—Que solo hay unos pocos como ese cerdo de Hatam, que ahoga a su esposa —indicó ella, luego le tembló la voz—. Que despreciamos a bestias como Omar.

La campaña de Sultana.

—¿Y si mi padre ya descubrió que no estoy...?

—Si no te vas ahora mismo, empezaré a gritar. ¿Quieres eso? Vendrán corriendo todos los policías en la terminal.

Miriam forzó una lánguida sonrisa.

—Está bien, me voy.

—Cuídate.

Miriam dio pasos inciertos hacia la ventanilla, el pequeño maletín en su mano derecha y el neceser en la izquierda. Permaneció en la fila y otra vez estuvo agradecida por el velo.

—¿Puedo ayudarla?

—Sí, quiero un boleto para Riad, por favor.

—Documentos —contestó el hombre mirándola con curiosidad.

Ella le extendió los documentos falsificados, los cuales explicaban la naturaleza de emergencia de su viaje, autorizado expresamente por Salman bin Fahd. Un primo se había enfermado en París, y no había compañía masculina disponible para Miriam. Pensara lo que pensara el hombre detrás del mostrador, no estaba en posición de cuestionar al hijo del rey.

Miriam no declaró equipaje, agarró el boleto, esperó para abordar, luego entró al avión. Una hora después la aeronave aterrizó en Riad, y Miriam pensó otra vez en malograr el plan. Aún podía llamar a Samir pidiéndole que pasara por ella, correr de nuevo a la villa, y devolver el dinero. O podría tomar otro vuelo y regresar donde Sultana.

¿Y luego qué?

Entonces la obligarían a casarse con Omar.

Sus pies la sacaron del terminal principal. Las ventanillas de boletos estaban a lo largo de la pared más lejana, y por un momento Miriam no estaba segura de si estas eran las puertas al cielo o al infierno. Caminó hacia ellas. *Has ido demasiado lejos como para echarte atrás. Si se niegan a venderte un boleto a París, volarás de regreso a Jedda.*

Pero no se negaron a venderle un boleto.

Una vez más subió a bordo, con los músculos tensos como cuerdas de cítara. El enorme DC-10 despegó y lentamente se dirigió al noroeste. Cada vez que un auxiliar de vuelo recorría la cabina, Miriam medio esperaba que se le acercara con la noticia: «Lo siento, señora, pero se ha descubierto su estúpido plan de huir de su matrimonio con Omar. Tenemos órdenes de regresar el avión y devolverla a Riad, donde un grupo de cien mutawas la están esperando en el aeropuerto para darle una paliza».

Pero tampoco esta vez se materializaron sus temores. El avión aterrizó. Los pasajeros descendieron.

Miriam caminó con cautela por la puerta de desembarco, alerta a autoridades armadas. Hizo una pausa a tres metros de la entrada al terminal, luchando por mantener la respiración en calma. Un joven se detuvo alrededor de ella, mirando. En el temor que sentía, casi había olvidado que estaba usando la abaya.

Miriam levantó las manos, se quitó el velo, se arremangó, y se obligó a entrar al terminal.

Cientos de personas vestidas vistosamente se paseaban o daban vueltas alrededor, y Miriam estaba segura de que la mayoría miraba en dirección a ella.

Examinó rápidamente la muchedumbre. ¡No había policía religiosa! ¿O estaba oculta para evitar un escándalo? Localizó en el pasillo el letrero de un baño y se dirigió allí con una nueva urgencia, evitando todo contacto visual con curiosos espectadores.

¿Es ese Darth Vader, mamá?

Miriam tenía que quitarse esta capa negra. Una oscura formación llamó su atención, y levantó la mirada para ver una mujer vestida con una abaya a cincuenta metros de distancia. Ella aún usaba velo y seguía a su esposo a varios metros.

La vista envalentonó a Miriam. Se metió aprisa en el baño y entró a los cubículos para discapacitados. Se quitó la abaya, puso el maletín en el inodoro, quitó el seguro, y lo abrió. Uno de los fajos de cien dólares cayó al piso en su prisa por sacar sus *jeans*. Ella lo miró, horrorizada.

La puerta del baño se abrió y alguien entró. Miriam se inclinó para agarrar el dinero, lo volvió a meter debajo de la ropa, y tranquilamente cerró el maletín. Pero le dio miedo poner el seguro por el ruido que haría.

Nadie le iba a dar un puñetazo aquí y agarrarla porque había oído el clic de dos seguros al cerrarse. ¿Qué estaba pensando?

La puerta se abrió y se volvió a cerrar. Otra vez estaba sola.

Se vistió tan rápidamente como le permitieron sus temblorosas manos. Había pensado en deshacerse de la abaya en el depósito de basura de los lavabos, pero ahora se preguntaba si no sería mejor por el inodoro.

De todas las ideas... ¡El baño se inundaría!

Recogió la prenda, agarró sus valijas, y salió del cubículo. Cruzó hacia un basurero grande, puso el equipaje en el suelo, y rápidamente metió la abaya por la abertura. Se miró en el espejo.

Su imagen le devolvió la mirada: rostro lívido, brazos y cuello desnudos. ¿Qué estaba haciendo?

Levantó la mano hasta el cuello de su blusa canaria. La dejó allí paralizada. ¡Prácticamente estaba desnuda! ¿Qué creía estar haciendo? No podía andar por ahí de este modo, ¡mostrando su piel al mundo! Al menos debería conservar la abaya por si acaso.

Miriam estiró la mano dentro del basurero, cerró la mano alrededor de la bata, y la sacó. Ahora enfrentó el espejo con una prenda negra amontonada en la mano izquierda, como una tonta.

Gruñó y volvió a meter la capa negra en el basurero. Se cubrió el rostro con las manos. *¡Tranquila, Miriam!*

La puerta se abrió. Los ojos de Miriam se le abrieron de par en par. Por los dedos se le filtró luz, pero no retiró las manos.

Una mujer la pasó y luego se detuvo.

—¿Está usted bien? —le preguntó en francés.

Miriam bajó las manos.

—Sí —contestó—. *Oui*.

La mujer sonrió y se metió a uno de los cubículos.

Miriam se volvió hacia el espejo. Eso era. Solo «¿está usted bien?», y «sí». La mujer solo estaba preocupada, no estaba sospechando. Y Miriam había respondido. Todo estaba bien. *¿Estás bien? ¡Sí!*

Sí, ¡sí! Estoy bien.

Fue entonces, estando frente al espejo, que comprendió que su plan funcionaría. Iba a escapar de Omar.

Levantó sus dos valijas y salió. La atestada terminal estaba llena de gente, pero nadie se fijaba en ella. Nadie.

Miriam pasó por inmigración en diez minutos y de inmediato compró un boleto para Chicago. Su destino era San Francisco, pero, según lo planeado, compró sus boletos en efectivo y en etapas sencillas para retrasar cualquier persecución.

Pasó una hora caminando por el terminal, curioseando en las tiendas, sintiéndose más viva de lo que podía recordar alguna vez. Cambió unos cuantos dólares por francos y compró una taza con *París* grabado en dorado. Quería un recuerdo de su primer día verdaderamente libre.

El vuelo trasatlántico a Chicago en United Airlines fue una alegría. Voló en primera clase, porque la familia real siempre volaba en primera clase, y un escape no merecía menos. Observó una película a bordo titulada *El señor de los anillos*, llena de criaturas mágicas y extrañas que la hicieron reír. Un poco miedosa en partes, pero mágica. Varios pasajeros veían cómo se comportaba, y ella finalmente se disculpó por sus arrebatos, incapaz de ocultar su sonrisa. Quería decirles más. Que estaba escapando de un tipo terrible llamado Omar, y que deberían alegrarse de que ella estuviera aquí riéndose de gnomos y duendes en vez de casarse con uno. Quería decirles eso, pero no lo hizo.

Miriam no estaba segura de si fue por el alivio, el vino o la alegría creciente, pero finalmente se quedó dormida.

Una amiga de Sultana que vivía en España había modificado la visa de estudiante de Miriam hacía dos años, insistiendo en que fuera válida por cuatro años más. Por unos horribles minutos en la fila de inmigración en O'Hare, Miriam comenzó a tener sus dudas. Pero luego estaba sonriendo cortésmente ante un funcionario y entrando, con el pasaporte sellado en la mano.

Estaba en Estados Unidos. Usando *jeans* y una blusa canaria. Libre para ir donde quisiera. Llevando quinientos mil dólares en el maletín. Casi gritó entonces su agradecimiento a Dios, quince metros más allá de la fila de inmigración, pero se conformó con una leve oración de gratitud.

Para ahora, las cosas deberían estar ardiendo en Arabia Saudí. Sultana se estaría aferrando a sus negativas; Samir estaría jurando su ignorancia y muriendo de intranquilidad. Querido Samir. Salman estaría andando furioso de un lado a otro, y el jeque se estaría estrujando las manos. Y Omar…

Omar estaría considerando que quizás las mujeres podrían hacer algo más que traer bebés, cocinar y agradar a sus amos.

La pasó un grupo de jóvenes a quienes reconoció del vuelo. En el avión los cuatro parlanchines hablaban y reían en voz alta, y soltaban palabrotas de vez en cuando. Ahora ella vio que usaban *jeans* anchos que amenazaban caérseles alrededor de los tobillos. ¡Nunca había visto nada igual! Lo que vio la hizo sentirse vulnerable y sola en este mar de humanidad. Sí, a ella la habían liberado, pero ¿dentro de qué clase de océano?

Miriam compró un boleto para San Francisco y pasó dos ansiosas horas esperando la salida del avión, vacilando entre la emoción de su logro y la preocupación de que había escapado solo para ser arrastrada finalmente a Arabia Saudí. ¿Y si Omar hubiera hecho hablar a Sultana a golpes, y ahora esperara en San Francisco?

No. El esposo de Sultana no dejaría que Omar tocara a su esposa.

Su vuelo aterrizó en San Francisco a las tres de la tarde, y Omar no estaba allá. Entonces ella era verdaderamente libre, ¿no es cierto? Jedda, Riad, París, Chicago, y ahora San Francisco. Lo había logrado.

Miriam llamó un taxi a las tres y treinta.

—¿Adónde la llevo? —preguntó el chofer, que parecía de India o Pakistán.

Ella se preguntó si el hombre era musulmán o hindú.

—¿Sabe usted dónde está Berkeley? —respondió Miriam a su vez.

—¿La Universidad de California en Berkeley? Sí, desde luego.

Su acento era hindú británico, y a ella le gustó.

—Hay una casa en una calle cerca de la universidad. ¿Me podría llevar allí?

—¿Dónde? ¿Tiene la dirección?

—No.

—Entonces no puedo llevarla allá, ¿cómo hacerlo?

—Me puede llevar a la universidad. Creo que una vez allí recordaré, aunque la última vez conseguí un chofer que sabía dónde llevarme.

—Pero yo no he estado allí, ¿verdad? Así que ¿cómo podría llevarla a un lugar en el que nunca he estado?

Él la miró, sonrió cortésmente, y se metió en el tráfico. Le informó que su nombre era Stan, aunque ella lo dudó. Sin embargo, él debería ser estadounidense si quería serlo. Ella estaba haciendo lo mismo. Stan la llevó al norte por la 101 y luego atravesó el Puente Oakland Bay... un viaducto que claramente le molestaba al hombre, a juzgar por los «choferes estúpidos» que le dificultaban su avance.

Ella reía de esto, lo cual a su vez lo hacía reír, y para cuando salieron de la Avenida College hacia una callecita del sector que Miriam reconoció, Stan era muy amigable. Prácticamente se enamoró de ella. Lo supo porque se lo decían los ojos del taxista, que la miraban y le hablaban de la misma forma que le hablaban los ojos de Samir las pocas veces que ella no estaba usando velo.

Diez minutos después encontraron la casa de Hillary, que resultó estar a solo tres cuadras de la Avenida College. Miriam le pagó a Stan y le dio cien dólares extras por su amabilidad. Por afirmarla.

La profesora de estudios de Oriente Medio, Hillary Brackenshire, era una mujer alta y flacucha con una tez que la hacía parecer del triple de edad, y de cabello canoso y áspero que apenas se molestaba en peinar. Le recordaba a Miriam un cardo andante. La profesora había estado fascinada con Miriam durante los meses de verano que estudió en Berkeley... una reacción natural, considerando el campo de estudio de Hillary y su encaprichamiento con el islamismo.

Miriam esperaba que la mujer se alegrara de verla. Si no, pasaría al plan B, el cual no era más que irse a un hotel. Depositó las valijas en el suelo, miró nerviosamente alrededor, y tocó a la puerta.

A los diez segundos repiqueteó la perilla, y luego la puerta se abrió hacia adentro. Allí estaba Hillary, vestida con un salto de cama, a pesar de que solo eran las cinco de la tarde, y con su aspecto de puercoespín arrugado como la recordaba Miriam.

—¿Sí? ¿Puedo ayudarla en algo?

Miriam titubeó.

—¿No me recuerda?

Era obvio que no.

—Miriam. Estudié en Berkeley hace dos veranos.

Los ojos de Hillary se ensancharon.

—¿Miriam? ¿La princesa?

—Sí —contestó sonriendo—, aunque no estoy segura de seguir siendo princesa.

—¡Entra! Entra —insistió Hillary, haciéndole señas de que entrara con un ademán de la mano—. Querida amiga, no todos los días viene una princesa a mi casa.

Luego miró las valijas, volvió a levantar la mirada hacia Miriam, y después miró la calle.

—¿Dónde está tu vehículo?

—Vine en taxi.

—Déjame ayudarte.

—Gracias.

Miriam entró y recorrió con la mirada el ambiente más bien humilde. Una obsoleta pero elegante campana de papel maché sobre un mantel. Hojas secas pegadas para formar dibujos sobre un raído diván marrón. Las pantallas de las lámparas parecían hechas de fundas de almohadas... las mismas pantallas amarillas que Miriam recordaba de su última visita. Hillary, una naturista autoproclamada, no arreglaba mejor su sala que su cabello, pensó Miriam.

—¿Qué quieres decir con que quizás ya no seas princesa?

—Significa que he huido de la Casa de Saud —contestó ella poniendo el neceser en el suelo.

Hillary parpadeó.

—¿Has... escapaste? No puedes *huir* de la Casa de Saud. Tú *eres* la Casa de Saud.

Miriam rió ligeramente.

—Sí, supongo que lo soy. Pero en realidad —hizo una pausa y miró alrededor, atosigada de manera extraña por el desorden de Hillary—, en realidad, me escapé. Imagíneselo. Salí de Arabia Saudí y vine a Estados Unidos. Y me preguntaba si usted me podría ayudar por unos días.

Ella quería que Hillary la abrazara, feliz por su valor. En vez de eso la profesora solamente la miró, incrédula.

—Eso es imposible —logró decir finalmente Hillary.

—¡Pero lo hice! —exclamó Miriam, sintiendo que el rostro se le ensanchaba en una gran sonrisa.

—No, quiero decir que no puedes huir de quien eres. No deberías haberlo hecho.

A Miriam se le ocurrió que Hillary no entendía de veras, profesora de estudios de Oriente Medio o no. Ella podría estar desanimada, pero la alegría de su éxito la previno.

—¿Me puedo quedar con usted por un día o dos?

—Bueno… por supuesto. Esto es muy distinto al Hilton, sin embargo. La última vez tuviste todo el piso para ti, ¿y ahora te quieres quedar conmigo?

—Sí.

—¿Por qué demonios…?

—La última vez yo era una princesa. Ahora soy solo una mujer —la interrumpió Miriam alisándose la blusa amarilla—. ¿Ve? Una mujer. Me iré de aquí mañana. A más tardar pasado mañana.

—¿Saben en tu embajada que estás aquí?

—Ya se lo dije, estoy huyendo.

—¿Así que eres fugitiva?

El tono de Hillary empujó a Miriam sobre el sofá.

—Sí. ¿Tiene usted problema con eso?

—No. No, por supuesto que no —petardeó Hillary—. Eres bienvenida para quedarte el tiempo que quieras. Mientras prometas contármelo todo.

—Lo prometo.

—Muy bien. Bueno, una princesa debe tomar té. Tengo una maravillosa mezcla de hierbas. De la China. ¿Sí?

—Sí.

—Volveré enseguida —informó Hillary, y se fue a la cocina.

Miriam respiró profundamente. Se quitó los zapatos, y levantó los brazos hacia el cielorraso. Difícilmente sabía que estaba a punto de aullar antes de hacerlo así... un vehemente aullido árabe cargado de gran emoción.

En la cocina, la porcelana repiqueteó y luego cayó. Hillary había dejado caer las tazas de té. Pero a Miriam no le importó. Se volvió a lanzar sobre los suaves cojines del sofá, riendo a carcajadas.

Omar podía echar todo el humo que quisiera. Ella estaba libre de él.

capítulo 10

Omar bin Khalid examinó el gran pasillo blanco a través de la puerta agrietada del estudio. Columnas griegas apoyaban un elegante cielorraso esculpido a trece metros por encima del piso vidrioso de mármol. Su padre había pagado dos millones de dólares a un artista famoso para pintar enormes retratos de cada rey saudita, seis incluyendo al que ahora planeaba matar, Abdullah. Los lienzos miraban desde la lejana pared como centinelas que estiran el cuello para ver el siguiente capítulo de la historia.

En la cámara resonó el taconeo de pasos, pero Omar no pudo ver a quién pertenecía. Menos de cinco minutos antes había convocado a su padre, que se encontraba en una reunión de alto nivel con los noticieros.

La perra había huido.

Su padre dio vuelta a la esquina y apareció a la vista, los brazos oscilaban con cada paso largo, su *thawb*, o túnica, se le arremolinaba alrededor de los tobillos. Omar cerró la puerta, atravesó la oficina suite, se sentó en el sofá de cuero negro, y cruzó con indiferencia las piernas. La oficina era un estudio lleno de símbolos de inmensa riqueza. Ningún artículo sencillo, desde el descomunal escritorio recubierto de oro hasta las plumas de ganso en los cajones, se podía comprar en el mercado abierto. Cada artículo era hecho por encargo. Hasta la gruesa alfombra blanca había sido tejida de pelo de camello para este salón y solo para este salón.

La puerta se abrió, y entró su padre.

—¿Qué significa todo esto?

Omar curvó las manos para calmar sus temblorosos dedos.

—Miriam abandonó ayer el país con rumbo a París.

—¿Con quién se fue? —preguntó Khalid cabizbajo, caminando hasta el centro del salón.

La mujer lo había rechazado. Su rechazo no era menos ofensivo que la negativa de la joven felina por su esposo. Omar había sabido que Sita sería un problema para Hatam, y predijo que la reacción de la muchacha constituiría causa de muerte para ella.

Pues bien. Su novia fue tan estúpida como para captar el mensaje.

—Se presentó ante las autoridades aeroportuarias con documentos falsificados de viaje —informó Omar—. Se escabulló en un viaje a Jedda, tomó un vuelo a Riad, y luego continuó a París. Por su cuenta.

—¿Está ahora en París? —preguntó su padre, taladrándolo con la mirada.

—No. Está en Estados Unidos. California, donde asistió a un curso de verano.

—¿Y su padre? ¿Salman?

—Furioso. Pero aún ciego a nuestras intenciones.

—Si nuestras fuentes saben tanto de esto, también lo sabrá el rey Abdullah —comentó Khalid, dando media vuelta—. Él querrá saber la razón.

—Eso no es lo importante —objetó Omar—. La *razón* es irrelevante. Acabo de ser escupido por una mujer.

—No te distraigas de la verdadera crisis. Ella era tu camino hacia el trono y nada más. Sin ella, el jeque Al-Asamm retirará su apoyo. Sin ella, no hay trono —decretó Khalid sentándose detrás del gigantesco escritorio—. ¿Dónde está el jeque?

—En el desierto. Promete renunciar si no la recuperamos.

Su padre maldijo.

—Vivir con los chiítas sería como dormir con el diablo. Deberíamos matar a gran parte de ellos.

—Estoy de acuerdo.

Pero los dos sabían que el golpe fracasaría sin el apoyo del jeque.

—La mujer ha escapado —expresó Khalid, moviendo la cabeza de lado a lado y cerrando los ojos—. De todas las insolentes...

Sus ojos se abrieron, centelleantes.

—¡Todo! Pensamos en todas las posibilidades. ¿Pero esto? ¿Qué clase de hija crió Salman? Como ves, ¡por esto es que debemos derrocar el trono! A una hija real se le pide *una* cosa, casarse con un príncipe, ¡y ella huye como cobarde! ¿Ya no saben las mujeres cuál es su lugar?

—Es obvio que no —contestó Omar.

—¿Y si el rey se entera de nuestro plan?

—No tendría pruebas.

—¿Y si incluso *sospechara*?

—Si yo fuera él —respondió Omar después de hacer una pausa—, mataría a la mujer, para impedir el matrimonio.

—Si el rey matara a la hija del jeque —opinó Khalid echándose para atrás en su silla—, el jeque se pondría tan furioso como para alinearse conmigo sin un matrimonio de por medio.

—Entonces matemos a la mujer y culpemos al rey —declaró Omar, pensando que el fin sería digno.

—Podría resultar así. Pero el rey lo negaría tan pronto como lo hiciéramos. Y no tenemos garantías de que el jeque se pondría de mi lado. No puedo preguntárselo así sin más, ¿verdad?

Khalid empujó su silla hacia atrás y se fue hacia una ventana con vista a una laguna en que se hallaba una docena de gansos.

—Tráela de vuelta.

Omar se puso de pie, se alejó de su padre, y rechinó los dientes para suprimir una oleada de ira.

—Lo haré —aseguró, dando grandes zancadas hacia la puerta—. Lo haré.

La traería de vuelta. La llevaría a rastras por el cabello, sangrando y gritando. Assir y Sa'id ya estaban volando hacia Estados Unidos, dos chacales hambrientos en espera de instrucciones.

—Viva —ordenó su padre—. La necesitamos viva.

Cállate, padre.

—Por supuesto.

Pero él no estaba seguro de poderse contener.

Los marcados huesos de Hilal presionaban contra su piel en tal forma que si se hubiera criado en la ciudad de Nueva York lo habrían apodado Navaja o Filoso. Era director de seguridad personal del rey Abdullah y podría decirse que tan mortífero como parecía.

Hilal estaba sentado a la derecha del rey Abdullah, y Salman frente a los dos, sintiéndose insignificante a pesar de ser de la realeza, e Hilal no. Le ofendía la realidad.

Lo habían mandado a llamar debido a la huida de Miriam. No podía comprender por qué el rey se interesaba tanto en la desaparición de una hija adoptiva. A menos que ellos supieran más de lo que él les había dicho: Simplemente que huyó después de presenciar el ahogamiento de su amiga Sita.

Hilal levantó sus delgados dedos hasta la barba y los recorrió suavemente por las negras hebras. El rey lo miró con una ceja levantada.

—¿Sí?

—La pregunta que me molesta, Su Alteza, es por qué. *¿Por qué* huyó ella?

El rey miró a Salman sin pronunciar una palabra.

—¿Me está acusando usted? —preguntó Salman.

—Si usted hubiera hecho algo que desapruebo, me enteraría del asunto. No soy ciego.

La revelación le dio que pensar a Salman. Se preguntó cuál de sus criados era espía del rey.

—Ya le he dicho por qué creo que Miriam huyó.

—Ella tomó grandes riesgos al irse —expresó Hilal aclarándose la garganta—. Según la profesora de Berkeley que contactó con el Departamento de Estado, Miriam está convencida de que de algún modo está siendo sometida a una conspiración que pone en peligro la Casa de Saud, aunque se negó a dar explicaciones.

—No me puedo imaginar lo que ella quiere decir —aseveró Salman sudando bajo su túnica.

—De cualquier manera, no me gusta —comentó Halil—. Yo solicitaría que me permita ir por ella, Su Alteza. Debemos averiguar por qué huyó.

—Ella es solo una mujer que va tras sus fantasías —manifestó Salman—. Usted está reaccionando en forma exagerada.

—¿Lo estoy? Usted debería sacar la cabeza de su palacio de vez en cuando, mi amigo. Nuestro reino no es tan estable como lo fue una vez.

—¿Y qué tiene esto que ver con mi hija? Por favor —preguntó Salman sintiéndose insignificante en la feroz presencia.

¿Por qué el rey permitía que Halil hablara de esta manera a un príncipe?

—No puedo subestimar el espíritu de rebeldía de Miriam —continuó Salman—. Se necesita inteligencia para abrir mi caja fuerte, y aun más valor para robar el dinero. Si usted me pregunta, Samir participó en su huida. Siempre creí que ella lo tenía cautivado.

—¿Samir? —inquirió bruscamente Hilal levantando la mirada—. Lo interrogamos a fondo. No sabía nada. ¿Qué quiere usted decir con que lo tenía cautivado?

Salman titubeó, recordando las miradas ocasionales que había visto que el chofer le lanzaba a Miriam.

—Quiero decir que ellos pasaban juntos bastante tiempo. Solos. En el auto, desde luego, pero si usted no hubiera insistido en que lo conservara, lo habría dejado ir hace años.

—¡Él es uno de los hombres del jeque Al-Asamm, idiota!

Salman sintió que una hoja helada le atravesaba los nervios. O Hilal sabía más de lo que declaraba, o le estaba engañando. Si era lo primero, le estaban tendiendo una trampa a Salman. No le quedaba más alternativa que no dejar rastro. Darles ahora algo que más tarde señalara que no sabía nada de ninguna conspiración de golpe.

—¿Hombre del jeque? —exclamó Salman poniéndose de pie—. ¿Ha permitido usted a un chiíta dentro de mi casa? ¿Y si el jeque Al-Asamm tiene algo planeado? ¿Ha pensado usted en eso? ¿Y si Miriam es parte de las conspiraciones *de él*?

—Entonces ella morirá —contestó Hilal—. Pero usted mismo manifestó bajo juramento que ella era hija del criado de Khalil, producto de una aventura ilícita que la familia de él esperaba mantener confidencial.

—¿Es Samir, mi chofer, un chiíta? —cuestionó Salman extendiendo los brazos—. Por lo que sé el cielo está a punto de hacer llover fuego sobre mi cabeza.

Ellos se miraron entre sí.

—Debemos proceder suponiendo lo peor —indicó Hilal—. Como siempre.

—¿Qué es? —preguntó el rey.

—Que esta mujer huyó de algo más que un ahogamiento. Probablemente de un matrimonio.

Los ojos de Salman se abrieron de par en par.

—Que ella es un títere en una conspiración para socavar la monarquía. Contactaré con los estadounidenses y saldré de inmediato.

—¿Lo ayudarán los estadounidenses? —quiso saber Salman.

—No los necesitamos; sabemos dónde está ella. Pero si los necesitáramos, nos ayudarán. Ellos saben lo que pasaría al Oriente Medio si cambia el equilibrio de poder en Arabia Saudita. Ellos quieren mantener en el poder a la Casa de Saud. El destino de una mujer no es nada en el panorama general.

Salman discrepó sin una palabra. El destino de una mujer era todo.

capítulo 11

El Club de Profesores podría haber sido uno de los más antiguos edificios de Berkeley, pero también era uno de los más majestuosos. Una razón bastante buena para que el profesorado lo pidiera, pensó Seth. Esta noche vino gente a montones para rendir homenaje a quien recibiera el mismo premio el año pasado, el Dr. Galvastan de Harvard, y popular escritor. Si Seth no hubiera venido quizás no lo habrían extrañado. Vestidos y chaquetas negras llenaban el salón, y Seth había decidido estar a tono. Descartó un esmoquin, prefiriendo a cambio un traje negro entallado, y se peinó el cabello hacia atrás. En una noche como esta parecía conveniente armonizar un poco.

El problema fue que tan pronto como lo reconocieron algunos en el profesorado, parecían obligados a decir algo. Cualquier cosa, por insensata que fuera.

—¡Seth! Estás aquí. Qué sorpresa verte.

Sonrisas.

—Aquí tienes el programa oficial para esta noche.

—Bien hecho, Sr. Border. Has enorgullecido a Berkeley.

—Felicitaciones, jovencito. Estamos muy orgullosos de ti.

—Algún día serás un buen profesor. Buen trabajo, varón.

Estas palabras eran invariablemente seguidas por una mirada a su atuendo y una sonrisa mordaz que delataba una satisfacción santurrona. *Ya era hora, muchacho.* Le llevó quince minutos desembarazarse lo suficiente de ellos y encontrar un espacio dónde respirar en el gran salón.

Seth se detuvo en la entrada al Comedor Kerr, asomó la cabeza, y examinó el salón. Por todo el piso había mesas redondas con mantelería blanca, cada una alumbrada con velas y dispuesta con platería antigua. En el salón se oía una suave algarabía, doscientos charlatanes expandían la importancia de sus pequeños mundos. Asombraba que quedara algo de oxígeno en el lugar.

Seth ingresó por la entrada lateral y se dirigió a la mesa alargada que habían colocado en un extremo para el invitado de honor y otros notables.

—Seth.

Se volvió hacia la voz baja. Era el Dr. Harland, sostenía una bebida en la mano.

—Me alegra que lo hayas conseguido —expresó Harland con un brillo en los ojos.

—Buenas noches, profesor.

—Se vieron forzados a venir por tu causa, ¿verdad? ¿Estás bien?

—Mejor que nunca —contestó Seth.

Se acercó una miembro del profesorado a la que Seth no reconoció, le extendió la mano, y lo felicitó. Seth le estrechó la mano y asintió.

—Veo que representas el papel —comentó Harland tomando un sorbo de su vaso.

—Estoy aquí para jugar pelota, ¿correcto?

Alguien se deslizó detrás de Seth, él se volvió y vio a una mujer con cabello alborotado que iba en toda dirección menos hacia abajo. Hillary Brackenshire, profesora de estudios del Oriente Medio. La conocía debido al interés de Seth en la región y a la única clase en que padeció bajo la instrucción de ella. La mujer se volvió para ver a quién había rozado, y se sonrojó.

—¡Seth! Felicitaciones. ¡Debes de estar *muy* orgulloso!

—Hola, Dra. Brackenshire. Gracias.

Ella abrió la boca como para decir algo más, pero luego lo pensó mejor y solo sonrió. No fue sino hasta que la mujer dio media vuelta para irse que Seth vio a la joven que estaba a pocos pasos a la derecha de Hillary. Los redondos e inquietantes ojos de la muchacha lo miraron por un instante, y luego ella se volvió con Hillary y se alejó. La joven usaba un vestido blanco ajustado a su esbelta figura. El cabello le colgaba por los hombros, azabache y brillante. Árabe, si tuviera que adivinar. Al menos del Oriente Medio.

—No la he visto antes —opinó Harland, siguiendo la mirada de Seth.

—Yo no he visto antes a la mitad de estas personas.

Harland asintió y sorbió de su bebida.

—Dime por favor que has pensado un poco en nuestra pequeña discusión.

—Usted me conoce, profesor. Siempre le doy importancia a cualquier cosa que usted diga. En este caso, lo he pensado mucho.

—¿Y?

—Y creo que usted tiene razón —contestó Seth mientras saludaba con una inclinación de cabeza a un profesor que pasaba—. Debo terminar mi educación formal.

—Han traído a los peces gordos esta noche; anda con pies de plomo.

Seth había pensado en decirle a Marisa que cancelara la danza… en realidad había agarrado el teléfono una hora antes para anularla.

Pero no lo hizo.

—¿Recuerda la paloma que golpeó la ventana de su oficina? —preguntó Seth.

—¿Qué hay con ello?

—Pensé haber visto el golpe antes de que sucediera.

Pasó un mesero y Harland dejó su vaso vacío en la bandeja.

—La mente es algo curioso —comentó.

—Volvió a ocurrir.

—¿Viste otra paloma golpear mi ventana?

—No. Vi caer a una muchacha antes de que cayera.

—Interesante. Ocurre.

—Sí. Bueno, sucedió todo correctamente. En vivo y directo.

—Umm.

Era obvio que Harland no creía en nada de ello. Él tenía razón, sucedió. La gente juraría haber visto cierto asunto antes, a pesar de saber que no fue así.

Se dirigieron al podio. Baaron ya estaba allí, y su mirada se topó con la de Seth.

—Por si las cosas salen mal esta noche, quiero que usted sepa algo —comentó Seth—. Cuando pienso en un hombre a quien me gustaría llamar mi padre, a mi mente viene el rostro de usted. Le debo mi gratitud.

—Gustosamente aceptaría la posición si no estuviera ocupada.

—No está ocupada. Una vez conocí a un hombre, un donante de esperma que me trajo a este mundo y luego se aseguró de que yo lo lamentara. No conozco a nadie a quien llamaría padre.

—Entonces, como tu recién adoptado padre, déjame reiterar mi consejo. Sé amable esta noche, Seth.

Seth se detuvo en la cabecera de la mesa. Baaron estaba repiqueteando el tenedor contra un vaso de cristal en el podio. Las cabezas empezaron a volverse hacia él.

Seth subió a la plataforma. Se difundió un espontáneo aplauso que luego se convirtió en una fuerte ovación por todo el comedor. Seth les hizo una rápida venia y se fue a su asiento. Los invitados se sentaron y Baaron comenzó su perorata.

—Bien hecho, Sr. Border —le dijo en voz baja el Dr. Galvastan levantándose de su silla al lado de la de Seth—. Bien hecho. Para mí es verdaderamente un honor conocerlo. He oído su nombre flotando alrededor de Harvard durante un par de años.

Seth le estrechó la mano.

—Gracias. Quizás ese sea el origen de todos esos reportes de ovnis en la región —contestó Seth guiñando un ojo—. A menudo confunden nombres que flotan con naves extraterrestres.

—Sí. Sí, por supuesto —respondió Galvastan riendo.

Seth se sentó y esperó mientras Baaron seguía su perorata. Parecían una convención de pingüinos, sentados en simpáticos círculos y vestidos de blanco y negro. Quizás era demasiado duro con ellos. Las más o menos doscientas mentes reunidas aquí representaban más logros académicos de los que podían pretender países enteros. ¿Quién era él para decir que su mente veía de veras algunas cosas con más claridad que la de ellos? Por supuesto, él involuntariamente veía cosas que la mayoría de ellos no podían ver en absoluto. La relación entre simples hechos, por ejemplo. Cómo funcionaban los números y cómo se formaban conceptos lógicos en los niveles más básicos. Sin embargo, ¿lo hacía eso mejor que estos pingüinos que lo estaban mirando?

Se le ocurrió que lo que estaba a punto de representar en verdad era su propia clase de limitación. Un sudor frío le recorrió la nuca y tomó un sorbo de agua. Quizás después de todo debería cancelar a Marisa. No era demasiado tarde… y podía impedir la entrada de las chicas.

—Por consiguiente, sin aburrirlos más con los detalles de la experiencia educativa de nuestra institución, les presento al hombre a quien hemos venido a honrar —expresó Baaron y se volvió hacia Seth—. Seth Border.

El salón prorrumpió en aplausos y Seth se puso de pie. *Aquí vamos.* Los aplausos se extinguieron, y por primera vez se hizo un silencio total.

Las chicas estaban listas para entrar cuando él dijera *Baaron.* Le dijo a Marisa que sería en medio de su discurso, y que lo pronunciaría con gran encanto. Como una introducción de Johnny Carson.

Seth se paró detrás del estrado y observó las miradas ansiosas. La profesora de estudios del Oriente Medio estaba al fondo y entraba al pasillo con la mujer árabe. Extraño momento para ir al baño, pensó él.

Las palabras de su discurso se asentaban en su mente como cuervos sobre una línea telefónica.

—Gracias por esa amable...

Una puerta sonó de repente al abrirse a su derecha.

—¡Denme una *B*!

Seth se sobresaltó, sinceramente asustado. Marisa estaba de pie con una mano empuñada sobre la cabeza, vestida con poca ropa negra. Lo miró y le guiñó un ojo.

—¡*B*! —resonó un coro de voces a su izquierda.

Él se volvió. Cinco chicas giraron desde tres entradas, vestidas como un cruce entre animadoras y bailarinas de obras burlescas. Seth había sugerido atrevimiento; ellas estaban atrevidas de verdad. Unas pocas risitas nerviosas se levantaron en el auditorio. Algunos gritos ahogados de asombro.

—¡Denme una *A*!

—¡*A*!

Las chicas menearon las caderas, lanzaron sonrisas coquetas, y se dirigieron a la mesa de la derecha de Seth, donde estaba Baaron, rojo como un tomate.

La consigna continuó, pero Seth no dijo nada. Por primera vez en mucho tiempo se vio totalmente perdido. Debía hacer algo: animarlas, desanimarlas, menear las caderas con ellas, detenerlas indignado. Cualquier cosa. Pero no pudo. Miró por sobre la mesa de Samuel Harland y vio al hombre moviendo la cabeza de lado a lado. Las chicas se habían alineado frente a Baaron, y definitivamente parecían más Las Vegas que Lawrence Welk. El lugar quedó en silencio a no ser por la consigna de las muchachas.

Él debía hacer algo.

Definitivamente debía hacer algo.

Su mente se quedó en blanco.

Entonces lo sacudió la imagen, como cuando la paloma golpeó la ventana en la oficina de Harland.

Una pistola. Una mano bronceada con nudillos blancos. Un rostro retorcido con ira. Otro rostro gritando de dolor, con dedos como tornos que le apretaban las mejillas.

Seth lanzó un grito.

Estaba consciente de que algunos de los profesores lo estaban mirando, pero él sentía distante lo que ocurría aquí, en este salón.

El campo de visión de Seth se ensanchó, y vio que el rostro pertenecía a una mujer. A la mujer árabe que había visto con Hillary. Ella estaba en el baño de damas; él lo sabía debido a la delgada figura en la puerta. La mujer estaba en el baño, y un hombre le oprimía el rostro con una mano y con la otra agitaba una pistola.

Luego la imagen desapareció.

Una bailarina se estaba trepando a la mesa de Baaron en una forma que unos segundos antes pudo haber sonrojado a Seth, pero el incidente más importante se representaba en su visión periférica. El corazón le palpitaba con fuerza, pero por las imágenes que acababan de aparecer en su mente, no por los seductores movimientos de la morena.

Por un instante confuso Seth se quedó mudo. ¿Era posible que la mujer árabe estuviera de verdad en el baño con un hombre que tenía una pistola? ¿Era posible que los otros dos incidentes no hubieran sido trucos extraños representados por su mente sino verdadera precognición?

Las imágenes se volvieron a colar en su mente. Esta vez la mano del hombre golpeaba el rostro de la mujer.

Seth giró detrás del podio, dio dos largas zancadas a su derecha, saltó apoyándose en la cabecera de la mesa, y corrió por el pasillo, mientras los pingüinos miraban boquiabiertos. Se dirigió a toda velocidad al baño de damas, se deslizó hasta detenerse frente a la puerta que bordeaba la silueta de alguien, hizo una pausa a último minuto, y luego la abrió de golpe.

—¡Hey!

Su voz le resonó en la espalda. Un espejo grande reflejaba un hombre vestido de negro y blanco con cabello rubio alisado, y manos extendidas como un pistolero. Se trataba del mismo Seth. Este miró alrededor. No había urinales… solo cubículos. El baño estaba vacío. La puerta chirrió al cerrarse.

—¿Le puedo ayudar?

La cabeza de Seth giró bruscamente hacia la derecha. La mujer árabe estaba de pie en la puerta del último cubículo, con los ojos abiertos de par en par.

Seth sencillamente la miró, confundido.

—Este es el baño de damas —hizo saber la mujer.

Él miró a su izquierda y se tranquilizó lentamente.

—¿Hillary? —llamó la mujer.

Estaba llamando a la profesora.

—Allá afuera no hay nadie —manifestó Seth volviendo a mirarla.

—¡Hillary! —volvió a gritar la mujer, saliendo provisionalmente del cubículo

—Ya le dije que se fue.

—¿Dónde está Hillary? ¿Qué ha hecho usted?

—Nada —contestó Seth, mientras algo le corroía en el fondo de la mente—. Yo… yo creía que pasaba algo malo, eso es todo.

Seth miró alrededor una última vez.

—Creo que me equivoqué —confesó él.

—Hillary acaba de estar aquí.

Él oyó el leve sonido de pasos, y se le ocurrió que la ausencia de Hillary podría ser un problema. Giró y jaló la puerta del baño, abriéndola un poco.

Vio dos cosas a la vez. La primera era Hillary, desapareciendo al fondo del pasillo. La segunda era un hombre de piel morena que venía en dirección de Seth, la cabeza agachada, ahora a solo seis metros de distancia.

Este hombre iba a golpear a la mujer que estaba detrás de Seth. Eso es lo que había visto.

Seth no tenía tiempo para analizar lo que había sucedido.

Se movió con un instinto generado en una década de palizas en casa.

Soltó la puerta, dio un salto hacia la mujer, la agarró del brazo, y la jaló dentro de uno de los cubículos. No se le ocurrió que ella quizás no entendería la urgencia de la situación.

La joven gritó, y él se sorprendió momentáneamente. Sin embargo, se recuperó y con la mano libre le tapó la boca de la mujer.

—¡Estoy aquí para ayudarla! ¡Por favor! ¡Cállese o hará que nos lastimen a los dos!

No eran exactamente las palabras más consoladoras en medio de un atraco. Ella intentó gritar otra vez, a través de los dedos de Seth, pero él se las arregló para amortiguarle la voz. Se estaba acabando el tiempo. Intentó arrastrarla, pero ella opuso resistencia.

—¡Basta! —susurró él—. ¡Alguien viene por usted!

Seth miró hacia la puerta.

Una breve duda brincó a los ojos de la mujer. Seth la levantó en vilo y la empujó contra la puerta del cubículo. La tapa del inodoro estaba abierta. Con esfuerzo levantó a la joven por sobre la taza y la liberó… pero no le soltó la boca.

Ella se tambaleó, desequilibrada por el angosto anillo de cerámica.

Él se llevó un dedo a los labios.

—*¡Shh!* Por favor, tiene que confiar en mí —le susurró—. Alguien viene…

Se abrió la puerta del baño.

A Seth se le ocurrió que no había logrado nada al arrastrar aquí a la mujer. Los dos eran presas fáciles, ¡por Dios! ¡Una mirada debajo de las puertas y el pistolero le vería los pies a Seth!

Respirando con dificultad, Seth liberó la boca de ella, agarró el contenedor de papel higiénico para sostenerse, y se subió a la taza, empujando a la mujer contra la pared. Ahora los dos estaban parados sobre la taza con un inodoro de agua azul entre sus pies. Ella mantuvo la boca cerrada.

Sin embargo, solo un sordo pudo haber pasado por alto los fuertes latidos que salían del cuarto cubículo. Este hecho no pasó desapercibido para Seth.

Se presionó contra la mujer, con la mente confusa. Solucionar inconcebibles ecuaciones matemáticas era una cosa; otra era estar atascado con una mujer hermosa en el inodoro de un baño.

Seth tenía en la boca el cabello de la joven. El cubículo olía a perfume. Ella respiraba con dificultad, y su aliento le daba en el cuello de él. Estas distracciones abstractas saltaron a la mente de él en el lapso de un latido del corazón. Tenía que sacarla de aquí.

La espalda del joven estaba contra la puerta. Cambió de pie para girar. La mujer se inclinó. La mano derecha de ella golpeó con fuerza en el cubículo. Un fuerte *plaf* sonó en el agua del inodoro.

Seth miró hacia abajo. Un zapato blanco se movía en el agua azul. El zapato blanco de la joven. Había golpeado el pie de ella sacándolo de su posición, y el zapato había caído al agua.

Pero fue el sonido, no el zapato, lo que le pasó aprisa por la mente. La miró a los ojos, bien abiertos y blancos. De algún modo entre horror y furia.

Eso era. Debían salir ahora de esta trampa mortal.

Seth giró y saltó al piso. Atacó violentamente la puerta del cubículo, y toda la estructura se estremeció. La mujer se le fue encima, pero cuando él se enderezó, ella cayó hacia atrás, con el inodoro en sus rodillas. Instintivamente se agarró de la cintura de él, y cayeron juntos a la taza. Dentro de la taza.

Era hora de abandonar el secreto.

—¡Suelte! —exclamó Seth.

—¡Quíteseme de encima! ¿Qué está haciendo?

—Estoy tratando de…

Él se empujó hacia arriba y fue recompensado con un gruñido de ella.

—Lo siento.

La jaló hacia arriba. El zapato flotaba en el agua azul como un barco de vela. Sin pensarlo, Seth lo agarró. Firmemente agarrando la sandalia que goteaba atacó violentamente la puerta del cubículo y salió a tropezones.

Salieron al baño a un metro de un árabe, quien dio un paso atrás al ver a Seth. Ahora Seth supo sin ninguna duda que este era el hombre que había visto en su mente. Y si este hombre era real, entonces su intención de lastimar a la muchacha también debía ser real. *No cometas un error, Seth. Este es un tipo malo.*

La mujer gritó. El hombre centró la atención en ella, y Seth vio que los ojos del tipo se ensombrecían.

Seth se movió. Lanzó al hombre el zapato que chorreaba agua del inodoro, agarró la mano de la mujer, y corrió hacia la puerta. El hombre maldijo en árabe cuando el zapato le golpeó el rostro.

Seth abrió de golpe la puerta, la cual chocó contra carne y hueso, y alguien gritó. Él jaló a la muchacha a través de la puerta y salió corriendo por el pasillo hacia la salida posterior. En la esquina miró hacia atrás y vio a otro árabe que se ponía de pie.

—¡Rápido! —exclamó Seth, teniendo firmemente apretada la mano de la joven. Detrás de la esquina que acababan de cruzar oyeron pies retumbando contra la alfombra.

—¡Por aquí! —ordenó él, cortando a su derecha.

La mujer ahora parecía muy ansiosa por seguirlo. Lo hizo detener, estiró la mano hasta el pie, y arrojó el zapato que le quedaba.

Él le soltó la mano y corrieron a toda velocidad, pasaron Wurster, luego el Museo Hearst, atravesaron Bancroft Way, y llegaron a la Avenida College.

—¡Deténgase!

Era la mujer, prácticamente doblada detrás de Seth; él aminoró la carrera hasta un trote y luego se detuvo por completo. Ella respiraba pesadamente, y tenía las manos en las rodillas. Él miró detrás de ella hacia la calle que habían cruzado. Nada.

—¿Adónde me está llevando usted? —preguntó ella resoplando.

Buena pregunta. Sonidos de un alboroto venían en dirección del Club de Profesores. Lo más probable es que fueran de Marisa y compañía y no de los dos intrusos árabes. Sea como sea, Seth se sentía al descubierto aquí afuera en la calle.

—Tenemos que salir de la calle. Mi auto está por acá.

Ella se puso de pie y se movió tambaleando hacia él. El vestido blanco se le había roto a lo largo de un muslo. Ahora que pensaba al respecto, cuando salieron corriendo él había oído el sonido de ropa rasgándose.

—¿Su auto? —preguntó ella mirando hacia atrás—. Por favor, tengo una amiga. Debo encontrarla. Tenemos que...

—¿Hillary? Confíe en mí, Hillary no es su amiga.

—¿Por qué? —cuestionó la joven enfrentándolo, sus ojos eran redondos a la luz de la calle.

—Creo que ella guió a esos hombres hasta usted.

—¿Cómo lo sabe?

—Bueno, ellos no estaban planeando bailar con usted —contestó Seth, mientras volvía a mirar por sobre ella; aún nada—. Tuvimos suerte, pero si nos encuentran discutiendo aquí en la calle, dudo que no tengamos complicaciones.

—Y debo suponer que usted piensa que arrastrarme por un baño ¿no es tener complicaciones?

Él volvió a mirar por sobre el hombro femenino. Aún había calma.

—Por favor, salgamos de la calle —le suplicó él dirigiéndose al estacionamiento y mirando hacia atrás mientras ella lo seguía.

Atravesaron el estacionamiento y llegaron hasta un oxidado Cougar café 1983, oculto convenientemente por las sombras. Las manos de Seth temblaron mientras hacía girar la llave de la puerta. Observó una vez más la entrada al estacionamiento. Aún sin señales de persecución. Abrió la puerta y entró.

¿Qué estás haciendo, Seth? Agarró el volante y sacudió la cabeza. La puerta del pasajero no estaba abierta. Miró por fuera del parabrisas y vio a la mujer recostada en el capó, con los brazos cruzados, y mordisqueándose una uña. Bajó la ventanilla y sacó la cabeza.

—Entre.

Seth volvió a meter la cabeza y subió la ventanilla.

Ella se quedó quieta.

Por favor, mujer, no soy tu enemigo aquí.

—Mire, solo estoy tratando de ayudarla —dijo después de bajarse del auto—. ¿Cree usted que yo entiendo esto?

—No. No creo que lo entienda. Y usted me perdonará si esto me causa alguna inquietud. Un hombre que me ha metido a empujones dentro de un baño y luego me arrastra por la calle me está pidiendo ahora que entre a su auto. ¿Cómo sabe usted acerca de Hillary?

—¿Es usted de Arabia Saudí?

—¿Cómo lo sabe? —preguntó ella a su vez, titubeando.

—Mera adivinación.

La mujer cerró los ojos y respiró profundamente por la nariz.

—Usted está huyendo —señaló él—. Huyó de Arabia Saudí y ahora alguien en su nación quiere hacerla regresar.

Los ojos de ella centellearon.

—Lo cual significa que usted es alguien importante —continuó Seth—. Como ninguna mujer es importante en Arabia Saudí, usted debe ser de la realeza. Una princesa huyendo. Me sorprende que haya logrado salir de su país.

—¿Cómo puede usted saber tanto de Arabia Saudí?

Él se encogió de hombros.

—Esos tipos no vuelan alrededor de medio mundo para darse por vencidos. Usted está metida en un lío de narices.

—¿Un lío de narices? Sería mejor para mí que usted hablara en un idioma apropiado.

La petición lo agarró fuera de guardia.

—Lo siento. Es una forma de hablar, y significa que está en problemas de gran calibre. O algo parecido. No exactamente que haya *narices*…

—No soy imbécil —interrumpió ella—. Capté la onda.

—¿Captó la onda? —preguntó él sonriendo—. ¿Dónde aprendió eso?

—¿Cree que nunca he estado en Estados Unidos?

—Así que una princesa saudita que ha escapado de su país, habla perfecto inglés, entiende expresiones coloquiales, y está metida en un lío de narices.

—Sí —afirmó ella mirándolo por un instante—. Soy una princesa y he huido de mi nación. Mi nombre es Miriam.

—Miriam —repitió Seth, le gustó al instante, y la tuteó—. ¿Puedes por favor subirte al auto, Miriam?

Él miró alrededor. El estacionamiento estaba vacío.

—¿Cuál es tu nombre? —lo tuteó ella a su vez.

—Seth. Lo siento…

El horizonte de Seth se volvió borroso. Apenas podía ver el estacionamiento, pero su mente se nubló en los bordes. Luego vio dos Mercedes que corrían por dos calles paralelas. Y vio que las dos calles cubrían las dos únicas salidas de este estacionamiento.

Parpadeó y su visión volvió a la normalidad.

Seth se resistió a volver a entrar en pánico. Ladeó la cabeza hacia la salida derecha y luego hacia la izquierda. Nada. Dio dos pasos alrededor del capó hacia Miriam, pero de inmediato regresó a su puerta abierta. ¿Qué iba a hacer, sentarla en el auto como la había sentado en el inodoro?

—¡Entra al auto! Rápido, ¡sube al auto!

Ella siguió inmóvil. Si él no lograba que ella se moviera ahora…

—¡Sube… al… auto! —gritó claramente cada sílaba mientras le daba un puñetazo al capó.

Ella se apresuró hacia la puerta y la jaló. Estaba cerrada.

Seth se agachó, abrió la puerta de ella, y giró la llave de encendido. El motor rugió. Las dos puertas sonaron al cerrarse.

—¿De qué se trata? ¿Por qué me gritas?

—¡Ellos vienen! Lo siento, no quise gritar, pero ellos están exactamente...

Estiró el cuello para ver la salida y no vio moros en la costa. *Está bien, bebé, solo deslízate. Quizás esta vez te equivoques. La intuición solo puede ser buena, ¿de acuerdo?*

Él agarró la palanca de cambios con una mano cautelosa y engranó la transmisión. El auto se deslizó tranquilamente en el carril, con las luces aún apagadas.

—¿Cómo sabes todo esto? —preguntó Miriam—. ¿Adónde vamos?

—*Shh*. Por favor.

Vamos, bebé...

Las llantas chirriaron en el asfalto, fuerte en la noche. Las manos de Seth se aferraron al volante, con los nudillos blancos. ¿Cómo *sabes* todo esto, Seth? El Cougar rodó hacia la salida.

Sí, bebé. Sí, lo logramos. Lo...

En el espejo resplandecieron luces. Seth levantó la mirada. Dos faros brillaban hacia ellos desde la entrada posterior. Seth hundió el pedal hasta el piso. El Cougar se alzó, rugió al pasar los últimos tres autos en el estacionamiento, y salió disparado por la calle.

Otro par de luces, las del Mercedes que él había visto en los ojos de su mente, penetró por la ventanilla de Miriam en curso de colisión. Habrían chocado, de costado a cincuenta kilómetros por hora, si Seth se hubiera mantenido impasible y si hubiera maniobrado el volante para salvarse. El cambio de dirección habría aminorado lo suficiente la velocidad del Cougar para que el auto que intentaba arrollarlos terminara las cosas en ese instante. Pero Seth no giró... se quedó paralizado como muñeco en choque de pruebas detrás del volante, incapaz de moverse cuando debía hacerlo.

El Cougar salió disparado por la calle armando un alboroto, se escapó por centímetros de chocar contra un auto estacionado en el lado del pasajero, golpeó el bordillo con tanta fuerza que dobló ambos aros, y rugió sobre el césped del Museo de Arte de la UC Berkeley.

—¡Gira! ¡Gira! ¡Gira! —gritó Miriam.

Iban directamente hacia un grueso arce. Seth volvió a tener el control de la bestia y giró el volante. El Cougar dejó huellas descubiertas de césped y entró a la avenida Durant, donde Seth se las arregló para meterse al carril derecho.

Pero ahora el Mercedes también estaba en Durant, pisándoles los talones.

—¡Agárrate, nena! ¡Ah!

Seth aceleró el Cougar, y el 454 se precipitó con suficiente fuerza como para hacer que sus cabezas rebotaran contra los asientos. Estaba aterrado; el sudor frío en la nuca se lo decía con mucha claridad. Pero también estaba vivo, ¿no era cierto? Vivo de veras. Era como estar transportándose sobre una ola de siete metros con espuma rugiéndole a cincuenta centímetros por encima de la cabeza. Casi había olvidado por qué le gustaba el *surfing*. Peligro. Clive Masters podría haber tenido algo de razón después de todo.

Miriam suspiró. Miró hacia atrás en su asiento, vio que les pisaban los talones.

—¡Más rápido!

—¡Tenemos un semáforo en rojo...!

—¡Maneja más rápido! ¡Más rápido!

—Más rápido —repitió él y pisó a fondo el acelerador.

Atravesaron la intersección de Durant y Bowditch como a cien kilómetros por hora. El Mercedes aminoró la velocidad por el semáforo y atravesó con sigilo.

—¿Suficientemente rápido?

Ella no respondió.

Para cuando llegaron a Shattuck, las luces del Mercedes aparecían y desaparecían de la vista. Cuando llegaron a la Interestatal número 80 las luces habían desaparecido.

Se dirigieron al sur, y Seth no tenía idea de adónde iban. Sencillamente iban hacia el sur.

—Se han ido —informó Seth.

—Sí —contestó Miriam mirando hacia atrás.

—¿Ahora qué?

—Quizás vuelvan otra vez —expresó ella pálida, mirándolo.

—Quizás deberías decirme por qué te quieren —contestó él.

—Quizás tú deberías decirme ahora cómo sabes que me quieren —objetó ella.

¿Cómo lo sabía? Él no tenía la más leve idea. Pero eso no importaba. Lo importante era que lo *sabía*. No lograba quitarse de encima el pensamiento de qué implicaría estar aquí, yendo por la autopista con una mujer llamada Miriam de Arabia Saudí.

Aunque no necesariamente quisiera estar aquí, de alguna manera extraña quería que así fuera. Porque ella lo necesitaba; porque él acababa de sentir que la sangre le fluía, y que le fluía de veras, por primera vez en años; porque su mente le había jugado un par de trucos muy impresionantes por tercera vez en tres días.

Y luego estaba el fiasco que lo esperaba en el Club de Profesores.

Sí, él pertenecía aquí. Al menos por el momento.

—Tú primero —ordenó él.

capítulo 12

Hilal miró por las ventanas que iban del piso al techo del decimotercer piso del Hyatt Regency, desde donde se divisaban millones de luces a lo largo de la Bahía de San Francisco. Una extraña mezcla de emociones le abarrotaba la mente, como le ocurría siempre que visitaba Estados Unidos, una mezcla de emoción y tristeza que lo dejaba vacío. Asia y Europa eran de algún modo diferentes. Él había visto muchas grandes ciudades saturadas de excesos, comenzando con Riad, la cual en muchas formas permitía más desproporciones que todas las demás juntas. Si a la princesa se le conocía por algo, era por gastar dinero. No, no se trataba de la riqueza con que contaba la costa de San Francisco la que le molestaba a Hilal.

Lo que le molestaba era la ilimitada libertad de todo ciudadano para disfrutar esta riqueza. En ninguna otra parte del mundo tantos individuos tenían tanto como en Estados Unidos. En la mayoría de los países los ricos pagaban el precio de la libertad personal con regulaciones.

Pero aquí las personas disfrutaban de riquezas inmensas y de libertad sin precedentes. La combinación hacía únicos a Estados Unidos entre las naciones. Los mutawa podrían acusarlo de apartarse de los edictos del Profeta y consentir con los infieles en tal declaración, y en algunas formas tendrían razón.

Por desgracia, solo unos pocos entendían realmente que Arabia Saudí estaría frente a la extinción política si no se adaptaba al mundo cambiante. Felizmente el rey Abdullah era uno de esos pocos.

Hilal se volvió de la ventana y se sirvió un whisky. Sentaba bien eso de estar en un país en que no tenía que violar la ley para hacer lo que hacía con regularidad. Se apuró el licor y lo tragó.

Al lado del maletín sobre la cama había una Browning Hi-Power negra de nueve milímetros. Su contacto le había entregado la pistola una hora antes con algunos otros artículos que le solicitó. Otro beneficio de la libertad.

Había llegado seis horas antes, y supo que la hija del jeque huyó de Berkeley. No había sido fácil poner en orden los detalles de lo sucedido en la universidad. Evidentemente, dos árabes se habían hecho pasar por Hilal y un asociado de la embajada, e intentaron llevársela. Esto significaba que alguien más valoraba tanto a la mujer como lo hacía el rey, y además sabía que Hilal estaba en camino para llevársela.

Según su manera de pensar, solo había una razón para que algún saudita asesino hiciera todo lo posible por interceptar a Miriam. Necesitaban a la joven para sacar provecho. Solo había una manera de beneficiarse de una mujer, y era a través del matrimonio. La mezcla de líneas de sangre.

Alguien buscaba la lealtad del jeque Abú al-Asamm. Lo cual significaba que alguien quería el poder sobre el rey.

¿Pero quién? ¿Quién estaba enterado de su viaje y del paradero de la mujer?

¿No sería irónico que el destino del reino lo decidiera una mujer en vez de un hombre? Por supuesto, una sola bala en la cabeza de ella lo decidiría todo.

El agudo sonido del teléfono del hotel interrumpió los pensamientos de Hilal, y levantó el auricular.

—Sí.

—Buenas noches, Hilal.

—General Mustafá. Sería mejor para mí llamarlo a su celular. Me he encargado de la seguridad. Cada seis horas, como lo pidió el rey.

—Por supuesto.

Hilal hizo una pausa. Su primera llamada a Arabia Saudí había sido directamente al rey, pero no podía interrumpir a Abdullah cada seis horas para ponerlo al tanto de este lío. El general Mustafá era hermano de sangre del rey y director de inteligencia. Si no podían confiar en él, no podían confiar en nadie.

—Ella escapó con un estadounidense... Seth Border, un estudiante —informó Hilal.

—Así que las autoridades están cooperando.

—Localmente, sí. Tengo programado reunirme mañana por la tarde con el Departamento de Estado en Los Ángeles. Mientras tanto, la policía local ha comenzado a buscar el auto. Creemos que se dirige hacia el sur. Recibimos varias quejas de otros automovilistas. Es evidente que el tipo cree que participa en una carrera de autos.

—¿No lo creen todos los estadounidenses? —preguntó riendo el general.

Hilal no descubrió humor en la declaración.

—Según la policía, mañana tendrán el auto. Con un poco de suerte volaré de regreso a Riad mañana por la noche.

—Bueno. Entonces este debería ser un asunto sencillo.

—Quizás. Ella se las arregló para escapar de los dos hombres que intentaron interceptarla.

Se hizo una pausa.

—¿Les seguirá usted la pista?

—Tengo un auto y un rastreador de policía. La libertad tiene sus ventajas, general. Volveré a llamar dentro de seis horas.

Hilal colgó el teléfono, recogió su portafolio, por puro hábito inspeccionó el cuarto, y salió por el garaje.

—Esos idiotas fueron *tus* hombres —acusó Khalid en la línea telefónica protegida—. ¿Y ahora la está ayudando un estadounidense?

Omar se inclinó en su silla y no dijo nada.

—El hecho de que Hilal mismo haya ido significa que el rey sospecha algo.

—El rey siempre sospecha algo. Sus días están contados y él lo sabe.

Silencio.

—¿Quién es este estadounidense? —preguntó Khalid.

—Seth Border —contestó Omar, cambiando el receptor a su oído opuesto—. Un estudiante. Eso es todo lo que mis hombres lograron saber antes de salir de la escena. Evidentemente la policía apareció con algo de fuerza.

—Eso sería acción de Hilal. Por ahora está trabajando con las autoridades.

Omar suspiró sin hacer ruido. Al final, hombres como su padre siempre dependían de hombres como él, ¿verdad? De asesinos y tipos que hacen cumplir la ley. La verdadera fortaleza siempre se ejerce por la espada. Hasta el Profeta lo sabía.

Khalid respiró profundamente.

—Tendrás que casarte con ella en Estados Unidos si puedes —consideró—. Con Hilal involucrado, traerla de vuelta podría ser un problema. Y si ella no coopera, entonces debe ser silenciada.

—Asesinada.

—No podemos permitir que cuente historias al mundo. El general Mustafá llamó hace diez minutos —informó Khalid—. Hilal lo llamó. Ya han identificado el auto del estadounidense y esperan tener a Miriam en custodia por la mañana. Ella se dirige al sur.

—¿No hay dudas respecto de la lealtad de Mustafá?

—No.

—¿Cuán a menudo lo llamará Hilal?

—Cada seis horas. Sabremos lo mismo que él antes que el rey lo sepa.

—Llamaré de Nueva York; si hay algún cambio. Haré los ajustes necesarios —avisó Omar y luego hizo una pausa—. Mientras tanto deberías preparar al jeque para lo peor. Necesitamos su lealtad aunque asesinen a su hija.

—¿Me estás diciendo ahora cómo disponer mis asuntos? —resopló Khalid.

Omar concluyó la llamada.

capítulo 13

Miriam estaba sentada en el veloz Cougar y observaba la interminable sucesión de faros en dirección opuesta. Habían pasado una hora especulando quién la perseguía y cuál sería la mejor opción para ellos.

Se dirigían al sur por la interestatal número 5 hacia Los Ángeles. Aunque no veían señales de que las autoridades los siguieran, Seth insistió en que cuanto más lejos estuvieran de Berkeley, más seguros estarían. A juzgar por el laberinto de autopistas e interminables filas de autos, Miriam no creía que nadie tuviera alguna esperanza de hallarlos.

Después de mucha discusión, Seth acabó en un estado introspectivo, divagando entre estar absorto y poner a Miriam al día en cuanto a cómo son ahora, según decía él, Estados Unidos.

Se detuvieron una vez para poner combustible. Él la llevó a un corto recorrido por la estación de gasolina, explicándole cuáles eran los diferentes caramelos y por qué prefería los rojos con franjas de regaliz en vez de los negros; además, por qué no tenía sentido mezclar por motivos de salud una bebida de frutas con golosinas, ya que los caramelos de por sí ya eran bastante malos. Así eran la mayoría de las chifladuras.

Salieron con dos botellas gigantes de Dr Pepper, dos bolsas de rojos de regaliz, y dos bolsas de cecina de ternera, la cual él le aseguró a Miriam que era tan pesada para el cuerpo como la otra «chatarra» que habían comprado. La lógica parecía importante para él.

Miriam le aseguró que conocía casi todo esto; pues no solo había pasado un verano en California mientras asistía a Berkeley, sino que había hecho varios viajes a ciudades europeas y leído miles de revistas publicadas en Occidente. Sin embargo, él tenía una perspectiva única.

Seth aprovechó la parada para cambiarse el traje por unos pantalones negros de pana y una camiseta desteñida de color naranja, la cual pareció relajarlo de forma considerable. Ella no tenía tal alternativa. El vestido blanco la hacía tener bastante buen aspecto, pero la disparidad en sus atuendos la convertía en una compañía inadecuada para este tipo valiente.

Finalmente Miriam decidió que Seth debía saber toda la verdad del aprieto en que ella se encontraba. Le tomó otra hora contarle los acontecimientos que la llevaron a salir de Arabia Saudí... todos ellos, incluyendo el ahogamiento de Sita.

—¿Así que te obligaron a observar? —indagó Seth, horrorizado—. ¿Estaba Omar programando algo? ¿Cómo puede alguien...?

Su voz se apagó y cerró los ojos por un momento, furioso.

—¿Ves ahora por qué escapé?

Él la miró, y ella creyó por un instante que la iba a cuestionar. Pero luego el rostro de Seth se suavizó.

—Lo siento. Es terrible lo que te obligaron a presenciar —comentó él, moviendo la cabeza de lado a lado—. No me puedo imaginar lo que debió haber sufrido la madre de la muchacha.

—Ellos podrán ser parte de la secta nizarí. Pero ella sigue siendo una madre que perdió una hija de quince años de edad a manos de su esposo. Su devoción está más allá de mi comprensión.

Seth miró la carretera y tragó saliva. El salvador de ella tenía su lado blando. ¿O eran tales demostraciones evidentemente estadounidenses?

—Los estadounidenses llevan vidas fáciles —comentó ella, mirando a lo lejos.

—¿Crees eso? No todos los estadounidenses. ¿Te ha dado alguna vez tu padre una bofetada?

—He recibido mi parte de palizas.

—Cuando yo era niño no pasaba una semana en que no recibiera una paliza de parte de mi padre.

—¿Tú? —se impresionó ella, sorprendentemente horrorizada por la admisión de él; nunca había imaginado crueldad en Estados Unidos.

—No quiero causar lástima. No importa.

—¿Te hablo de Sita y me dices que no importa? —objetó ella.

Seth pensó por un momento.

—Mi padre era alcohólico, y a pesar de su frecuente arrepentimiento, habitualmente nos maltrataba a mamá y a mí. Mi infancia fue horrible.

—Lo siento. Perdóname, por favor.

—Está bien. No me puedo quejar —explicó él, forzando una sonrisa—. Quizás yo no sea el ser humano más equilibrado que vayas a conocer, pero sé cómo contar mis bendiciones. Para empezar, no haber nacido en Arabia Saudí.

—¡Ajá! No creo que entiendas. Te iría muy bien en mi país.

—Eso es verdad, olvidé que soy hombre, ¿correcto?

—¿Olvidaste tu sexo? Tal vez eres una mujer disfrazada.

Seth rió, rompiendo la tensión del momento. El silencio inundó el auto, y viajaron al sur por un rato sin sentir la necesidad de romperlo.

A Miriam le pasó por la mente que por primera vez recorría Estados Unidos a la manera de Estados Unidos, con un nativo. A pesar del desagradable peligro, era emocionante la aventura de ir por la autopista con un verdadero estadounidense de sangre. Al mismo tiempo, el hecho de que el nativo fuera un hombre de verdad le hacía brotar emociones conflictivas. Ella nunca había estado *sola* con un varón extraño, mucho menos en un auto con él durante varias horas.

Las luces del tablero resaltaban el perfil de Seth: mandíbula lisa y cabello rubio que estaba decididamente más desordenado que la primera vez que Miriam lo vio. Sus características andrajosas la atrajeron en un nivel básico, terrenal. Él poseía la clase de aire que ella había esperado de un espíritu libre: guapo, pero distanciado de su propio encanto a propósito: un enigma inteligente. A pesar de sus descorteses movimientos allá en el baño, este hombre tenía una mente veloz.

Miriam miró hacia otro lado, y sonrió, pensando en el milagroso escape de la universidad.

—¿Qué? —preguntó él.

—Nada —contestó ella.

—Esa no es una sonrisa de *nada*. Es una sonrisa de *vaya, ¿no es este un tipo extraño?*

—¿Crees conocer a las mujeres tan bien que entiendes sus pensamientos con una mirada?

—Quizás.

—Quizás yo debería ponerme un velo. Me siento desnuda aquí contigo leyéndome la mente.

Eso le hizo hacer una pausa a Seth. ¿Cuántos hombres le habían visto el rostro suficientemente bien a ella para juzgarle sus pensamientos? Muy pocos.

—Una princesa con una inteligencia excepcional —expresó Seth.

—¿Te gusta lo que ves al ver mi rostro? —quiso saber Miriam.

—¿Qué quieres decir? —preguntó él a su vez, aclarando la garganta.

—No muchos hombres me han visto el rostro. Parece haber impactado lo suficiente en ti como para influir en tu evaluación de mis pensamientos. Simplemente te estoy preguntando si ves algo más en mi rostro —explicó ella, complaciéndose mucho en agarrar desprevenido a un hombre de tal intelecto.

—Sí —contestó Seth evitando la mirada femenina y mirando el espejo lateral aunque en ese instante no había autos detrás de ellos—. Eres una mujer. Una princesa. ¿Recuerdas?

—He visto a más de una princesa que solo parecería atractiva al lado de un sapo. Y eso en su día bueno —contestó ella mirando la carretera—. Tendrás que perdonarme, pero en mi país una mujer no casada no oye decir que es hermosa. Creo que una mujer nace con un deseo de oír que es hermosa, ¿no lo crees?

—Sí. Bueno... sí. Así lo creo. Seguro. Tiene sentido. Deseo innato por perpetuar las especies.

Ella lo miró.

—Nunca pensé en eso en tales... términos científicos —exteriorizó ella.

—No. Lo siento, eso no es lo que quise decir. Parece razonable.

—Tal vez sea más un asunto de amor que de razón —objetó ella—. ¿Has estado enamorado alguna vez?

—¿Amor? Enamorado, ¿con qué clase de amor?

—Es evidente que no. *Amor*, como en que yo daría cualquier cosa por estar ahora mismo en brazos de Samir, oyéndolo susurrar mi nombre y decirme cuán hermosa soy. Amor.

—¿Samir?

—Sí. Samir. El chofer del que te hablé.

—¿Enamorada tú de él? —cuestionó él sonriendo un poco—. Así que mientras personas en altas posiciones están determinando tu matrimonio, tú estás secretamente enamorada de otro hombre. Un hombre prohibido.

—Sí. Desesperadamente —contestó ella.

—*Desesperadamente* enamorada de un hombre prohibido. Una princesa con tanta fortaleza de carácter como para desafiar la tradición.

Miriam rió, encantada por la afirmación de Seth. Él tenía un asombroso entendimiento de la nación de ella, como si hubiera vivido allá, aunque insistía que su conocimiento provenía solo de libros.

—De donde yo vengo, un hombre enamorado de una mujer en peligro la rescataría —continuó Seth, aclarando la garganta—. Por tanto, ¿dónde está Samir?

—¿Qué quieres decir? —preguntó Miriam, sintiendo que se le desintegraba la alegría—. ¡Él no puede venir tras de mí! ¡Lo habrían matado!

—Eso no detendría a un hombre enamorado.

—¿Y lo sabes *tú*? —se burló ella—. Él ni siquiera sabe adónde he ido. Cuando sea seguro, él vendrá por mí; te lo puedo prometer. Al final, nada nos separará.

Miriam miró hacia su ventanilla y pensó en la manera en que Samir la había mirado cuando le hizo su promesa. ¿Y si él *hubiera* salido de Arabia Saudí en busca de ella? ¿Y si en ese instante él estuviera en San Francisco, queriendo protegerla? ¿Qué estaba ella haciendo al huir con este tipo salvaje? Seis horas antes él arremetió contra el inodoro y la secuestró debido a alguna extraña visión que no quiso explicar. Y ahora estaba atrapada con él en un estruendoso auto. ¿Y si Seth fuera en realidad un agente estadounidense que trabaja para Omar?

—Lo siento. Solo estaba preguntando.

Ella cerró los ojos. *Cálmate Miriam. Seth es tu protector. Él es tan inocente como tú. Sin él, estarías a merced de ellos.*

La mente de la mujer se inundó con una ráfaga de imágenes. Omar, Salman, el jeque, Samir, Sultana. Querida Sultana. ¿Dónde estás, Samir? ¿Qué había iniciado ella? Sus enemigos habían tardado exactamente dos días en alcanzarla en Berkeley.

—¿Qué vamos a hacer? —inquirió ella.

Él no contestó.

—Por favor, Seth, quizás debamos volver a San Francisco. ¿Y si Samir está allí? Yo nunca he estado en ninguna parte fuera de San Francisco. ¿Qué vas a hacer, simplemente dejarme en una parada de buses en Los Ángeles y esperar que me las arregle para volver?

—No te preocupes, no voy a dejarte en una parada de buses.

—¿Entonces qué?

—No estoy seguro.

—¿Me estás llevando a ningún lado sin un plan? —altercó ella extendiendo las manos con las palmas hacia arriba, y luego dejándolas caer sobre su regazo—. Quizás deberías dejarme salir del auto.

—¿En la próxima parada de autobuses?

Él tenía razón.

—Mira, hoy no planeé exactamente rescatar a una princesa. Perdóname si no tengo en mi bolsillo trasero mi súper práctico manual *Las diez estrategias más eficaces para entregar sana y salva a una princesa afligida.* Tal vez si me hubieras avisado con anticipación.

Miriam lo miró, su mente clasificó la jerga de Seth. Ella entendía el significado principal, no el literal: Él estaba tan perdido como ella y cubría su inseguridad con este sarcasmo.

—Eso no significa que yo no tenga alguna idea —continuó él—. Estoy seguro de que en el Departamento de Estado hay algunas personas que se ganan la vida solucionando esta clase de asuntos. Supongo que en este momento esas oficinas están cerradas. Llamaré tan pronto como el sol aparezca en el horizonte. Mientras tanto, no sería sensato regresar a San Francisco; allí hay individuos que no te quieren, ¿recuerdas? Y antes de que lo olvides, soy tan rehén en esta situación como lo eres tú. Estas personas están detrás de ti, no de mí.

Ella no pudo discrepar con el pensamiento de Seth. De algún modo su lógica imposible de discutir le recordó a Sultana. Sultana consideraría dejar el reino para casarse con este hombre. Serían tal para cual.

—Tienes razón. Lo siento. En los últimos días me han ocurrido más cosas de las que había planeado.

—No, de veras, está bien.

—¿Estás realmente aquí debido a la visión que tuviste? —indagó ella—. De no ser por la visión, ¿estarías en tu casa?

—No dije que fuera una visión.

—Te negaste a llamarla de algún modo. Así que la estoy llamando una visión. Viste a un hombre viniendo por mí en el baño. De donde vengo, diríamos que esa es una visión de Dios.

—Desde luego, Mahoma era famoso por sus visiones.

—¿Estás insultando al Profeta? ¿Es esta la amplia mente estadounidense?

—Lo siento —contestó él después de hacer una pausa—. De veras, no estoy tratando de ser irreverente.

—Deberías examinar más cuidadosamente cualquier cosa antes de hablar con ligereza —respondió ella despectivamente.

—He leído el Corán.

—¿Cuándo?

—¿Lo más reciente? Hace dos, o dos años y medio. Incluso aprendí de memoria casi todo, capítulo por capítulo, cuando tenía veintiún años. Ciertas cosas tienden a encerrarse en mi mente, estando las abstracciones poéticas entre las principales. Como sabes, el Corán es muy poético. Así como la Biblia.

¿Había él aprendido de memoria el Corán?

—Es muy probable que no puedas entender el islamismo viviendo aquí en Estados Unidos.

—En realidad sé que esto podría parecer arrogante, y me disculpo por anticipado, pero creo entender muy bien tanto el cristianismo como el islamismo. Es sorprendente lo mucho que los dos tienen en común.

—¡Son como blanco y negro!

—Los dos afirman que existe un Dios, un Creador omnisapiente, en lo que discrepo. Ambos creen que Jesús nació de una virgen y que no cometió pecado. Los dos creen que los escritos de Moisés, David, los profetas y los evangelios fueron inspirados de manera divina. Las principales diferencias entre el islamismo y el cristianismo se encuentran en contradicciones entre el Corán y estos otros escritos. Los musulmanes explican las discrepancias diciendo que los evangelios y la Biblia cristiana se han alterado.

Él exponía correctamente los hechos, pero su rechazo del Corán la enfureció.

—Y quizás has leído una mala traducción del Corán. Una versión castellana distorsionada.

—En realidad leo y entiendo árabe. El lenguaje es como las matemáticas: uno y otro me llegan con facilidad. Admito que la traducción que aprendí de memoria estaba en inglés, pero entiendo que era bastante exacta.

¿Entendía él el idioma árabe? Ella pronunció una frase en árabe.

—Sí —contestó él en inglés—, la mayoría de los occidentales tienen dificultad con el árabe. Y en realidad, perdóname por llamar la atención hacia el islamismo, pero cuestionar está en la naturaleza del hombre, ¿de acuerdo? Toda religión tiene su lugar. El cristianismo tiene su lugar; el islamismo tiene su lugar. Las religiones unen sociedades y contestan preguntas sin respuesta que tiene el ser humano, y cosas por el estilo. Pero los rechazo a los dos en terrenos filosóficos. No estoy listo para atribuir a la religión mis supuestas «visiones».

—¿Por qué entonces estás aquí, Seth Border?

—Estoy aquí porque vi el futuro —contestó él después de titubear.

—Pero no lo llamas visión. ¿Cuál es la diferencia?

—No estoy seguro. Solo quería hacer la distinción. El solo hecho de que no entendamos cómo funciona algo no significa que debamos atribuirlo a alguna deidad. Antes el mundo era plano porque individuos religiosos decían que era plano, ¿recuerdas? ¿Has considerado alguna vez la posibilidad de que el tiempo sea de la misma forma? Es una dimensión que no entendemos, así que cuando alguien ve ahora lo que ocurrirá después está andando más allá de esa dimensión. Podría ser tan sencillo como eso.

—¿Sencillo? Ah, veo. Qué tonta soy. Entonces al menos dime cómo se siente andar más allá de una dimensión. Dame el gusto.

Ella creyó que el tono de Seth se había vuelto complejo.

—No estoy afirmando que eso sea necesariamente lo que ocurrió. Solo digo que es lo que pudo haber ocurrido. Es posible.

—Entonces dímelo.

—¿Has tenido alguna vez un sueño que parece real? —preguntó él pasándose los dedos por sus rubios mechones rizados.

—Sí.

—Es parecido. Pero tan rápido que no interrumpió nada que yo estuviera viendo en el presente —respondió Seth e hizo una pausa—. ¿Tiene sentido?

—Parece una visión —recalcó ella.

—Pero diferente —se defendió él.

Después de eso siguieron en silencio por mucho tiempo. Miriam se sumió en consoladores pensamientos de Arabia Saudí: lo mejor de su amada patria. Las playas de Jedda, las arenas del desierto, los palacios relucientes de riquezas. En algunas maneras no era tan malo ser una mujer con un palacio a su disposición, con velo o sin él, ¿verdad? Sultana le daría una bofetada hasta por pensarlo.

Por primera vez desde su turbulento escape, Miriam se sintió sola. Por Haya, por Sita y por Sultana. Por Samir.

Dios mío, ¿qué había hecho?

Seth salió de la autopista y entró a un estacionamiento vacío a las dos de la mañana, sugiriendo que debían descansar un poco. Casi después de cerrar los ojos vino el sueño.

El cálido sol sobre el rostro despertó a Miriam. Se sentó tambaleante, buscando en sus recuerdos dónde podría estar. La puerta de un auto se cerró de pronto y ella miró a su derecha. Un hombre obeso venía caminando desde un Jeep blanco. Miró en dirección a ella y se dirigió a un edificio al extremo izquierdo de donde ellos...

¡Seth! Se había ido.

No. Él venía hacia el auto, las manos en los bolsillos, un mechón de cabello en los ojos. El tipo atolondrado que había aprendido de memoria el Corán y que andaba más allá de las dimensiones del tiempo.

Él abrió su puerta y se dejó caer en el asiento. Se veía cansado.

—Buenos días, Miriam. ¿Dormiste bien?

—Bastante bien. No parece que hayas dormido en absoluto.

—No puedo dormir en un auto —contestó encogiéndose de hombros—. Conseguí esto.

—¿Dónde estamos?

—A dos horas de este lado de Los Ángeles. A veinte minutos de las afueras de Santa Clarita.

Ella lo miró, confusa.

—Llamé a un amigo mío en la universidad —continuó él—. El Dr. Harland. Lo más cerca que tengo a un verdadero padre.

Seth sonrió y movió la cabeza de lado a lado.

—¡Vaya! Causamos un alboroto. Me contó que una hora después el lugar se plagó de policías.

—¿Te ayudó tu amigo?

—Sí. Parece que la policía sabe de ti. Les dijo que creía que yo llamaría. Sugirieron que fuéramos al Departamento de Estado en Los Ángeles. Allí habrá alguien que te pondrá en custodia de protección. Un antiguo conocido mío de la ASN, Clive Masters. El mundo es pequeño. Pero tengo la total seguridad de que podemos confiar en Clive. Creo que podríamos estar allí como a las once.

—¿Por qué deberíamos confiar en alguien? —preguntó ella con el ceño fruncido.

—Esto no es Arabia Saudí, Miriam. Este es el lugar al que personas como tú huyen de gobiernos opresores.

—¿Y si la policía me entrega a las autoridades de mi nación? Puedes imaginarte lo que me harán. Piensa en Sita.

—¿Por qué te entregarían si les cuentas lo que me has dicho? Además, no vamos a la policía; estamos yendo al Departamento de Estado. Lo importante es que estás buscando asilo.

Ella solamente lo miró.

—Harland y Clive no nos mentirán —la tranquilizó Seth apartando la mirada—. Si lo hacen, yo te saco del apuro.

—¿Cómo?

—Siempre puedo usar el truco del baño.

Él sonrió, y Miriam también a pesar de su ansiedad. La joven pensó que el comportamiento de él había cambiado. Los ojos de Seth no le sostenían la mirada con tanta confianza como lo habían hecho la noche anterior. La miró varias veces, pero luego retiraba la mirada.

—Creo que estarás a salvo, Miriam. Además, a menos que tengas algún otro plan brillante, no logro pensar en ninguna alternativa mejor. Sencillamente no podemos salir por el país como Bonnie y Clyde.

Ella le lanzó una mirada curiosa.

—¿Bonnie y Clyde? ¿Dos famosos... amantes y fugitivos? —explicó él en forma de pregunta, mirándola otra vez—. Antigua historia. Dijiste que tenías algo de dinero contigo. ¿Te molestaría que te pregunte cuánto?

—Cinco —contestó ella.

—Y yo tengo diez. Estaba pensando que podrías conseguir una muda de ropa, pero creo que tendremos que esperar.

—¡Ropa! Esa es una idea maravillosa. ¿Hay una tienda cerca?

—Santa Clarita. Pero quince dólares no nos alcanzan para comprar comida y ropa.

—¿Quince dólares? Yo dije que tenía cinco mil.

—¿Cinco *mil*? —se sorprendió él, mirándola de refilón.

—Sí. No quise salir de casa de Hillary sin un poco de cambio.

—Muy bien. El cambio es bueno. Entonces bien, tendremos que ir de tiendas, ¿no crees?

—Sí, eso sería bueno.

Miriam se pasó los dedos por el cabello y luego giró el espejo retrovisor para mirarse el rostro.

—Allí hay un baño —informó Seth, señalando con la cabeza el edificio—. Entrando a la izquierda.

—Gracias —respondió ella mientras abría la puerta.

—Regresa pronto.

—Lo haré.

Cinco minutos después volvieron a entrar a la autopista y se dirigieron al sur. Miriam le preguntó a Seth si podía escuchar la radio, y él la obligó a pasar por un recorrido de ondas de radio. Él parecía saber de música. Al verlo hablar de manera tan entusiasta sobre por qué Frank

Sinatra y una banda llamada Metallica en realidad fueron cortados de la misma tela, ella volvió a sentirse impactada por este extraño encantador. Una clase de encanto que trajo a su mente la referencia a los tales Bonnie y Clyde.

El centro comercial en Santa Clarita aún estaba cerrado cuando llegaron, pero Seth insistió en que estaría bien el Wal-Mart abierto veinticuatro horas que estaba al otro lado de la calle. Explicó que se trataba de algunas ropas básicas, pero con diferentes etiquetas para gente distinta. La mayoría de los hilos probablemente venía de las mismas fábricas.

Seth parqueó en un estacionamiento cercano vacío y atravesaron las puertas de la enorme tienda.

—La ropa para dama está a veintitrés pasos adelante y cinco pasos a la derecha, frente a fotografía y a este lado de ropa interior femenina —explicó él—. Todo Wal-Mart sigue uno de varios patrones básicos, y este es uno que conozco. Yo voy a la izquierda, donde espero encontrar un par de cepillos de dientes y pasta para limpiar los dientes y refrescar el aliento.

Ella lo miró. No era que no entendiera sino que necesitó un segundo extra para procesar las palabras que él escogió.

—¿Está bien? —averiguó él.

—¿Vas a dejarme sola? —preguntó ella a su vez, mirando por los pasillos—. ¿Y si me pierdo?

—No te perderás. Si eso pasa, pregunta a alguien con uniforme azul dónde están las cajas registradoras. Confía en mí, estarás bien.

La joven titubeó. No es precisamente que nunca antes hubiera estado de compras.

—Está bien.

Él anduvo varios pasos antes de volverse.

—Y que conste, yo preferiría los *jeans* azules y la blusa blanca a un vestido. Considerando nuestra situación, es decir.

—¿Cómo sabías que estaba considerando *jeans* azules o un vestido? —preguntó ella, mirándolo desconcertada.

—¿Estabas pensando en eso?

—Exactamente en eso. En nada más.

—Umm.

—¿Estás ahora viendo dentro de mi clóset? ¿Qué más logras ver?

—No estoy mirando en tu clóset. En realidad no estoy seguro de lo que vi.

—¿Pero viste algo?

Él vaciló, como si acabara de comprender.

—Sí, creo que lo hice.

Seth giró y fue directamente hacia la farmacia. Los dos salieron juntos veinte minutos después, él sosteniendo una bolsa de artículos de tocador y otra botella de Dr Pepper, y Miriam vestida con *jeans* azules y una blusa blanca.

capítulo 14

Hilal condujo hacia el sur en el Mercedes de Hertz, sintonizó la antena rastreadora, y dejó vagar sus pensamientos mientras la policía estrechaba su red.

No habían podido localizar el Cougar, pero el estadounidense, Seth, había usado su tarjeta de combustible Texaco en una estación de servicio cerca de Kettleman City. Era verdad que iba hacia el sur. Ya habían pasado Santa Clarita y se dirigían al laberinto de autopistas que cubría como una telaraña la cuenca de Los Ángeles.

Hilal estiró la mano hacia arriba y examinó el rastreador, el cual había permanecido en silencio por algunos minutos. Se oía estática, indicando una clara señal. Un camión Kenworth nuevo con remolque pasó zumbando a su izquierda, llevando tres enormes generadores Caterpillar a algún destino donde sin duda proporcionarían energía eléctrica a algún individuo libre. Libertad personal. Estados Unidos se había levantado sobre la idea de que los derechos individuales eran supremos, a pesar de la lenta erosión de esos derechos en los últimos años.

Quizás Estados Unidos y Arabia Saudita tendrán algún día en común una variedad limitada de libertad personal.

Aunque el rey Abdullah en realidad no estaba listo para abrir sus palacios al ciudadano común, entendía el poder de la libertad más que la mayoría en Arabia Saudí. Por otra parte, los militantes extremistas negarían la libertad personal en nombre del Profeta, y usarían la espada para reforzar sus creencias. Una terrible vergüenza.

El mundo había cambiado. En la humilde opinión de Hilal, a menos que Arabia Saudí también cambiara, se quedaría asfixiada en los mares de la historia. Él esperaba proteger el reino precisamente de eso. Y si hacerlo requería la muerte de una mujer llamada Miriam, así sería. No que tuviera alguna intención de matarla en este momento. Después de todo, ella era de la realeza.

Hilal suspiró. Este era un mundo complicado.

El rastreador dio señales de vida.

—Unidades cerca de la Cinco y Balboa, respondan a un posible avistamiento de un vehículo que corresponde a la descripción de un Cougar café en el comunicado. El helicóptero reportó a un vehículo saliendo de la autopista, rumbo al occidente en Balboa.

Balboa. La salida estaba directamente adelante.

Hilal miró en su espejo y pasó el Mercedes al carril derecho. Se le aceleró el pulso. Así que su juego había resultado.

El rastreador volvió a chirriar.

—Enterado 512. Iremos allá. Estamos a dieciséis kilómetros al sur sobre la Cinco. No hay mucha distancia hasta allá después de la parada de camiones.

Un corto silencio. Hilal aceleró al pasar un letrero que le informaba de que la próxima salida en Balboa estaba a kilómetro y medio adelante.

—Confirmo. Esa parece la parada de camiones. El helicóptero se dirigió al sur y estará fuera del campo de visión dentro de poco. ¿En cuánto tiempo llegas?

—Dame quince minutos.

—Quince minutos, entendido.

Hilal palpó instintivamente el bulto en su chaqueta y tocó el frío cañón de la pistola. Tenía quince minutos.

La parada de camiones estaba en el costado norte de Balboa, como a trescientos metros de la autopista en el centro de un polvoriento estacionamiento. El ambiente seco y vacío no correspondía para nada con la idea de Miriam de lo que debía ser la templada y agradable California.

—No has experimentado Estados Unidos hasta que te hayas sentado en la cafetería de una parada de camiones llena de humo, y te hayas atragantado con el picadillo que allí venden —informó Seth.

—¿Cuánto tiempo tardaremos en llegar al Departamento de Estado? —indagó Miriam.

Ahora eran las ocho de la mañana.

—Dos horas. Tenemos una hora para quemar.

Se bajaron del auto.

—Comamos un poco de grasa —añadió él, guiñando un ojo.

Pasaron al comedor a través de un pasillo poco iluminado con máquinas electrónicas y videojuegos. El suave aroma de tocino y huevos a la plancha inundaba el lugar. Una mujer con un delantal a cuadros rojos hacía ruidos al mascar chicle mientras ellos se acercaban.

—¿Dos? —preguntó ella.

—Dos —contestó Seth.

La mujer los sentó en una mesa que daba al estacionamiento. El Cougar café de Seth estaba al lado de un destartalado Toyota Corona, oxidado por la brisa salada del océano en la costa. Aparte de eso, el estacionamiento estaba vacío. Miriam revisó el menú. Había desaparecido la soledad que sintió la noche anterior. El nuevo plan que tenían y la promesa de una comida caliente restablecieron su buen humor. Solo pocos días atrás había estado de pie en el bazar con Sultana, oculta detrás de un velo, planeando su improbable escape. Ahora estaba sentada frente a un estadounidense llamado Seth, tratando de elegir entre el grasoso picadillo y los helados que se ofrecían en la cubierta posterior. Ella estaba segura de que si Samir viniera a Estados Unidos podrían construir entre los dos una buena vida en esta nación.

Levantó la mirada y vio que Seth la observaba.

—Y bien, ¿qué quieres comer? —preguntó él.

—¿Son papas el picadillo?

—Cortadas en tiras y fritas.

—¿Las recomiendas?

—Sí.

—Entonces quiero picadillo —decidió ella sonriéndole.

—Yo también —concordó Seth dejando a un lado su menú.

—Eres muy afortunado, Seth Border.

—¿Por qué lo dices?

—Por vivir en un país tan hermoso y limpio.

—No permitas que los árboles te engañen, querida mía. He oído que hay duendes en el bosque.

Él sonrió, como avergonzado. Miriam pensó que su manera colorida de hablar era solo parte del hechizo estadounidense.

—¿Y qué quieres decir con esto?

—Bueno, en realidad yo solo estaba haciendo un comentario tosco de que detrás de las sonrisas artificiales que ves en todas partes, te prometo que encontrarás caras aduladoras que en comparación te harán parecer seco el picadillo de papas que estás a punto de comer. El lado feo de la naturaleza humana no es exclusivo del tercer mundo.

—¿Así que la mayoría de los estadounidenses son criminales?

—No. Pero estoy seguro que estamos primeros en los departamentos plásticos.

—Plástico. Como falso —opinó ella—. Eres un tipo cínico; ¿te lo ha dicho alguien?

Seth se encogió de hombros.

—Perdón —dijo ella, deslizándose en el asiento—. Me gustaría arreglarme un poco.

—Regresa al pasillo al lado de las máquinas electrónicas —informó él, señalando detrás de ella.

Seth la observó ir hacia el pasillo, vestida en sus nuevos *jeans* carpinteros y blusa blanca, y no pudo negar las extrañas sensaciones que lo habían sorprendido durante su viaje al sur. Ella lo atraía, pero ¿por qué, además de su evidente belleza? Ellos, Miriam y él, eran iguales en una forma poco común. Los dos eran inadaptados sociales en sus propios mundos, rebeldes con sus causas. En otras maneras eran diferentes: de planetas separados totalmente distintos. No sentía por ella ninguna otra sensación de la que podría sentir un buen samaritano.

Pero estaba aquí sentado, con el estómago vacío y el pulso acelerado. No lograba recordar haberse sentido alguna vez tan atrapado por ninguna mujer en toda su vida.

Miriam desapareció en el pasillo y Seth levantó su taza de café. La idea de que ella era una princesa huyendo de algunos personajes siniestros parecía algo que él podría leer en un libro. Rapunzel, Rapunzel, deja caer tu cabello. Pero los acontecimientos de la última noche no fueron sacados de un libro. Él la pondría a buen recaudo en unas cuantas horas y luego...

Y luego Seth no supo exactamente qué.

Tomó otro sorbo de café y miró al estacionamiento. Un Mercedes negro se había detenido en el extremo opuesto del edificio. Seth bostezó. No haber dormido empezaba a hacerle efecto. Antes de que hiciera algo, tendría que dormir. Poner a Miriam a salvo y luego...

Un hombre con cabello negro le estaba disparando a Miriam en el baño. La imagen impactó a Seth, quien se irguió bruscamente. La imagen misma se le fijó en la mente como una conclusión sin razonamiento.

La escena inmovilizó a Seth. ¿Acababa de ocurrir esto? ¿O estaba viendo otra vez en el futuro?

Una segunda escena estalló en la mente de Seth a continuación de la primera. Ahora había un hombre en el baño parado sobre dos cuerpos. Uno de los cuerpos era de Miriam y el otro el de él. Ambos estaban muertos. Las realidades gemelas se alojaron en su mente, estática. En su imagen periférica, en cámara lenta, vio acercarse a la mesera; estaba diciendo algo.

Y una tercera imagen. Seth estaba en el baño parado junto a Miriam, frente al árabe. Un policía estaba en la puerta. Parpadeó.

En la primera escena Seth no estaba presente y Miriam estaba muerta. En la segunda él estaba presente pero no así el oficial de policía, y los dos estaban muertos.

En la tercer…

Seth se levantó apresuradamente de la mesa y arrancó a toda velocidad por el pasillo. La mesera retrocedió para evitar una colisión. Él tenía que entrar al baño. Lo que había visto no era *el* futuro, ¡sino tres futuros *posibles*! No lo podía explicar de otra forma. Y el único futuro en el cual Miriam vivía era en el que él estaba en el baño con el policía.

Por supuesto, el único futuro en que Seth estaba muerto era en el que estaba en el baño. Si no entraba al baño, viviría. Él sabía eso como conocía la teoría de la relatividad.

Seth estaba viendo futuros posibles. Más de uno. Tres diferentes resultados, dependiendo de quién entrara al baño. ¿Podría él influir en qué futuro se convertiría en el verdadero? ¿O estaba ese poder en manos de otros?

Por segunda vez en menos de un día, Seth entraba a la fuerza en el baño de damas. Paró en seco, resoplando y sudando. Miriam estaba a su izquierda, sin aliento y con el rostro lívido. Un árabe flacucho con rasgos muy marcados estaba frente a ella, pistola en mano.

Por un breve momento, ninguno se movió. Seth, no podía ir tras el hombre, desde luego. El tipo tenía una pistola. Sin ver que la moviera, Seth se encontró con que el arma le apuntaba al rostro.

—Cierre la puerta —ordenó el hombre.

Seth no estaba seguro de poder volverse para cerrar la puerta. Sus músculos se habían agarrotado.

—¡Ciérrela!

El estruendo de la voz del tipo trajo a Seth bruscamente a la realidad. Dio media vuelta, giró el pasador, y enfrentó de nuevo la pistola.

El árabe volvió a apuntar el arma hacia Miriam.

—Dígame, ¿con quién se iba usted a casar? Si usted cree que no la voy a matar porque este sujeto irrumpió aquí, es tan tonta como él. Dígame.

—Usted es el director de seguridad. Hilal. Lo reconozco...

—¡Dígame! —gritó el individuo.

Miriam se sobresaltó.

La nariz de Hilal era tan aguda que parecía un hacha, y los pómulos le presionaban la piel como cuchillos.

—¿Está usted asustada, Miriam? Puedo entenderlo. Usted es ciudadana saudita, y sus acciones en esta conspiración amenazan la vida de nuestro rey. Por eso morirá. No puede escapar de mí. Ha huido solo durante tres días y ya la encontré.

Miriam languidecía contra los cubículos, ya no era la mujer segura de sí misma que Seth había llegado a conocer durante su huida de la bahía. Ella creía a este hombre.

—Si usted me dice quién está detrás de esto, quizás el rey lo tenga en cuenta para disculpar su huida.

—Yo estoy huyendo del matrimonio —confesó ella en voz baja—. No del rey.

—Entonces no tiene nada que temer. Dígame quién está conspirando con el jeque Al-Asamm.

Hilal los mataría a los dos. Seth ya lo había visto, y saberlo le tensionó los músculos. El único futuro que había visto en que los dos sobrevivían era aquel con el policía en la puerta. Sin embargo, ¿qué control tenía él en la llegada del policía?

Y entonces a su mente entró otro futuro como un pedazo de cielo que caía: un patrullero. Un policía se desplomaba sobre el volante de su patrulla, muerto. Miriam estaba tendida en el asiento trasero, muerta.

—¡Qué! —tartamudeó Seth.

Tanto Miriam como Hilal lo miraron.

Esa fue una observación involuntaria de sorpresa, no una pregunta, pero Seth continuó porque pareció que ellos esperaban que lo hiciera.

—Si no hay Miriam, no hay matrimonio, esté quien esté detrás del asunto —manifestó Seth en inglés—. Ella le es más valiosa viva que muerta mientras tenga esa información que usted quiere. Así que ella no le dirá quién está conspirando con el jeque, ¿correcto?

El hombre lo miró.

—¿Habla árabe este tipo? —le preguntó a Miriam, hablando aún en árabe.

Ella no contestó.

Hilal pasó a hablar en inglés.

—Así que usted es tan inteligente como dicen que es. Y muy perceptivo. Pero como muchos estadounidenses, demasiado valiente para su propio bien. ¿Qué se supone que voy a hacer ahora con usted? ¿Umm? ¿Sabe usted quién está detrás de este matrimonio?

Una pequeña idea se le ocurrió a Seth. Muy pequeña, como la luz que se filtraba por las bisagras de una puerta cerrada.

—Usted planea matarme —contestó Seth—. Yo sé mucho. Y sería testigo del asesinato de Miriam. Pero usted tiene tres problemas. El primero es que la muerte de ella se volverá un fantasma para usted. En esta historia hay más de lo que usted sabe. Si ella muere, el jeque Abú Alí al-Asamm quedará libre de su vínculo con la monarquía. Ese quizás no parezca un problema insuperable en la mente suya, pero lo será, se lo puedo prometer.

Seth dejó caer esa gota y observó la mirada vacía del hombre. No había veracidad para sus palabras, pero lograron el efecto deseado de confundir al sujeto. Él continuó antes de que el tiempo le hiciera perder su valor.

—El segundo problema que usted tiene es que la policía está en camino. Aunque usted disparara ahora, estoy seguro de que no llegaría a tiempo a su enorme Mercedes negro estacionado afuera antes de que lo atrapen. Y su tercer problema es que ni Miriam ni yo tenemos prisa por morir. Es más, usted nos tiene muy aterrados aquí. ¿Ve? Así que vamos a usar todo truco en que usted alguna vez ha pensado y unos pocos que no se le han ocurrido para derribarlo. Usted ya está teniendo dificultad para decidir qué es un truco y qué no lo es. ¿De acuerdo?

El hombre seguía sin moverse.

—Usted es...

—Por sobre todo usted es un engaño —interrumpió el hombre al tiempo que metía la mano en el bolsillo superior de la chaqueta y sacaba un pequeño cilindro negro.

Un silenciador. Comenzó a atornillarlo en el cañón de su pistola.

—Hay muchas cosas que está claro que usted no sabe, o no perdería su aliento con amenazas vacías —continuó el hombre—. Tengo inmunidad diplomática, y estoy tratando con una fugitiva de nuestro sistema de justicia. La policía no puede arrestarme, tonto.

Cierto. Este tipo podía matar a Miriam y salir intacto. Seth tenía que entretenerlo. Había visto un futuro en que tanto él como Miriam sobrevivían, al menos hasta el momento en que apareciera el policía. Debía suponer que los futuros eran posibles futuros y que él podía influir en el que sucedería en realidad.

—Puedo ver el futuro, Hilal —informó Seth.

El hombre apretó el cañón.

—Excelente —indicó, y se volvió a Miriam—. Le daré una última oportunidad de decirme. Si es verdad que usted no tiene argumentos contra su rey, entonces revelará quiénes son sus enemigos. Su silencio solo prueba su culpa.

—Por favor, deje de ser idiota y baje esa cosa —señaló Seth.

¿Qué diablos estaba diciendo?

—He visto el futuro y usted no nos matará aquí. No es tan estúpido. En su país usted podrá irrumpir en baños con una bazuca y volar personas, pero amigo, estamos en Estados Unidos. Baje ahora la pistola y negociemos aquí las condiciones de entrega. ¿Cuánto dinero me dará?

—Le estoy ofreciendo dejarlo vivo, no dinero, ¡imbécil!

—Exactamente. Pero como dije, ninguno de nosotros desea *dar* nuestra vida. Quizás por un poco de dinero estaríamos dispuestos a delatar. Después de todo, lo único que queremos en realidad es vivir felizmente juntos. Miriam vino a la tierra de la libertad para encontrar un verdadero hombre, y Dios le ha sonreído. Déjenos ir con un millón de dólares cada uno, y yo mismo le diré exactamente quién está conspirando contra su rey y cómo planea llevarlo a cabo.

La pistola tembló en la mano del asesino. El ojo derecho de Hilal giró, y Seth supo que iba a jalar el gatillo. El intercambio les había dado algunos minutos, pero Seth había hecho un solo comentario verdadero: Este hombre con la nariz aguda estaba lejos de ser estúpido.

Seth sintió como que su cuerpo se incendiaba. Estaba atrapado en alguna parte entre un pánico total y un desmayo absoluto. Pero tenía que moverse, y debía hacerlo ahora. Así que se obligó a hacer lo único que le llegó a la mente en ese instante.

Se acercó a Hilal y le dio un bofetón con la mano abierta.

—¡Pare esto! —ordenó Seth—. ¡No sea tonto!

Los ojos de Hilal se ensancharon.

A Seth le vino a la mente, sudando frente al asesino, que acababa de firmar su propia sentencia de muerte. La pistola de Hilal aún apuntaba a Miriam, pero en cualquier momento oscilaría y le alojaría a Seth una bala en el pecho.

—Puedo darle lo que desea —expresó Seth—, pero aquí usted tiene que dejar de creerse Rambo.

El color volvió a inundar el rostro de Hilal, el cual se retorció de furia. Hizo girar la pistola.

—¡Policía!

Alguien golpeó la puerta.

—¡Policía! ¡Abran!

Hilal desenroscó el silenciador con expertos giros en la muñeca y lo metió junto con la pistola en el bolsillo superior de la chaqueta.

—Se lamentarán por esto —amenazó.

Luego, como si fuera un acontecimiento diario, pasó detrás de Seth, hizo girar la cerradura, y abrió la puerta.

—Gracias a Dios que usted está aquí —exclamó—. Los contuve hasta donde pude.

Un agente estaba con la mano en la culata de su pistola, haciendo un reconocimiento visual.

—¿Está todo bien aquí?

El miedo que se había apoderado de Seth solo momentos antes se convirtió en terror. Él había visto antes al agente. En los ojos de su mente. Muerto. Con Miriam muerta detrás de él.

—¿Son ustedes Miriam y Seth? —preguntó el agente.

—Sí —contestó Miriam.

—Tendrán que venir conmigo. Hay una orden de arresto para ustedes —anunció el representante de la ley, y luego miró a Hilal—. ¿Quién es usted?

—Soy el guardián legal de esta mujer, en asignación del rey Abdullah de Arabia Saudí —informó Hilal mientras sacaba y desplegaba una pequeña cartera—. Le agradecería que la tomara de inmediato en custodia. Hemos perdido demasiado tiempo.

—No me importa cuánto tiempo crea usted que ha perdido. No me dijeron nada de encontrarme con usted aquí…

El agente siguió hablando, pero Seth no oyó nada más. A su mente había entrado otro resultado de esta escena. Otro futuro posible. Luego dos futuros. Luego seis, todos a la vez, como una hilera de carteles, cada uno diferente.

Luego cien posibles resultados, una descarga de lo invisible, ahora ante la vista de él.

En solo uno de ellos Miriam sobrevivía los próximos diez minutos.

Hilal le hablaba ahora al policía, en tono suave y cooperador.

Seth metió una temblorosa mano en el bolsillo, agarró con los dedos la pelota antiestrés que llevaba por hábito, y dio un paso adelante.

—¿Adónde cree usted que va? —preguntó el policía cuando Seth fue hacia él.

—Vengo a que me arreste —contestó Seth.

Se colocó debajo de la puerta y giró para ofrecer los brazos detrás de la espalda. A mitad del giro sacó la pelota del bolsillo y la soltó. No estaba seguro cómo supo exactamente cuándo dejarla caer; lo único que sabía es que si la dejaba caer iría rodando hacia la cafetería.

Y así fue.

Seth miró ahora a Miriam, cuyos ojos desorbitados lo cuestionaban.

Hilal sonreía suavemente, justo en el interior de la puerta, a la derecha de Seth.

—Caminen hacia el auto de forma pacífica —ordenó el poli—. No voy a usar esposas. Señora, si usted tiene la bondad de venir con...

Se oyó un grito, seguido por un ruido sordo y el horrible choque de platos haciéndose añicos.

—¡Llamen una ambulancia! —gritó alguien desde la cafetería—. ¡Rápido!

El poli lanzó una mirada en dirección al comedor antes de detenerse, pero Seth ya se había puesto en movimiento. Sin ninguna advertencia se lanzó sobre Hilal y lo empujó con fuerza. El árabe retrocedió y chocó contra la puerta de uno de los cubículos del baño, la cual se abrió al instante, recibiendo el tambaleante cuerpo.

Antes de que Hilal se diera contra el inodoro, Seth tenía la mano de Miriam en la suya.

—¡Corre!

Ella se dejó llevar por la puerta del baño, pasando al poli, quien se llevó la mano a la pistola.

—¡Deténganse! —gritó el policía.

—¡Corre! No nos disparará —exclamó Seth.

Arremetieron contra las puertas de salida y salieron a toda velocidad hacia el Cougar. Gracias a Dios el auto no era tan valioso como para ponerle seguro. Seth aventó a Miriam por la puerta abierta y se las arregló para subir al asiento del pasajero antes de que el poli apareciera en la puerta, apuntando al Cougar con la pistola.

—¡Deténganse! —volvió a gritar.

Agarró la radio y llamó pidiendo ayuda. Seth sabía que no dispararía, no a una princesa saudita y a un estudiante cuyo único crimen verdadero fue huir de un baño. Además, el lugar estaba lleno de bombas de gasolina.

—¡Muévete! ¡Rápido, muévete! —gritó Miriam.

—¡Ya voy!

Las llantas del Cougar levantaron una nube de polvo.

—Créeme, aquí voy.

—¿Lastimaste a alguien? —preguntó ella.

—No. La mesera tendrá algunas magulladuras, pero vivirá.

—¿Cómo lo sabes?

Se lanzaron sobre Balboa y rugieron hacia la autopista.

—Simplemente lo sé.

capítulo 15

—Viste el futuro —comentó Miriam—. ¿Volviste a ver de veras el futuro?

Seth viró en una salida.

—Estoy atravesando la 210. Tenemos que llegar al Departamento de Estado. La policía sabe cómo es el auto; si no cambiamos las cosas un poco nos detendrán antes de que lleguemos al centro de la ciudad. No estoy seguro de estar listo para una persecución a toda máquina.

—No entiendo —manifestó Miriam sacando una rodilla del asiento y sentándose de refilón para mirar por la ventana trasera—. Estamos yendo al Departamento de Estado; ¿por qué sencillamente no dejamos que la policía nos lleve?

—Porque —contestó Seth, luego hizo una pausa y miró por sus espejos—, porque en todo resultado que vi con el poli, tú terminabas muerta.

Ella lo miró.

—Yo… ¿qué quieres decir, muerta?

—Quiero decir desplomada sobre el asiento trasero de su patrulla con un hueco en la cabeza. Es evidente que Hilal no es de los que les faltan agallas.

—Dijiste resultados. ¿Viste más de un futuro?

—Sí.

—¿Cuántos?

—Muchos. Cien.

Miriam trató de entender esto. Era posible ver dentro del futuro. Muchos místicos y profetas habían visto visiones. Pero esta idea de que alguien pudiera ver más de un futuro… ella nunca había oído algo así.

—¿Por qué dejaste caer la pelota?

—Porque el futuro en que me vi haciéndolo era el único en que sobrevivías.

Ella dejó de mirarlo y después miró al frente. ¿Cómo podía creer tal afirmación? Él siguió adelante, triste.

—No lo comprendo más que tú —continuó él—. Solo sé que hasta hace unos cuantos días nunca había experimentado nada remotamente parecido a la clarividencia. Entonces mi mente provocó un cortocircuito o algo parecido, y comencé a tener vislumbres. Ahora estoy viendo lo que sé que son futuros posibles, y veo más de uno a la vez. Me encontraba sentado a la mesa y vi a Hilal en el baño contigo. ¿Cómo si no sabría que debía irrumpir como lo hice?

—¿Y me viste muerta? ¿Viste muchos resultados posibles de la situación, incluyendo la llegada del policía, y la única en que yo no estaba muerta fue cuando lanzaste la pelota?

—Sí.

—Pero… —Miriam titubeó, aún no le veía sentido al asunto—. ¿Y si la pelota hubiera rebotado en alguna otra parte? Entonces la mesera no habría caído.

—Correcto. Lo cual significa que estoy viendo de veras lo que *sucederá* dadas ciertas condiciones, no lo que podría pasar. Minúscula diferencia, quizás, pero muy alucinante. No *hice* un futuro para que nos salvara; *decidí* el que nos salvaría.

—¿Y si ninguno de los futuros proporcionara un escape? ¿No podrías hacer algo para cambiarlo?

—No sé —contestó él meneando la cabeza—. Tal vez no.

Miriam suspiró y metió el rostro entre las manos. Ahora él la había salvado dos veces. En Berkeley no podía estar segura de las intenciones del hombre, pero la mirada en los ojos de Hilal era inequívoca. Comprenderlo la debilitó. Sacó las manos y lo miró.

—¿No has... visto algo más?

—No. No, no tengo idea de lo que viene. Solo veo en rachas. Estamos yendo al Departamento de Estado.

El rostro de Seth estaba lívido. Una gota de sudor le bajó por la sien. Miriam pensó que se había zarandeado el agnosticismo en él. Dios lo había enviado a salvarla... era lo único que tenía sentido. Como musulmana siempre le enseñaron que cualquier cosa que pasara era voluntad de Dios. Así que puso a este extraño en su camino para salvarla de la muerte segura. Al menos por el momento.

Miriam miró por la ventanilla, conmovida por esta verdad. Su huida fue en vano. Estaba *destinada* a huir. Quizás Samir se hallaba en camino en ese mismísimo instante, y Seth la estaba protegiendo hasta entonces. Ella dejó escapar una oración por su seguridad.

—Esto es una locura —comentó Seth.

Ella no pudo discrepar.

—Esto hará que la hélice vuele con más furia. ¿Tienes alguna idea de lo que esto significa?

—Significa que Dios está hablándote.

—No. Esto significa que Dios no puede existir. Él es...

—No seas ridículo —interrumpió ella.

—Por definición, un Dios omnisciente *debería* conocer el *futuro*. Si él conoce el futuro, si ha mirado dentro del futuro y sabe lo que sucederá en la realidad, entonces no hay probabilidades de que haya otro futuro, otro distinto al que Dios conoce. ¿Me hago entender?

Ella pensó en eso.

—No —contestó.

—Si Dios sabe que voy a toser exactamente en diez segundos, entonces toseré en diez segundos, ¿correcto?

—A menos que él cambie de opinión.

—Y él *sabría* que cambiará de opinión. Aún seguiría sabiendo el resultado final, a pesar de lo que lo causara, ¿de acuerdo?

—Muy bien.

—Ese es el futuro que conocería un Dios omnisciente: el único que finalmente ocurrirá. Eso es lo que significa ser Dios.

—Eso es lo que acabas de decir.

Seth hizo una pausa.

—Pero eso significa que cualquier *otro* futuro tiene cero probabilidades, que solo hay un futuro *posible*, y ese es el futuro que Dios conoce.

—Creo que estás repitiendo lo mismo.

—Pero acabo de ver más de un futuro real. No vi solo *uno*. Vi muchos, y sé a ciencia cierta que todos eran posibles. Por tanto, no puede haber un dios que sepa solo *uno*. Sin embargo, por definición, Dios conocería el *único* —filosofó Seth y miró el horizonte—. A menos que no haya Dios. Creo que acabo de probar el ateísmo.

—Esto no tiene sentido —refutó Miriam—. Entiendo tu lógica, pero se desmorona toda cuando solo traes a colación la lógica. ¿Has pensado en el hecho de que solo pareces ver estos futuros cuando estás conmigo?

Él la miró. Era obvio que no.

—A no ser por los dos primeros, tienes razón. Es verdad. Así que tal vez tú me afectas de algún modo —exteriorizó él mirándola y sonriendo—. Haces que mi mente... no sé... enloquezca.

—Tal vez son las mujeres. Ellas hacen eso.

—¿Mujeres?

—Sí. Tu comprensión excepcional de las mujeres y el amor, ¿recuerdas? Se ha desarrollado hasta el punto en que cuando estás con una mujer puedes saber de verdad lo que va a usar o decir antes de que lo haga. Eres nada menos que el macho supremo.

Seth se ruborizó. Como él diría, ella había marcado un tanto, pero eso no la hacía sentir satisfecha. La realidad era que se sentía segura con él a pesar de no ser un buen guía espiritual. Él era veraz hasta los huesos. Íntegro.

—Después de todo, la mujer tiene cerebro —comentó ella, sonriendo con complicidad, a pesar de sí misma.

—Nada mal, princesa. Nada mal en absoluto.

—Y esta mujer con este cerebro cree que tu lógica, aunque parece convincente, aún es de alguna manera defectuosa.

—Un oxímoron —contestó él.

—Sin embargo, mi corazón me dice que lo que estoy diciendo es verdad. ¿Confías en mi corazón?

Ella pensó que él no esperaba eso. Estaban discutiendo: él con su mente y ella con su corazón. No, no con el corazón de ella, porque su corazón le pertenecía a Samir. Los dos con sus mentes, entonces.

—Tendré que pensar al respecto —contestó Seth.

—Entonces piensa con tu corazón —lo desafió ella.

—¿Piensan todos los musulmanes con el corazón?

—No. ¿Lo hacen todos los cristianos?

—No.

Condujeron durante más de una hora, cambiando de autopista varias veces, aminorando la marcha al acercarse a su destino. Aunque Arabia Saudí cubría tanto territorio como los Estados Unidos occidentales, su población no era mayor que la de esta ciudad, Los Ángeles. Al pasar, Seth hacía comentarios acerca de la enorme metrópolis, pero la mayor parte del tiempo eran cínicos y difíciles de comprender. Miriam se sentía extraña en esta tierra llena de gente. Sola otra vez.

Samir, Samir, mi querido Samir. ¿Dónde estás, mi amor?

Se le hizo un nudo en la garganta. Ella pudo haber planeado volar con Samir, pero no tuvieron tiempo. Quizás podría contactar con Samir una vez que los estadounidenses le dieran refugio seguro.

Miriam había dejado casi todo su dinero en la casa de Hillary. Tal vez el jeque Al-Asamm le enviaría algo de dinero con Samir. ¿Pero qué haría el jeque? Él estaba en su propio intento de obtener el poder. En primer lugar la había vendido a la casa del rey por poder. ¡Él quería que ella se casara con Omar! ¿Cómo podía ella confiar en él? No, la joven tendría que contactar directamente con Samir. Tal vez por medio de Sultana.

—Muy bien. Henos aquí —expresó Seth—. Ese edificio gris al otro lado de la calle. ¿Lo ves?

—Sí.

Seth encontró un sitio dónde estacionar, mascullando que fue un milagro encontrarlo libre. Miriam estuvo tentada a preguntarle cómo podían existir milagros sin un Dios, pero comprendió que él había usado la palabra solo como una figura retórica. Apagó el motor y se puso a observar el edificio.

—¿Y si no son amigables? —preguntó Miriam.

—No veo ningún motivo para que no lo sean. Estás buscando asilo político… sencillamente no pueden sacar sus pistolas y dispararte.

—Podrías escoger mejores palabras.

—Lo siento.

—No me preocupa que me disparen, sino que me envíen otra vez a Arabia Saudí y que ese cerdo de Omar sea peor a que me disparen.

—No dejaré que eso suceda —aseguró él—. Al menos si regresas, el comportamiento de Omar se pondrá al descubierto.

—¿Y por qué debería confiar en ti?

Él la miró, estupefacto.

—Porque ya te he salvado dos veces. O quizás porque en realidad me importa lo que te suceda.

—¿Te importa?

Aparentemente él no había esperado la respuesta de ella.

—Sí.

Miriam miró las puertas al otro lado de la calle.

—Entonces confiaré en ti, Seth Border —aceptó, abriendo la puerta y apeándose.

Entraron, una pareja que pasa desapercibida, pensó ella. Seth era simplemente otro ciudadano estadounidense, vestido con sus pantalones de pana, zapatos negros de lona, y camiseta color naranja. Su cabello ligeramente despeinado no era poco común, pensó ella, especialmente en California. Se sentía a gusto en los *jeans* azules y la blusa blanca, no porque estuviera acostumbrada a usarlos, sino porque la hacían sentir como una mujer. Una mujer libre de esa bestia, Omar, entrando a un edificio público con un tipo soltero.

Se detuvieron dentro de las puertas giratorias y miraron frente a un vestíbulo atestado de personas de todas las razas. Seth la agarró del brazo y la guió hacia un escritorio bajo un letrero gigante que decía Información.

Miriam estaba consciente de la cálida mano de él sobre el codo de ella, solo el segundo hombre que le había tocado la piel. Se preguntó qué pensaría él de sus brazos desnudos. *Estás tonteando, Miriam. Has estado atada tanto tiempo al saco negro que no sabes lo que significa ser tocada inocentemente por un hombre.*

Una mujer con lentes de armazón negro y con el cabello recogido en un moño los miró desde el mostrador de información. Había tres guardias de seguridad detrás de ella, con los pies separados y los brazos cruzados, relajados.

La mente de Miriam volvió a la mano de Seth. Aquí estaba ella, a punto de confiarse a los estadounidenses, y su mente estaba distraída por el toque de un hombre. Infantil, pero cierto.

La primera vez que Samir la había tocado fue en Madrid, en un parque... del que no podía recordar el nombre. Los dedos de él le rozaron la mejilla derecha, y una suave ola de calor le recorrió la columna. Ella lanzó los brazos alrededor de él y lloró.

Se sentaron temblando cada uno en los brazos del otro durante una hora. Ella supo entonces que el amor era como una droga. Aunque no encontraron otra oportunidad de estar a solas en ese viaje, la intoxicación de esa hora sumió los dos días restantes en una laguna de vértigo prohibido del cual ella creía que nunca saldría.

Sentir ahora los dedos de Seth en su codo era como volver a meter los dedos de los pies en esa piscina.

¿Qué te pasa, Miriam? Podrás ser una mujer por fuera, pero eres una niñita tonta...

Los dedos de Seth en su codo se apretaron más.

—¿Qué pasa? —preguntó ella.

Los ojos de él estaban bien abiertos, fijos en los guardias. Parpadearon.

—¿Qué? ¿Seth?

Él se volvió hacia ella y la obligó a girar.

—Simplemente salgamos. No mires hacia atrás, solo camina.

La urgencia en su voz decía suficiente. Ella caminó. Zancada a zancada con él, tensa ahora de pies a cabeza.

—¿Qué...?

—No hables.

Ella tragó saliva.

En la puerta, un guardia que ella no había notado levantó su radio y habló por él. Sus ojos se toparon con los de ella. El guardia fue hacia la puerta para cortarles el paso.

Seth se detuvo. Su mano soltó el codo femenino.

—Me estás asustando —se quejó ella—. ¿Hay problemas?

—¡Tenemos que salir de aquí!

—Yo creí...

—¡No te muevas! No hables, no respires.

—Por favor...

—Regresaré al instante. Por favor, Miriam, no te muevas. Si quieres vivir este día, no te muevas.

Seth salió del lado de ella y caminó hacia un costado del pasillo. El guardia lo vio y se detuvo. El corazón de Miriam palpitaba sin cesar.

Volteó a mirar… dos de los guardias de detrás del mostrador caminaban hacia ella. ¿No moverse? ¡Ella debería estar corriendo!

Miriam se volvió hacia él.

—¿Seth?

Él ya había llegado a la pared. Ella vio la caja roja sobre la pared y supo que era una alarma de incendio antes de que él la jalara.

Una chillona campanilla repicó con gran estruendo. Por un prolongado instante pareció inmovilizarse el ajetreo del salón. Seth giró y gritó más fuerte que la campana.

—¡Hay una bomba en el edificio que estallará en treinta segundos! ¡Por favor, salgan inmediatamente en forma ordenada!

Contradiciendo su propio consejo, Seth corrió.

—¡Fuera! ¡Todo el mundo afuera!

Se armó una locura. Seth corrió hacia Miriam, y una represa rota de personas se abalanzó hacia la puerta, puesta en movimiento por la carrera de Seth. Chillidos se unieron a la campana y Miriam luchó con el impulso de unírseles.

Seth la alcanzó.

—¡Rápido! ¡Sígueme!

Ellos corrieron por una puerta lateral con *Incendio* estampado en su superficie. Los guardias cruzaron el salón, obstaculizados por el flujo de cuerpos que corrían. Seth y Miriam llegaron a la puerta lateral muy adelante del guardia más cercano.

Un disparo sonó sobre sus cabezas.

—¡Quieta ahí! ¡Deténgase donde está!

Miriam no sabía si el guardia se dirigió a la turba o a ella. Sea como sea, la acción refrescó el pánico de la muchedumbre. Surgieron nuevos gritos, y la prisa hacia la puerta se convirtió en estampida.

Seth y Miriam atravesaron la puerta de incendio. Él dio cinco largos pasos hacia el frente del edificio y se deslizó hasta detenerse. La calle se llenó de gente.

—¡Corre! —resopló Miriam.

—¡Por aquí! —exclamó Seth agarrándole la mano.

Salieron corriendo por un callejón y luego detrás del edificio, donde había estacionado una docena de autos. Seth se detuvo resoplando al girar en la esquina.

—¿Y tu auto? —preguntó Miriam.

Él le soltó la mano y salió disparado de auto en auto.

—¡Vamos! ¡Vamos! —musitaba entre dientes mientras agarraba manijas de puertas.

Una voz masculina gritó a la vuelta de la esquina, y Miriam dio una rápida mirada. Un guardia había salido del edificio y corría hacia el callejón.

—¡Ya vienen!

—¡Revisa los autos! ¡Encuentra uno sin seguro!

¿Era ese el plan de Seth?

—¿Un auto sin seguro?

—¡Sin seguro!

Él corrió a otro auto y tiró de la manija. Con seguro. Corrió a otro.

—Vamos. ¡Ayúdame!

Miriam corrió hacia un Mercury Sable azul y jaló la manija. La puerta se abrió. Ella se lo dijo a Seth, pero él ya corría hacia ella.

—¡Entra! —le estaba susurrando ahora—. Sobre el piso.

Miriam subió y se tumbó en el asiento frontal. No sabía cómo esperaba él que se tendiera en el piso… el volante estaba en el camino y…

Una rodilla o una mano le empujó la espalda y ella gimió.

—*¡Shh!*

Seth se estaba trepando sobre ella. El peso total del cuerpo de él la aplastó y ella casi le grita. Pero rápidamente se dio cuenta de que él no se treparía sobre ella a menos que esta fuera su única opción. Ella intentó tomar aire.

Él cerró la puerta con facilidad. El silencio cayó sobre ella. Se levantó un poco sobre sus codos a fin de darle a los pulmones espacio para respirar. El cuerpo de Seth era peso muerto.

—¡No te muevas! —susurró él.

—¡Me estás *aplastando*!

Él se quedó en silencio por un instante, como si considerara esta información.

—El guardia está en el estacionamiento —le susurró—. Me verá si me levanto.

—Me estás... sofocando.

Otro silencio. Imagine: ella no moriría ahogada a manos de los mutawa, sino asfixiada debajo del cuerpo de un estadounidense.

—¿Debería moverme? —preguntó él.

—S-sí. De mi espalda.

—¿Y si me ve el guardia?

Si Seth no se movía, seguro que Miriam moriría. Ella lanzó el codo hacia atrás en defensa propia, la cual dio en las costillas de él y lo hizo gemir.

Ahora Seth se movió. Su peso cambió de la espalda de Miriam a sus piernas y ella casi grita del dolor. Al menos podía respirar. Las rodillas de él encontraron espacio entre las piernas de ella, y entonces se aligeró su peso.

Se quedaron inmóviles por un interminable minuto, respirando con dificultad. Luego el cuerpo de Seth empezó a temblar, y a ella se le ocurrió que el pobre hombre debía estar apoyándose en una extenuante posición.

—¿Debo mirar? —preguntó él.

—Sí.

Él se tomó las cosas con más calma.

—Creo que estamos fuera de peligro —expresó él finalmente, se estiró hacia delante, abrió la puerta del pasajero, y pasó sobre ella, clavándole otra vez las rodillas y los codos, y disculpándose con cada gemido de ella.

Seth se dejó caer sobre la gravilla, se puso de pie, y le lanzó una media sonrisa mientras ella luchaba por sentarse. Examinó el estacionamiento y luego rodeó el auto por detrás hacia el asiento del conductor. Se trepó y cerró la puerta.

—Lo siento. ¿Estás bien?

—No.

—Pero estás viva —le sonrió avergonzado.

—Apenas. No hay llaves.

—¿Quién necesita llaves?

Evidentemente Seth no las necesitaba. Tardó menos de un minuto en jalar tres cables y presionar dos juntos para prender el auto. Treinta segundos después salieron del callejón y entraron a la calle. Detrás de ellos brillaban luces de gran cantidad de camiones de bomberos y de patrullas de policía. El Cougar estaba bloqueado por dos autos.

Seth se alejó por la calle, sonriendo, dejando atrás el caos.

—¡Vaya! Nos salvamos por un pelo —comentó él.

—Gracias a ti.

Condujeron una cuadra en silencio, Seth revisaba los espejos cada dos segundos.

—¿Vas a decirme por qué corrimos?

—Ellos iban a entregarte a Hilal.

—¿Estás seguro?

—Segurísimo. Sí, estoy seguro.

—Viste eso en el edificio, pero no viste manera de escapar una vez que entramos al callejón. Así que tu don tiene sus límites.

—Es esporádico. Pero creo que se está fortaleciendo. Estoy viendo más, y por más tiempo.

Giraron en una calle lateral y luego en otra. Aún sin señales de persecución. Miriam comenzó a relajarse.

—¿Ahora qué? —inquirió ella.

Él la miró por lo que pareció un lapso excesivo y luego miró adelante, tomó gran cantidad de aire, y lo soltó poco a poco.

—Ahora escapamos, princesa. Ahora escapamos de veras.

capítulo 16

Hilal miró a los diplomáticos alrededor de la mesa de conferencias, creyendo que era una pérdida de tiempo debatir protocolo mientras la mujer y el estadounidense huían. Ahora era crítica la cooperación del Departamento de Estado, pero no a expensas de la desaparición de Miriam. El hecho de que se le hubiera escapado una vez lo tenía muy furioso.

Cerró los ojos. Seth Border lo había insultado. Las palabras del hombre aún le daban vueltas en la cabeza. Palabras ridículas y poco serias a las que debería hacer caso omiso. Pero no podía. Tratar con Seth Border era en alguna forma tan importante para él como tratar con la hija del jeque.

—...Si eso es determinante para usted, Sr. Sahban.

Hilal miró al hombre que se dirigía a él. Por suerte Peter Smaley, subsecretario de estado, se encontraba disponible, pues estaba en Los Ángeles con Iona Bergen en asuntos no relacionados. Bob Lord, subsecretario para asuntos del Departamento de Estado, esperaba la respuesta de ellos sentado a su lado. La única otra persona en la pequeña sala de conferencias era Clive Masters, de la Agencia Nacional de Seguridad de Estados Unidos. Al minuto de iniciarse la sesión, Hilal los había juzgado con exactitud. Smaley era aquí el responsable de la reunión y de asegurar que las relaciones sauditas-estadounidenses no fueran amenazadas por este suceso. Lord estaba aquí para jugar al antagonista: el activista de los derechos individuales que prefería ver cien árabes muertos antes que a un estadounidense. Iona, la mujer, era la más entendida en las sensibilidades del Oriente Medio, a pesar de su género. Y Clive Masters era aquí el asesino. De todos ellos, fue el único que le dio qué pensar a Hilal.

—Perdóneme, mi mente estaba en otra parte —contestó Hilal—. ¿Podría replantear la pregunta?

—Bob ha sugerido que nos retiremos y dejemos que aparezcan bajo una falsa sensación de seguridad —informó Smaley.

—Temo que este asunto es demasiado urgente para tales tácticas —opinó Hilal—. No estoy seguro de que ustedes aprecien la dificultad en que esta evasión pone a mi gobierno. Uno no se sienta y deja que un golpe de estado surja.

Iona aclaró la garganta y se inclinó hacia delante. Parecía ser de ascendencia mediterránea, hermosa, con piel aceitunada y nariz más bien larga. A él no le importaría conocerla.

—¿Dice usted que la princesa confesó ser parte integral de un plan para dar un golpe de estado? ¿Por qué confesaría ella esto?

—Creo que ella pensó disuadirme de que la llevara a casa.

—¿Y la cree usted?

—No tengo duda.

—Más bien parece suposición —terció Bob Lord—. Pero si usted sabe respecto del golpe, no logro ver por qué la necesita para tratar el asunto. Arreste a las partes involucradas. Tenga la seguridad de que no necesitamos traer pistoleros para cazar un par de personas que no han hecho nada más que huir para salvar sus vidas.

—Ella ha roto nuestras leyes, Sr. Lord. Y su suposición de que podemos sencillamente arrestar a las partes sospechosas en Arabia Saudí muestra la ignorancia suya acerca de nuestra sociedad. Aunque supiéramos quién estaba detrás del golpe…

—Usted dijo que el jeque Abú Alí al-Asamm estaba detrás de él.

—Él seguramente es cómplice. Pero el golpe no vendría de él —explicó Hilal—. Si arrestar al jeque tuviera algún sentido político, lo habríamos hecho hace veinte años. Él es demasiado poderoso para arrestarlo. Necesitamos su lealtad, no su cabeza. Debemos poner al descubierto al hombre entre los nuestros, y estoy convencido de que la mujer conoce su identidad.

Se quedaron en silencio por un momento.

—Usted llevará de vuelta a la princesa y la torturará para sacarle esta información —opinó Lord.

—Nuestro gobierno está en riesgo, Sr. Lord. Haremos lo que sea necesario. Y si no la podemos hacer volver, entonces debemos... tratar aquí con ella.

Lord se quedó mirándolo.

—Lo siento, no comprendo cómo sea de nuestro interés algo más que el arresto de ella —indicó Smaley.

—Es en nuestro interés porque efectivamente echa por tierra este intento de golpe —intervino Iona—, aunque no ponga al descubierto a las partes involucradas.

—Precisamente —concordó Hilal dándole una suave sonrisa a Iona—. También da a mi gobierno influencia con el jeque Abú Alí al-Asamm.

Al extremo de la mesa reía el hombre clave de la ASN. Miraba a Hilal con ojos de color azul claro y asentía. Clive Masters no era idiota. Tenía cabello rubio rojizo y piel más blanca de lo normal... una extraña apariencia con sus ojos azules grisáceos. Perturbadores, incluso. Hilal tendría que vigilar a este tipo.

—Explique por favor —pidió Smaley.

Hilal dejó de mirar a Clive Masters.

—El jeque estará consternado al saber que su hija ha sido asesinada. Naturalmente, también lo estará el príncipe Salman, padre adoptivo de ella. Nos acercaremos al jeque y le explicaremos nuestras sospechas de que la mató el hombre del que huyó para no casarse con él. Podría ser de interés para el jeque revelar la identidad de ese hombre y buscar el favor del rey Abdullah. Y nosotros, con gusto le entregaremos esa información.

—Por tanto la muerte de la mujer renueva una alianza con el jeque —indicó Lord.

—Precisamente.

—Usted supone que Estados Unidos está interesado en mantener a su rey en el poder a precio de la vida de una mujer inocente.

—El asunto es con exactitud más de estabilidad regional —intervino Iona mirando al subsecretario—. Confío en que el secretario esté de acuerdo. El Oriente Medio va donde vaya Arabia Saudí. Estados Unidos no puede permitir un golpe de estado en esa nación. Punto.

—Yo no sabía que usted fuera tan parcial con la Casa de Saud —señaló Lord.

—Por favor —dijo Hilal—. El próximo rey de Arabia Saudí tal vez no sea tan progresista en su manera de pensar como el rey Abdullah. Es más, el motivo por el que estamos aquí hoy probablemente sea que algunos extremistas consideran al rey demasiado progresista para que se mantenga en el poder. Miriam es un títere de esos elementos extremistas. Tratar con ella no es muy diferente a tratar con un terrorista.

—¿Terrorista? —objetó Lord—. Ella no es Bin Laden. Es una refugiada en busca de asilo político. Aquí también tenemos leyes, Sr. Sahban.

Iona analizó con calma a Hilal.

—Soy parcial con la Casa de Saud solo hasta donde las alternativas sean menos atractivas —informó ella—. Creo que esa también es la política de la administración. Mover a Arabia Saudí hacia el siglo veintiuno es una tarea tediosa, pero mientras el movimiento sea hacia adelante y no hacia atrás, yo lo apoyo. Si algún belicoso toma el control de Arabia Saudí, una docena de vecinos cambiarán en ese sentido. Así que de alguna forma el ministro tiene bastante razón.

Ella miró a Lord.

—Por injusto que pudiera parecer, el destino de nuestra inocente princesa podría estar pesando más en el destino de la región de lo que usted imagina —continuó—. No estoy segura de estar lista para arriesgar la estabilidad del Oriente Medio por la supervivencia de una mujer.

El rostro de Lord se ensombreció.

—¿Qué está usted sugiriendo? —cuestionó—. ¿Que la matemos?

—Estoy sugiriendo, Bob, que evitemos un baño de sangre en el Oriente Medio. Usted podría pensar en ella como una refugiada; yo la veo como una fugitiva. Tenemos la obligación de ayudar a nuestro aliado a llevarla ante la justicia.

—La justicia en esta nación no viene al final de una pistola.

—No recuerdo mencionar una pistola. Simplemente estoy poniendo todas nuestras cartas sobre la mesa.

Hilal no pudo haber presentado un argumento más convincente. Con respecto a él, la discusión había concluido aquí. Era hora de ir tras la pareja. A pesar de lo que hicieran o no los estadounidenses, él cazaría a la pareja. Desde luego, podía usar la inteligencia estadounidense. Después de todo, quizás solo por eso valió el tiempo que le dedicó. Pero de cualquier manera, no podía darse el lujo de que Miriam siguiera siendo una mujer libre.

—¿Y qué hay con el estadounidense? ¿Quién es Seth? —averiguó Smaley.

—Es estudiante de Berkeley —contestó Iona—. ¿Sr. Masters?

Clive Masters miró el grupo, entretenido por la burla. Smaley y compañía no necesariamente eran mancos, pero la diplomacia saudita los tenía sujetados y adecuadamente disciplinados. *Diplomático* era la palabra equivocada para el hombre. Él era un asesino, puro y simple. Y a juzgar por su dura mirada, un buen asesino.

—Seth Border —informó Clive, moviéndose en su silla—. El hombre tras el que ustedes están tiene un coeficiente de inteligencia que hace parecer común al de Einstein.

—Yo no sabía que estuviéramos tras un hombre —interrumpió Lord.

—Bueno, si están tras la mujer, están tras el hombre. No sé cómo la mente más brillante del país resultó asociada con nuestra princesa, pero puedo asegurarles que él es quien les está ocasionando problemas. Si lo encuentran a él, la encuentran a ella. Solo por curiosidad, señor —preguntó, mirando directo a los ojos oscuros del árabe—, ¿cómo exactamente se las arregló Seth para entretenerlo en esa parada de camiones?

Si el saudita registró la más leve sorpresa, no la demostró.

—Si yo estuviera en su pellejo, entonces habría matado a la mujer —continuó Clive—. Pero Seth le puso alguna trampa, ¿no fue así?

—No estoy seguro de lo que usted está sugiriendo, Clive —contestó Smaley aclarando la garganta—, pero esta no es una operación de «cazar y disparar». Estamos tratando con complicaciones que requieren una medida de precaución. Usted está aquí debido a su pasada asociación con Seth, sin embargo, eso no significa que vaya tras ellos con una bazuca.

—¿Una bazuca? No exactamente mi arma preferida. Solo estaba señalando, Peter...

Clive dejó de hablar por la simple razón de que le molesta la hipocresía del subsecretario. Antes de que siguieran caminos separados los dos estuvieron juntos en la academia de Quantico del FBI. Un mundo pequeño. Cada uno había excedido los puntajes académicos que la oficina tenía antes o desde entonces.

Pero no todas las mentes brillantes coinciden. Algunas son cortadas para el trabajo duro y se dedican a la obra detectivesca, y otras resultan mejores como políticos. Clive había ido a recibir un doctorado en psicología y trabajar cinco años como reseñador del FBI antes de pasar a la ASN. Peter había seguido una carrera con el Departamento de Estado.

Ahora, veinte años después, se encontraban en caras opuestas de la misma moneda. El diplomático perfecto y el detective perfecto.

—Estoy afirmando, Peter —resumió Clive su pensamiento—, que si nuestro amigo aquí hubiera matado a la mujer en ese baño, como probablemente quiso hacer, no estaríamos tratando de evitar que el Oriente Medio explotara. Y todos sabemos que si la Casa de Saud es derrotada por beligerantes, tarde o temprano *explotará* el Oriente Medio. Pero él no la mató, ¿verdad? Y francamente solo tengo la leve curiosidad por saber cómo nuestro fugitivo se las arregló para pasarle por encima a un hábil... director diplomático.

—Trate de controlarse, Clive —amenazó Smaley—. Cualquiera que sea su manera de pensar, no todo el mundo es un pistolero.

—Quizás si hubiera estado en mi país me habría encargado del problema —acotó Hilal, mirando a Clive con sus negros ojos, y agachó ligeramente la cabeza—. Pero no lo estoy. Ahora será trabajo suyo. Y por lo visto, parece que usted está bien calificado.

El hombre lo estaba elogiando o insultando, y Clive no estaba listo para decidir.

—¿Puede traerlos? —preguntó Iona.

—¿La quiere muerta, o quiere que la traiga? —preguntó Clive.

—Tráigala —intervino Smaley—. Preferiblemente.

Una tenue sonrisa curvó los labios de Hilal.

—Se dirigen al este en un Mercury Sable azul reportado como robado del callejón detrás de este edificio —informó Clive—. Tienen una ventaja de dos horas y, según la cajera del Wal-Mart donde se detuvieron, llevan dinero en efectivo. Sacaremos un nuevo boletín, echaremos una amplia red, y trataremos de anticipar su próximo movimiento. Pan comido. Solo que Seth Border no es pan comido. Si no se hubiera logrado zafar en tres enfrentamientos diferentes, ustedes podrían creer que está mejor adaptado para romper la barrera de la luz que para dirigir una persecución. Pero estarían equivocados.

—Sería un simple sí o no —presionó Smaley.

—No estoy muy seguro, Peter. Como he explicado, en un caso como este la mejor manera de conseguir a la chica es encontrar al hombre. Pero no estoy seguro de que sea en nuestro mejor interés acabar con la vida de Seth Border. Él no es exactamente un ser humano fácil de reemplazar. No podemos matarlo.

—No sabía que usted fuera de tan buen corazón —expresó Smaley sonriendo—. Su amigo podrá ser un genio, pero dudo que valga la estabilidad de una región. Estoy seguro de que usted puede imaginarse una manera de burlarlo. Póngase a la altura de su reputación.

Su antiguo rival no había perdido su ironía. Clive asintió educadamente. Dar crédito a quien merece crédito, pero no deberle nada a nadie.

—Mientras tanto, lo mantendremos informado —le notificó Smaley al saudita—. Usted puede decirle a su gobierno que tiene nuestra cooperación total.

—Entonces estoy seguro de que no les importará que yo siga la investigación en tiempo real —contestó Hilal—. Me gustaría estar al corriente al instante.

Clive pensó que la serpiente iba tras Miriam por su cuenta.

—Por supuesto. Si me perdonan ahora, tengo que abordar un avión —expuso el subsecretario poniéndose de pie—. Manténganme informado por favor.

El hombre lanzó una mirada a Clive y salió con Iona.

Hilal miró a Clive en el breve silencio que siguió.

—Discúlpenme también a mí, caballeros —dijo Clive parándose—, pero tengo que atrapar un fugitivo.

—Él es muy veloz —comentó Hilal, manteniendo la mirada.

—¿Cómo?

—Con su mente.

Por tanto, después de todo el saudita había sido burlado. Lord los observó con una ceja levantada.

—¿Y si usted fuera Seth? ¿Adónde iría?

—No conozco su ciudad. Pero saldría de ella.

Tipo inteligente.

—¿No pasaría a la clandestinidad?

—Sería difícil estar en la clandestinidad con una princesa árabe. ¿No es cierto?

—Así es.

Clive caminó hacia la puerta.

—Creo que también él podría ser excepcionalmente... intuitivo —expuso el saudita—. Tal vez clarividente.

Clive dio media vuelta. ¿Clarividente? Hilal era musulmán. Obviamente un místico. Clive pudo ver cómo su enfrentamiento con el hombre a quien la revista *Scientific American* había llamado el nuevo Einstein podía ser como ir contra el mismísimo Elías. Aunque Clive dudaba que Seth fuera clarividente, Hilal tenía razón: sería una presa escurridiza.

Sin embargo, Clive había levantado su reputación en rastrear presas escurridizas. Todavía ninguna lo había burlado. De acuerdo, había tardado siete años con Pacal Penelope, y tres con Al Cooper, pero ahora los dos estaban tras las rejas junto con otros veintitrés fugitivos que él había agarrado.

—Gracias —indicó Clive—. Lo tendré en mente.

Salió, sabiendo que volvería a ver a Hilal.

capítulo 17

—Van en un Mercury Sable azul, suponen que se dirigen al este de la ciudad. La policía ha emitido la orden de detener el auto cuando lo localicen.

Omar miró hacia abajo por la ventana de vidrios ahumados diez pisos por encima del Boulevard Century sin saludar a Assir. Sa'id se puso a la derecha de Omar, con las manos en la cintura. Estos dos habían fallado una vez, pero no volverían a hacerlo.

Un avión anaranjado y amarillo flotaba por la ventana en aproximación de aterrizaje en Los Ángeles. En la cola se leía: Southwest Airlines. Parecía una lagartija.

Omar había cambiado su túnica en el Aeropuerto Heathrow de Londres por un traje gris oscuro de seda. Con su barba recortada parecía más mediterráneo que árabe... lo que buscaba. Había estado una docena de veces en Estados Unidos y al poco tiempo supo que los árabes sauditas tendían a llamar la atención, especialmente si a sus nombres anteponían el título de príncipe. Había un tiempo para llamar la atención, desde luego, particularmente en clubes nocturnos frecuentados por mujeres.

Pero esta vez él iba solo tras una mujer. Se trataba de una chiíta musulmana, que le pertenecía por derecho legítimo, y la tendría o ella moriría, cualquier opción de acuerdo con la ley.

Omar recordó haber observado su primer apedreamiento cuando era un niño de siete años de edad. Los de la secta nizarí sacaron a rastras a la mujer de un auto y la tiraron al suelo. El auto estaba lleno de piedras del tamaño del puño de un hombre. Después de un corto dictamen de culpabilidad, diez hombres empezaron a lanzar las piedras. Omar se enteró luego de que ella tenía diecisiete años y su crimen fue coquetear con un hombre. Al principio el castigo fue una visión terrible, pues veía las piedras que rebotaban en el cuerpo de la mujer mientras caminaba balanceándose sobre sus rodillas. Ella usaba su abaya y su velo, lo cual solo daba un aire de misterio al apedreamiento. Él trató de imaginar lo que estaba ocurriendo debajo de esa ropa y luego recogió una piedra y la lanzó. Asombrosamente fue a dar contra la cabeza de la mujer y rebotó. La tela negra se oscureció con sangre. El padre del muchacho rió y le pasó otra piedra. La mujer se desmayó cuatro veces y la reanimaron después de cada una antes de que finalmente muriera.

El vuelo sobre el Atlántico le había dado tiempo de cavilar en el asunto de su novia, y con cada hora que transcurría aumentaba su ira. Esta persecución no era simplemente su derecho a reclamar lo que le pertenecía; se trataba del futuro de Arabia Saudí. El futuro de una cultura sagrada en la cual el hombre era ordenado para regir y asegurar así la adoración a Dios. El futuro del islamismo estaba en juego. No el islamismo seguido por la mayoría de los árabes, sino el verdadero islamismo de los nizarí, ahora una diminuta minoría. En el poder se extendería.

Alguien había comparado una vez a los nizarí con el KKK de los estadounidenses, una pequeña minoría cristiana. En realidad, cuando miraba Estados Unidos, lo único que veía era el KKK, y los odiaba a todos.

—¿Viene esto del general Mustafá o de los rastreadores? —preguntó Omar volviéndose de la ventana.

—De ambos. El principal investigador en el caso está en camino hacia San Bernardino.

Mustafá los había puesto al tanto sobre la reunión de Hilal con el Departamento de Estado. A Omar le agradaba y le disgustaba que los estadounidenses esperaran que la ASN rastreara a su esposa. Ellos podrían jugar un papel decisivo para llevarlo a ella. El agente sobre el caso reportaba a Hilal cada hora, y Mustafá sabía cualquier cosa que Hilal supiera. Eso era bueno.

Sin embargo, nadie más que él tenía derecho a la mujer. La cacería de Hilal no era una inquietud tan grande como la participación del agente estadounidense. Quienquiera que encontrara a Miriam primero tendría que morir, pero la posibilidad de matar al hombre del rey era como un juego de niños al lado de matar al agente de la ASN. Aun así, Omar no permitiría que los estadounidenses tomaran bajo su custodia y mimaran a Miriam. Ellos la devolverían al rey. Estaría perdido su matrimonio con ella.

Omar se decidió por un enfoque franco.

—Entonces nos vamos a San Bernardino —anunció, yendo hacia la puerta.

Este Clive lo llevaría a Miriam, y él sería el chacal, se acercaría después de que la hubiera encontrado. Robaría la presa, convertiría la presa en su esposa, y luego sacaría el pago por el insulto de ella a Alá. Al islamismo.

A él.

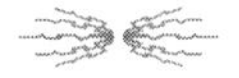

Samir se paró en las puertas hacia la gran mezquita en La Meca, vestido con un tradicional vestido blanco sin costuras, o *ihram*, usado durante la peregrinación. Miró el cubo de tres pisos cubierto con tela conocido como la ciudadela, la cual se asentaba al sol a sesenta metros de distancia, sencilla y extrañamente plana considerando su reputación como el lugar más santo en la tierra. Alá lo dio a Adán después de expulsarlo del jardín del Edén, y después guió a Abraham a él. A través de las edades muchas personas idólatras se habían inclinado en su base ante uno de los cien dioses adorados en La Meca antes de que el profeta Mahoma la reclamara.

Los paganos venían aquí a adorar antes del alba, despojados de su ropa y gimiendo. Samir sentía el misterio que yacía detrás de esa tela negra como una fuerza física que le oprimía el pecho cada vez que venía a la santa mezquita.

El patio hervía con otros varios miles de musulmanes en peregrinaje. Oraciones dichas entre dientes se levantaban al cielo, un constante gemido hacia Dios. Pero a Samir no le preocupaban las oraciones de ellos; él buscaba la guía de su Creador para su propio dilema. Solo ahora, con los ojos fijos en este lugar sagrado, finalmente supo la voluntad de Dios.

Ni una vez los capítulos del Corán llaman a Dios un Dios de amor. Pero Samir concordaba con los maestros… esto se debía a que el amor de Dios era obvio. No es necesario decir que la ciudadela es negra si todo el mundo ya conoce su color. Mahoma no tuvo necesidad de hablar del amor de Dios, porque el amor está en el mismo centro del islamismo. Entonces, la vida de Samir tendría que ser una vida guiada por amor.

No podía haber más grande amor que el que sentía por Miriam. No importaba nada más que ella.

Samir salió de la mezquita y corrió hacia la limusina que esperaba en la calle principal. Su amor por Miriam era tan esencial para vivir como los latidos de su corazón. Nunca se había mostrado ante ningún otro ser humano como hizo con Miriam. Todavía lo obsesionaban los recuerdos de los inocentes toques entre ellos en Madrid.

En Arabia Saudí, donde el cuerpo se cubría de forma muy deliberada, uno tendía a fijarse en la carne que veía. Miriam le había visto solo tres veces el pecho desnudo y la parte superior de los brazos, una vez sin querer cuando él se cambiaba de camisa en el garaje, y dos veces cuando ella le había hecho a un lado su túnica por curiosidad. Él nunca se había expuesto más allá de esto, desde luego. Eso esperaría para el matrimonio.

Pero Miriam había visto más de él que cualquier otra mujer. Al examinarle el pecho con el dedo índice, ella se había preguntado en voz alta cómo un chofer llegó a tener músculos tan fuertes. Él bromeó acerca de que debía subir al auto y bajar todas las pesadas valijas de ella, y luego rieron como solo quienes se aman pueden reír ante la más leve insinuación de humor.

Lo que Miriam no sabía respecto de él la impresionaría, si es que ya no sospechaba su verdadera identidad. Su inteligencia fue lo primero que lo atrajo a ella, aun antes de verle el rostro. Sin duda Miriam sabría que su verdadero padre, el jeque más poderoso entre los chiítas, no le confiaría su hija a un hombre común. Pero él dudaba que ella supiera que el hombre del que se había enamorado era muy conocido en pequeños círculos como un guerrero. Uno excepcional, digno de la tarea que se le había encargado.

El jeque no había escatimado gastos en entrenarlo para ser el protector de Miriam. Ahora, por primera vez, le daría buen uso a esa capacitación.

Abrió la puerta trasera y subió a la limusina. El jeque estaba sentado en la puerta opuesta.

—Conduce —ordenó el jeque.

El chofer se dirigió a la calle.

—Pues bien. ¿Qué te ha dicho Dios? —inquirió Al-Asamm.

—Me ha dicho que es un Dios de amor.

El jeque lo miró.

—¿Irás?

—Sí. Iré. Por amor.

El jeque asintió y sonrió.

—Ya muchos han ido delante de ti. Hilal, Omar y ahora los estadounidenses.

—Bueno. Ellos solo me facilitarán mi trabajo. ¿Aún está usted recibiendo la información?

—Sí. Sabrás lo que ellos saben. Pero se nos acaba el tiempo. No se les debe permitir que consigan a mi hija antes que tú, Samir. Hilal, al menos, la matará. Y no se sabe lo que Omar hará sin mi consentimiento. No la matará, pero podría maltratarla.

—No dejaré que eso suceda. Usted me entrenó para protegerla. Haré sencillamente eso. Y tengo la ventaja de que su hija me conoce. Tan pronto como esté en una posición segura, ella vendrá a mí.

Samir miró por la ventanilla lateral el río de fieles hacia la mezquita y musitó una oración por la seguridad de Miriam hasta que él llegara.

capítulo 18

Miriam estaba sentada al lado de Seth, consciente de que algo especial les estaba sucediendo. En los pocos días desde que ella se enteró de su compromiso con Omar, su vida se había vuelto patas arriba, como decía Seth.

Este increíble personaje sentado a su lado era la viva antítesis de todo lo que Miriam conocía, desde su caprichosa forma de vestir hasta su enigmático punto de vista de la vida, y hasta esta locura acerca de ver el futuro. Ella lo encontraba fascinante, lo cual era totalmente contrario a cualquier otra cosa que hubiera experimentado. Él debería repelerle, no atraerla. No es que ella estuviera atraída de veras, al menos no en el sentido romántico del mundo. No, ¡definitivamente no!

Todo el asunto la frustraba hasta la médula y la emocionaba de modo confuso. Si ella pudiera hablarle a Samir, él vendría; ella lo sabía. Vendría por amor.

El auto viró en un callejón a la derecha, haciendo que Miriam se inclinara a la izquierda. Se apoyó en la mano para tratar de no caer en las rodillas de Seth, empujándolo contra su puerta. La cabeza de él chocó contra su ventanilla.

—¡Ay!

—¡Estás conduciendo como un demente! —exclamó ella enderezándose.

Él miró por el espejo y aminoró la marcha; por su frente le corría sudor. Estaba concentrado en la persecución. Ella dudó incluso que la hubiera escuchado.

—¿Estás escuchando?

—Ellos saben que vamos en un Sable —fue la respuesta de él.

—¿Lo saben? ¿Cómo lo sabes tú?

—Porque mientras hablamos, una docena de autos policiales en un radio de kilómetro y medio busca un Mercury Sable azul. Una patrulla venía en nuestro camino, por eso giré como lo hice.

Miriam miró hacia la calle transversal a la que se aproximaban. El conocimiento que él tenía de lo que estaba a punto de ocurrir, estos futuros posibles como él los llamaba, no concordaban con el punto de vista de ella, pero difícilmente podía negar que él veía cosas.

—¿Cómo sabes que no nos toparemos con ningún policía en esta calle?

—No lo sé. Solo puedo ver lo que ocurre en unos cuantos minutos por delante o algo así. Pero estoy muy seguro de que si cruzo a la izquierda aquí puedo subirme a la diez en dirección al este sin ser descubiertos. Es un futuro en el que no nos detienen. Al menos por algunos minutos.

—¿Por qué sencillamente no ves qué necesitamos para escapar de toda esta tontería?

—Esa no es la manera…

Los ojos de Seth se ensancharon por un instante, y presionó el pedal del freno hasta el piso. El auto frenó bruscamente, y Miriam chocó contra la guantera.

—¡Ay!

—Ves, de eso es de lo que estoy hablando —comentó él mirando hacia delante.

—¡Vas a matarnos!

Seth levantó una mano abierta, señalándole que se callara. Ella miró por el parabrisas, y solo vio autos que cruzaban y un joven con cabello amarillo caminando por el callejón, mirándolos.

—¿Qué? —susurró ella.

—Una patrulla debió haber girado en esa calle adelante —informó él en voz baja—. Sobre Atlantic.

—Creí que no había peligro en esta calle —objetó ella.

—Yo también.

Miriam no estaba segura de qué pensar de estas payasadas. Un minuto antes él sabía lo que estaba ocurriendo, o podría estar ocurriendo, y al siguiente no.

Seth la miró.

—Solo puedo ver lo que nos sucede en futuros diferentes, dependiendo de lo que hagamos ahora. Y dependiendo de lo que otras personas hagan ahora.

Sus ojos la miraron, perdidos en brillante estupor azul.

—Es fluido. Cualquier cosa que pase en este momento cambia al siguiente. Pero...

Él miró adelante. La respiración de los dos apagaba la prisa de los vehículos que cruzaban la calle cincuenta metros adelante. Miriam miró a Seth, aterrada por el pensamiento de que ella estaba viendo un milagro. Bajo los agitados rizos rubios de Seth, bajo sus claros ojos verdes, su mente estaba enfrentando el futuro. Como un profeta. Como Mahoma.

—Lo que vi hace unos minutos ya cambió por lo que otras personas han decidido hacer desde entonces —comentó él como para sí mismo—. Me puedo mantener delante de ellos, pero solo mientras vea. Hace unos minutos no vi la patrulla que nos divisaba en Atlantic. Pero han pasado dos minutos y ahora sí. Debió haber decidido girar en esta calle, lo cual cambió el futuro. Entonces vi el futuro en que nos verían si avanzábamos por Atlantic. Pero ahora que nos hemos detenido, ha vuelto a cambiar el futuro. El policía permanecerá en Atlantic lo suficiente para mirar calle arriba, no ver nada, y luego girar en otra calle. Así que ahora deberíamos estar bien.

La miró, sonriendo con los labios retorcidos.

—Increíble.

No tenía sentido, en realidad no. Seth hizo avanzar el auto hacia delante.

—¿Viste todo eso en los últimos segundos? —preguntó Miriam.

—Impresionante, ¿eh? —contestó él asintiendo.

—Pero no puedes ver pasados unos minutos, así que en realidad nos podrían ver de todos modos una vez que giremos en esa calle, ¿no es cierto?

—Sí. Pero si estoy en lo cierto, creo que puedo permanecer delante de ellos. Si pudiera ver aunque sea, digamos, media hora, ¡ellos no tendrían ninguna oportunidad! Suponiendo que yo pudiera mantener todos esos futuros en mi mente. Increíble.

Aceleró el auto, giró en Atlantic, y tomó rumbo al norte hacia la autopista que Miriam pudo ver formando un arco sobre la calle aproximadamente a ochocientos metros adelante.

—Así como ahora mismo, llegaremos a la autopista en menos de tres minutos. Puedo ver así de lejos —continuó él, mirando por el parabrisas, perdido en su propia explicación—. Y puedo ver que estaremos muy bien cuando lo hagamos. Pero cada segundo que pasa ahora abre otro segundo de vista para mí. Que no vea problemas en los tres minutos siguientes no significa que no haya un problema esperándonos dentro de cuatro minutos, creado por una decisión que alguien esté tomando ahora. Un piloto de helicóptero podría decidir volar sobre la autopista…

Él aminoró la marcha.

Miriam levantó las dos manos y se frotó las sienes. El corazón le latía con fuerza, implacable. Sí, esto en realidad estaba al revés. Seth no estaba viendo el futuro como podría verlo un profeta, en tomas instantáneas de acontecimientos lejanos que venían. Estaba viendo una corriente constante de sucesos que *podrían* ocurrir, dependiendo de lo que todos hicieran. ¿Cuántas posibilidades podía ver? Ella temió preguntárselo.

—Estás viendo más de un futuro; eso es bastante difícil de creer. Y los estás viendo solo unos minutos antes. ¿Se supone que en verdad crea esto?

—Vamos, Miriam —objetó él mirándola de refilón—. Eres más inteligente que eso. Esto está sucediendo de veras. ¿Me equivoqué respecto a Hilal?

—No sé. Huimos.

—Ay. Eso lastima.

—¿Estás lastimado?

—No, tus dudas me lastiman.

—Lo siento, no quise ofenderte. Sin embargo, ¿has oído alguna vez acerca de ver unos cuantos minutos en el futuro? ¿Muchos futuros?

—Ver muchos futuros no es un fenómeno nuevo —contestó el—. Muchos profetas vieron múltiples futuros. Si haces tal y tal cosa, serás destruido por los babilonios. Pero si haces esto y aquello, Jerusalén se salvará.

Seth giró hacia el oeste una cuadra antes de llegar a la autopista.

—Creí que estábamos seguros hasta que entráramos a la autopista —cuestionó ella mirándolo.

—Lo estábamos. Lo estamos —respondió él—. Pero ahora veo que una patrulla se dirige al oeste a kilómetro y medio por la autopista. Apenas ahora logré verla… estaba demasiado lejos. Debemos demorar un minuto nuestra entrada a la autopista.

Ellos eran vulnerables, aun con el extraordinario don de Seth. Si él hacía mal un cálculo en un minuto, los podrían atrapar en el siguiente. ¿Y qué pasará cuando él se quede dormido? No había dormido en casi dos días.

—Hazme un favor —pidió Seth—. Puse el Advil en la guantera. ¿Podrías sacar dos pastillas? Pensar de este modo me produce dolor de cabeza.

Ella se las dio y él se las tragó sin agua.

—Gracias.

Entraron a la autopista en la siguiente intersección, y viajaron hacia el este, fuera de la ciudad, donde había menos miradas indiscretas, como manifestó Seth. El hecho de que se le hubiera adherido esta extraordinaria habilidad lo persuadió de que debería ser el guía de Miriam. Él repetía eso mucho, pero ella sospechaba que él estaba empezando a disfrutar por sí mismo. Y si no por sí mismo, quizás por la compañía de ella.

Tres veces salió de la autopista para evitar que los detectaran, dos veces por policías comunes y una vez por el auto camuflado de un detective. Así lo decía él, y ella lo creía. Cada vez parecía complacido consigo mismo por haber evitado el problema. Como un hombre que acababa de descubrir que podía sentarse ante un piano y tocar cualquier cosa que quisiera sin práctica, el poder de este don intoxicaba a Seth.

Giraron al norte en la quince y luego otra vez al norte en una carretera estatal secundaria, evitando las vías atestadas. Entraron en un estado introspectivo, Seth indudablemente reflexionando en los minutos siguientes, y Miriam considerando lo que haría si escapaban.

¿Adónde estaba ella huyendo ahora? Ya no podía decir «a Estados Unidos», y, como señaló Seth, todo oficial de policía de Las Vegas para acá estaba buscándolos.

La mente de Miriam divagó hacia Arabia Saudí. Montada en el auto, al lado de Samir. Los suaves ojos de él sonriendo al rostro cubierto, sabiendo lo que yacía detrás. Al huir de su nación había huido de él. ¿Qué estaba ella pensando? Él pudo haber venido con ella. ¿Y si hubiera perdido a Samir para siempre? ¿Y si al buscar libertad se hubiera entregado a una vida sin Samir?

Miriam aclaró la garganta.

—¿Qué haremos después, Seth? —le preguntó, mirándolo—. Quiero decir, si escapamos.

—No lo sé. Me he estado preguntando lo mismo.

—Debemos hablar con Samir. Yo no estaría aquí contigo de no ser por él. Fue mi amor por él lo que me convenció de dejar Arabia Saudí. Pensar en casarme con otro hombre me hizo escapar. Ahora me he librado de Omar en una forma que nunca pude haber pedido. Solo puedo querer, solo puedo desear estar con Samir.

—Yo no diría que te has librado aún —opinó él, y después hizo una pausa, frunciendo el ceño—. ¿Por qué en primer lugar no huiste sencillamente con Samir a España?

—Te lo he dicho, no podía decirle lo que me disponía a hacer. Era demasiado peligroso. Ambas partes lo habrían matado si se enteraban que él estaba involucrado.

Seth no dijo nada. Con una rápida mirada en su espejo giró en la próxima salida, se dirigió a una estación de gasolina Texaco a cien metros de la carretera, llevó el auto detrás del edificio, lo detuvo por unos segundos, y luego volvió a entrar a la carretera. Esta vez ella no le preguntó a quién habían evitado.

—Simplemente creo que debiste obrar de otro modo si tu objetivo era estar unida a Samir —expresó él finalmente.

—Tal vez. No soy exactamente una fugitiva experimentada. Ahora que estoy aquí me doy cuenta de que debo encontrar otra vez a Samir. Todas estas maniobras no tendrán ningún sentido sin él. De modo que, a menos que puedas pensar en un objetivo mejor…

—Nuestro objetivo debería ser ponerte a salvo. Después te puedes preocupar por Samir. Ahora mismo hay personas con pistolas pisándonos los talones… no es el mejor momento para tener nostalgia.

—¡No seas tonto! No tienes idea de adónde vamos. Solo estás huyendo, de un minuto al otro. Yo solo estoy diciendo que mientras escapamos debemos contactar con Samir. Creo que esto debería tener sentido para una mente tan perceptiva como la tuya.

Seth puso mala cara por varios minutos. Ella no estaba segura de si se había irritado o solo pensaba.

—¿Puede Samir salir de Arabia Saudí? —quiso saber él.

—Por supuesto.

—¿Por qué entonces no lo hizo? Contigo, ¿comprendes?

—¿Cuántas veces tengo que decirte que él no estaba enterado de mis planes? Si yo no lo supiera mejor, ¡diría que estás celoso!

—Por favor, no. No es... no es eso lo que quiero decir.

Pero el rostro de él se había vuelto sombrío, ¡y ella se sobresaltó pensando que en verdad pudiera estar celoso!

Miriam miró la carretera. ¡Dios mío! ¿Era eso posible? No, ella debía estar equivocada. Él sabría que eso no era adecuado. ¿Eran los estadounidenses tan rápidos para descubrir atracción? ¿Le había enviado ella alguna señal de que deseara su afecto? ¡No!

Ella dejó escapar una corta e impulsiva exclamación de insatisfacción.

Seth la miró.

—Está bien —concordó él, tragando saliva—. Tienes razón. Deberíamos contactar con Samir. Lo siento, yo solo…

Él se interrumpió.

—¿Sí? —pidió ella.

Por largo rato ninguno de los dos habló. El silencio se hizo incómodo.

—Debemos salir de este país —indicó Seth—. Es obvio que el Departamento de Estado te quiere tanto como nuestro gobierno. Están más interesados en mantener la paz con Arabia Saudí que en protegerte.

—¿Dónde sugerirías?

—Inglaterra, donde debiste haber ido en primer lugar. Es sabido que protegen a los disidentes.

—No me di cuenta que fuera una disidente.

—Lo eres. Disientes del punto de vista sobre las mujeres que impera en tu nación.

—Está bien, entonces soy disidente.

—Miriam, la encantadora disidente —señaló él sonriendo, y desapareció la tensión en el auto—. En resumidas cuentas, debemos llevarte a Inglaterra, desde donde será mucho más fácil contactar con Samir. Suponiendo que quiera que contactemos con él.

—Por supuesto que quiere.

—Muy bien, supongamos eso. La parte más difícil será *salir* de Estados Unidos. Imagino que tu pasaporte está en casa de Brackenshire, ¿verdad?

Ella asintió.

—No te ayudaría de todos modos, ahora que el Departamento de Estado está en alerta. Tienen como una ciencia descubrir disidentes árabes. Tendremos que sacarte por otro medio, para lo cual probablemente necesitaremos más que cinco mil dólares. Mucho más.

Miriam se mordió el labio. Había sido una tonta al dejar todo ese dinero en la casa de Hillary.

—¿Cuánto?

Él encogió los hombros.

—Viajar por aire no es tan fácil como solía ser. Tendremos que encontrar un chárter y salir ilegalmente. Quizás un par de cientos de miles.

—¿Los dos?

—Alguien tiene que mantenerte libre de problemas hasta que llegue Samir —enunció Seth mirándola con un gesto en sus ojos—. Pensaré en algo. ¿Qué son unos pocos cientos de miles de dólares para un hombre que puede ver dentro del futuro?

Viajaron al norte, y con cada minuto que pasaba, Seth parecía recobrar su buena naturaleza. Quizás ella había juzgado mal sus motivos. Ahora su genio era vivo, y estaba alerta, a pesar de los círculos oscuros que se le formaban debajo de los ojos.

Seth no cambió de rumbo ni una sola vez en cincuenta kilómetros; con el paso del tiempo había dejado atrás la amenaza... más bien se dedicó a explicar lo que estaba viendo en sus futuros y cómo estaba tratando de manipularlos. Ahora podía ver seis o siete minutos, y solamente veía futuros relacionados directamente con alguno de los dos, pero incluso esos ascendían a cientos, si no miles.

Seth no podía decir lo que estaba sucediendo en ninguna otra parte ni lo que ocurriría más allá de siete minutos, pero veía con asombrosa exactitud lo que les podría pasar a ellos. Si veía dos futuros posibles, uno en el cual ella tomaba un trago de la botella de agua y uno en que le pedía un trago de la soda de él, intentaría manipular la decisión de ella sin ser evidente, y luego le contaba lo que había hecho, con una amplia sonrisa.

—¿Puedes leerme la mente? —indagó ella.

—No. Solo puedo ver acontecimientos. Pero estoy muy seguro de que te puedo decir lo que vas a decir. El habla es un acontecimiento.

—¡No puedes hablar en serio!

—Como un ataque al corazón. Créeme, esto es absolutamente increíble.

Miriam no tenía idea de qué quiso decir él con ataque al corazón, pero estaba demasiado absorta en su afirmación como para averiguar.

—¿Qué entonces diré ahora?

—Eso depende de lo que yo diga, o de lo que haga, y de un montón de otras variables. Pero sé lo que dirás en cada caso. Incluyendo lo que dirás ahora que te he dicho. ¿No es eso una locura?

Ella titubeó. Él estaba diciendo que sabía exactamente lo que diría a continuación. ¿Cómo? Porque la había visto diciéndolo. ¿Y si ella cambiaba de opinión y decía algo distinto? No importaba; él sabía lo que ella iba a decir, no el motivo.

—Eso es…

—Muy ingenioso —concluyó él con ella, sonriendo.

Ella lo miró. Esto era desconcertante.

—¡No creo que puedas influir en lo que digo!

—Temo que hay algo de verdad en eso —contestó él sonriendo.

—No veo el humor —objetó ella.

—Lo siento. Es una sonrisa nerviosa.

—Si puedes influir en lo que voy a decir, entonces hazme decir algo —advirtió ella, desafiante.

Seth hizo una pausa.

—¡Creo que eres muy hermosa!

Ella no había esperado eso. Él la estaba manipulando, desde luego. De algún modo en la mente de él veía que si le decía que era hermosa obtendría una respuesta particular de ella. Probablemente un «gracias», o algo parecido. Ella decidió desconcertarlo. Algo que él no podría esperar.

—Tus ojos son como las... —manifestó ella, y esperó que él terminara.

—Aguas azules del oasis Al-Hasa —contestó él.

Era exactamente lo que pensaba decir.

—Y gracias —concluyó él—. Pero no pueden ser tan hermosos como los tuyos.

—¿Conoces el Al-Hasa?

—Nunca había oído de él. ¿Es un lindo lugar?

—Por supuesto. Tienes ojos hermosos. Pero entonces ya sabes que yo iba a decirlo. Eso es injusto.

—Yo no estaba consciente de que estábamos jugando. Además, soy tu salvador. ¿Cómo puedo ser injusto contigo?

Ella se recostó y frunció el ceño.

—Si no puedes leerme la mente, entonces quizás yo debería decir algo deliberadamente erróneo, por tanto no tendrás idea de lo que estoy pensando.

—Tienes razón, podrías decir toda clase de cosas que no corresponden con lo que en realidad estás pensando y yo seguiría sin enterarme. No importa en absoluto.

—En pocos días he pasado de descubrir mi rostro a descubrir mi mente. Me siento desnuda.

—No puedo leer tu mente...

—Pero puedes engañarme para hacerme decir cosas. También podrías conocer mi mente.

—No, solo puedo decir o hacer cosas que harán que digas una de las cosas que de todos modos ibas a decir.

—Sea como sea —refutó ella moviendo la cabeza de lado a lado—, es horroroso.

—No, es la voluntad de Dios, ¿recuerdas?

Ella no quiso dignificarle el golpe. Pero entonces él habría sabido que su comentario provocaría silencio. ¿Estaba él tratando de callarla?

—Estás tratando de callarme.

—Estás hablando, ¿no es así?

Muy cierto.

—Quise decir lo que dije —continuó Seth—. Deberías saber eso.

—Has dicho muchas cosas.

—Una de ellas fue que eres muy hermosa. Quise decir eso.

Ella miró a lo lejos. Entonces ella no lo había malinterpretado. ¿Cómo podía él ser tan atrevido?

—Y yo quise decir lo que dije —contestó ella—. Estoy enamorada de otro hombre.

—Eso no es lo que yo quise decir.

—Pero es lo que yo quise decir.

¿Era ella de veras tan hermosa?

El golpe bajo de ella no pareció impactar en él. Él cambió de tema y hablaron de Arabia Saudí, un tema que parecía conocer casi tan bien como ella, a pesar de nunca haber estado allá. Ella pensó en disculparse, pero no lo hizo después de comprender que si iba a decir algo, él ya lo habría visto. Mejor mantenerlo adivinando. Dios sabía que ella necesitaba alguna ventaja.

Entraron a Johannesburg cuando caía la noche en el pequeño pueblo. Seth registró a los dos en un par de cuartos separados en un Motel Super 8 en forma de U a un lado de la calle, y dejó el auto en el estacionamiento cercano. Miriam encontró el cuarto decorado en color naranja, como una calabaza. Pero el lavabo funcionaba bastante bien, y ella agradeció la oportunidad de refrescarse después de día y medio viajando. Decidió que deberían comprar más ropa en la primera oportunidad que tuvieran. De haber sabido que irían a estar en camino toda la noche habría comprado varias mudas en el Wal-Mart.

Miriam acababa de limpiarse los dientes cuando Seth tocó la puerta y le sugirió que comieran algo en el Denny's que había calle abajo.

—¡Estás exhausto! Mírate, apenas puedes caminar erguido.

—Mi mente está demasiado cargada para dormir —contestó él.

Ella miró hacia la calle vacía.

—¿No estarás preocupado de que nos descubran aquí?

—La última vez que nos descubrieron estábamos en Los Ángeles. Todavía estamos en el camino en que nos pueden golpear. En realidad, dormir podría ser más peligroso que ir al Denny's. De cualquier manera dudo que pueda ver mientras duermo.

Miriam le miró los ojos cansados. Si la policía aún estuviera al acecho y Seth se quedara dormido, estarían indefensos para evitar cualquier pesquisa. Quizás lo mejor sería mantenerlo despierto unas cuantas horas más.

—¿Podemos ir de compras? —preguntó ella.

—¿Compras?

—¿Esperas que yo use esta camiseta todo el camino hasta Inglaterra? ¿Y por qué necesitas preguntar? ¿No sabes ya mi respuesta?

—No puedo saber una respuesta a menos que haya una. Y no puede haber una respuesta a menos que haya una pregunta.

Ella estaba empezando a entender.

—Hay una enorme parada de camiones en la esquina. Tal vez tengan unos pocos artículos de ropa con sobreprecio. Yo también podría usar algunos.

—¿Prometes no hacer trucos?

—Ni en sueños.

—¿Por qué no encuentro consuelo en eso? —objetó ella pasando al lado de él.

capítulo 19

Clive pensó que este asunto de estar informando cada hora estaba a punto de ser tan sensato como contratar una carabina para el vigésimo quinto aniversario de bodas, considerando especialmente esa cháchara acerca de que el evaporado Sable azul había atravesado todas las barricadas policiales de seguridad en el sur de California. Pero él diligentemente mantenía informado al Departamento de Estado. No debía hacer que se deformaran todos los golpes sauditas. Entendía tan bien como cualquiera que, a pesar del mal historial de la Casa de Saud sobre derechos humanos, las alternativas a su liderazgo en la región podrían demostrar ser desastrosas. Un triunfal golpe de estado encabezado por fundamentalistas podría ser una pesadilla. Hilal podría ser una víbora, pero era una víbora al servicio de un gobierno que Estados Unidos sabía cómo manejar.

Clive pensó que tal vez el hombre estaba tras Miriam por motivos personales, y que tenía mucha suerte en disponer de la información del Departamento de Estado para acercarse. Bueno, por ahora no había nada a que acercarse, ¿verdad? Seth se había evaporado.

El agente dirigió el Lincoln Continental hacia una parada de camiones en Diamond Shamrock en los alrededores de San Bernardino, y lo estacionó detrás de una fila de ronroneantes furgones. Un grupo de adolescentes cruzó el estacionamiento de grava, y se dirigió a la tienda.

Pandilleros. Probablemente iban a reunirse para freírse los sesos. La mente colectiva de Estados Unidos iba directa hacia el inodoro. En algún momento durante los últimos veinte años alguien decidió que la inteligencia no era después de todo algo muy peligroso, y el resto del país lamió esa tontería como si fuera un cono de vainilla derritiéndose en un caluroso día de verano.

Aunque la mente tras la que él iba... había una excepción si es que alguna vez existió una. En los dos últimos años se había reunido cuatro veces con Seth, y cada vez lo dejó sabiendo que no podía renunciar a la actividad de esta mente. Seth poseía todas las cualidades de la grandeza en el mundo de la inteligencia. Una cosa eran los cerebros, pero genio más una sed por el peligro eran algo sumamente raro. Él nunca habría imaginado que su búsqueda de Seth tomaría una naturaleza física.

Sin mirar, Clive agarró la nuez redonda de su bandeja de monedas. Durante años había frotado la cáscara de nuez, alisándola al girarla lentamente en su mano, como hacía ahora. A menudo pensaba que la mente era como esta nuez: lisa por fuera y arrugada por dentro. Su tarea era imaginar lo que estaba sucediendo adentro, donde las arrugas hacían más difícil la tarea.

El arreglo de Clive con la ASN era extraordinario, pero había llegado a ellos con una extraordinaria serie de logros que le daban un poder único de negociación. Él era un regreso a los tiempos idos, cuando los agentes olfateaban criminales fisgoneando en vez de pasar los dedos volando sobre un teclado. Más como un cazador de recompensas en el Lejano Oeste, que como uno de los agentes producidos como salchichas en institutos de alta tecnología. No es que tuviera aversión a sus compañeros que preferían el camino de la ciencia elevada; ellos eran excepcionales por derecho propio. Él solo prefería la cacería uno a uno, mano a mano, mente contra mente. Que gane el mejor, y que el perdedor cuelgue hasta morir. Hablando en forma figurada.

—Cinco llamando a uno —habló Clive después de pulsar el botón de su radio—, ¿tiene alguna información nueva?

Se oyó un corto silbido y luego tronó la voz del sargento Lawhead, que ponía la casa en orden para todos los uniformados de esta zona.

—Varios Sables azules, pero ninguno el adecuado.

Clive recogió un mapa que había doblado para enmarcar la cuenca de Los Ángeles. Había resaltado en amarillo las cinco salidas principales de la región. A lo largo de cada una había puntos de control, bastante lejos de modo que Seth no pudiera pasar antes de que fueran colocados. Si la pareja los había pasado, no estaban conduciendo un Sable azul.

Clive examinó la calle a su derecha. Pasó un Ford Taurus seguido por otro, azul en vez de amarillo. ¿Habría cambiado Seth de auto?

Mentes como la de él no pasaban detalles por alto; es más, tendían a consumir enormes cantidades de minucias. Una de esas particularidades era que en esta época de computación la policía podía rastrear la compra de un auto en cosa de minutos. Si Seth comprara un auto usado en algún remoto puesto de venta, usando su propia licencia de conducir, activaría la alarma. Y Seth no había entrado en esta persecución con una falsa identidad. Hasta donde Clive podía determinar, estaba atascado sin una clave.

En vez de comprar un auto, Seth tendría que robar si quería intercambiar vehículos. Lo había hecho una vez y podía volver a hacerlo, y en realidad se habían reportado doce autos robados en las últimas seis horas. Pero ninguno de ellos era Seth… demasiado lejos de la zona.

Clive volvió a mirar el mapa. De las cinco salidas de la ciudad, una se dirigía al sur hacia San Diego… descartada. Seth no se dirigiría a casa por la sencilla razón de que todos los criminales estúpidos se dirigían a casa. Él sospecharía que ya habría un círculo de patrulleros alrededor de su casa. Dos salidas se dirigían al norte: la Pacific Coast Highway y la Interestatal número 5… ambas descartadas. Nadie se vuelve a meter a la persecución a menos que sepa exactamente qué está haciendo, lo cual no ocurre con Seth. Él no era un criminal experimentado.

Eso dejaba dos salidas del este. Una hacia Palm Springs y otra hacia Las Vegas. Las dos pasaban por San Bernardino. Clive pulsó la radio.

—¿Algún mensaje de las autoridades de Nevada?

—Puntos de control en todas las encrucijadas del estado, pero nada todavía —le contestaron, luego una pausa—. ¿Qué tal el cruce sur hacia la frontera?

—No. La frontera es demasiado estricta. Él se dirige al este… Arizona o Nevada.

La radio se quedó en silencio. Clive bajó el micrófono y analizó el mapa. *¿Dónde estás, amigo mío? ¿Umm? ¿Adónde te fuiste?*

Recorrió lentamente el dedo índice por las rutas, acariciando el papel, ubicando todo camino y juzgando por centésima vez su viabilidad como ruta de escape.

¿Qué carretera tomaría un surfista convertido en Einstein de veintiséis años en compañía de una mujer musulmana?

Recordó otra vez la evaluación de Hilal. ¿Clarividencia? Eso sería ahora un desafío: seguirle la pista a un hombre que podía ver el futuro. Para haber escapado de Hilal, Seth debió ser muy astuto, ¿pero clarividente?

Clive sacó su lápiz y sombreó una línea roja sobre el mapa, resaltando una carretera que se dirigía directo al norte por la quince. A tres kilómetros de este lado del puesto de observación. Recorría todo el camino hacia el norte por Johannesburg y entraba en Death Valley, o Valle de la Muerte. Ningún reporte. Eso sería casi como lanzarse en dirección a casa. A menos…

Clive cambió su atención de la pequeña carretera y regresó a las rutas alternas del sureste, hacia Twentynine Palms y Parker. Quizás. Se llevó distraídamente la nuez al labio superior, la recorrió por la piel debajo de la nariz, y luego sobre su mejilla derecha. *¿Qué estás pensando, Seth Border? Cuéntame tus secretos.*

Tener una mente como la de Seth sería como representar a Dios entre los mortales, llevando una existencia solitaria en la que solo uno tiene la única visión exclusiva de la realidad.

Bueno, tengo un secreto de mi propiedad, Seth muchacho. Yo también tengo una visión única de la realidad. Quizás no vea lo que tú ves, pero sé suficiente para seguirte la pista.

Clive levantó el micrófono.

—Sargento, quiero algo de acción en la 395 dirección norte a través de Johannesburg. ¿Qué tiene usted allá arriba?

Lawhead tardó un instante en contestar.

—Pequeña fuerza local. Puedo enviar un par de autos.

—Dos no basta. Quiero un bloqueo de camino al norte de Johannesburg, y deseo que registren metódicamente todo estacionamiento de este lado de Ridgecrest.

Estática.

—Eso no será nada fácil. ¿Quiere usted trasladar algunos agentes de otros puestos de observación?

—Mueva su gente desde la Cinco si tiene que hacerlo. Él no se dirige al sur.

—¿Sabe usted algo que yo no sepa, señor?

—No. Hágame saber cuando tenga puesto el bloqueo de carretera.

Bajó el micrófono y volvió a agarrar la nuez. *Un día podrás decirle al mundo cómo viajar más rápido que la luz, amigo mío. Pero por ahora tendrás que conformarte con tratar de dejarme detrás.*

Omar se enderezó en la parte trasera del BMW a ver pasar el oscuro paisaje estadounidense, invisible. Un reloj luminoso en el tablero marcaba las 2:24 a.m. La policía había dirigido su búsqueda al norte de San Bernardino; sin duda Hilal los había seguido. Mientras él pudiera darles las informaciones radiales de tráfico, no había razón particular de que las autoridades creyeran que los fugitivos estaban aquí, hacia el norte, y ellos sencillamente podrían estar tan tranquilos alejándose de

Miriam como yendo hacia ella. El pensamiento se clavó en la mente de Omar como un demonio. Sin embargo, no tenía otras pistas que seguir.

Cerró los ojos. Una vez que encontraran a Miriam tomaría el asunto en sus propias manos. El portafolio en el baúl contenía bastante capacidad destructiva para asegurar eso.

Volvió a sacar a relucir su derecho de venganza, examinando cada detalle. Ella no moriría rápidamente. Si es posible, ni siquiera moriría. Primero la llevaría a un lugar seguro. Sola. Un cuarto de hotel. Un costoso cuarto de hotel con adecuado aislamiento en las paredes... no pretendía amordazarla.

Ella era hermosa; eso era lo único que sabía de su apariencia. La mente de él ya había esculpido cien veces el rostro de su mujer. La veía de cutis limpio, con pómulos sobresalientes y labios carnosos. Sus ojos eran de color castaño claro, como arena, y sus cejas arqueadas en terciopelo negro. Su nariz pequeña y sus orificios nasales resoplarían con cada respiración, tanto de deseo como de temor. Las mujeres con espíritu andaban en una línea delgada entre el temor y el deseo. En sus brazos ella descubriría lo uno y lo otro. Si ella no tenía la imagen de belleza ahora fija en la mente de él, quizás tendría que arreglar el asunto.

¿Y el estadounidense? Cuanto más pensaba al respecto, más comprendía que Seth Border debía morir. El hombre le había deshonrado la esposa. Había tomado una mujer comprometida en matrimonio con otro. Seth se había ganado su sentencia como asunto de principio y moral.

El rastreador de ondas chilló.

—Uno-cero-dos llamando a uno. Tenemos un Sable azul con la placa correspondiente.

Los ojos de Omar se abrieron bruscamente.

—Repita. ¿Tiene el Sable en cuestión?

—Afirmativo. Estamos en Johannesburg, detrás del Super 8 en Main. Un estacionamiento oscuro.

—Entendido. Manténgase alerta.

Omar se enderezó.

—¿Cuán lejos está Johannesburg?

Assir ya estaba estudiando el mapa.

—A poco menos de ciento cincuenta kilómetros.

—Vamos.

El rastreador volvió a sonar.

—Uno-cero-dos, ¿me puede dar ese número de placa?

El oficial leyó el número.

—¿Alguna señal de actividad?

—El lugar está oscuro. Aún no hemos hablado con el administrador.

Se hizo una pausa.

—Muy bien. Estamos enviando tres unidades más hacia allá. Clive Masters de la ASN le dará órdenes en el lugar. Él está a una hora de distancia… espérelo. Y no le quite la vista al auto.

—Comprendido.

—¡Vamos! —gritó Omar.

capítulo 20

El sueño se le había escapado a Seth por dos días, y cuando finalmente le vino a las 2:08 a.m., lo envolvió por completo, una bienvenida tregua de las arremetidas de impresiones que formaban su nueva y extraña visión.

Se habían ido a dormir a las diez después de comprar la ropa en la parada de camiones calle abajo. Seth había descubierto con sorpresa y alivio que todas las posibilidades futuras relacionadas con Miriam se desvanecieron en el momento en que entró al cuarto de él.

El enigma había crecido durante el día como una ola, inundándole la mente en cada minuto que pasaba con más imágenes que en el minuto anterior. Su entendimiento del futuro había empezado con vislumbres de acontecimientos importantes, como la amenaza a la vida de Miriam en Berkeley. Pero la esfera de precognición se había ampliado continuamente. Ahora él podía ver cientos, si no miles, de posibilidades que se extendían dentro del futuro con cada hora que pasaba, simples posibilidades que no tenían ninguna relación con algo fundamental.

Seth había visto al entrar a cenar en el Denny's que la mesera los podría haber sentado en cualquiera de once mesas... era una noche de poco movimiento. La elección de mesa dependería de docenas de posibilidades más que se debían tener en cuenta. Cómo contestaban a las preguntas de ella; en qué dirección miraba ella al acercársele; si ella decidía girar a su derecha para rascar una picazón en la cadera; si el ayudante de camarero con la bandeja sobrecargada se dirigía a la primera o la segunda salida hacia la cocina; si el hombre sentado en la primera mesa tosía hacia el pasillo, induciéndola a evitar lo que este expulsaba, o si tosía en sus manos, esparciendo sus gérmenes en su propia mesa. Estas posibilidades, entre una docena más, pasaron por la mente de Seth mientras daba medio paso.

Pero con esas posibilidades vinieron en los diez minutos siguientes cientos de otras que aún no se habían desarrollado. Posibilidades de lo que podrían comer, de qué podrían decir, de qué podría sugerirles la mesera... todo dependiendo de lo que precedía al momento. Él era un profeta con esteroides. Se le habían abierto los laberintos del futuro; se le había caído de sus ojos la venda que impedía al ser humano ver más allá del tiempo.

Los ojos de Seth se abrieron. Realmente estaba sediento. Era asombroso cómo funcionaba el asunto. Debería levantarse y...

Entonces chocaron las imágenes en su mente, como una carga de ladrillos que caen del extremo de una volqueta. Se irguió en la cama, con el corazón golpeándole las paredes del pecho. ¡Habían encontrado el auto!

Cien futuros se abrieron paso por su mente, y en todos ellos la puerta de su cuarto caía derribada en los siguientes cinco minutos por acción de una patada.

Volteó a ver el reloj del radio: 2:51 a.m.

Seth aventó las cobijas, rodó de la cama, y agarró los pantalones. No tenía idea de qué pasaba con Miriam. Quizás ya la tenían. Se maldijo en voz baja y se amarró los cordones, con brazos temblorosos. *Piensa. ¡Piensa!*

Corrió a la ventana y estaba a punto de mover la persiana para mirar, cuando se le ocurrió que lo vería un policía en el estacionamiento. Ya había visto eso. Aún estaba viendo el futuro.

Retrocedió, respirando con dificultad. *Contrólate, Seth. Encuentra un futuro en el que puedas salir antes de que pateen la puerta.*

Su mente resplandeció por docenas de escenarios.

Hizo una pausa en un solo escenario: uno en que la puerta era pateada en un cuarto vacío. Sus venas se inundaron de esperanza. ¡Debía encontrar la secuencia de posibilidades que llevaron a esa perspectiva! Debía salir del cuarto. *¡Concéntrate! Empieza por el principio.*

Todavía temblando, Seth respiró profundamente y cerró los ojos. *Concéntrate.* Remolineando en un espumoso mar de futuros, una acción emergió a la superficie. Era la única en que lograba salir del cuarto sin ser visto.

Ocurrió precisamente en diez segundos, cuando todos los policías en el patio habían apartado la vista durante un lapso de tres segundos, dándole el tiempo justo para meterse a las sombras al lado de la puerta.

Siete segundos ahora...

Más allá de...

Seis segundos.

Seth corrió hacia la puerta, sin camisa ni zapatos. Deslizó la cadena, desatrancó la puerta, y contó. Tres, dos, uno...

Hizo girar la manija, salió al pasillo de concreto del segundo piso, y se escurrió en las sombras detrás de una máquina de hielo. Se presionó contra la pared y contuvo la respiración.

El silencio rondaba sobre la fría mañana. Ninguna señal de la amenaza abajo. ¿Y si estuviera equivocado? Exhaló lentamente por la nariz y entrecerró los ojos.

Tres uniformados en blanco y negro acordonaban el estacionamiento del motel. Detrás de ellos había un grupo de policías reunido alrededor de un cuarto vehículo estacionado en diagonal. Seth examinó el pasillo en el que se encontraba. Había un policía en lo alto de cada hueco de escalera, esperando órdenes. Las luces de la calle lanzaban una pálida luz sobre la puerta vecina a la suya... la puerta de Miriam. Allí no había lugar para trucos de sombra.

El pánico le produjo cosquillas a Seth en la columna. Pudo haber salido del cuarto, pero escapar era imposible. Algo más brilló a través de su mente: una batalla a muerte con los policías abajo. Pero no tenía pistola.

Un paso a la vez. Seth cerró los ojos. *Solo concéntrate.*

Aún no podía ver ninguno de los futuros de Miriam. Debía comunicarse con ella. Vio miles de intentos de hacerlo, que terminaban en las dos mismas palabras: «¡Alto! ¡Policía!» En otro escenario se las arregló para llegar a ella por una ventana del techo. La boca de un cañón iluminó momentáneamente el estacionamiento trasero. Una bala lo golpeó en la cabeza.

Y vio un futuro en el cual entraba al cuarto de Miriam por el conducto de ventilación encima de su cama.

¿Pero ahora? Empezó a sudar de nuevo. Se estaba concentrando en acontecimientos muy lejos del camino... a varios minutos. Primero tenía que encontrar una manera de salir de este rincón sin ser visto.

La vio inmediatamente.

La puerta de Miriam estaba a su derecha. A su izquierda había un clóset de ropa de cama, en el otro lado de la máquina de hielo. Se accedía al ático por el techo del clóset. Desde el techo podría arrancar parte del conducto cuadrado de sesenta centímetros, deslizarse por allí, y dejarse caer en el cuarto de Miriam.

Puesto que veía futuros en que hacía eso, debía haber al menos uno en que entrara al clóset sin ser visto. Lo vio. Un tenue suspiro de alivio le aclaró la garganta.

Un parpadeo.

Seth contuvo el aliento. Algo acababa de cambiar. ¡Todo acababa de cambiar! Desparecieron las imágenes de su entrada al cuarto de Miriam. Alguien lo había oído. Un suspiro había cambiado su futuro. Había llamado la atención que cortó la posibilidad de su entrada al clóset sin ser visto. Alguien que no habría estado vigilando la máquina de hielo revisaba ahora sus sombras.

¿Pero no podía él cambiar eso?

Escudriñó en su mente otra secuencia... otro futuro.

Tos. Sí, tos.

Si giraba la cabeza exactamente como quería y tosía, lograba entrar al clóset. Como la tos sonaría como si viniera del rincón más lejano, los distraería momentáneamente mientras se escurría alrededor de la máquina de hielo.

La mente se le volvió a inundar con el resto de la secuencia. Era probable que todo hubiera estado allí, oculto entre otras cien alternativas, pero Seth había estado tan enfocado en la otra opción que no veía esta.

Se acababa el tiempo. Seth miró hacia el rincón lejano, tomó una última respiración en un vano intento de suavizar sus temblorosos músculos, y tosió suavemente.

Sin esperar, se deslizó a campo abierto, esperando un grito de alarma. *Confía en ti, Seth. Anda.*

Rodeó la máquina de hielo, abrió la puerta del clóset, y se escabulló en el interior. Se estremeció en la oscuridad. Logró ver arriba el débil contorno del acceso al ático. En menos de un minuto trepó en las cajas de papel higiénico, se impulsó dentro del ático, y encontró el conducto. Aquí no lograba ver absolutamente nada, pero el ojo de su mente veía todo lo que necesitaba en una fracción de segundo en el futuro, como una película representándose en su mente. La parte más difícil era confiar en este nuevo sentido suyo, confiar en que si ponía su mano derecha aquí encontraría la parte suelta de cinta del conducto que debería soltar, porque solo un latido de corazón antes la había visto como parte del futuro.

Seth hizo alboroto al ir golpeando el conducto, inevitable. Esto lo animó a moverse más aprisa, lo cual le hizo provocar más ruido. Si lo oían podrían creer que un elefante salía en estampida por el sitio. Cayó en la rejilla por sobre la cabeza de Miriam sin pensar mucho en cómo podría afectarla esa clase de entrada. La rejilla se desprendió con un chirrido, y tanto él como el enrejado se estrellaron a la vez sobre la mujer que dormía.

El mundo de Seth explotó en un relámpago de nuevos futuros.

Futuros de Miriam.

Miriam soñó que el techo se le caía encima, pero se dio cuenta de que no se trataba de un sueño. Gruñó e intentó sentarse, pero una masa pesada la presionaba contra el colchón.

Una masa *que se movía*. Con fuerte respiración.

¡Un animal!

Miriam chilló y trató de escapar. El animal sacudió las manos, sobresaltado por el repentino movimiento de ella. La joven hizo girar los codos y volaron las cobijas. El animal aún no había podido morderla, pero todavía estaba allí, sobre las pantorrillas de ella, lista a saltar. Miriam giró hacia atrás, puso las piernas debajo de la bestia, y la pateó furiosamente, gruñendo de horror.

El animal cayó por el borde de la cama, silbando. Ella agarró la almohada y la aventó a la masa. *¡La puerta! ¡Tengo que llegar a la puerta!*

La cosa se puso de pie, alta como un fantasma, cubierta con la cobija.

—¡Basta! ¡Soy yo!

Quedó paralizada. ¡La cosa estaba hablando!

La figura se arrancó la cobija de la cabeza. Permaneció allí en la tenue luz, un hombre sin camisa, con el cabello despeinado, resoplando.

¡Seth!

¿Qué estaba él haciendo en el cuarto de Miriam? Ella solo usaba una camiseta talla extra grande que había comprado en la parada de camiones. Una camiseta negra de algodón con un águila remontándose sobre el resplandor de un océano.

—¿Estás loco? —reclamó.

Él se llevó el dedo índice a los labios, con la otra mano le hizo señas de que se callara, luego señaló hacia las cortinas descorridas.

—¿Qué?

La mitad de la mente de Miriam estaba enfocada en la inexplicable entrada de él, la otra mitad en lo expuesta que se encontraba. Seth gesticulaba y susurraba con urgencia, pero ella no podía entender una palabra de nada.

—No puedo entender una palabra...

—¡Ellos están afuera! —exclamó él, en voz alta esta vez.

—Afuera...

De pronto ella lo comprendió todo, y saltó sobre la cama.

—¡Rápido! —susurró Seth—. Tenemos que volver a trepar al conducto de ventilación.

—¡Estoy casi desnuda! —contestó ella.

Él se irguió por sobre ella al extremo de la cama.

—¿Dónde están tus pantalones?

Si las autoridades estaban afuera, ellos tenían poco tiempo. Miriam miró hacia la silla donde había dejado los pantalones. En una bolsa en el piso estaba el resto de ropa que había comprado.

Antes de que ella pudiera moverse hacia sus cosas, Seth se apresuró hacia la bolsa, agarró los *jeans* de la silla y regresó. No vio los zapatos tenis en medio del piso y tropezó con ellos. Cayó encima de la cama, de cara sobre el colchón al lado de la pierna de la muchacha, sosteniendo los *jeans* extendidos hacia ella como un guerrero que con las justas logró arreglárselas para volver con el elíxir mágico.

Miriam le arrebató los pantalones y se los puso rápidamente.

—Estos también —susurró él, empujando los zapatos hacia ella.

Miriam se los puso sin molestarse en atarlos.

Mi bolsa.

—Demasiado lento. ¿Dónde está el dinero?

—En mi bolsillo —informó ella tanteando los *jeans* y sintiendo el bulto. Seth retrocedió de un salto y se puso al lado de ella, resoplando por sus esfuerzos. Miró hacia arriba y ella siguió su mirada. El conducto abierto se veía como un agujero negro.

—Te levantaré primero —dijo él.

—¿Estás loco? ¡No podemos meternos allí!

—Lo acabo de hacer. ¡Confía en mí! Sé lo que ocurre aquí —la tranquilizó mientras le ponía las manos en la cintura y ella lanzaba manotadas.

—¡Detente! Yo no quepo...

—¡No tenemos tiempo para esto! —exclamó él bruscamente.

—No me importa...

Los labios de él se pusieron sobre los de ella, ahogándole las palabras.

Seth se echó atrás, dejándola impresionada.

—Lo siento, tuve que hacerlo. Te lo explicaré más tarde.

Le agarró la cintura y la levantó antes de que ella supiera lo que le estaba haciendo. Limitada en opciones y horrorizada por su beso, se agarró del borde del conducto y se metió en él. Una oscuridad absoluta la paralizó, las piernas aún le colgaban fuera del conducto. Abajo él la empujaba por las piernas, susurrando con urgencia. Ella entró con dificultad.

Detrás de Miriam, el estaño retumbó con el sonido de las manos de él, quien trataba de agarrarse. Seth resbaló y cayó, y luego lo volvió a intentar. ¡Él no había trepado aún! Ella había venido a Estados Unidos para trepar por conductos de ventilación en el amanecer, empujada por un maníaco que la había besado y...

—Miriam. ¡Regresa! ¡Necesito tus piernas!

La joven retrocedió aprisa hasta que el pie tocó el borde del conducto. Las manos de Seth le agarraron los tobillos y se impulsó hacia arriba. Inteligente tipo.

El tenis derecho de ella se le salió y quedó en las manos de Seth. Con un estruendo tan fuerte que ella solo pudo imaginar que él se había golpeado la cabeza contra el estaño, él volvió a caer en la cama.

Ella se quedó con los ecos de su respiración.

Tas, pum, Aquí venía él otra vez. Ahora sí logró agarrarse de los *jeans* de ella, aunque casi se los arrancó en el proceso.

—¡Anda, anda!

Miriam continuó, abriéndose paso con dificultad en la oscuridad. Se detuvo.

—¿Por dónde?

—¡Hasta el final! ¡Rápido!

Omar se agachó sobre el techo del hotel, observando a la policía a través de la mira del rifle. Habían llegado al hotel a una velocidad vertiginosa, pero no antes de que los demás tomaran posiciones frente al Super 8. Maldiciendo en voz baja, dejó a Sa'id y Assir en el auto alquilado detrás de un bosquecillo, sacó del baúl el AK-47, y rápidamente inspeccionó el perímetro. Con tanta policía, eran mínimas sus posibilidades de agarrar aquí a Miriam.

Las autoridades habían abandonado la parte trasera del hotel por las salidas del frente. Al hacerlo dejaron sin vigilancia el acceso al techo. Él subió los dos pisos y tomó aquí su posición, detrás de una enorme unidad de aire acondicionado cerca del centro del techo.

Omar nunca había matado en Estados Unidos. Eso cambiaría esta noche. Si lo hacía correctamente, ellos concluirían que Seth era quien disparaba.

Fijó la mira en un policía inclinado sobre el capó de su patrulla, con la pistola apuntada al frente del hotel.

—En mi país no interfieres en los asuntos de otro tipo, amigo mío. Ella es mía.

Apretó el gatillo.

La noche explotó. Omar giró el rifle antes de que el hombre golpeara el suelo. Le dio a dos policías más parados detrás de los autos antes de que pudieran resguardarse, a uno en la cabeza y al otro en el hombro, a juzgar por el modo en que rodó.

Omar retrocedió y se deslizó por el techo hacia la escalera.

—¡Disparos en el techo! —gritó una voz en el frente—. ¡Está en el techo!

Omar se puso el arma en el hombro y bajó apresuradamente la escalera. Corrió por el bosquecillo detrás del hotel. La puerta del auto se abrió para él y se deslizó adentro, primero el arma.

Assir encendió el motor.

—¡Apágalo! —ordenó Omar.

El auto se silenció.

—¿Estás mendigando atención de ellos? —preguntó, y se volvió para ver el motel a través de los árboles.

—Estamos sentados…

—Silencio. No nos movamos hasta que yo lo ordene.

Miriam y Seth acababan de caer en lo que parecía ser un clóset cuando sonaron las apagadas explosiones.

—¿Qué fue eso?

—Disparos —comunicó Seth—. Un árabe está disparando desde el techo.

—¿A quién le está disparando? —preguntó ella mirándolo, a cinco centímetros de su rostro en el apretujado espacio.

—A la policía —indicó él con voz tensa—. Creo que uno de ellos está muerto.

Ella estaba demasiado aturdida para responder.

—Yo… yo no vi ninguna manera de detenerlo —confesó él, mirándola y agarrándose la cabeza—. Ellos creen que nosotros lo hicimos. Creen que yo lo hice.

Tenía que ser Hilal. ¿Quién más podría estar disparándole a la policía? ¿Pero por qué Hilal...?

Miriam lanzó un grito entrecortado.

—¿Qué? —indagó Seth volviendo a girar.

—¿Quién es el árabe?

—No lo sé, pero no son tus amigos de los baños. Veo acontecimientos, y a veces eso incluye rostros, pero no nombres, y es difícil decir...

—¡Omar! —exclamó ella.

Él no dijo nada.

—O la gente de Omar. Al menos alguien que no quiere que los estadounidenses me entreguen a Hilal.

—¿Tu padre? —averiguó Seth.

—No. No, ¡él no enviaría esta clase de tipos!

Seth dejó de mirarla e inclinó la frente contra la pared. Afuera se oían gritos. Se oyeron golpes de botas sobre el pasillo de cemento; madera astillándose y puertas derribadas. Miriam tragó saliva por su seca garganta.

La voz apagada de un hombre les llegó desde el pasillo, a solo decímetros de distancia.

—Los cuartos están vacíos. Se han ido, señor. La tapa de un conducto de ventilación está destrozada; parece como si hubieran escapado por el techo.

—Copio eso —se oyó en tono áspero a través de una radio portátil—. Está bien, despeje el conducto, Danny. Y cuidado con los tiroteos. Este tipo está armado.

—¿Ahora qué? —susurró Miriam.

—Ahora esperamos. Tenemos una oportunidad de actuar en un minuto. Luego corremos hacia el pasillo lateral y bajamos las escaleras traseras. No podemos irnos en el Sable.

—Así que estás viendo todo esto. Es una locura. ¿Por qué... me besaste?

—Porque sí. Lo lamento mucho. Mira, acaban de matar a un oficial de policía, ¿y tú estás preocupada por un beso? Ese fue el único futuro que vi en que te movías con rapidez, y debíamos movernos rápidamente.

Los conductos de ventilación chirriaron por encima de ellos.

—Te estoy salvando la vida —señaló Seth—. Es hora de irnos. Sígueme. ¿Lista?

—Creo que sí.

Él asió la manija.

—¿No nos verán? —preguntó ella.

—Confía en mí. Tres, dos, uno.

Seth abrió la puerta y corrió hacia la izquierda. Ella lo siguió, mirando el patio abierto a su derecha. Había llegado una ambulancia, con luces titilantes. Varios hombres correteaban alrededor de los vehículos. Miriam y Seth corrieron sin ser detectados.

Bajaron volando un tramo de gradas de concreto y entraron a un callejón que separaba al hotel de un taller abandonado. Seth la llevó al otro lado del callejón y giraron en la esquina del taller, mirando en toda dirección por si había peligro, aunque ella sospechaba que él sabía que la ruta era segura.

—Espera aquí —comunicó él, volviéndose—. No te muevas hasta que te lo diga.

—¿Me vas a dejar aquí?

—No estaré fuera de tu vista. Pero tengo que hacer esto. Confía en mí.

Para sorpresa de Miriam, confió en él implícitamente. Cruzó los brazos alrededor de sí misma y se volvió a meter en la oscura sombra.

Seth entró al callejón y miró hacia la calle, a treinta metros de ahí. Una sirena resonó en el extremo opuesto del hotel. Otras más sonaban a la distancia. Más policías. Se oían gritos llevados por el aire. Sin duda Seth comprendía que el lugar estaría plagado de…

Una figura ingresó al callejón, al final, iluminado por detrás por el brillo de las luces de la calle. Miriam contuvo el aliento y retrocedió.

—Buenas noches, oficial —dijo Seth extendiendo los brazos.

El hombre se detuvo.

—Hola, Clive. Como puedes ver, estoy desarmado.

El hombre levantó una pistola con las dos manos. Observó el callejón.

—¿Qué hiciste con el arma, Seth? —preguntó con tranquilidad el hombre.

—Nunca he tenido un arma. Pero creo que sabes eso, ¿no es así?

El hombre se acercó a Seth, a diez metros de distancia. Un tenue rayo de luz le caía en el pálido rostro. El pelirrojo parecía más divertido que preocupado.

—¿Dónde está Miriam?

—Segura —respondió Seth—. Debo estar saliendo en un segundo, pero sabía que ibas a venir y quise decirte algo.

—Así de sencillo, ¿ah? ¿Se te ocurrió simplemente saber que era yo? ¿Y sabías que yo revisaría este callejón? No lo creo. Creo que te atrapé con los calzoncillos abajo. ¿O debería decir sin tu camisa? Esta no es la manera de ganar el Nobel, Seth.

—Te vi venir del mismo modo puedo ver ahora exactamente cómo te voy a dejar en este callejón. Como un cachorrito perdido.

El rostro del hombre se contrajo con una sonrisa y apuntó a Seth con la pistola.

—Podrás ser listo, pero creo que estás confundiendo inteligencia con ciencia ficción. Te voy a tener que llevar, hijo.

—¿Nunca oíste de precognición? Bueno, parece que he sido honrado con ella en los últimos tiempos. Veo el futuro, amigo mío, y lo veo en todas sus posibilidades. O al menos en montones de ellas. Solo una salida, me temo, pero veo todo resultado posible delante de mí. Eso me convierte en muy difícil de detener. Por eso es que estoy dejando atrás mil policías. No porque sea un sinvergüenza. ¿Tiene sentido, Clive?

—Está bien, Seth —contestó Clive dejando de sonreír—. Estás que te subes por las paredes. Ni siquiera estás armado.

—No necesito una pistola para dejarte sin resuello, Clive. Tengo precognición. Y deberías saber que abatir a tiros a un oficial de policía no es solo estúpido, sino que ese no es mi estilo. El del techo no era yo. Asegúrate de que sepan eso.

—Lo siento, pero no creo en precognición…

—Lo harás. No soy de la clase que juega a menos que conozca la disposición de las cartas, si sabes lo que quiero decir. Por desgracia, no tengo tiempo para discutirlo contigo. Tenemos cincuenta segundos antes de que un oficial uniformado rodee corriendo esa esquina. Debo salir antes. Hay cientos de cosas que puedo hacer en un intento de escapar de ti, y las he visto todas. Todas fallan de manera lamentable, menos dos. Te podría gritar; podría adelantarme y golpearte; podría correr a la derecha, a la izquierda, pasar frente a ti. Pero he visto todas esas posibilidades entre otros centenares de ellas, y sé exactamente lo que harías en cada caso. Por desgracia para ti, no voy a elegir una de las dos en que haces el movimiento equivocado. No me puedes detener.

—Estás divagando. La chica es una fugitiva. Tú vienes conmigo y me llevas donde ella. Fin de la historia.

—Tú que la agarras y estoy muy seguro que ella irá a parar a las manos equivocadas. El mundo no está listo para eso. Y francamente tampoco ella. Me tengo que ir, Clive.

—Levanta las manos lentamente… —ordenó el hombre con el rostro contraído.

—Sal, Miriam —interrumpió Seth.

¿Salir? Miriam titubeó.

—¡Ahora, Miriam!

Ella salió. Los ojos de Clive se movieron bruscamente hacia ella, y Seth se le colocó a su lado. Clive agitó la pistola apuntando hacia Miriam.

—No le dispararás, Clive, al menos no en los próximos minutos —le comunicó Seth—. Ya he visto que ese no es uno de los futuros posibles.

Agarró a Miriam por la cintura y la jaló detrás de la pared. No se hizo ningún disparó.

—¿Señor? —resonó la voz de otro hombre al inicio del callejón.

El policía que Seth había profetizado.

—¡De prisa! —susurró Seth—. ¡Corre hasta el extremo del edificio!

Miriam corrió.

Ella pudo oír las pisadas de Clive en el callejón. Un golpe. La joven giró para ver que Seth había golpeado un barril, y corría tras ella.

—¡Corre!

Ella corrió, luego oyó un estrépito sordo, seguido por un gruñido y una maldición. Estalló un disparo, retumbándole alrededor de los oídos femeninos.

Miriam giró en la esquina más lejana del edificio abandonado. Seth la pasó corriendo, agarrándola por el codo.

—¡Sígueme!

Ella creyó que él escogió el sendero más improbable: exactamente debajo de un faro resplandeciente de la calle, por el medio de la calzada. Coloridas luces giraban perezosamente en la noche a la derecha de ellos. Seis o siete vehículos destellaban rojo y azul. Ella no podía dejar de mirar. ¡Los iban a ver!

Pero no los verían, ¿verdad? Seth lo sabía.

Seth saltó un seto y desapareció. Miriam saltó a ciegas tras él.

Ella cayó de rodillas y lo empujó.

—*¡Shh!* ¡Vienen hacia acá!

Él no se movió.

Clive rugió girando en la esquina del taller al otro lado de la calle y se detuvo. Miriam lo oyó jadear.

—¡Por aquí! —gritó Clive—. Usted vaya por la calle. Yo recortaré por acá.

Siguió el sonido de zapatos corriendo. Luego silencio.

—Vamos —dijo Seth tomándola del brazo.

Rodearon una casa, pasaron por una puerta trasera, y serpentearon por el vecindario, alejándose del hotel.

capítulo 21

El sol lanzó su resplandor sobre el cielo oriental, despertando al durmiente valle a otro día. Dos patrullas permanecían en el hotel, una frente al equipo de forenses que acababa de concluir su labor en el estacionamiento, y otra en la parte de atrás al lado del Sable abandonado. Una grúa esperaba mientras emitía luces amarillas, preparándose para incautar la evidencia.

Clive se inclinó en la puerta del Sable, estudiando el techo del hotel. Hizo girar la nuez entre sus dedos y la apretó ligeramente. La escena del crimen parecía como de un libro. Seth y Miriam habían dormido en cuartos diferentes... el gerente del lugar y las pertenencias de la pareja daban fe de eso. En algún momento en la noche, quizás después de llegar la policía, Seth se las había arreglado de algún modo para meterse en el clóset de ropa de cama, trepar al conducto, arrancar una tira de cinta de conducto —una jugada que solo se pudo haber hecho desde fuera del conducto— moverse hasta el cuarto de Miriam, y regresar con ella. Salieron por el clóset y pasaron al callejón sin ser vistos.

El auto estaba lleno de señales de un viaje no planificado: botellas de Dr Pepper, bolsas vacías de papas fritas, y media docena de revistas de modas y libros baratos en rústica de la tienda de la esquina. Artículos de tocador. Pasta dental Crest. Hilo dental Johnson & Johnson. ¿Qué clase de hombre agarra hilo dental al escapar? Un hombre con una mujer.

Clive había repasado cien veces la secuencia de los acontecimientos en el callejón, reconsiderando uno a uno cada enervante paso. Habían registrado las calles y los callejones alrededor del motel. Nada. La búsqueda se extendió a los límites de Johannesburg. Aún nada. Seth y Miriam sencillamente habían desaparecido.

Clive había perfeccionado el arte de perseguir criminales adhiriéndose a un principio sencillo: Seguir la senda de menor resistencia. Casi sin excepción, los criminales tomaban este sendero. Ellos no eran el grupo más brillante. Si el sentido común dictaba que debían esconderse detrás de un edificio en vez de salir corriendo al descubierto agitando las manos, noventa y nueve por ciento de las veces se ocultaban donde los encontrarían: detrás del edificio.

Pararse en medio del callejón, esperando al adversario como Seth había hecho, no era una jugada rebosante de sentido común. En realidad era una total y redomada idiotez. Pero Seth no era idiota.

—AK-47 —informó una voz.

Whitlow, el detective del Departamento de Policía de Los Ángeles encargado de la investigación física, se acercó por la izquierda de Clive. El funcionario sostenía entre sus dedos índice y pulgar una bolsa con clara evidencia de uno de los casquillos hallados en el techo.

El detective era un tonto de ciudad que solo servía para arremeter contra callejones traseros y asuntos de drogas. No era un tipo malo, solo algo despistado a juicio de Clive. Whitlow se quitó la gorra de béisbol de los Dodgers y se rascó la cabeza.

—Un rifle bastante común por estos alrededores. No se sabe dónde lo consiguió.

—Él no fue quien disparó —aseguró Clive—. Tenemos otra parte interesada.

Whitlow forzó una sonrisa, se volvió a poner la gorra, y puso las manos en las caderas.

—Así dice el detective de la ASN.

—Así dice el sentido común —objetó Clive—. ¿Encontró usted un arma? No. Y él no tenía ninguna. Alguien más se llevó ese rifle.

Whitlow lo analizó por un instante. Él miraba al techo.

—¿Cómo exactamente hizo este tipo para escaparse de usted? Estaba desarmado, o así lo asegura usted, y con una chica —cuestionó mirando a Clive sin girar la cabeza—. Parece muy extraño.

¿Extraño? Clive apenas lo podía creer por sí mismo. Solo una explicación tenía algún sentido en absoluto: la de Seth. Él sabía lo que iba a suceder antes de que ocurriera. Sabía exactamente qué curso de acontecimientos le permitirían escapar, exactamente cuándo tirar el barril, exactamente hacia dónde correr para evitar que lo descubrieran.

—Digamos sencillamente que nuestro hombre es muy listo, detective. ¿Sabe usted quién es?

—Seth Border. Algún estudiante de Berkeley.

Clive sonrió.

—Un estudiante de Berkeley con 193 de coeficiente de inteligencia.

Whitlow silbó.

—El tipo que perseguimos resulta ser uno de los seres humanos más inteligentes en este planeta, amigo mío.

Whitlow asintió, sonriendo levemente.

—Todavía es carne y sangre, ¿correcto? Mientras él sangre, lo tendremos.

Clive pensó en la declaración del hombre. Ellos se las habían arreglado para acercarse al hotel con Seth adentro, ¿verdad que sí? Mientras Seth dormía. Todo hombre tenía su debilidad, y si Seth tenía algún extraño acto divino rociado con precognición, entonces su talón de Aquiles muy bien podría ser el sueño. No conocería el futuro mientras estuviera durmiendo. Aunque pudiera, no podría huir.

Tenían que cansar a Seth. Un hombre no podía estar despierto mucho más de dos días, quizás tres, sin ayuda de médicos. Según la oficina del hotel, la luz de Seth no se apagó sino después de las dos. Ahora podría estar muy despierto, presionado por la adrenalina, pero lo que sube debe bajar.

—¿Y cómo lo atraparía usted? —preguntó Clive a Whitlow.

—No puede estar muy lejos. Ahora estamos cercando un perímetro... aquí no hay muchas posibilidades. La autopista sur está sellada. Eso deja fuera doce posiciones. No sería imposible encontrar un Ford Pinto *amarillo* en uno de doce caminos.

Whitlow sonrió ante la sorpresa de Clive.

—Reportaron el auto como robado hace unos minutos. Como dije, lo atraparemos.

Clive lo sabía todo menos el reporte del Pinto robado. Él mismo habría ordenado el plan de puntos de control. Un Pinto amarillo. Como alquilar un aviso de neón que dijera: Ven y atrápame. No tenía sentido. Nada tenía sentido.

—Si es que alguien más no lo atrapa primero —objetó Clive, metiendo la nuez en el bolsillo y enderezándose para salir—. Quiero cubierta toda la zona, no solamente las carreteras. Él podría tratar de esconderse, y no podemos permitir que haga eso. Quiero estar informado de cualquier señal de ellos. Iremos con calma. ¿Entiende eso? Quiero a este tipo sofocado.

—Lo haremos. ¿Adónde va usted?

—A hablar con nuestros amigos sauditas —contestó Clive alejándose—. No se olvide del otro tirador.

—Parecemos un limón gigantesco —comentó Miriam—. Nos divisarán desde Arabia Saudí.

—Sujétate.

Las llantas del Pinto chirriaban sobre una carretera sin asfalto como a quince kilómetros al norte del hotel. Seth giró en una entrada desierta, subió retumbando un montículo, y se dirigió hacia un cobertizo destartalado que parecía haber estado abandonado por un siglo. Dos enormes puertas colgaban torcidas de bisagras oxidadas y fardos de alambre. Puso el auto en modo de estacionamiento, se las arregló para abrir la puerta izquierda, y volviéndose a poner detrás del volante, metió el auto al cobertizo. Apagó el motor.

—Tenemos que salir del camino —expresó—. Pronto estarán tomando medidas drásticas.

Ella miró alrededor hacia el oscuro interior. Desbaratadas pacas de heno se inclinaban contra lo que una vez había sido un compartimiento. Había un viejo tractor oxidado, envuelto en telarañas. El aire olía a moho y aceite.

La puerta de Seth se cerró, y Miriam se dio vuelta para ver que él había ido a cerrar el cobertizo. Ella se bajó. No era tan diferente de un establo en casa, pensó, al menos en el olor, lo cual fue suficiente para hacer que su mente volviera al instante a Arabia Saudí. El piso estaba cubierto de paja. En algún tiempo alguien había tenido animales en este lugar. Caballos y vacas. No camellos.

Ella se volvió hacia Seth, quien sobresalía sobre el auto.

—¿Así que aquí estamos seguros?

—Por un rato —contestó él yendo hacia el compartimiento y pasando la mano por la madera podrida.

—¿Cuán lejos estás viendo?

—No estoy seguro. Más tiempo. Tal vez media hora.

Habían robado en el durmiente pueblo, saliéndose del camino y a veces ocultándose en las sombras por algunos minutos antes de cruzar calles a toda velocidad. El auto amarillo venía de una casa en el borde del pueblo, y Seth se lo había llevado por la sencilla razón que estaba sin seguro y tenía las llaves puestas. La defensa trasera derecha estaba casi carcomida por el óxido, y el tubo de escape colgaba peligrosamente bajo, pero nada de esto pareció molestarle.

Habían pasado la primera hora volviendo sobre sus pasos y manejando en círculos virtuales en la trampa mortal. Ella había visto un nuevo lado de Seth. Alguien trayendo una y otra vez a colación la muerte de los oficiales de policía. No había duda de que eso era trágico, pero ella había visto cosas peores. Era evidente que él no. Miriam pensó que los estadounidenses no estaban muy acostumbrados a la muerte. Esto era algo bueno: una de las razones por las que había venido aquí.

Con la salida del sol, el cansancio superó los pensamientos de Seth. Confesó que había dormido menos de una hora. Esto no era bueno.

Miriam no tenía idea de dónde estaban ahora, y creía que él tampoco lo sabía; simplemente estaba jugando al gato y al ratón, manejando por donde él sabía que ellos no debían estar.

Un rayo de luz atravesó dos tablas sueltas en la pared, iluminando una niebla de partículas flotantes de polvo. Seth miró a Miriam con sus hermosos ojos verdes, ahora oscurecidos con tristeza y fatiga, y por un momento ella sintió pena por él. Lo había metido en esto. Aparte de los miles de futuros de la próxima media hora, él estaba tan perdido como ella. Un enigma, sin duda. Una asombrosa criatura con esa mente suya... estadounidense hasta los huesos y sin embargo muy diferente de cualquier hombre que ella conociera alguna vez. El único hombre, aparte de Samir, que la había besado. Ya no estaba segura de si quería darle una bofetada o las gracias.

Seth levantó la vista hacia las vigas, pero Miriam mantuvo la mirada en él. Todavía estaba sin camisa. Ella se permitió mirarle el pecho y el vientre. Pensó que él era tan fuerte como Samir. Más alto y quizás más ancho de hombros.

Samir, mi amor, ¿dónde estás?

—Creo que están utilizando todo su personal para bloquear los caminos —opinó él—. Vendrán a buscar en este lugar, pero por ahora supondrán que estamos huyendo. Tenemos algo de tiempo.

—¿*Crees* que estarán bloqueando las carreteras? ¿Puedes verlo?

—Bueno, ahora las cosas son un poco confusas. No estoy exactamente en mi mejor condición —confesó él, suspirando y poniéndose de cuclillas sobre algunas pacas de heno—. Mi mente está desgastada.

—¿Y solo puedes ver media hora? Eso no es consolador.

Él miró arriba hacia ella y encontró su mirada.

—Pero estoy viendo todos los futuros posibles en la próxima media hora. Al menos hasta el punto en que puedo envolver mi mente alrededor de ellos. Yo diría que tenemos una ventaja definitiva.

Miriam se sentó a su lado. A su derecha estaba el viejo tractor, descolorido por las telarañas grises. A su izquierda, estaba el Pinto, pálido como un fantasma. El silencio le ahuecaba el pecho.

—Gracias —comentó.

—¿Por qué?

—Por salvarme la vida. Ya cuatro veces. Estoy en deuda contigo.

—No me debes nada —objetó Seth—. Estoy aquí porque debo estar aquí. Quiero estar aquí.

—Estoy asustada, Seth.

Lo estaba. Los últimos días habían volado con tal velocidad, llenos con tantas nuevas visiones y tantos nuevos misterios, que la adrenalina le anuló el temor. Ahora, la aventura le daba paso al terror. Un ejército de policías estadounidenses los tenían rodeados, y ahora que habían asesinado a uno de los suyos… ¿cómo escaparían Seth y ella?

Miriam no había orado en dos días.

—Estás a un largo camino de tu casa —musitó Seth.

Ella sabía que Seth deseaba consolarla, pero se le hizo un nudo en la garganta. Si él fuera musulmán podrían consolarse juntos en Dios.

La visión de ella se borró y miró a lo lejos. ¿Qué tenían ellos en común? Qué curioso, ella siempre había creído que como fundamentalistas los estadounidenses tenían la intención de destruir a los musulmanes. Tal vez en el mismo sentido que la mayoría de los estadounidenses creían que los árabes como extremistas islámicos estaban dedicados a derribarles sus ciudades.

Seth inclinó la cabeza hacia atrás en el heno y cerró los ojos.

Miriam necesitaba a Samir, un hombre fuerte que la sostuviera y la consolara. Hizo crujir los dientes, pasando de terror a furia. Debería ser libre para ser amada por un hombre y libre para amar al hombre que eligiera. Sin embargo, la habían obligado a abandonar al único hombre que había amado, a causa de una locura extremista. Debido a la muerte de Sita y a Omar.

Estoy perdida.

Seth aclaró la garganta.

—Cuando mi padre solía golpear a mi madre, ella y yo nos metíamos en este clóset que teníamos en el pasillo. Me sentaba allí y lloraba con ella. No había nada que yo pudiera hacer. Era demasiado pequeño. Pero una semana después de mi cumpleaños número trece lo golpeé tan fuerte que le rompí la mandíbula. Allí fue cuando nos abandonó.

Él levantó la cabeza y la miró.

—En algunas maneras me siento otra vez como ese niño. Sé de qué hablas; yo también me siento perdido. Indefenso.

A Miriam se le ocurrió que Seth estaba viéndole el corazón. No podía leerle la mente, pero *veía* lo que ella podría decir en la próxima media hora. Eso bastó para suavizarle la carga.

—No estás indefenso —afirmó Miriam tragando grueso—. Ahora mismo podrías ser el ser humano vivo más poderoso.

Él asintió lentamente.

—Has sido un regalo para mí —confesó ella.

—Pero estoy tan impotente para sanar tus heridas como lo fui con las de mi madre.

Ella entendió. Él se preocupaba por ella. ¿Cuándo se volvió esta confusión más que un esfuerzo por ponerla a salvo? ¿Cuándo había comenzado a desarrollarse el vínculo entre sus corazones? Era distinto al vínculo entre Samir y ella, de otra clase, quizás tan fuerte. Una amistad. Y sin embargo él era un hombre.

El pensamiento de amistad la inundó de calidez y preocupación al mismo tiempo. Algo se le había caído de los ojos… un velo que una vez le distorsionara la visión. Pero lo que veía ahora no era lo que deseaba ver.

—Eres un hombre especial, Seth. Estaría desesperada sin ti.

Se miraron a los ojos y ella sintió un irrazonable impulso de abrazarlo. No en forma romántica, sino como un amigo. Pero se resistió. ¡Él era un hombre!

Seth le resolvió el dilema. Su brazo se extendió alrededor de los hombros de ella. La jaló hacia sí y le besó el cabello.

—Te cuidaré —la consoló—. Te lo prometo.

Sonrieron mutuamente.

—Ninguna mujer merece la vida que has debido soportar —continuó él—. No me preguntes cómo, pero de un modo u otro vamos a tener que cambiar eso.

Los ojos de él tenían una tenue luz que ella no podía confundir con algo distinto a una verdadera atracción. La clase de mirada que no comparten simples amigos. A ella no le gustó. Le encantó. No le gustó que le encantara. Así que manifestó lo único que le vino a la mente.

—Gracias. Te debo la vida. Y te puedo prometer que Samir también estará en deuda.

Él asintió, bajó el brazo, y suspiró.

—Tengo que dormir algo mientras pueda —expresó—. ¿Crees que puedes permanecer despierta?

—¿No nos pondrá eso en peligro?

—Tengo que dormir en algún momento o no serviré para nada, y sé que ahora tengo al menos treinta minutos. También podría sacar ventaja de eso —señaló, cambiando de postura y recostándose—. Despiértame en treinta minutos.

Miriam se puso de pie y fue hasta el tractor. Pensó que podía usar el tiempo para orar. Quizás encontraría algunas ropas viejas alrededor de este establo.

—Duerme —le dijo.

—Un establo viejo —se oyó la voz del piloto—. Hay marcas en el pasto que puedo jurar que no estaban hace veinte minutos cuando pasé por última vez.

El Lincoln de Clive se detuvo en el hombrillo de grava.

—No, repito, *no* se acerque. ¿Está usted suficientemente cerca para que algún otro ocupante lo oiga?

Estática.

—No... negativo, señor. No lo creo.

—¿Cuán lejos al norte?

—Como a quince kilómetros, más o menos.

Un establo era precisamente la clase de lugar que el mismo Clive elegiría para esconderse durante un par de horas de sueño. No había esperado un descanso así de rápido... en realidad, este para nada podría ser un descanso. Pero en ausencia de alguna otra identificación afirmativa, la afirmación del piloto del helicóptero lo sería. Si Seth estaba allá, estaría durmiendo. De otro modo su precognición ya lo habría alertado.

—Muy bien, vamos rápido y en silencio. Quiero diez autos en la carretera principal tan pronto como sea posible. Permanezca en el aire y fuera de la vista de ellos. Estaré allí en quince minutos.

—Copié eso.

Clive soltó el micrófono e hizo girar el auto en U.

—Duerme, mi amigo. Duerme como un bebé.

capítulo 22

Khalid bin Mishal estaba en la elaborada tienda beduina, analizando a su anfitrión. Una tetera plateada echaba vapor entre ellos, extendiendo un agradable aroma de hierbas.

—Estamos andando en una línea muy fina —expresó el jeque Abú Alí al-Asamm asintiendo—. Si el rey no sabe ya de mi participación, al menos la sospecha. Hay una razón de que Abdullah haya sobrevivido tanto tiempo, y no tiene nada que ver con la buena suerte.

—Suponemos que sospecha tu participación. Nunca has tenido en secreto tus tendencias.

—Hay una diferencia importante entre «tendencias» y un intento de golpe.

Khalid tomó un sorbo de té caliente y sintió que el líquido le llegaba el estómago.

—A pesar de todo, él sabe que representas los sentimientos de un enorme grupo de personas. Las calles estallarían si él te detuviera.

—¿No quieres decir si me matara? —inquirió el jeque, levantando una esquina de la boca.

—Mi identidad —contestó Khalid—, es la duda más apremiante del rey. Si él descubre que estoy detrás de una conspiración para destronarlo, recibiré mi sentencia de muerte.

—¿Y de quién lo sabría? Él necesitaría pruebas para ir contra un príncipe de tu importancia.

—Miriam. Ella ha demostrado muy claramente su naturaleza maligna.

—No confundas voluntad firme con naturaleza maligna —objetó el jeque mirándolo con severidad—. Estás hablando de mi sangre.

—No quiero insultar. Yo diría lo mismo acerca de mi hijo. Todos tenemos nuestras debilidades.

Los dos estaban cortados por las mismas tijeras, padre e hija. Hoy día Miriam era el problema; mañana, podría serlo este hombre. Khalid tendría eso en cuenta cuando se convirtiera en rey.

—El punto es que Miriam se ha convertido en un problema —continuó Khalid—. Me gustaría proponer que continuáramos sin ella.

—No —contradijo el jeque; luego pareció recordar la necesidad de diplomacia—. Puede que yo sea un hombre flexible cuando el momento lo exige, pero no puedo cambiar de un solo golpe cien años de historia y tradición. Sin el vínculo del matrimonio, mi pueblo no se me unirá para apoyarte. Necesitas el apoyo de varios millones de chiítas.

Khalid lo sabía muy bien. El desierto se cimentó tanto de tradición como de arena.

—Y *tendremos* nuestro matrimonio. Pero seamos razonables. Ahora es el momento de dar el golpe, antes de que el rey lo espere. Afirmaremos que tu hija se casó con mi hijo en Estados Unidos. Los dos sabemos que tu hija volverá casada.

O muerta, pero eso no era necesario decirlo.

—Si mi pueblo descubre que lo he engañado, perderé su confianza —expresó el jeque—. Mi respuesta es no.

—Muy bien —concordó Khalid suspirando—. Pero tu decisión nos pone en una posición peligrosa.

Hizo una pausa y lanzó su estocada final.

—Temo que los hombres del rey tratarán de matar a Miriam.

—¿Y arriesgarse a perder mi lealtad? No lo creo.

—A menos que él me quiera culpar.

El jeque bajó su taza de té, no estaba preparado para esta idea.

—Si el rey no lo haría, Hilal sí —señaló Khalid.

—Entonces tendrás que encontrarla antes que Hilal —sugirió el jeque parándose y dirigiéndose a una bandeja de frutas en el costado de la tienda—. ¿Cuál es el último mensaje de tu hijo?

—De no ser por la interferencia del estadounidense, ya la tendría.

—¿Tendrá éxito?

Khalid titubeó. Su hijo era un guerrero despiadado, incluso sabio. Su rápida decisión de disparar a la policía fue un golpe brillante. Había obligado a Hilal a dar explicaciones acerca de sí mismo, dejando en libertad a Omar para acercarse sin ser detectado. Pero el hombre que había secuestrado a Miriam estaba demostrando ser un desafío para todos. Las autoridades locales habían puesto docenas de policías en la búsqueda, lo que reducía las probabilidades de que Omar lograra sacarla viva. Si no podía tomar a Miriam bajo custodia, tampoco Hilal podría hacerlo.

—Sí, creo que lo tendrá —aseguró Khalid sonriendo—. Tu hija está demostrando mucha inteligencia para ser mujer. Tiene tu sangre.

—Por supuesto que es lista —concordó el jeque dando la vuelta—. Yo no estaba consciente de que el sexo sea un factor cuando de inteligencia se trata.

Estos moradores del desierto, ¡eran estúpidos!

—Desde luego que no —dijo Khalid y tomó otro sorbo.

El té frío sugería que era hora de irse.

—Debes saber algo, amigo mío —indicó el jeque—. Podríamos hacer nuestros planes, pero al final prevalecerá la voluntad de Dios. A veces sus caminos son… misteriosos. Usaré todo el peso de mi influencia sobre mi hija, pero ella piensa por sí misma. No recurriré a extremos bárbaros.

Khalid parpadeó. ¿Qué estaba él sugiriendo?

—Confío en que tu hijo se ganará el amor de mi hija, pero aun si no lo obtiene, no permitiré que resulte mutilada o asesinada —continuó el jeque, haciendo con la mano un gesto de rechazo—. Pero estoy seguro que no has supuesto nada menos.

—Te aseguro que ella está en buenas manos. Si hay algo en que Omar se destaca más que con la espada, es en cortejar a una mujer —enunció Khalid, exhibiendo una elegante calma—. Él tiene en sus venas la sangre de su abuelo, Abdul Aziz.

—A eso es a lo que temo.

Se miraron uno al otro hasta que Khalid bajó la mirada.

—No importa —continuó el jeque, rompiendo el momento—. Ella amará a quienquiera que Dios desee que ame.

Estiró la mano hacia su taza de té y la levantó.

—A la voluntad de Dios, amigo mío.

—A la voluntad de Dios.

Omar estaba tendido en el pasto, observando el cobertizo debajo de la inclinada ladera, listo para disparar. Una línea de patrullas policiales esperaba por el camino, fuera de la línea de visión del establo. No menos de veinte policías se arrastraban por la pradera hacia el descascarado edificio rojo. Si Seth y Miriam estaban allí, no escaparían. Por tanto, Clive Masters había probado ser un rastreador eficaz.

Esto no era bueno. Una vez que los estadounidenses tuvieran a Miriam, el trabajo de Omar se volvería muchísimo más difícil.

Tenía dos opciones. Podía comenzar a disparar y obligar a la policía a correr para ponerse a descubierto, lo cual le daría a Seth una oportunidad de escapar. Quizás la opción más segura.

O podía fijar el silenciador, esperar hasta que la policía estuviera más cerca del edificio, y entonces disparar de tal forma que pareciera como si el disparo hubiera salido del cobertizo. Arriesgado. Podría fallar y tal vez Seth no escape. Sin embargo, la policía consideraría la posibilidad de que Seth estuviera armado y fuera peligroso. También podrían creer que el disparo había venido de Hilal.

Omar levantó la mira y revisó las colinas adyacentes. La serpiente estaba allá; Omar casi podía olerla. Debió oír el reporte y estaría esperando. Otro motivo para usar el silenciador.

Su mira captó un diminuto reflejo de luz, y Omar ajustó su vista. El perfil de una carabina se materializó a través del pasto, a quinientos metros de distancia.

¡Hilal!

Omar dispuso las guías en la figura sobre el pasto y tensó el dedo del gatillo.

¡El silenciador! Rodó sobre su espalda, sacó el tubo del bolsillo de su pecho, lo atornilló, y luego volvió a rodar para quedar en posición. La policía estaba ahora a no más de treinta metros del establo.

Hizo oscilar el rifle hacia Hilal, localizó el blanco, y apretó el gatillo. Su rifle se sacudió silenciosamente. La carabina que había a través de la pradera desapareció bruscamente de la vista. No mataría aún a Hilal... él necesitaba la información que el hombre del rey transmitiera a Mustafá. Pero tampoco permitiría que Hilal matara a Miriam.

Omar dirigió la mira hacia el primer policía en uniforme y lo derribó con un disparo en el pecho.

Por un momento sus compañeros se detuvieron, aturdidos. Quizás creyeron que el policía se había tirado al suelo para cubrirse.

Omar estaba a punto de meter otra bala en el cuerpo caído del hombre cuando el policía giró. Su gemido flotó por el valle.

—¡Hombre caído! ¡Hombre caído!

La confusión se apoderó de los hombres que se desplegaron por el campo. Algunos retrocedieron en veloz carrera; el resto buscó protección en el suelo. Omar se pegó a la tierra y retrocedió lentamente.

Lo demás lo monitorizaría por radio.

Seth estaba roncando. Miriam le quitaba el polvo a las viejas botas que había hallado, y lo veía descansar: la boca medio abierta, el pecho alzándose con cada respiración. Había descubierto los zapatos de cuero, junto con una camisa de granjero a cuadros azules, en la caja de herramientas detrás del tractor. A la camisa le faltaban los cuatro botones de arriba, y los zapatos tenían huecos en los dedos, pero no dudó que le agradarían a Seth.

Miriam oyó un gemido. El viento, lo más probable.

Sonrió, colocó las botas y la camisa sobre el baúl del Pinto, y caminó hacia Seth. Hora de…

Seth se incorporó, los ojos abiertos de par en par.

—¿Eh?

—¡Hombre caído! ¡Hombre caído!

Miriam giró hacia la puerta.

Seth ya estaba de pie.

—¡Entra al auto!

Miriam agarró la ropa del baúl y la aventó por la puerta del pasajero.

—¿Cuánto tiempo dormí? —exigió saber él.

—¡Menos de treinta minutos!

—Eso no es bueno —comentó Seth después de hacer una pausa; tenía las manos en el volante y la mirada fija en el frente—. Debí haberlos visto.

Miriam miró alrededor, esperando que la policía irrumpiera en cualquier momento en el viejo establo. Seth aún estaba inmóvil, las mandíbulas flexionadas.

—¿Qué estás haciendo?

—Pensando. No te preocupes. Ahora puedo ver. No está muerto.

—¿Quién no está muerto?

—El policía a quien le dispararon afuera —comunicó Seth con el rostro tenso—. Amigo, ah amigo, esto va a ser como enhebrar una aguja a la luz de una vela.

Encendió el auto y pisó el acelerador. El Pinto rugió hacia la pared del fondo. Miriam se puso los brazos sobre la cabeza y se agachó. Con un poderoso estrépito el auto atravesó la débil madera, y envió astillas volando.

Seth fijó los ojos al frente. Volaron sobre el pasto, agarrando sorprendente velocidad. Miriam volteó a mirar y vio que habían dejado al menos una docena de policías junto al establo.

El Pinto bramaba. Bordearon una laguna y luego arremetieron contra una cerca de estacas. Sin embargo, Seth no bajó la velocidad. Miriam lo miró y se preguntó si esta vez él estaba yendo demasiado lejos.

—Es asombroso lo fácil que es eludir a los mortales cuando los ves claramente —comentó Seth gritando más fuerte que el rugido del motor—. ¡No tienen una oportunidad!

Pero Miriam sabía que él se equivocaba. Seth tenía su debilidad, que casi los había traicionado allá atrás. Si la policía fuera buena, los problemas de ellos no habrían acabado. Ni se habrían acortado.

Seth llevó el auto a una sección llena de árboles y disminuyó la velocidad. Se abrió paso durante cinco minutos entre el follaje cada vez más espeso.

—Helicóptero —indicó él, se detuvo ante un enorme roble y se apearon.

—Hay una casa a kilómetro y medio hacia el sur. Allá tienen nuestro auto.

Ella levantó una ceja.

—¿Nuestro auto? Toma —señaló ella mientras le lanzaba las botas y la camisa.

—¿Dónde conseguiste esto?

—En el cobertizo, mientras roncabas.

Seth sonrió.

—¡Así se hace! —exclamó él agarrando las botas y la camisa—. ¡Vamos!

Corrieron hacia el sur. Un helicóptero rondó por encima de ellos y luego se dirigió al norte. Al occidente ululaban sirenas, desde el establo. Seth apuró el paso hacia el sur, sin preocuparse.

—¿Cómo nos encontraron? —preguntó ella.

—No sé.

—¿Cómo que no lo sabes?

Seth no respondió al instante. Ella lo sabía, por supuesto: la mente de él necesitaba descanso. Si no lograba descansar pronto, los atraparían. Pero no había tiempo para descansar.

—Necesito descansar —confesó él.

—La próxima vez quizás no tengamos tanta suerte —dudó ella.

Esta vez él no respondió para nada.

Clive recogió un poco de paja y la olfateó. El olor no era muy diferente del de su nuez. Arrojó la paja y toqueteó la nuez. Luces rojas y azules giraban en la parte superior de tres patrullas policiales estacionadas fuera de las puertas iluminadas del interior del establo. Dos reflectores iluminaban el rojo tractor como un tomate premiado cubierto de polvo. Estaban registrando el lugar, pero Clive sabía que no eran evidencias lo que necesitaban. Este era un nuevo juego, de una clase en que nunca antes había participado.

El heno sobre el cual Seth había dormido aún estaba caliente. Él había dormido aquí; Clive estaba seguro de ello. Lo debió haber despertado el grito del policía. El helicóptero terminaría su búsqueda y los hombres registrarían el bosquecillo, pero Seth no habría ido lejos.

Y sin embargo Clive conocía ahora no solo una debilidad de Seth sino dos. Los dos talones de Aquiles. La primera era obvia: sueño. Finalmente la falta de sueño lo vencería y lo haría descuidar.

La segunda debilidad era el mismo futuro. Si un acontecimiento particular no era parte del futuro, entonces Seth no podría saberlo. Debía haber manera de meter oscuridad a su mundo de futuros. Una forma de cegarlo, de quitar los futuros.

La idea carcomía a Clive, casi invisible y amorfa, pero sencillamente allí, debajo de la superficie, comenzando a ser vista.

—Él está aquí, señor.

Clive olfateó la nuez. *¿Dónde te has escondido ahora, Seth?* Clive cruzó las brillantes luces y salió hacia el Mercedes que habían detenido. Hilal estaba sentado en el capó.

—Buenos días —saludó Clive.

—Podían ser mejores —le devolvió Hilal el saludo.

Para un hombre que había pasado la última hora defendiéndose bajo una descarga de preguntas, el saudita no mostraba señales de humildad. Los había convencido de que no tuvo nada que ver con el tiroteo ni que Clive hubiera sospechado alguna vez de él. Hilal no tenía motivo para abrir fuego sobre la policía. Si hubiera querido matar, le habría estado apuntando a la muchacha.

—Clarifiquemos algunas cosas —comenzó Clive—. El Departamento de Estado podrá insistir en que lo mantengamos al tanto, pero eso no significa que usted ande corriendo alrededor de la campiña, disparando en la noche.

—No me insulte, por favor.

—Le estoy advirtiendo. Dígame, ¿qué sucedió realmente en ese baño?

Hilal soltó una tímida sonrisa.

—Bueno. Ahora usted está interesado. El hombre me dijo precisamente lo que iba a suceder. Creo que lo sabía de veras. Él aventó la pelota.

—¿Qué pelota?

—Aquella en que resbaló la mesera. Vino del bolsillo de él.

Eso no estaba en el informe.

—¿La vio usted?

—Con total claridad, como usted diría. La hizo rodar y luego corrió, como si supiera exactamente lo que iba a ocurrir. Cuénteme lo que pasó en el callejón.

Si Seth podía hacer este truco a su voluntad y en realidad manipular acontecimientos... Que Dios les ayude.

—Estoy seguro de que usted sabe lo que sucedió.

Es probable que Hilal supiera más que la mayoría de ellos. A Clive se le ocurrió que este tipo era de los que escuchan más de lo que debían.

—Este hombre tiene un don —comunicó Hilal—. Hasta ahora ha escapado a cinco apresamientos seguros. Miriam aún está viva. Yo diría que usted tiene un problema.

—¿De veras? Creí que el problema era suyo. Y no estaba consciente de que matar a Miriam era nuestra preocupación principal.

—Ustedes tienen un oficial de policía muerto.

—Así es. Muy conveniente para usted.

—Por favor. Los dos sabemos que no tuve nada que ver con los tiroteos. Como he dicho, no soy el único saudita que quiere a esta mujer.

—¿Alguien que desaparece tan rápidamente como Seth?

—Alguien cuya identidad es un misterio para nosotros dos. Alguien que ha sido entrenado en mi país como asesino. Alguien que me habría disparado.

—¿A usted? ¿Y dónde estaba usted cuando le dispararon?

—Observando.

—Ajá.

Hilal se puso de pie, cruzó los brazos, y volvió la mirada hacia el cobertizo. Tenía razón con respecto al tiroteo, desde luego, pero Clive no tenía duda de que el saudita mataría a un policía estadounidense tan rápido como lo había hecho el supuesto asesino.

—Bueno. ¿Cómo planea usted tratar con este problema? —indagó Hilal.

—¿Cómo captura *usted* a un clarividente que conoce cada paso que usted dará antes de darlo?

—Me anticiparía a él —contestó Hilal después de hacer una pausa.

—Muy bien. Siempre es cuestión de una batalla de inteligencias, ¿no es verdad?

—¿En qué dirección se está dirigiendo él? —preguntó Hilal.

—Usted está oyendo nuestras conversaciones... ¿por qué no me lo dice?

Hilal metió las manos hasta el fondo de sus bolsillos y se volvió frente a la noche.

—Los dos estamos tras los mismos intereses. Sugiero que trabajemos juntos, amigo mío.

—Yo trabajo solo —contestó Clive.

—Igual yo —le aseguró Hilal enfrentándolo.

Clive ya estaba harto del saudita; además tenía que hacer una llamada telefónica.

—Se dirige al norte. Hemos emitido un boletín nacional. Todo este valle está sellado, pero eso no lo ha detenido hasta aquí. Creo que está tratando de sacarla del país. La mayoría de los fugitivos no lo harían, por supuesto, pero como lo ha señalado usted de forma tan elocuente, él no es un fugitivo común y corriente. Dudo que aún esté de pie. Usted comprende. Y recuerde que él es ciudadano estadounidense. Si usted lo toca se las verá conmigo.

Clive dio la vuelta y se dirigió a su auto.

—Sr. Masters —llamó Hilal.

Clive se detuvo. Miró hacia atrás.

—Yo no subestimaría a este otro tirador. La próxima bala podría ser para usted.

Clive asintió. Se fue al auto y cerró la puerta. Las luces del tablero del Continental brillaban con un verde suave. ¿Cómo sería saber que si lanzara de ese modo una pelota, una mesera caería exactamente como lo hizo y crearía la clase exacta de distracción para permitirle escapar? Sería como saber que si golpea un barril en el momento exacto, el hombre que lo persigue tropezará con él.

Una idea solitaria había vagado y salido de su mente desde su primer encuentro con Seth en el callejón. Ahora se había asentado de forma permanente. Como un tumor.

Levantó el teléfono, marcó el número, y masajeó la nuez.

—Departamento de Estado.

—Peter Smaley.

—Lo siento, pero el Sr. Smaley...

Soy Clive Master de la Agencia Nacional de Seguridad. Él tomará la llamada. Y si no lo hace, iré tras su cabeza.

La mujer titubeó.

—Un momento, por favor.

Tardó tres minutos en rastrear a Peter Smaley en cualquier reunión en que estuviera.

—Estoy en medio de una reunión, así que hable rápido.

—Hemos tratado de abarcar más de lo que previmos.

—Vamos, pues. No me diga que está sudando la gota gorda...

—Él es clarividente, Peter.

Un golpe.

—Este no es un buen momento...

—No solo es clarividente sino que ve una cantidad de posibles resultados, y sabe qué hacer para que cualquiera de ellos ocurra de veras.

—Clive. Usted está diciendo tonterías.

—Le estoy diciendo esto solo porque quiero mis bases cubiertas, Peter. Mi próxima llamada es a la secretaría de estado.

Eso captó la atención de Smaley.

—Un momento.

La voz del subsecretario se oyó a través del teléfono tapado.

—Perdónenme, caballeros. Volveré en un instante.

Una puerta se cerró.

—Por Dios, Clive. Esta no es exactamente la clase de llamada que esperaría de usted.

Clive frotó la nuez y miró hacia las titilantes luces.

—Quiero que se imagine algo. Imagínese que está en una batalla. Usted es un general, quien dirige la batalla. Pero tiene una ventaja. Ya sabe exactamente lo que hará su enemigo, hasta la última bala. Sabe además exactamente qué hacer para detenerlo donde quiera. Usted lo sabe porque ha visto toda posibilidad, toda acción y toda acción en contra, y usted tiene la posibilidad de planificar la batalla de la manera precisa en que escoge. ¿Qué diría usted de esa clase de general?

Se hizo una corta pausa.

—Yo diría que es imparable. Además diría que me siento un poco tonto hablando con usted al respecto. Sería bochornoso para nosotros dos si alguien alcanzara a oír esto.

—Imagínese algo más conmigo, Peter. Imagine un asesino enviado a matar al presidente. Un asesino único que podría ver mil posibles perspectivas en la Casa Blanca, y que sabe con absoluta certeza en cuál tendrá éxito. ¿Qué diría de ese asesino?

—Esto no es gracioso, Clive. Usted de ninguna manera me está diciendo que este fugitivo podría entrar a la Casa Blanca…

—No, no lo estoy diciendo. Pero a mi juicio, él es exactamente lo que he descrito.

Oyéndose decirlo, Clive se preguntó si acababa de tirar su carrera por la borda.

—¿Está usted en realidad sugiriendo que acepte esto? —preguntó Smaley riendo a carcajadas.

—Estamos buscando un hombre que podría ser el pasivo más grande o la mayor responsabilidad que Estados Unidos ha visto. Lo sé, y ahora usted lo sabe. Igual que los sauditas. Sí, le sugiero que lo acepte. Hoy.

Smaley suavizó la voz.

—Por Dios, Clive. Si esta es alguna clase de… —titubeó—. ¿Se ha documentado alguna vez algo como esto?

—¿Clarividencia? No es precisamente un fenómeno desconocido. La Biblia está llena de referencias al respecto, si usted cree. Pero en realidad, no, nunca he oído de algo como esto.

Smaley estaba tratando de que su mente reconociera la idea. Ese era un inicio.

—Confío en que a usted no le importe mi afirmación de que sinceramente espero que se equivoque en esto, Masters.

—No sería la primera vez que ha albergado esos sentimientos.

—Lo llamaré tan pronto como tenga una reacción. ¿Tiene usted idea de dónde está él ahora?

—No. Pero estoy seguro de saber hacia dónde se dirige.

—Entonces, caramba, haga su trabajo. Tráigalo de cualquier modo que tenga que hacerlo. Esto se está volviendo ridículo.

—¿Ha oído usted algo que acabé de decir? Esto no es como rastrear a sus terroristas comunes.

—Y usted no es un rastreador común. ¿Me está diciendo que no sabe cómo atrapar a este tipo?

—Tengo una idea buenísima —contestó Clive cerrando los ojos—. Usted sencillamente haga lo suyo. Esperaré una llamada más tarde hoy mismo.

Desconectó y dejó el teléfono sobre el asiento.

capítulo 23

Por menos de una hora condujeron el Volkswagen Bug que Seth había sacado del cortijo antes de dejarlo en una casucha abandonada. Luego él dijo que deberían seguir a pie. Era la única forma de pasar los controles de carreteras.

Caminaron lentamente. Era más como arrastrarse. No solo por la falta de energía de Seth sino porque no había prisa. Debían esperar que oscureciera.

La precognición de Seth siguió extendiéndose a una hora, y luego a dos. Más futuros, generaciones de futuros que ascendían a millones. Él no podía verlos todos, desde luego, solo aquellos que aislaba de forma intencional. Pero el constante bombardeo lo intimidaba y, más que provocarle ansiedad, lo cansaba y le generaba dolor de cabeza.

El asunto sería más sencillo si pudiera ver solamente lo que *sucedería* en vez de lo que *podría* suceder.

—¿Cuántas palabras diferentes crees que yo podría decir ahora mismo? —le preguntó a Miriam, tratando de explicárselo.

—Tantas como conoces, supongo —contestó ella.

—Digamos mil, por exponer un número fácil. Podría decir cualquiera de mil palabras ahora mismo, y por cada una podrías responder con cualquiera de tus propias mil posibilidades. Si me concentrase suficientemente creo que podría ver cada palabra de cada una de tus respuestas. Eso es un millón de posibilidades en un momento. Extiende eso a unos cuantos minutos y agarras la idea. Así son los posibles futuros de nuestra charla.

Bordearon el primer control de carretera a las diez en punto, como a ochocientos metros de la Ruta 190. En realidad pudieron haber caminado a doscientos metros de la policía sin que los vieran, le informó Seth con una sonrisa cansada.

Él la llevó directamente hacia el norte, a través de un campo y sobre otra cerca, donde dijo que hallarían otro auto sin seguro. Si seguían ciertos caminos secundarios estarían protegidos por al menos hasta donde él podía ver.

Fue entonces que, caminando a altas horas de la noche, Miriam entendió el peso total del don de Seth. Prácticamente eran invencibles, ¿verdad? Mientras él estuviera consciente y pensando, mientras tuviera al menos una vía posible de escape entre las miles de posibilidades, sencillamente podían elegirla y seguir ilesos.

En este momento ella prefería estar aquí, caminando con él, que en cualquier otra parte del mundo. Excepto en los brazos de Samir, por supuesto. Una calidez le recorrió el pecho.

Miriam miró a Seth en su descomunal camisa, el cabello despeinado, la mandíbula firme a la luz de la luna, y sonrió. Él olía a humedad, una mezcla de paja y sudor, pero para ella era el aroma de un hombre, y esto únicamente le reforzaba su sensación de seguridad.

—¿Qué? —cuestionó él, mirándola.

—Nada.

Ella deslizó su brazo a través del de él, tan contenta como podía recordar haberse sentido. Sintió la piel de él en la suya, a lo largo de sus brazos, y eso era bueno, porque aquí en Estados Unidos no se necesitaba ser una novia de quince años de edad para que un hombre la tocara. Una imagen de Sita flotando debajo del agua le resplandeció en la mente, y al instante sintió una punzada de dolor.

Eres una mujer y él es un hombre, Miriam. ¿Qué diría Samir de esta muestra de afecto, aunque platónico? Además sabes que Seth siente atracción por ti. No, a ella no le constaba eso. Era su fantasía femenina. Miriam retiró el brazo. Estaba perdiendo su cordura junto a él.

Seth parecía demasiado agotado para reaccionar.

Encontraron el auto exactamente como él había predicho. Un vetusto Cadillac blanco con el techo de vinilo destrozado. Estaba sin seguro.

—Ahora mismo los propietarios tal vez estén en el sótano, orando porque venga alguien y se lleve esta bestia —bromeó Seth, luego la miró—. ¿Lista para un paseo?

—Nací lista.

Esa fue una frase que él había usado y que a ella le gustó.

Él mostró una amplia sonrisa.

—Naciste lista, ¿eh? No vi venir eso. Vamos.

Se encontraba demasiado ocupado considerando el escape futuro como para reflexionar en lo que Miriam podría decir. Eso era algo bueno. También significaba que estaba cometiendo equivocaciones. Tenían que descansar.

Condujeron al norte hasta las afueras de un pueblo llamado Ridgecrest, donde Seth metió a la bestia, como había decidido llamar al auto, a un estacionamiento de grava adyacente a un edificio con un campanario. Una iglesia. Llevó el vehículo a la parte posterior y lo estacionó detrás de una vieja cabaña. Simplemente no podía seguir.

—Debemos pasar los controles de carretera, y está oscuro. Debemos estar en buenas condiciones. Si no logro descansar un poco se me empezará a paralizar el cuerpo.

—¿Y si no despiertas? —se asustó ella.

—No pasará nada en las próximas tres horas. Pasan tres horas y sale el sol. El sol sale, yo despierto. Siempre ha sido así; siempre será así. Tranquila, princesa. Es hora de dormir.

Él se inclinó contra su puerta, y a los pocos minutos lo invadió la fuerte respiración del sueño. Miriam sentía la ventanilla como una piedra contra la cabeza, y Seth se la pasó gruñendo en su sueño, como si luchara con demonios invisibles. En un semiinconsciente acceso de frustración ella se inclinó hacia Seth y descansó la cabeza en el brazo de él.

Finalmente se durmió.

El calor la despertó. Un calor sofocante que olía a gasolina. Por la ventanilla entraba luz, que le calentaba el muslo como una lupa...

Miriam se irguió bruscamente. ¡Era de día! El Cadillac estaba rodeado por un mar de autos. ¡Los habían encontrado!

Seth estaba inclinado contra la ventanilla, la boca le colgaba abierta en un ronquido, muerto para el mundo.

Ella le dio unos golpecitos en el muslo.

—¡Seth! —le susurró.

No se movió.

Ella recogió otra vez el puño y lo asestó contra el brazo de él.

—¡Seth!

—¡Eh! —exclamó él, irguiéndose, con los ojos abiertos de par en par; de la boca abierta le salía un rastro de saliva. Cerró la boca y tragó—. ¿Qué?

—¡Mira!

Él miró alrededor, parpadeando.

—Autos.

—¿Quiénes... quiénes son?

—Es domingo —contestó él con una sonrisa chueca surcándole el rostro.

Domingo. Los cristianos iban a la iglesia los domingos. Estaban en el estacionamiento de una iglesia, tragados por los autos de los fieles.

Miriam exhaló y se volvió a recostar.

—¿Ves algo?

Ella bajó la ventanilla para dejar salir un poco el calor del desierto. Él no contestó.

—¿Seth? —lo confrontó—. ¿De qué se trata? ¿Ves algo?

—Sí. Veo que exactamente en veinte minutos entrará una patrulla a este estacionamiento.

—Veinte minutos. Estaríamos durmiendo si no me hubiera despertado.

Seth había fijado los ojos en la iglesia.

—¿Seth?

—¿Quién fue el profeta más grande?

Una melodía llegaba débilmente a través de las paredes. En alguna parte había niños riendo.

—Mahoma —contestó ella.

—Eso no es lo que tus jeques enseñan. Mahoma fue el último profeta, pero Mahoma pecó. El profeta Jesús no pecó. Él fue el único hombre perfecto y un profeta aun mayor que Mahoma. Esta es la enseñanza del islamismo.

Era verdad. Pero ella no entendía el punto de él.

—¿Tu punto?

—Jesús también fue el profeta del amor.

—¿Amor?

¿Qué estaba diciendo Seth?

—Ama a tu prójimo como a ti mismo. Hasta el rabino Akiva lo llamó el más grande principio de la Torá.

—¿Has leído también la Torá?

—Y el Talmud —comunicó él, mirándola y guiñando un ojo—. Es hora de volar.

capítulo 24

Samir salió del terminal del Aeropuerto Internacional de Los Ángeles el domingo por la mañana, llevando solo una maleta mediana. Una vez antes había estado en Estados Unidos, en una visita de cinco días a Nueva York para el jeque Al-Asamm. Fue dos años antes de comenzar a trabajar como chofer para Miriam, cuando ella aún tenía doce años y él solo veinte. El gran volumen de ideas nuevas y de nuevos lugares de interés prácticamente lo habían enviado huyendo otra vez a Arabia Saudí, rogándole al jeque que nunca más lo volviera a enviar.

Desde esa época había estado en París y Madrid en varias ocasiones, pero estas ciudades no lo habían afectado como Nueva York, no sabía si era por su mayor edad o porque esas ciudades eran más reservadas. También había estado en El Cairo. Muchos hombres sauditas iban a la capital más liberal de Egipto para sus placeres, aunque ese no fue el motivo de la ida de Samir. Él no comprendía la descarada indiferencia por el código moral islámico, lo cual casi siempre estaba asociado con esos viajes. La despreciaba. Siempre había confinado su placer a lo que era permisible según el Corán, y siempre restringió su placer a la compañía de una persona a quien amaba más que a cualquier hombre, mujer o niño en el universo.

Miriam.

He venido por ti, mi amor.

Samir hizo señas a un taxi y pronto viajaba por el Boulevard Century, en dirección a la agencia de alquiler de autos. Su plan era sencillo. Dejaría que Miriam lo encontrara, y luego la alejaría de esta pesadilla. Lo único que necesitaba era su propio amor y la voluntad de Alá. Y un poco de ayuda de otros, desde luego. Pero ellos ya lo estaban ayudando, mucho más de lo que quizás lograban comprender.

Solo en la última hora le habían dicho dónde encontrarla.

Cualquier información que los estadounidenses revelaran sobre el terreno la transmitían a Hilal, quien a su vez la contaba al general Mustafá, quien informaba no solo al rey sino a Khalid y al jeque. Hilal estaba enterado de que un tercer grupo iba tras Miriam, pero no sabía que se trataba de Omar. Es más, ya que Samir estaba al corriente de Omar, sabía más que el estadounidense Clive Masters. Omar se enteraba de todo lo que sabía Hilal, pero no estaba consciente de la participación de Samir.

Solo Samir y el jeque tenían el panorama completo. Y Samir creyó que eso era adecuado porque él estaba aquí por amor.

El taxista viró bruscamente y maldijo a un autobús que pasaba. Por su acento el hombre era de Pakistán. Tal vez musulmán.

—¿Ha vivido usted mucho tiempo en Estados Unidos? —preguntó Samir.

—Tres años. Tendré suerte si sobrevivo otros tres años con estos choferes dementes.

—Ese es un pensamiento alentador para su pasajero.

—Ya se acostumbrará usted —contestó riendo el hombre—. ¿Es este su primer viaje a los Estados?

—Segundo. He estado en Nueva York.

El hombre asintió.

—¿Es usted musulmán? —preguntó Samir.

—Sí. Aquí hay muchos musulmanes.

—¿Es usted un buen musulmán?

El hombre miró por el espejo retrovisor.

—Un buen musulmán, sí. Trato de dar lo mejor de mí. No es fácil ser un buen musulmán en Estados Unidos.

—Entonces debería irse a Pakistán.

El hombre asintió, pero menos confiado.

—Quizás.

Condujeron en silencio.

Samir miró hacia el este. En alguna parte allí en este inmenso paisaje de almas perdidas, Miriam intentaba salvar su vida. Asustada, abandonada y desesperada. Respiró profundamente y le rogó a Dios por la seguridad de ella. *Un día más. Dame un día más.*

Habían perdido a Seth y Miriam por cinco minutos, y Clive lo sabía tan bien como si hubiera sido una semana. Diez unidades habían examinado las calles de Ridgecrest en la hora siguiente, y resultó exactamente como él esperaba: nada.

Clive condujo hacia el estacionamiento de la iglesia. Con algo de suerte, nada de esto importará pronto. Él estaba dando los toques finales a un plan para ensombrecer a Seth. La única manera de tratar con él era meterlo en la oscuridad; Clive sabía eso como sabía que la nuez en su bolsillo era redonda. Y si tenía razón, lo estaba encerrando en cierta forma para hacer exactamente eso.

El primer paso era rastrear los movimientos de Seth y establecer su destino, con tanta confianza como fuera posible. Para eso necesitaba más personal. Si lograba determinar el destino, Clive creía tener una gran posibilidad de atraparlo allí sin que Seth lo viera en sus futuros.

Peter Smaley había llamado una hora antes e iniciado una conferencia telefónica con el secretario Paul Gray y la directora de la ASN, Susan Wheatly. Clive ya había hablado antes con Susan. Al serio pistolero le interesaba personalmente su posición exclusiva con la agencia. Sin embargo, era la primera vez que hablaba con el secretario de estado, quien estaba furioso por tener que tolerar a diplomáticos sauditas corriendo por allí sin ningún control en «esta excéntrica persecución». El secretario entendía mejor que nadie la naturaleza sensible de la relación del país con Arabia Saudí, pero eso no significaba que le debía gustar.

Clive repasó pacientemente los acontecimientos de los últimos tres días y luego emitió su juicio de la situación.

—Usted está diciendo que más que Miriam, Seth representa mayor peligro para nosotros —había observado Susan—. No por estar ayudando a la princesa sino a causa de esta... esta habilidad que tiene.

—Sí. Y estoy sugiriendo que lo traigamos con la máxima prioridad.

—Usted tiene directamente involucrados ahora a más de cien miembros de varias agencias de seguridad; y al resto de la nación en alerta total por este tipo —comunicó el secretario—. Eso me parece máxima prioridad.

—Quiero más. Él podría tratar de sacarla del país. Quiero todos los puertos cerrados a vuelos privados, a menos que se investiguen rigurosamente. Quiero implantar seguridad en la patria y colocar controles interestatales de carreteras. Estoy sugiriendo que veamos a Seth como un terrorista suelto con un arma atómica. Y luego quiero que me den autoridad sobre todos los recursos. Nadie se mueve o habla sin mi permiso. Eso es prioridad máxima.

El teléfono se quedó en silencio por unos segundos.

—¿Cree usted de veras que un estudiante universitario de Berkeley es así de peligroso? —inquirió Susan.

—Creo que este momento es el hombre más peligroso sobre el planeta.

Ahora, una hora después, Clive esperaba la respuesta de ellos. Su paciencia fue una formalidad. Ya sabía cuál sería la contestación.

Subió al auto, y lo encendió. Hilal no había aparecido desde su conversación de anoche. Probablemente ya se dirigía a Nevada. Clive lo veía ahora como un serio enemigo, alguien con los deseos y los medios para eliminar a Seth y a Miriam. Clive los quería vivos. Al menos quería vivo a Seth. Ningún hombre podía hacer lo que Seth era capaz de hacer. Matarlo sería la peor de las equivocaciones.

Su teléfono sonó.

—Sí.

—Lo logró, Clive —informó Smaley.

Asombroso cómo la actitud de Smaley había cambiado desde que Clive le interrumpió su reunión el día anterior.

—Está bien. ¿Mando ya?

—Usted ordena en el estado. Ya está vigilada la frontera.

—Muy bien.

Smaley respiró dentro del teléfono.

—Tengo que decirle que soy muy escéptico acerca de esta… teoría suya.

—Está bien.

—Por tanto. Si usted tuviera que informarlo ahora, ¿adónde diría que él se dirige?

—A Las Vegas —contestó Clive.

—A Las Vegas —dijo Omar, dejando el teléfono sobre el asiento—. Conduzca.

—¿Cómo lo saben ellos? —preguntó Assir.

—No lo saben. Pero nosotros tampoco. El hombre de la agencia cree que se están dirigiendo a Las Vegas, y Hilal le cree. Así que vamos a Las Vegas. Sigamos con nuestro plan. Tarde o temprano el estudiante cometerá una equivocación.

Después de dos días de jugar al gato y al ratón, daba gusto tener un destino. Él había observado la reunión entre Hilal y Clive Masters por medio de binoculares a casi mil metros, y una hora después recibió los puntos pertinentes de la conversación entre ellos, cuando Hilal reportó sus sospechas a Arabia Saudí.

Ahora el séquito de Seth y Miriam se dirigía a Las Vegas, y Omar también se les uniría allí.

Recostó la cabeza en el asiento de cuero y cerró los ojos. Si los cazadores tenían razón en cuanto al don de Seth, entonces solo había una forma de atrapar al estudiante, y el hombre de la agencia sería quien lo hiciera. Pero resultara como resultara la escena misma, Omar presenciaría el final. Él sería el buitre. Y Miriam sería su presa.

Su esposa sería su presa.

capítulo 25

Seth los llamaba «ojos del cielo». Helicópteros. Sin duda eran los factores más molestos y amenazadores en la ruta por el Valle de la Muerte. Dada la pintura blanca del Cadillac, esconderse en el interminable paisaje café era como tratar de ocultar una mezquita en medio del desierto Rub al-Jali. Los habrían apresado mucho tiempo atrás, de no ser por las tres horas de visión de Seth en el futuro. Él había tenido que ocultar el auto no menos de seis veces desde que salieron de la iglesia ayer por la mañana.

El otro elemento irritante era el calor. Particularmente después de que dejara de funcionar la vetusta unidad de aire acondicionado del Cadillac.

La tarde del domingo decidieron que quizás era mejor idea viajar de noche. La oscuridad les daría temperaturas más frescas y dificultaría la búsqueda de los helicópteros. Se refrescaron en una estación de servicio administrada por un vejete, compraron suficiente chatarra para llenar el asiento trasero, y buscaron un lugar dónde esperar la caída de la tarde.

El «vejete» de Seth en realidad era solo un anciano a quien no le importaba lo que ocurría más allá de la entrada a su negocio, y la «chatarra», como la llamaba, consistía en necesidades como artículos de tocador, comida, agua y ropa. Podría decirse que la comida era mala para la salud, y que la ropa no le quedaba a Miriam como a ella le habría gustado. Pero después de asearse y de ponerse una camiseta fresca en el baño de la estación, Miriam se sintió casi provocativa.

Encontraron una formación de rocas emblanquecidas al lado del camino, estacionaron debajo el auto de ella, e hicieron lo mejor que pudieron por dormir en el sofocante calor. Sin duda Seth debía dormir. A pesar de su insistencia en que estaba «en excelente condición», ella pensaba lo contrario.

—Podrás decir que estás tan vigoroso como una fruta, pero no puedes ocultar tus ojos cansados —expresó ella—. Estás tomando Advil como si fueran caramelos, y tienes los ojos hinchados.

—No seas absurda —manifestó él, la miró por el espejo y luego se recostó sin comentar más.

—Te estás desgastando.

Él la miró con sus ojos glaseados.

—Estoy seguro de que Clive está pensando. Él intenta llevarnos al agotamiento para luego caernos encima. Pero mientras yo no duerma más de tres horas, estamos bien.

Seth agarró un reloj de alarma de baterías que habían comprado con sus demás provisiones. ¿Y si no funcionaba? O peor, ¿si no lo despertaba? Miriam decidió no preocuparse en voz alta. Lo que él necesitaba era dormir, no las preocupaciones de ella.

El asunto resultó estar fuera de discusión. Seth no podía dormir. Reanudaron su viaje después de anochecer, y Seth pareció tener nuevas energías. Hablaron de moda en términos que Miriam no sabía que eran parte del léxico de la moda mundial. Sin duda Seth tenía una visión única del mundo. También hablaron de *surfing*.

Miriam había estado en la playa en Jedda, desde luego. Pero siempre cubierta de pies a cabeza con el abaya negro y el velo. La idea de meterse al océano usando nada más que *shorts* y camiseta no le había parecido atractiva hasta ahora, al oír hablar a Seth. En realidad, ¿cómo sería nadar desnudos entre las olas? ¡Qué idea encantadora!

Constantes desvíos los obligaban a avanzar con lentitud. En un lapso de cuatro horas debieron evitar una docena de autos policiales. Para las once de esa noche Seth apenas podía mantener los ojos abiertos. Cedió en frustración e hizo rodar el auto hasta una quebrada bastante fuera de la carretera. Era probable que Clive y su grupo no los encontraran antes del alba. Los dos se quedaron dormidos en cosa de una hora.

La alarma sonó tres horas después. Miriam salió de la bruma de su sueño el tiempo suficiente para apagarla. A los pocos segundos se volvió a quedar profundamente dormida.

Miriam fue la primera en despertar el lunes siguiente. Se irguió en el asiento trasero. Seth había desaparecido. Ella miró por sobre el asiento delantero. Nada.

—¿Seth?

El auto se movió debajo de Miriam, quien comprendió que estaba sentada encima de Seth. Inquieta, se movió hacia la puerta, poniéndole en el proceso los codos en la espalda y la cabeza. Eso lo despertó. Él se levantó aturdido y refunfuñando, pero siguió sin entender.

—¿Estamos seguros? —indagó ella.

—Seguros —contestó él, mirando alrededor—. ¿Qué sucedió con el reloj de alarma?

Solo entonces Miriam recordó.

—Creo... creo que lo pude haber apagado.

—Eso fue inteligente —expresó él moviendo los ojos.

—Perdóname. Yo estaba dependiendo de tu infalible levantarte con el sol.

Él sonrió y guiñó.

—Justificada.

—Justificada.

Devoraron tres bolsas grandes de Doritos, volvieron a la carretera 178, y se dirigieron al este. Hoy llegarían a Las Vegas.

Seth le había explicado su plan la noche anterior, y parecía como si algunos actores estuvieran haciendo una película en lugar de una indudable persecución de dos fugitivos internacionales. Sin embargo, ella no podía negar que esta ciudad de pecado tenía cierto atractivo. Viajar aquí al lado de Seth en el desierto la hizo sentir perfectamente inmoral.

Una voz interior se la pasaba diciéndole que se estaba lanzando hacia los vientos de la iniquidad incluso teniendo esos pensamientos. Miriam debió tener la cabeza enterrada en el Corán, suplicando la gracia de Dios. Pero había estado con Samir en Madrid y visto la manera en que los hombres de su nación se satisfacían. Ella no era así de liberal. Solo estaba haciendo lo que debía hacer a fin de sobrevivir para Samir.

Seth no había dicho nada más que sugiriera su afecto por Miriam. La joven pensaba que él solo estaba siendo cortés, porque sus ojos hablaban suficientemente claro. Aunque agradeció la discreción de él, le sorprendió descubrir que una parte de ella lamentaba su silencio. Ella era una mujer hermosa de veras, y él era un hombre compasivo, fuerte y apuesto.

¿Estaba ella en realidad dejándose atraer por Seth? Miró por la ventanilla y obligó a que sus pensamientos tomaran otro rumbo.

El desierto de Mojave no era como los grandes desiertos de Arabia Saudí. En la distancia se elevaban dunas, pero la mayor parte de la tierra constaba de terreno rocoso de cambiantes tonos rojos y blancos. Seth pasó un lugar turístico llamado Punto de Artista, donde la roca era verde en partes. Los estadounidenses lo llamaban Valle de la Muerte, más de un millón doscientas mil hectáreas de este terreno accidentado, un «parque».

De manera extraña, conducir por el desierto hacia la misteriosa ciudad de Las Vegas con Seth a su lado parecía como un paso abstracto de la muerte a la libertad. Ahí estaba él otra vez. Seth.

Habían conducido por algún tiempo sin encontrar un solo vehículo, cuando una maliciosa sonrisa se dibujó en el rostro de Seth.

—Tengo una idea —expuso él.

—¿Algo novedoso? —preguntó ella mirándolo.

Seth aminoró la marcha y se salió de la carretera. La grava crujió debajo de las llantas. Aquí el desierto era plano a lado y lado de la carretera. Ásperas formaciones de rocas se levantaban del terreno a doscientos metros a la derecha de ellos.

—¿Qué estás haciendo?

—Tenemos algo de tiempo. He decidido que debes experimentar de veras la libertad.

—¿Oh? Creía que ya era libre. Aquí contigo.

Él puso el auto en modo de estacionamiento y la miró.

—No has comenzado a experimentar verdadera libertad hasta que tengas ruedas, princesa. En Estados Unidos las ruedas son sinónimo de libertad. Todo el mundo sabe esto. Vamos.

Él abrió su puerta y se apeó.

—¿Qué quieres decir?

—Confía en mí. Sal.

Miriam bajó. Se quedó al lado de su puerta y lo miró por sobre el destruido techo de vinilo del Cadillac.

—¿Qué?

—Ven acá.

Ella rodeó el capó, sonriéndole, sin pistas de sus intenciones.

—¿Qué vamos a hacer?

Él sostuvo la puerta y la invitó a sentarse en el asiento del chofer. ¿Quería que ella condujera?

—¡No sé *manejar*!

—Exactamente. Por eso es que debo enseñarte.

—¿Por qué?

La idea la aterraba.

—Podríamos necesitar que conduzcas. No sé qué hay más allá de tres horas. Sencillamente tiene sentido.

—¿Ahora? ¿Aquí? ¡No tenemos tiempo para esto!

—Pero sí tenemos tiempo, princesa. Yo debería saberlo. Y también sé que *harás* este intento. También he visto eso, así que bien puedes ponerte detrás del volante e intentarlo —comunicó él sonriendo deliberadamente.

—¿Me has visto chocando con algo? —inquirió ella mirando alrededor.

—¿Hay algo allá contra qué chocar?

—No estás contestando mi pregunta.

—Está bien. En realidad hay algunos escenarios en que tienes algunos contratiempos, pero haremos lo posible por evitarlos. Vamos, no me digas que a una princesa que arriesgó la vida atravesando océanos la asusta un poco de vueltas en el desierto.

—¿Qué clase de contratiempos?

—Nada notable de verdad —contestó él encogiéndose de hombros—. Caer por un precipicio. Chocar de frente contra un camión. Por favor, insisto.

Ella miró el volante. A las mujeres no se les permitía conducir en Arabia Saudí. Quizás ese era motivo suficiente para intentarlo. Sintió que una sonrisa le salía de los labios.

—¿Me prometes que será seguro?

—Siempre existen riesgos en las búsquedas más gratificantes de la vida, ¿no es cierto?

Ella se deslizó detrás del volante.

Seth saltó sobre el capó y subió al auto, frenético.

Él tardó tres minutos en explicar lo básico, no porque ella no lo supiera, sino porque se sentía cómoda con que le repitiera estas explicaciones. Este es el freno, se usa para detener el auto; este es el acelerador, se usa para aumentar la velocidad del vehículo; este es el volante, se usa para mantener el auto en el camino; este es el radio, se usa para mantenerte despierto mientras esquivas un precipicio.

Miriam apagó la radio y le exigió que permaneciera serio. También insistió en que él le mostrara cómo funcionaban todas las luces y las señales direccionales. Si iba a aprender a conducir, también tendría que hacerlo bien.

Él le dijo que saliera manejando hacia las formaciones de roca. El terreno aquí era bastante duro para resistir el paso de las llantas, y él había visto lo que sucedería si se dirigían hacia la carretera. No era muy bueno. Miriam puso la palanca de cambios en directa y agarró el volante con las dos manos, tenía los nudillos blancos.

—Rodemos —exclamó Seth.

Él ya se esforzaba por no reír, y Miriam se preguntaba qué estaría viendo.

—Rodemos —contestó ella y empujó el pedal a fondo.

El Cadillac arrancó bruscamente. Al instante Miriam empujó hacia abajo el pie para detenerse. En vez de parar, el auto salió disparado por el desierto como una bala de pistola.

Miriam gritó. A su lado, Seth reía. En realidad era una risa socarrona.

—¡Seth! Detén…

Los miembros de ella se paralizaron, sujetos por el terror. El auto corría hacia el frente, directamente hacia las rocas.

—¡Seth!

Él se tragó la risa.

—¡Gira! —le gritó.

Seth agarró el volante y tiró de él. Trató de girar el auto, y ella resistió sus intentos con esta rigidez que se había apoderado de sus brazos.

Miriam bajó la mirada hacia la columna de dirección y por alguna razón inexplicable creyó que debía golpear la palanca al lado del volante. Así lo hizo. Se roció agua en todo el parabrisas, dejándola ciega ante la avalancha de rocas.

—¡Los frenos! —gritó Seth—. ¡Detén el auto!

Él lanzó la pierna hacia los pedales y señaló el piso, empujándola en el proceso contra su puerta.

—¡Presiona el freno!

Un pensamiento surgió por sobre el pánico que la había inmovilizado. Seth estaba asustado. Él no había visto esto como una verdadera posibilidad. Necesitaba que *ella* detuviera el auto porque estaba impotente para hacerlo él mismo.

Los miembros de Miriam se relajaron. Lanzó el codo contra la caja torácica de Seth con suficiente fuerza para sacarle el aire. Él gimió y aflojó su agarre. La joven giró el volante hacia su derecha, exactamente cuando el limpiaparabrisas hacía su primer recorrido sobre el vidrio, aclarándole la vista. Las rocas estaban a veinte metros adelante.

El auto se deslizó de costado. A Miriam le vino a la mente que tenía el pie en el acelerador y no en el freno. Pero decidió que se debería quedar allí. Usaría el poder del auto para ponerlos a salvo, como había dicho Seth en una ocasión.

La parte trasera del vehículo patinó en un gran medio círculo, las llantas lanzaron escombros hacia las rocas. Ellos casi se detuvieron, el motor aún rugía, y luego salieron disparados otra vez hacia el desierto, lejos de las rocas.

Miriam parpadeó. Sus venas se inundaron de euforia como un embate de agua fría.

—¡Vaaaya! —gritó, mientras aflojaba el acelerador—. ¡Corre, bebé!

Seth rió con cautela.

Miriam condujo el auto a la derecha y luego a la izquierda. Volvió a presionar el acelerador y partió a toda velocidad.

—Tranquila…

—Lo tengo bajo control, cariño. Sencillamente recuéstate y descansa.

Mírela. Estaba actuando igual que él. La joven sonrió, hizo dar otro amplio giro al auto, y volvió a entrar a toda velocidad al desierto.

—Ahora estás hablando —comentó Seth, otra vez con confianza—. Llévalo detrás de las rocas y un poco dentro del desierto. Debemos salir de la vista. Alguien viene por la carretera.

La revelación de Seth la inquietó solo porque él pareció cómodo dependiendo de ella para alejarlos del peligro. Guió el auto alrededor de los gigantescos peñascos, zigzagueando más de lo que le habría gustado. Quizás su confianza era un poco prematura, pero se las arregló; además los había salvado de chocar contra las rocas.

Miriam condujo por veinte minutos mientras Seth seguía dándole sugerencias. Se metieron más profundamente en el desierto, serpenteando entre peñascos y zonas arenosas. Para cuando ella detuvo el auto detrás de una enorme formación de piedras estaban a bastante distancia de la carretera. Pero eso era bueno. Seth comunicó que el tráfico en la vía era de todos modos imposible durante la próxima hora. En realidad él ya se había imaginado cómo iban a franquear la frontera entre California y Nevada. Por el momento los oficiales responsables de hacer cumplir la ley parecían tener la mano en alto en todos los futuros posibles allí.

Miriam bajó del auto casi flotando.

—Tienes absolutamente toda la razón —manifestó ella—. ¡*Esto* equivale a libertad!

Lanzó impulsivamente sus brazos alrededor del cuello de él.

—Gracias.

—¡Vaya! —exclamó él echándose hacia atrás estupefacto.

Miriam se contuvo y lo soltó, tímida.

Se sentaron en una roca redonda uno al lado del otro y compartieron otra bolsa de papas fritas con una botella de agua, y Miriam no estaba segura de si alguna vez se había sentido tan emocionada en toda la vida.

Miró a Seth mientras él inclinaba la botella de agua sobre los labios y bebía. Su cuello era fuerte y bronceado por el sol, y subía hasta una mandíbula perfectamente labrada. Su cabello era suelto, no muy distinto de las esculturas griegas que adornaban la villa de su tío en Riad. Alá le había enviado un dios griego para que la llevara por el desierto en un Cadillac.

Miriam quitó la mirada de Seth. *Escucha, Miriam. Te estás dejando llevar por él.* Hurgó en la bolsa y comió una papa frita.

Sí, desde luego, porque el dios griego llamado Seth era un maestro en el arte del amor, equipado como estaba con este conocimiento anticipado. Él tenía una ventaja injusta.

—¿Me estás manipulando, Seth?

Él giró la cabeza, con las cejas arqueadas.

—Manip... por favor. ¿Qué quieres decir?

—Quiero decir, ¿estás aprovechándote de mí?

—¿Actúo como si me estuviera aprovechando de ti? —contestó asombrado.

—De mi mente.

—¿De qué estás hablando? No me puedo aprovechar de tu mente.

Ella miró las elevadas cumbres al occidente. Él pareció sorprenderse de veras por las preguntas de ella. ¿Cómo podría ser, si él ya había visto la posibilidad de que ella las hiciera? Quizás él estaba perdiendo su habilidad. Ya antes había pasado por alto la posibilidad de que ella chocara contra las rocas. ¡A menos que estuviera *fingiendo* estar sorprendido! El pensamiento acabó con la felicidad de Miriam.

—Por favor, no juegues conmigo —exclamó ella poniéndose de pie y dejando la bolsa de papas sobre el regazo de él—. Sé muy bien que sabes lo que voy a decir antes de que lo diga. Sé que sencillamente puedes escoger las palabras correctas para provocar la respuesta correcta de mi parte. Y ahora que finges estar sorprendido por mi pregunta, lo menos que puedo creer es que me estás manipulando.

—Tu pregunta *es* impactante. Está bien, yo podría haber visto la posibilidad de que seguirías esta línea de cuestionamiento, pero debes entender que solo es una posibilidad entre miles que deambulan en mi mente. No la tomé en serio.

—¡No trates de dar vuelta a la tortilla sobre mí! Aún tienes esta *loca habilidad* de obligar a las personas a hacer cosas. No puedo creer que no lo hagas conmigo todo el tiempo. Estás manipulando mis sentimientos.

—Tonterías —respondió él, titubeando—. Nunca haría algo así. Y solo para que estemos claros, esta loca habilidad, como tan cariñosamente te refieres a ella, te está salvando la vida.

—¿Niegas que me puedes hacer sentir cosas?

—¡Por supuesto que no puedo hacerlo!

—¿Cómo esperas que maneje esta muestra de afecto que me estás aventando?

Estás hablando demasiado, Miriam.

—Primero me dices que tienes sentimientos hacia mí, y luego comienzo a creer que yo podría tener esos sentimientos que...

Ella se contuvo. Los ojos se le abrieron de par en par. ¿Qué estaba diciendo?

—¿Qué sentimientos? —inquirió él.

Miriam hizo caso omiso del bochorno que le apareció en el rostro.

—¿Niegas que al menos puedes hacerme hacer cosas?

—Sí, lo niego —respondió Seth—. No *puedo* obligarte a hacer nada.

—Pero de todas las cosas que yo podría hacer, puedes llevarme a hacer las que quieres que haga.

Él vaciló.

—No, no necesariamente.

—¡Ajá! No te creo.

—No puedo obligarte a hacer nada que no quieras hacer.

—¿Es correcto eso? Por favor, no te molestes con detalles técnicos. Creo que puedes ver una cantidad casi ilimitada de mis respuestas a lo que dices o haces, y entonces puedes decidir que diga la que deseas.

—No es exactamente de ese modo —contestó él resaltando cada sílaba.

—Entonces muéstrame cómo es. Lo menos que puedes hacer es ser franco conmigo. Déjame probarte. Ve si me puedes obligar a hacer algo.

—Por favor, Miriam. No deberíamos hacer esto.

Él estaba asustado, ¿no es así? Ella sintió una punzada de empatía por él. Y luego se preguntó si él no había esperado eso mediante la formulación de sus palabras. Por favor, Miriam. No deberíamos hacer esto. ¡Él sabía que si decía eso, ella iba a responder con lástima! Ella decidió entonces que debía saber.

—Insisto —dijo Miriam, e hizo una pausa—. Hazme hacer algo. Haz que te bese.

La palidez de Seth enrojeció. ¿Cómo podía fingir eso? Sus labios se movieron hasta formar una sonrisa avergonzada.

—¿Estás suponiendo que eso es algo que *quiero* que hagas?

—Está bien entonces, *finjamos* que quieres que te bese. En tu fuero interno tal vez no te importaría. Eso es suficiente, ¿no es verdad? Así que oblígame a besarte, Sr. California.

Él rió nerviosamente.

—Estoy esperando.

—No seas ridícula. No *puedo* hacer que me beses.

—¿*Quieres* que te bese?

—¿Ahora mismo?

La manera en que lo dijo lo traicionó. Sorprendentemente, a ella le agradó eso. Y luego entró en conflicto. *Ten cuidado, Miriam.*

—Seguro, ¿por qué no? —contestó ella—. Es obvio que el deseo ha cruzado por tu mente. Solo finge que volvió a surgir aquí esta mañana, en este cálido desierto muy lejos del alma viviente más cercana.

Ella no pudo reprimir una pequeña sonrisa.

Por su parte, Seth ahora estaba totalmente abochornado. Miró en dirección a la carretera y movió la cabeza de lado a lado.

—Estás diciendo eso en este momento, ¿no ves futuros posibles en que te bese en los próximos minutos? —preguntó ella.

—Eso no es justo —respondió él.

—¿No quieres ser muy comunicativo conmigo? ¿Quieres ocultarme la verdad? Tienes un don, pero yo soy una mujer recatada y por tanto…

—¡Basta!

El tono de Seth la agarró desprevenida. Ella lo había presionado, tanto para verlo doblarse como para saber la verdad. ¿Qué sentía él realmente por ella? ¿Y si él la obligaba de veras a besarlo? ¡Ella nunca haría eso! Este era el poder de una mujer.

—Entonces dime —disputó ella.

—*Hay* un futuro en que me besas en los próximos…

—¡Eso es imposible! —interrumpió ella.

Cómo se atrevía él a decir eso… ¡ella nunca lo besaría por voluntad propia!

—Así que ahora te digo la verdad, y en realidad después de todo no la quieres oír —contraatacó él—. Lo siento, princesa, pero es la pura verdad.

Miriam lo miró, impresionada por su afirmación. Él evitó mirarla.

—Entonces oblígame a hacerlo —desafió ella, enojada.

—No puedo hacerlo.

—¡Hazlo! No te atreves a decirme que te besaré sin darme la oportunidad de probarte que te equivocas.

—Está bien. Las rosas son rojas, las violetas azules; besaré a una rana, pero no a ti.

Ella pestañeó hacia él.

—¿Qué se supone que significa eso? ¿Es esta tu manera de atraer a una mujer?

—Tienes razón —concordó él sonriendo pícaramente—. Las rosas son rojas, las violetas azules; eres sin duda la mujer más hermosa que alguna vez haya visto.

—Eso está mejor pero no rima —contestó ella después de una pausa—. Y como ves, mis labios aún no están sobre los tuyos. No siento el más leve impulso de ir hasta allá y besarte. Puedes actuar mejor. No juegues conmigo.

Quizás una pequeña parte de ella quería besarlo. *¡Basta! ¡Basta, Miriam!*

Seth aclaró la garganta, pensando. Se puso de pie en lo alto de la roca. Se abrió la camisa, desnudó los hombros, y colocó una mano detrás de la cabeza y la otra en la cintura, levantando la cadera en una pose, de tal modo que se le tensaron los músculos del estómago.

—Hola, bebé, ¿te gusta lo que ves? —preguntó él, guiñando un ojo.

Ella lo miró, atónita ante la desfachatez de él. Una risita le salió del vientre.

—¿No? —preguntó él sonriendo y descansando de su pose.

Ella se tragó la risa pero no pudo menos que sonreír con el rostro.

—Aún no he corrido a tus brazos.

—Eso se debe a que no puedo *obligarte* a hacer nada —contestó él saltando de la roca—. Y nunca lo haría, aunque el pensamiento de besarte cruzara mi mente en un momento descabellado de brutal sinceridad, como tú lo pones. Y que conste, el futuro en que te vi besándome involucró un beso en la frente. Solo para tu información.

En otra vida, no estoy segura si te habría besado, Seth Border. Ella fue hacia él, le puso las manos en los hombros, y lo besó en la frente.

—Ahí tienes. Ahora he cumplido tu profecía —señaló ella, satisfecha por el rubor en él.

Miriam recogió la bolsa de papas fritas y se alejó.

—¿Te gustaría probar la verdad en *tu* corazón? —preguntó Seth detrás de ella.

—Creí que lo acabábamos de hacer —contestó ella volviéndose.

—Yo estaba pensando acerca de que eres musulmana. Dios y todo eso —explicó él—. No coincidimos en el tema, y se me ocurre que podríamos tener una forma de probar cuál de los dos tiene razón. Una prueba tangible, sin argumentos.

—¿No está bien que no estemos de acuerdo?

—En realidad existe un problema. Según tu fe, yo soy infiel. Tu bendición, que sería yo, se encamina al tormento eterno. ¿Cómo puedes estar bien con eso? Debemos... armonizar, por así decirlo. Estar en un mismo sentir.

—Excelente, armonicemos —expresó Miriam metiéndose un mechón de cabello detrás de la oreja.

—Muy bien. Cristianos nazis mataron judíos. Cruzados mataron musulmanes. Islámicos extremistas mataron cristianos en el World Trade Center. ¿Correcto? Todos culpables de incumplir el gran mandamiento.

—Muy pocos árabes son extremistas que matan...

—Y Hitler fue tan verdadero cristiano como yo soy un sapo. El punto es que todos ellos rompieron la regla cardinal de amor del Profeta.

—Ama a tu prójimo como a ti mismo —añadió Miriam.

—Correcto.

—¿Y qué tiene esto que ver con la existencia de Dios?

—Tiene más que ver con probar que no soy infiel. Ya que ustedes los musulmanes veneran a Jesús, y estamos de acuerdo en que él es el profeta más grandioso, déjame ofrecer una oración al Dios de Jesús y probar que él no existe.

—No puedes probar a Dios.

—Quizás pueda.

Seth saltó hacia un montón de rocas pequeñas y recogió un puñado de piedras medianas. Corrió a una zona despejada y las colocó en un círculo. Miriam lo observó curiosa, sin atreverse a preguntar.

Él volvió al montón y agarró más.

—¿Has oído alguna vez de Elías y el monte Carmelo? —le preguntó.

—No —respondió ella.

—Dios hizo caer fuego.

Él parecía entusiasmado con su idea, pero Miriam aún estaba confusa respecto de las intenciones del hombre.

—¿Quieres que Dios haga caer fuego? —inquirió ella—. Esto no probará nada.

—No, fuego no. Pero si pido a Dios que haga algo, algo en el futuro inmediato, podré aun ver si cambian las *posibilidades* del futuro inmediato.

—Y si él no quiere hacerlo, ¿afirmarás que no existe?

No era algo poco ortodoxo, quizás hasta ridículo, pero ella no veía el peligro. Este era su excéntrico Seth en actividad. Al menos no había mutawas alrededor que vieran las burlas de él.

—¿No lo captas? —preguntó él—. Hasta su negativa afectará lo que veo. Es como tener un estetoscopio gigante dirigido a los cielos. Si hay Dios, y si ese Dios responde de alguna forma, ¡lo sabré! Por lo que sabemos, esta es la primera vez en la historia que algo así ha sido posible.

—Pero yo no sabré que algo ha cambiado —cuestionó ella.

—Cierto. Tendrás que tomar mi palabra por ello —dijo él y miró el altar—. Ha pasado un rato desde que hice una oración. Quizás deberías hacer los honores.

—No participaré en esto.

—Está bien.

Él jugueteó con sus manos por un momento, pensando en cómo proceder. Luego levantó el rostro y los brazos al cielo. Sus labios se movieron en una oración silenciosa.

Miriam movió la cabeza de lado a lado, avergonzada por él. Su dios griego, quien en este instante estaba parado a diez metros con los brazos levantados como un idiota, estaba decidido a probar algo que a ella en primer lugar le importaba un comino. La confianza de ella era asunto de fe, no de prueba. Eso no lo cambiaría cualquier cosa que él viera o no viera.

Seth bajó las manos y se dio la vuelta, con los ojos aún cerrados. Después de un momento los abrió pestañeando y sonrió.

—¿Y bien? —cuestionó ella.

—Nada —afirmó él yendo hacia ella—. Absolutamente nada, *nothing*, punto. A las pruebas me remito. Tendremos que depender del antiguo bien…

Seth se quedó paralizado a media zancada, con los ojos abiertos de par en par.

—¿Qué?

La boca se le abrió. Ella creyó por un veloz instante que a él le estaba dando un ataque cardíaco.

—¡Seth!

Él palideció.

—¿Qué pasa?

—Nada —contestó Seth recobrando la compostura—. Sigamos viajando.

Pasó al lado de ella.

Miriam corrió hacia la puerta, evidentemente a la del pasajero, considerando que él ya tenía la mano en la puerta del chofer.

—No digas *nada*. Sé que viste algo. ¿Qué viste?

—No sé —contestó él—. Vi que tenemos que seguir viajando.

capítulo 26

Se acercaban a la frontera de Nevada sobre la carretera 178 y se detuvieron a ocho kilómetros del cruce. Seth permaneció callado respecto al episodio del altar. Dijo que aún estaba tratando de comprenderlo, pero se negó a explicar de qué se trataba.

Pero Miriam lo sabía. El futuro había cambiado; el hecho de estar escapando por la línea estatal era suficiente evidencia. Seth había hecho una oración al cielo y el futuro había cambiado, y él no estaba del todo cómodo con la realidad.

Seth volvió lentamente a ser él mismo. Miró el pavimento adelante, con las manos en el volante. Una traviesa sonrisa se le dibujó en el rostro.

—Muy bien, por el modo en que lo veo, tenemos tres maneras de hacer esto —confesó, y la miró—. Una sería violenta y sangrienta, otra sería astuta y brillante, y otra sería audaz y tonta. ¿Cuál te gusta más?

Ella reflexionó en las alternativas. La violencia era inaceptable para los dos. ¿Qué pudo querer él decir por tonta? De todos modos tendrían éxito, ¿verdad? Aunque últimamente el hombre había cometido algunos errores.

—La audaz y tonta —contestó ella.

—¿Estás segura?

—Quizás no.

—No, creo que es una alternativa atrevida —expresó él—. Llevémosla a cabo.

—Está bien.

Seth dio un manotazo al volante.

—¡Excelente!

Salió, corrió al frente del auto, arrancó el ornamento del capó del Cadillac, y lo lanzó al desierto. Miriam se bajó, asombrada.

—¿Qué pasa?

—Este es nuestro disfraz, princesa.

Seth corrió al baúl, lo abrió, y volvió con un enorme cuchillo. Sin avisar se inclinó y acuchilló la llanta delantera derecha. El aire escapó haciendo un terrible silbido. El sonido le pareció maníaco a ella.

—No logro imaginar que esta sea una buena idea —sugirió la mujer.

—Escogiste la audaz y tonta —contestó él mientras corría a la rueda trasera y la tajaba también.

—Sí, pero no elegí estúpida.

Seth rió y corrió hacia el otro lado, donde repitió el acuchillamiento. Las cuatro llantas quedaron tan desinfladas como pasteles de millo.

—Sigamos rodando —ordenó él.

—¿Puedes conducir con estas llantas?

—Por unos cuantos kilómetros. Ese es el punto.

Continuaron por el camino, y a cien metros empezó el golpeteo. A cien metros más la bulla era tan fuerte que Miriam estaba segura que las llantas se iban a salir.

—¡*Esto* es ridículo!

—¡Ajá! ¿Crees que esto es ridículo?

—Ahora ella empezó a preocuparse en serio. Él nunca le había fallado, pero esta locura era algo nuevo. Tal vez en realidad *perdió* su don a consecuencia de la oración.

Un fuerte estrépito provino del motor, y Miriam se estremeció. Por el capó empezó a filtrarse vapor. ¿Ahora qué? ¡El motor iba a explotar!

—¡Seth! ¿No deberías detenerte?

—¡No! —contestó lleno de alegría—. ¡Todo está bien!

—¿Qué diablos estamos haciendo?

—Desarréglate el cabello y ponte en la cara un poco de ese protector solar blanco. ¿Me podrías poner también a mí?

—¡No hasta que me digas qué estás haciendo!

—Nos estamos disfrazando. Lo suficiente para que él no nos reconozca por algunos segundos. Eso es todo lo que necesitamos. Creo que el protector solar blanco sería mejor que grasa.

—¿Quién es *él*?

La sonrisa abandonó el rostro de Seth.

—Lo siento, pero se nos está empezando a terminar el tiempo. Estamos comprometidos, y en serio, y esto no funcionará si te explico mucho. Juro que haré que te parezca menos que comiquísima cualquier cosa que encuentres más tarde, pero ahora tendrás que lograr no parecer árabe.

Del capó salía humo. Debajo de ellos sonó un tremendo *golpazo*.

—Perdimos una llanta —comentó él, sonriendo de nuevo.

Miriam lo miró por un último instante, y luego se tiró apresuradamente al asiento trasero donde una pequeña bolsa contenía sus artículos de uso personal.

—No me gusta esto —comentó ella, sacando el tubo de crema blanca.

Se embadurnó la pasta en el rostro.

—No me gusta esto para nada.

—Pareces un fantasma.

Ella agarró la visera y miró su imagen en el espejo. Un rostro surcado de crema le devolvió la mirada. El auto se detuvo en una nube de humo.

—Perfecto —indicó Seth—. El cruce está exactamente al girar en esa esquina. Solo maneja con amabilidad y detente antes de llegar a la patrulla policial.

—¿Maneja? —preguntó ella, girando hacia él—. ¡No sé manejar!

—Te dije que te vendría muy bien, ¿no es cierto?

El capitán John Rogers acababa de apagar su último Lucky Strike y estaba pensando que preferiría regresar a Shoshone, y tomarse una cerveza fría en el Bar de Bill, cuando vio la nube de humo que rodaba hacia él desde la curva.

Su primer pensamiento fue que alguien había encendido una bomba de humo, pero desechó la idea cuando vio la parrilla. Se trataba de un auto recalentado, rengueando como si corriera en su último cilindro. Pamplinas, esa cosa apenas se arrastraba. ¿No se daba cuenta el tonto chofer que el motor estaba hirviendo?

No lograba divisar el auto porque se arrastraba debajo de una máscara de vapor, pero debido a la parrilla cuadrada lo tomó por un antiguo sedán. Estos aquí eran turistas de Nueva York o Vermont, que venían de picnic al Valle de la Muerte sin enterarse antes de las realidades del lugar. John lo había visto centenares de veces.

Gruñó y se recostó en su capó.

—Lerdos —exclamó.

No sabía cómo el necio lograba ver más allá del parabrisas. Esa cosa también se estremecía. Es más, si no se equivocaba…

¡Vaya, al artefacto se le habían salido las llantas! ¿Era eso posible? La situación acababa de pasar de neoyorquino estúpido a imbécil difícil de imaginar. En sus once años de patrullar estas regiones no recordaba haber visto nada parecido.

Se puso de pie y colocó las manos en las caderas.

—Requetenecios —dijo—. Espera a que los muchachos vean esto.

El auto parecía una limusina jalando sartas de latas vacías después de una boda. Sonó hasta detenerse echando vapor a diez metros de distancia.

John descansó su mano derecha en su pistola. Nunca podría ser demasiado cuidadoso. Un tipo tan mentecato como para conducir esta trampa mortal era tan estúpido como para hacer cualquier cosa.

El motor dejó de funcionar. Humo hirviendo subía silbando al cielo. Se habían salido las cuatro llantas. ¿Cómo diablos era posible eso?

La puerta se abrió y alguien salió a tropezones, tosiendo y tapándose la boca en medio del humo.

—¡Deténgase allí! —gritó John—. ¡Sencillamente deténgase allí!

La persona se enderezó, frenética. Era una mujer y tenía blanco el rostro. O protector solar o maquillaje. El pelo le volaba en todas direcciones, y le recordó a Gene Simmons usando ese maquillaje Kiss.

Ella se agarró el cabello y giró en un círculo lento, gimiendo.

Una débil brisa aclaró el humo por un instante. El auto estaba vacío. John avanzó y miró a través de la neblina.

—Usted tiene que ayudarme —gimió la mujer.

—¿Está sola, señorita?

Ella comenzó a saltar de arriba abajo, gritando a todo pulmón.

—¡Me persiguen los arcas! ¡Me persiguen los arcas! ¡Ayúdeme, me persiguen los arcas!

Pasmado, él siguió la aterrorizada mirada carretera abajo.

—Está bien, solo cálmese, señorita. No sé qué le pasa, pero todo está bien ahora. No hay arcas detrás de usted.

—¡Los arcas! Usted no comprende, ¡tengo el anillo y los arcas me están persiguiendo!

Él aminoró el paso hacia ella. La mujer estaba drogada y alucinando, o simplemente loca. Nada terrible en realidad; ella sería su boleto de salida de este puesto. Le alargó una mano tranquilizadora.

—Por favor, señorita. He estado aquí todo el día y le puedo asegurar que no hay arcas en estas regiones. Ahora usted se tranquilizará.

John iba comprendiendo lo que ella quería decir. Se detuvo a poco más de un metro de la mujer y agitó la mano a través del humo.

—¿Quiere usted decir que la persiguen los orcos? ¿Como los orcos de *El señor de los anillos*?

Ella dejó de saltar, sorprendida pero ya no frenética, como si una luz se le acabara de prender en la cabeza.

Una puerta golpeó detrás de él, y él giró. ¡La patrulla!

—¡Hey!

Una mano le pegó en la cintura, y el policía giró otra vez para ver que la mujer lanzaba su revólver sobre la barandilla. Intentó agarrarla, pero ella lo pasó, corriendo hacia la patrulla. John dio un paso en la dirección en que ella había arrojado la pistola y al instante comprendió que no recuperaría el arma antes de que ellos se fueran. Persiguió a la mujer.

—¡Deténgase! —ordenó; supo que estos eran los dos que habían estado buscando—. ¡Deténganse!

El motor se encendió y la mujer se metió. Su patrulla se echó hacia atrás con un chirrido de llantas, hizo un giro en U, y luego salió rugiendo, dejándolo parado sobre las líneas amarillas en la carretera.

John bajó la mirada a su cintura. No tenía radio. Podía agarrar la pistola, desde luego, pero... giró alrededor y miró el humeante auto que ellos habían abandonado. Las ruedas sin llantas estaban destrozadas. No iría a ninguna parte. El baúl estaba abierto. El hombre había salido del baúl a hurtadillas, usando el humo para cubrirse mientras la dama seguía hablando de los arcas. Orcos.

¡Pamplinas! Esto no era bueno. No era para nada bueno.

capítulo 27

Dejaron el auto patrulla policial en un pueblito llamado Pahrump y tomaron un bus hacia Las Vegas. Miriam le clarificó muy bien a Seth que la idea de él de «audaz y tonta» se caracterizaría mucho mejor como «loca y ridícula», y solo entonces en términos generosos. Aun así, ella había reído bastante mientras se alejaban a toda velocidad del poli botado en la línea estatal.

El hecho de que ella hubiera delirado acerca de arcas cuando debió haber dicho orcos era lo peor de todo. Él insistió en haber dicho orcos, no arcas. Y después de todo, afirmó él, ella había visto la película; por tanto debería haberlo sabido. No obstante, finalmente decidió perdonarlo. Todo el incidente pareció haber granjeado el cariño de la joven por él, aun más que antes.

Sin embargo, a pesar del placer exterior de Seth con la representación de ella, mantuvo la misma naturaleza introspectiva que había adoptado después de su experimento con la oración. Su habilidad de ver por delante en el tiempo no se había extendido más allá de tres horas, pero ahora parecía ver más futuros dentro de ese tiempo. Si ella no se equivocaba, la visión de él se estaba ampliando aunque no alargando, y los dolores de cabeza le habían aumentado, a juzgar por la cantidad de Advil que tomaba.

Las Vegas era una ciudad verdaderamente asombrosa, sus luces y colores sobrepasaban la imaginación más disparatada de Miriam. Seth se refirió a los enormes casinos como a hoteles, pero en la mente de ella no eran más que ciudades encerradas.

Tomaron habitaciones adjuntas de lujo en las Torres Foro del Caesars Palace. Miriam estaba habituada al lujo, por supuesto, pero nada de lo que había experimentado se comparaba con el aura mágica que los rodeaba en este majestuoso palacio.

Los cuartos estaban adornados con oro, espejos y antiguos símbolos de los griegos: pilares, caballos y, sí, dioses griegos como los de ella.

—Es un desperdicio de recursos —comentó Seth cuando Miriam recorría el cuarto, llena de alegría.

Ella se detuvo en la ventana que se alzaba por sobre la ciudad y vio un vertiginoso océano de colores: rojos, azules, anaranjados y verdes, moviéndose y centelleando con fulgor y encanto.

—¿Un desperdicio para quién? —preguntó ella dejando de observar y enfrentándolo—. ¿No soy digna de esto?

Él la miró, avergonzado, y ella comprendió que en la mente estaba descifrando las cosas.

—No. Eso no es lo que quiero decir. Para ti, apenas es aceptable.

Por un instante se escudriñaron los ojos. Los de él eran suaves y ensimismados, y al mirar dentro de ellos, ella se llenó de tristeza. *En otro tiempo, en otro lugar, te podría amar, Seth. Pero no aquí. Nunca.*

—Hilal está aquí —anunció Seth aclarando la garganta—. Pero él no es lo que yo esperaba.

—¿Y qué esperabas? —inquirió Miriam, desilusionada de que él hubiera imaginado su destino antes de que tuvieran una oportunidad de disfrutarlo.

—Esperaba que Clive tuviera gran presencia policial, buscando en hoteles y calles. Pero la policía de Las Vegas no está consciente de nosotros. Puedo ver numerosos incidentes en que podríamos caminar al lado de autoridades sin ser observados, mucho menos llevados a la cárcel. Hilal debe estar aquí por cuenta propia.

—¿Estamos seguros o no?

—Seguros —contestó él después de meditar.

—Entonces vamos de compras —animó ella.

—Está bien.

Deambularon por las tiendas del foro, rodeados por un mar de personas que andaban aturdidas sin rumbo fijo. Los precios parecían altos a juicio de Seth, pero el precio era algo de lo que Miriam había aprendido a no hacer caso. Ser una princesa tenía ciertas ventajas.

Además de los disfraces que compraron para el día siguiente, Miriam no pudo dejar de comprar ropa apropiada. Un sencillo pero elegante vestido esmeralda para ella, y un par de pantalones informales negros con una camisa *beige* para Seth. Y zapatos nuevos para los dos.

Cenaron langosta y cangrejo de río en el restaurante Terrazza, una de las comidas favoritas de Seth. Ella insistió y él estuvo de acuerdo. No habría importado lo que comieran; era claro que Seth estaba más interesado en ella que en la comida. Miriam decidió entonces, por primera vez, no desanimarlo. Las mujeres fueron creadas hermosas por una razón. Se suponía que sus rostros no debían estar ocultos por velos negros en exclusividad para sus esposos. Y estaba en Las Vegas, ¡por amor de Dios! Además ella le agradaba a Seth, quizás él hasta la amaba. A ella también le gustaba mucho él. Ella no iba a añadir ni a restar al asunto.

Miriam se sentó frente a Seth y rió con él, por primera vez sin ninguna carga por las trabas de la instrucción de ella. Bebieron vino y degustaron libertad, y Miriam no pudo haber imaginado un sabor más delicioso.

Se fueron a dormir temprano y ella, al menos, durmió como bebé, adecuadamente consentida y refrescada por la aventura ante ellos. Dieron las diez de la mañana antes de que Seth tocara la puerta que separaba su suite de la de ella.

—Pasa.

Seth abrió la puerta, sonriendo.

—Ha llegado el caballero.

Miriam retrocedió y lo observó, asombrada por la transformación. Él tenía el cabello nítidamente alisado hacia atrás por encima de las orejas.

El rostro estaba bien afeitado y terso, a excepción de un bigote que se había adherido a su labio superior. Vestido con los pantalones negros y la camisa beige tenía todo el aspecto de un hombre elegante.

—¡Caramba! De veras que te aseaste, ¿verdad?

—¿Y tú, mi princesa? —le correspondió, mirándola—, estás absolutamente sensacional.

—¿Sí? —preguntó ella levantando las manos y tocándose la peluca—. ¿Te gusta?

—Pero por supuesto. Creo que te encontraría hermosa en un saco de yute, pero estás deslumbrante en este vestido.

—Gracias.

La peluca marrón lisa colgaba exactamente debajo de las orejas, cubriéndole su propio cabello negro. Los disfraces fueron idea de Seth, y a pesar de la aparente falta de peligro, él había insistido en que los llevaran. Estarían en mesas de juego por algún tiempo, perfectamente enmarcados por una docena de cámaras. No necesitaban publicidad.

—Tu futuro nos espera —anunció Seth alisándose la camisa y entrando, erguido—. ¿Estás lista?

—Estoy sin aliento antes de hora —contestó ella, estirando la mano hacia él.

Él agarró la mano, la besó suavemente, y luego la hizo girar en una danza. Ella giró haciendo que su vestido se levantara como una campana.

—La reina de las bailarinas —manifestó él.

Seth se inclinó, colocó una mano en la cadera de ella, y la hizo marchar por el salón en una danza rígida. Ella era categórica en que él estaba fingiendo. Cuando llegaron a la ventana, él dio giro y la hizo marchar hacia atrás.

—Esta es la manera en que danzamos en California —comunicó él con acento británico.

Un extremo de su bigote se había despegado y aleteaba sobre el labio. Ella no pudo contener una risita tonta.

—¿Qué? —exigió saber él, aún en adecuado acento británico.

—Parece que el bigote del caballero está protestando.

Seth se levantó el labio superior.

—¿Qué? ¿Este? —preguntó, y se quitó el bigote—. ¡Tonterías! Esto para nada es un bigote. Es un bocado que sobró en la cena de anoche. Lo he estado reservando para ahora.

Se metió la tira de cabello en la boca, echó la cabeza hacia atrás como si se lo tragara, y rápidamente lo escupió.

—¡Uf! Terriblemente añejo.

Miriam se puso las dos manos en la cara y rió a carcajadas.

La payasada de Seth se convirtió en bochorno.

—Has arruinado tu disfraz —aseguró Miriam yendo hacia él—. Aunque diré que luces muy diferente con tu cabello peinado.

Algún día o la obligarán a regresar a Arabia Saudita o este hombre la entregará sana y salva a Samir. El corazón de Miriam se invadió de gratitud. Ella iba a extrañar su compañía.

—Te debo mi vida, Seth —le confesó ella, mirándolo y acariciándole la mejilla—. Quiero que lo sepas. No hay nada que yo pudiera hacer alguna vez para pagar lo que has hecho por mí.

Ella se empinó y le besó la mejilla.

Seth se puso rojo como un tomate. Miriam pensó que podría acostumbrarse al poder que una mujer tenía en esta nación.

—Muy bien. Vamos entonces a ganar algo de dinero —expresó él—. Esto debería ser como quitarle un caramelo a un bebé.

Él se dirigió a la puerta, agarró la manija, y luego titubeó. Se quedó mirando la puerta. Un relámpago de temor estropeó el momento. ¿Ahora qué?

—¿Seth? ¿Qué pasa?

Él miraba fijamente, paralizado.

—¿Seth?

Él parpadeó una vez. Dos veces. Luego tragó saliva y aclaró la garganta.

—Nada. No es nada —contestó.

—He visto *nada* contigo, y *nada* siempre es algo. ¿Qué está pasando?

—De veras, no es nada —repitió él forzando una sonrisa y mirándola—. Nada.

—¡No aceptaré eso!

Seth dio un paso hacia ella y la besó en la frente. Ella se puso tensa. Pero él solamente la estaba besando en la frente, y fue un beso discreto.

—Eso es por si no te veo después de hoy.

—¿Qué quieres decir?

—Lo entenderás más tarde.

Dio la vuelta y, simplemente así, se deshizo del extraño trance que lo había invadido.

—¿Lista? Vamos.

Clive Masters esperó pacientemente en el Learjet mientras este rodaba hacia el terminal del aeropuerto de Las Vegas. Ahora que había llegado no podía perder nada de tiempo. Suponiendo que su juego funcionara del todo.

Agarró su teléfono y marcó el número privado del jefe de policía de Las Vegas. Benson respondió al segundo timbrazo.

—Envíe el auto.

Benson habló fuera del teléfono y luego regresó.

—Está en camino.

—Bien. Ahora necesito que me haga un favor…

—Escuche, Masters, ASN o no, debo saber lo que trata de probar aquí. No estoy acostumbrado a trabajar a ciegas. Estoy de acuerdo con lo del auto, pero…

—Estoy tratando de explicar. Perdóneme, pero sinceramente ni yo lo sabía hasta hace unos minutos. Necesito que usted ponga vigilancia intensiva en los casinos. En particular los más grandes con mesas de grandes apuestas. No puedo decirle a quiénes estamos buscando o cuál es su apariencia. Solo investigue algo fuera de lo común.

—¿No sabe usted a quién busca?

—Sí. Pero no se lo puedo decir —contestó Clive después de titubear—. Esto tendrá sentido más adelante. Y no quiero que detengan a ninguna persona sospechosa, solo que informe. ¿Puede hacer eso?

El teléfono se quedó en silencio por un momento.

—Supongo que sí. ¿Por qué ninguna orden hasta ahora?

—Usted no me creería si se lo dijera. Solo siga conmigo en esto. Necesito ojos. Apostaré mi pensión a que usted encontrará algo, y si estoy en lo cierto, solo tenemos dos o tres horas.

—¿No puede decirme nada?

—No.

—Veré que puedo hacer.

—Algo más. Sé que esto va contra toda regla que usted siempre ha enseñado, pero es necesario tener al margen de esto a las fuerzas represivas. Nada de policía, nada de nada. Esto tiene que venir estrictamente de operadores de cámara en los casinos.

—Dice usted cosas que no entiendo, Masters. Esa no es la forma en que encontramos personas en esta ciudad.

—Así será hoy. Solo hágalo. Le explicaré cuando llegue allá.

Clive cortó la comunicación y se recostó. El edificio del terminal se levantaba a su izquierda.

En realidad, toda la idea era sencilla. Todos estaban en la oscuridad. Clive era poco más que un tonto ciego persiguiendo a un hombre que veía claramente en este mundo de futuros. Él no podía ver dentro del futuro mismo, así que cegaría a Seth quitando los futuros. Al menos esos futuros que involucraban una persecución.

Apenas logró convencer a los equipos que se retiraran de Las Vegas, en lugar de asfixiar la ciudad con todo agente de policía desde Los Ángeles hasta Salt Lake City.

Si era verdad lo que Seth le había confesado en el callejón, entonces su don se caracterizaba por dos elementos críticos: Uno, veía futuros *potenciales*. Dos, veía futuros solo por un tiempo breve. Los había vapuleado en las calles porque conocía el próximo movimiento de ellos antes de llevarlo a cabo hasta una sintonía de dos o tres horas.

Así que, no le darían a Seth su próxima jugada.

La única manera de no darle su próxima jugada era quitarla del universo de sus futuros. Y la única manera de quitar su próxima jugada de algunos futuros del mundo de Seth era quitar esos futuros de sus propios mundos. Confuso, pero seguro. Esperaba.

En palabras que los políticos entendían, era algo así: Si Clive no sabía lo que iba a pasar a continuación, si deliberadamente quitaba de su programación algunos planes de perseguir a Seth, entonces el futuro de Clive saldría de todos los futuros de Seth. Seth no sospecharía nada hasta que Clive formara un plan específico para apresarlo. Y en realidad no tenía un plan para apresar a Seth. Al menos que él supiera. Benson tampoco. Benson solo estaba observando sin saber qué o por qué.

Al menos esa era la teoría. Unas pocas posibilidades inconcebibles convertían a Seth en un enemigo invencible, pero Clive se negaba a aceptar cualquiera de ellas.

Pensándolo ahora, todo el plan —o la falta de plan— era poco firme. Primero, Clive había quitado de Las Vegas a todo aquel con una idea de que *hubiera* siquiera una persecución de Seth. Segundo, él específicamente *no* decidió ir a Las Vegas. Solo planeó tomar una decisión en algún momento de volar a la ciudad y montar una vigilancia inmediata. Si todo salía bien, interceptaría a Seth antes de que se cruzaran algunos futuros.

La única variable más fabulosa en este juego era el tiempo. Su decisión «no planeada» de ir tenía que corresponder con la presencia de Seth en los casinos. Establecer esto con certeza eran puras conjeturas, y había imaginado que Seth no solo iba a Las Vegas sino que tardaría dos días en llegar.

Esta persecución la ganaría el de mente más rápida en vez del corredor más veloz, y definitivamente Clive había encontrado la horma de su zapato.

Tardaron quince minutos en llegar a la estación. Clive prácticamente aplastó su nuez durante el viaje. Todo segundo contaba; todo momento que pasaba creaba un giro de nuevos futuros posibles; en algún instante uno de esos futuros podría cruzar uno de los de Seth, quien sabría que él se encontraba en la ciudad.

Pasaron otros cinco minutos antes de hallarse en la oficina de Benson, y para cuando cerró la puerta se convenció de que ya había fallado. Todo este plan no funcionaría. Andaban demasiado despacio.

—Bien, bien —expresó Benson, depositando el teléfono en la horquilla—, usted no creerá su suerte. Ese era el departamento de seguridad del Caesars Palace. Mientras hablamos tienen a un hombre y una mujer apostando fuerte en las mesas de ruletas.

Las dudas de Clive desaparecieron.

—¿Fotos?

El fax comenzó a zumbar.

—Viene en camino en este momento.

Clive corrió a la máquina y se limpió el sudor de las cejas. *Tranquilízate, muchacho. Te va a dar un ataque cardíaco a los pies de este hombre.* Estaba más nervioso que nunca. Aspiró para tranquilizarse y arrancó la primera página de la máquina de fax.

Vio una borrosa foto en blanco y negro de un hombre y una mujer sentados ante una mesa de ruleta, con una nota garabateada a lo largo del fondo.

$32.000 en 30 minutos.

El hombre usaba bigote, y tenía el cabello alisado hacia atrás. La mujer, cabello negro corto. Equivocación.

—No son ellos —anunció Clive—. Sigan mirando.

Cada segundo representa otros mil futuros, Clive. Uno de ellos le avisará. Gruñó, arrugó la hoja, y la aventó al basurero.

—Eso es mucho dinero —opinó el jefe; levantó el teléfono y marcó—. No son ellos, Sam. Mantenga los ojos abiertos.

—Pregúntele cuán a menudo gana alguien algo así —dijo Clive.

Benson lo miró.

—¿Cuán a menudo gana alguien algo así? —preguntó, luego asintió—. Dice que nunca. Es la primera vez que ve esto.

Clive parpadeó. Echó mano al basurero, sacó el fax arrugado, y lo alisó.

Es un juego mental, Clive. Olvida la evidencia fuerte; ve por la mente.

—¿Cuánto tiempo tardaremos en llegar al casino?

—Veinte minutos. Otros diez a las mesas.

La realidad era que Clive no tenía idea de si estas personas eran Seth y Miriam. Si apresaba a la pareja equivocada podría avisar al mundo de futuros de Seth. Pero de todos modos, cuanto más esperara, mayor era la posibilidad de que Seth pensara en Clive.

También puede que ganar treinta y dos mil dólares en media hora en la ruleta fuera como dormir para un hombre como Seth.

—Vamos —apuró Clive moviéndose—. Tres autos, seis hombres, Ahora.

—Seguridad los puede agarrar.

—No —contestó deteniéndose y girando—. Aún hay una posibilidad de que él no sepa que estamos sobre él. Si él es el hombre, se habrá ido en el momento en que seguridad haga un movimiento.

Clive hizo una pausa.

—Dígales que acordonen las salidas. No les diga la razón.

—¿Y no desaparecerá él si usted llega allá?

—Tengo una probabilidad; ellos no.

—¿Oh? ¿Y por qué sería eso?

—Porque soy más listo, Benson.

capítulo 28

—Veinticuatro negro —informó Seth, señalando el lugar en la mesa de ruleta; miró a Miriam a los ojos y se acarició el bigote que se había vuelto a poner en el elevador—. ¿Qué opinas, querida? ¿No te parece que el número veinticuatro es el de la suerte para ti?

—No sé. ¿Está veinticuatro en alguno de nuestros cumpleaños o números telefónicos?

—No. Pero si divides 327.115,2 entre 13.629,8 te da exactamente 24. Opino que debemos jugarlo.

Miriam contuvo una sonrisa. El pobre repartidor ya había dejado hacía mucho tiempo de contestar las divagaciones de Seth. Los miró, mudo.

—¿Cuánto? —inquirió Miriam.

—Todo —respondió Seth.

—Se lo dije, hay un límite de mil dólares —advirtió el repartidor, metió la bolita de acero bajo el borde de la rueda y la puso a girar.

—Eso es correcto, joven. Lo olvidé. No soy especialmente bueno con números. Diez mil es una cantidad muy grande —comentó Seth, mirándola con ojos centelleantes.

Según lo planeado, había perdido muchas apuestas a propósito, pero el montón de fichas crecía constantemente.

—¿Mil entonces? —preguntó levantando una ceja.

—Eso significa que si la bolita va a dar en el veinticuatro negro, ¿cuánto ganaremos? —preguntó ella, sabiéndolo muy bien.

—Treinta y cinco, creo.

—Hagámoslo —consideró ella al tiempo que deslizaba una ficha de mil dólares sobre el sitio, y guiñaba un ojo a Seth.

Una multitud de siete u ocho espectadores se reunió detrás de ellos, atisbando por sobre sus hombros mientras la bolita disminuía la velocidad hasta avanzar muy lentamente, caer en la rueda, rebotar como un zanco, y luego quedar vibrando dentro del pequeño espacio. Veinticuatro.

Alguien lanzó un grito ahogado.

—¡Ganamos! —exclamó Miriam, levantando los brazos.

Ella puso los brazos alrededor del cuello de Seth y le estampó un beso en la mejilla.

—Sí, así parece. Ganamos. Seré un sapo sentado en una banca en el fondo de una charca.

Seth estiró la mano y atrajo hacia sí un elevado montón de fichas negras, cada una marcada con *$1.000* en dorado. Lanzó una de ellas al repartidor.

—Eso es para usted, joven. Hoy es nuestro día de suerte.

Las fichas valían tanto como el efectivo en Las Vegas.

—Gracias —contestó el delgado repartidor parpadeando, mirando al encargado de las mesas de juego, y metiéndose la propina al bolsillo.

Seth agachó la cabeza y sonrió con timidez.

—¿Qué número, cariño?

Miriam no se había sentido tan atrevida y emocionada en toda su vida, fingiendo ser la ilusa amante de Seth, y mirándole sus brillantes ojos verdes. Se encontraban sentados debajo de las cámaras que, según Seth, estaban instaladas en todos los domos negros encima de ellos, ganando a su voluntad y haciéndolo sin romper una sola regla. Podían ganar millones y millones si hacían las apuestas correctas. Un hombre como Seth nunca podría ser pobre.

Este juego de la ruleta era fundamental. Seth tenía otro plan reservado. Inicialmente había calculado que necesitarían más de un millón de dólares, pero en el ascensor le dijo a Miriam que ahora necesitaban menos. Algo había cambiado, pero él no quiso contárselo. Sería una sorpresa.

—No sé —respondió ella con un suspiro, fingiendo renuencia—. Tal vez deberíamos parar mientras vayamos ganando.

—Estamos en una buena racha —objetó él—. Opino que apostemos otra vez.

—Bien entonces. Otra vez.

—Yo diría once —anunció él.

—¿Es once parte de nuestros cumpleaños?

—No. Pero si divides 24, el cual fue un número de mucha suerte, por 2,18181818 al infinito, obtienes 11.

Ella hizo una pausa. Sabía que la familiaridad de él con los números no era parte de su habilidad de ver dentro del futuro. Él sencillamente tenía esa clase de mente.

—Entonces debería ser once.

Seth estiró la mano hacia las fichas, y su mano se detuvo a poca distancia de estas. Temblaba.

Miriam levantó la mirada hacia él y vio inquietud atravesándole el rostro. Ella ya se había acostumbrado a los cambiantes estados de ánimo de Seth, y esta vez lo tomó con calma.

—¿No? Quizás once no sea la mejor elección.

—No. Creo que se acaba de ir nuestra suerte.

Seth recogió las fichas de mil dólares, más de cincuenta, y se puso de pie.

—El resto es suyo, joven —anunció, y se volvió a Miriam—. Vamos.

Se fueron de la mesa, dejando a un atónito grupo de espectadores.

—¿Qué pasa? —indagó Miriam con la mayor tranquilidad posible.

—Clive está aquí.

—¿Clive? —exclamó ella; el corazón le latió con fuerza—. ¡Entonces debemos irnos! ¿No lo viste venir?

—No. No, parece que nos ha hecho una jugarreta —notificó Seth, luego se le dibujó una sonrisa en la cara—. Muy listo.

—¿Adónde iremos? ¡Tenemos que salir! No me pueden llevar a…

—No *podemos* salir. No todavía. Además, las salidas han sido bloqueadas desde hace más de diez minutos.

—Pero tú ves una salida.

—Sí y no.

—¿Qué se supone que significa eso, sí y no? Me estás poniendo nerviosa. ¡Debemos salir inmediatamente!

—No podemos. No aún. Lo que podemos hacer es terminar lo que empezamos aquí. Es hora del *rock and roll.*

Omar se alojó en el Tropicana, porque allí es donde se había alojado Hilal. Es más, a tres puertas por el pasillo. Como un reloj, Hilal hacía sus llamadas al general, con más frustración con las horas. Aún recibía informaciones de Clive, pero llenas de tonterías sin ninguna importancia. Hilal estaba seguro de que Clive le ocultaba información, y con seguridad la reticencia del agente tenía que ver con esta clarividencia que era obvio que Seth tenía.

Sea como sea, todos estaban llegando a Las Vegas; Hilal se jugaba su reputación en ello.

Omar conocía todo movimiento de Hilal, lo cual significaba que sabía los movimientos de Clive y que al menos Clive conocía los movimientos de Seth. La espera en esta caja encima del equipo había sido enloquecedora, pero todo eso cambió una hora antes cuando aterrizó Clive.

—No me gusta esto —comentó Assir.

Omar se recostó en su silla, con una mano en el rastreador de ondas que estaba sobre la mesa. Durante dos días habían estado escuchando los informes policíacos de tráfico. La ciudad era una alcantarilla llena de delincuentes y prostitutas. Un día, bajo mejores circunstancias, él tendría que volver.

Hilal vivía porque Omar necesitaba su información. Pero la persecución se estaba alargando; él no podía arriesgar más la interferencia de Hilal. Tal vez la vida de Omar sería más fácil si solo Clive se encargara de la custodia de la muchacha. Sin Hilal para que la devolviera a Arabia Saudí, el Departamento de Estado tendría que hacer otros arreglos. Hasta una corta demora le daría a Omar todo el tiempo que necesitaba. Si debía hacerlo, mataría a Clive y luego se llevaría a Miriam. De cualquier modo, Omar estaba donde quería estar.

—Tome asiento, Assir —le ordenó.

Assir se fue a la cocina.

La radio chirriaba con interminable jerga policíaca. Los estadounidenses estaban concentrados en el crimen. Unas cuantas leyes buenas cambiarían eso. El islamismo podía cambiar...

—¡Comprendido! Ahora mismo tenemos a Clive Masters con la ASN...

Omar miró la radio.

—ETA Caesars Palace, quince minutos. Tenemos un hombre y una mujer, posibles fugitivos. Volveré a llamar en veinte. Fuera.

—¡Son ellos! —exclamó Assir corriendo desde la cocina.

—Sí —contestó Omar poniéndose de pie—. Son ellos.

Omar agarró su bolsa.

—Hilal primero —sentenció.

El Caesars Palace estaba a solo una cuadra hacia el norte, pero era un desafío entrar y salir rápidamente de estos monstruosos hoteles.

Assir lo pasó corriendo y entró al pasillo vacío, en su mano tenía amartillada la pistola con silenciador. Caminaron hacia el cuarto de Hilal, pero la puerta se abrió antes de que lograran tocarla.

Hilal acababa de entrar al pasillo cuando la primera bala de Assir le dio en la cabeza y lo lanzó contra el marco de la puerta. Miró con los ojos bien abiertos por un instante, luego cayó lentamente al suelo. Un fastidio menos para Omar.

Sin decir una palabra, Sa'id y Assir metieron a rastras el cadáver en el cuarto de hotel, limpiaron rápidamente la sangre del marco, y cerraron la puerta.

—Al Caesars Palace —ordenó Omar—. Debemos apurarnos.

Prácticamente corrieron entre las mesas, esquivando jugadores como si participaran en una carrera de obstáculos. Miriam perdió su sentido de dirección, pero Seth parecía saber exactamente adónde se dirigía.

Entraron de sopetón en un salón donde había cerca de veinte jugadores, la mayoría caballeros, sentados o parados alrededor de varias mesas. Había dos hombres en los rincones, con los brazos cruzados, supervisando la acción. Una mesera servía bebidas a un tipo gordo vestido con esmoquin. Estos no eran jugadores típicos.

Seth echó un vistazo al salón. Todos los jugadores se volvieron hacia la interferencia.

—Me gustaría apostar —exclamó Seth en voz alta.

Nadie respondió. El hombre del rincón derecho, un tipo barbado que parecía tener el poder de romperle el cuello a Seth con un solo golpe, bajó los brazos y caminó hacia ellos.

—Una apuesta —pidió Seth—. Y luego les dejaré sus jueguitos.

El tipo gordo rió.

—Lo siento —señaló el guardia—. Este salón está reservado solo para invitados. Ustedes deberán salir.

Seth no le hizo caso.

—Tengo cincuenta mil dólares en fichas —manifestó, levantando las manos llenas para que todos las vieran—. Estoy dispuesto a entregar esto por cualquier apuesta que alguien aquí quiera hacerme.

—Usted tendrá que salir ahora, señor.

—Espera, John. No seamos tan acelerados —opinó un tipo flacucho con cabello canoso y orejas enormes, acercándose y estirando una mano—. Me llamo Garland.

—Hola, Garland. Yo sería educado si tuviera menos fichas.

—El hombre lo miró con una sonrisa y luego asintió a uno de los repartidores, quien levantó cinco fichas doradas.

—¿Cincuenta?

—Cuéntelas.

—Seguro que lo haré.

Esto ocasionó algunas sonrisas. El repartidor agarró las cincuenta fichas de Seth y le dio las cinco fichas doradas. Seth estrechó la mano de Garland.

—¿Qué clase de apuesta tiene usted en mente? —indagó el gordo.

—Una apuesta interesante. Ahora tengo cinco fichas que valen diez mil dólares cada una, y necesito salir de aquí con cincuenta iguales en cinco minutos. Temo que ese es todo el tiempo que tengo hoy.

A pesar de la urgencia en la voz de Seth, lo menos que pudo hacer Miriam fue reír. El tipo gordo hizo un gesto de desdén y se apartó, desechándolos. Otros siguieron su ejemplo. No estaban tomando muy en serio a Seth.

—Bueno. Nunca he rechazado una donación —consideró Garland—. ¿*Cualquier* apuesta?

—Cualquier apuesta que me exija romper las probabilidades —indicó Seth, yendo a una mesa y depositando sus fichas—. Apostaré estas cinco fichas contra un fondo común de cincuenta que correspondan a cinco almas valientes, de que puedo adivinar cualquier número que ustedes escriban en cinco turnos consecutivos. Puedo hacerlo con los ojos vendados, y puedo decirles el nombre de toda persona que escribe un número.

El tipo flacucho se volvió lentamente hacia los demás y levantó una ceja.

—¡No me diga! ¿Cualquier número entre todos los números?

—Entre todos. Pero se nos está acabando el tiempo.

—Eso es lo más estúpido que he oído alguna vez —expresó el tipo gordo—. Estamos aquí para jugar, no para observar un espectáculo de magia.

—Por favor, quédese callado, señor. Usted de todos modos no va a jugar. Veo eso. Pero Garland está aquí, y usted, usted, usted y usted —señaló rápidamente a cinco hombres—. Ustedes van a jugar porque cien mil dólares no es demasiado dinero para ustedes, además nadie ha hecho alguna vez una apuesta tan absurda por tanto dinero en todas sus vidas, y ustedes simplemente no pueden dejarla pasar sin arriesgarse. Así que hagamos esto. ¿Quién tiene la venda?

Garland estaba disfrutando esto inmensamente, a juzgar por la sonrisa en su rostro. Se quitó la corbata y se la pasó a Seth, quien la agarró, la envolvió alrededor de la cabeza, y les dio la espalda.

—Cada uno de ustedes ponga diez fichas sobre la mesa y agarre una carta. Escriba un número sobre la carta. Luego ponga su nombre en la carta y désela al Sr. Garland aquí. ¿Puedo confiar en usted, Garland?

—Supongo que lo averiguaremos, ¿verdad?

—Tomaré eso como un sí. ¿Están ustedes escribiendo?

Cada uno siguió las instrucciones de Seth, aunque no con mucha rapidez y no sin intercambiar miradas cínicas.

—Tengo las cartas. Bien, Tommy —informó Garland y luego levantó bruscamente la mirada—. Mézclalas ahora.

Tommy lo hizo.

—Ahora el resto de ustedes chicos reúnanse alrededor de Tommy para echar un vistazo. La primera carta es una jota de espadas, y Peter ha escrito en ella el número 890,34. Estaba tratando de ser astuto con los decimales, pero está bien.

Tres de los jugadores miraron alrededor del salón, buscando espejos.

—Dios mío —exclamó uno de ellos—. ¿Cómo hizo usted eso?

—Dios podría tener algo que ver con esto o no —contestó Seth—. Estoy indeciso en ese punto. La segunda carta es un as de diamantes y Don ha escrito un cinco en ella.

Seth siguió con la lista, recitando como si estuviera leyendo. Giró rápidamente, desató la corbata, y sonrió a los asombrados espectadores alrededor de las cartas, ahora diez.

—Gracias, caballeros. Y a propósito, el tipo gordo está a punto de tener una buena racha, aunque ahora que se lo he dicho no ganará tanto como habría hecho. Nunca rechacen algo seguro. Buen día.

Seth reunió los montones de fichas y se marchó del salón, al pasar Miriam sonreía a los caballeros.

—Eso es lo que llamo arrasar con todos los premios.

—Debemos apurarnos —dijo Seth, había desaparecido su imagen de la escena—. Solo tenemos unos pocos minutos.

—Pero…

—Samir está aquí, Miriam.

—¿Qué? —exclamó ella, deteniéndose.

—Samir. Tu gran amor. ¿Recuerdas? Está aquí y te busca. Tenemos un intervalo de cinco minutos. Si la perdemos, lo perdemos a él.

—¿Dónde está él? ¿Cómo?

¡Ella lo sabía! ¡Él había venido!

—No lo sé. Pero supe que él estaba aquí cuando estábamos en tu cuarto.

¡El beso!

—En este momento él corre hacia acá, buscándote en el casino. Solo puedo imaginar que sabe lo mismo que Clive.

Miriam estiró el cuello para avistarlo. El salón estaba lleno de gente que le bloqueaba la vista.

—No lo veo.

Seth suspiró.

—Lo verás, princesa. Lo verás.

A ella le pareció que Seth no estaba emocionado con este descubrimiento. *Pero, Seth, no comprendes, ¡esto es lo que yo quiero! Tú eres muy querido para mí, pero Samir… ¡Samir es mi amor!*

Por un momento ella quiso decir eso, pero supo tan pronto como pensó las palabras que estas solamente lo lastimarían.

Y luego otro pensamiento le vino la mente: que estaba a punto de dejar a Seth. ¿Qué le sucedería entonces a ella? ¡No podía dejar a Seth!

Desde luego que puedes. Y debes. Él es tu salvador, ¡no tu amante! Miriam respiró de manera profunda y tranquilizadora.

Rodearon un grupo enorme de máquinas tragamonedas y allí, ni a tres metros de distancia estaba parado Samir, con el cuello estirado, mirando en dirección opuesta. Ella comenzó a llorar. Este era el hombre a quien amaba, el hombre que la amaba y que había estado con ella casi todos los días de su vida adulta.

—Samir.

Él giró, la vio, y se ablandó. Se miraron como atrapados en un trance. Los ojos de él se humedecieron y sonrió.

—Miriam.

Ella fue hacia Samir, y él la levantó en sus fuertes brazos. Como una ola la envolvió el alivio. Seth estaría bien. Con solo una mirada a Samir comprendería que ella era feliz con él. Eso le agradaría a Seth.

—¡Yo sabía que vendrías, Samir! ¡Lo sabía! —exclamó ella echándose hacia atrás, incapaz de detener el cosquilleo que le recorría la piel.

Samir vio a Seth y por un instante se le ensombreció el rostro.

—Debemos apurarnos —anunció—. Las autoridades han acordonado el edificio.

—En realidad les queda un par de minutos —avisó Seth, analizando a Samir—. ¿Adónde la llevará?

Samir miró a Miriam y regresó la mirada.

—¿Y quién es usted?

—Él es mi salvador —informó Miriam—. Sin él yo estaría muerta.

—Entonces usted tiene la gratitud de mi nación —añadió Samir.

—¿Adónde va usted a llevarla? —repitió Seth.

Samir analizó el rostro de Seth

—Hay un pasillo que lleva a la...

—Quiero decir después de escapar.

—A... a Madrid. No estoy seguro de que sea asunto suyo.

Seth frunció el ceño. Miriam nunca lo había visto tan serio.

—El pasillo hacia la cocina es un error —advirtió él—. Solo hay una salida. En vez de tomar la puerta hacia la cocina, tomen la siguiente. Los llevará a una ventana con una escalera de incendios. Bajen la escalera hasta el callejón posterior y diríjanse a su auto. Estarán seguros al menos durante las próximas tres horas.

Samir parpadeó, confundido.

—Samir, debemos escucharlo.

Seth recogió un balde blanco y echó las monedas en él.

—Aquí hay quinientos mil dólares. Dudo que usted los necesite, pero le pertenecen a Miriam. Yo me escondería por un rato y luego regresaría para hacerlos efectivos. No todo a la vez.

Miriam vio que esto era difícil para Seth. Fue hacia él y lo miró a los ojos. Ella estaba de espaldas a Samir.

—Gracias. Muchísimas gracias.

—Tus necesidades materiales son mis necesidades espirituales —le contestó él, guiñando un ojo—. Un proverbio judío de mi abuela.

—¿Tu abuela?

—Judía. Una locura, ¿eh?

Ella arqueó una ceja, luego dejó de pensar en la insinuación.

Samir dio un paso adelante y le agarró una mano a Miriam.

—Debemos irnos.

—Adiós, Seth.

—Deberías saber algo, Miriam —indicó Seth, tragando saliva—. Alguien además de mi persona cambió ayer nuestros futuros. No hay otra explicación para lo que sucedió.

Ella asintió, impresionada por esta admisión de él. Francamente, ya no estaba muy segura de lo que creía. Solo de que Dios era muy real. Sin duda muy real.

Samir la jaló, y luego se apuraron entre las máquinas tragamonedas, corriendo hacia la salida. Acababan de llegar a la puerta que Seth les aconsejó que tomaran cuando ella oyó un grito por sobre la algarabía.

—¡Policía, alto!

Miriam giró. Otros miraron hacia el lugar en que ella había dejado a Seth, y supo que lo habían atrapado. Él había permitido que lo apresaran. ¿Por qué?

—¡Rápido! —ordenó Samir arrastrándola.

Corrieron.

Omar observó junto con otros quinientos espectadores cuando la policía esposaba a Seth. Había llegado medio minuto demasiado tarde, y pensó seriamente en dispararle al rubio estadounidense allí mismo delante de ellos. Este, después de todo, fue el hombre que se había llevado a su esposa y con seguridad la había violado.

Sin embargo, él no era tan tonto como para arriesgar su misión por venganza. Había venido por Miriam, no por Seth. Y Miriam había desaparecido. Lo cual significaba que estaba sola, escondida por Seth, o...

Omar se las arregló para acercarse a Clive y Seth, cuidando de evitar el contacto visual.

—¿Dónde está ella? —oyó que Clive preguntaba casi sin aliento.

—Se ha ido.

Seth parecía tranquilo, al menos para nada preocupado.

—¿Está aún en el edificio?

—No.

A Omar se le vino a la mente que Clive hacía esa clase de preguntas realistas porque sabía que Seth contestaría sinceramente.

—¿Sola?

—Ella se fue, Clive —manifestó Seth mirando al detective a los ojos—. Está en buenas manos y ya no es una preocupación para el Departamento de Estado. Tú me quieres a mí. Me tienes. Vamos.

Clive se limpió la frente sudada e hizo señas a los cuatro policías que habían desenfundado sus pistolas.

—Guárdenlas. Vamos.

Ellos le siguieron bajo la mirada de la multitud.

Ella está en buenas manos y ya no es una preocupación para el Departamento de Estado. Solo podría significar una cosa. Omar sonrió con suficiencia. Khalid había confesado sus sospechas de que el jeque enviaría a su propio hombre. Samir. Así sería. Miriam estaba con Samir. De regreso a Arabia Saudí con su amante.

¡Caramba! ¡Caramba! Qué sorpresa iba a tener ella.

Omar dio media vuelta y se dirigió a la salida posterior. Era hora de ir a casa.

capítulo 29

Pocos estaban enterados del profundo salón en las entrañas del monte Cheyenne, por el pasillo del centro de comando y el sistema JFT, uno de los únicos salones de computación en el enorme complejo digital de NORAD que solo poseía un escritorio. Sobre este había montados cuatro monitores de matriz activa, dos sobre los otros dos. Frente al escritorio una pantalla prácticamente explotaba con los contenidos de los cuatro monitores... series de números y símbolos que hacían que la cabeza de Clive le diera vueltas.

Clive vigilaba el salón desde una salita de observación por encima y detrás del escritorio. Peter Smaley, el general de cuatro estrellas Harold Smites, y dos técnicos observaban con él. Pero era Seth Border, el hombre sentado detrás de los dos teclados manipulando esos números, quien captaba principalmente la atención de Clive.

Seth insistió en trabajar solo, sin la distracción de importantes directores inclinados sobre su hombro. Le molestaba la respiración de ellos. Habían pasado tres días desde el arresto de Seth. Examinarlo fue idea de Clive; examinarlo en el salón de guerra fue idea de Smaley.

Pero examinar la mente de un hombre exigía su participación voluntaria, así que Clive y Seth habían llegado a un sencillo compromiso. El gobierno retiraría todas las acusaciones contra Seth a cambio de su cooperación. En el camino al aeropuerto de Las Vegas, Clive explicó las consecuencias de ayudar a un fugitivo conocido y luego ofreció su trato. Seth miró por la ventanilla, en silencio, y finalmente asintió.

Smaley se encargó de las pruebas en NORAD y llegó a Colorado Springs antes que Clive y Seth. El subsecretario había desarrollado una fascinación por el caso. Tardó un día en modificar el escenario de programas con la ayuda de Seth, tiempo durante el cual se mantuvo callado y reflexivo.

Clive pasó cuatro horas rindiéndole informes de su misión en la persecución mientras los obsesionados técnicos montaban las computadoras según las especificaciones de Seth. Aparte de interesarlo en una sucesión de pensamientos fascinantes en vez de hechos triviales, Clive salió con tres importantes conclusiones.

Una, Seth pudo haber salvado de un golpe de estado a Arabia Saudí al violar la ley y ayudar a Miriam.

Dos, con o sin su clarividencia, los poderes cognoscitivos de Seth superaban las más grandes expectativas de Clive. Destruir una mente como la de Seth en realidad habría sido como matar a un joven Einstein o a Sir Isaac Newton.

Y tres, la clarividencia de Seth estaba cambiando. Lo que había empezado como una creciente capacidad de ver futuros posibles fluctuaba ahora como un péndulo oscilante entre enormes amplitudes de visión y una completa pérdida de esta capacidad. Seth podía ver más allá de sí mismo y claramente más allá de Miriam, pero solo en ocasiones.

—Esto es increíble —el general Smites rompió el silencio, cruzando los brazos y dando media vuelta—. Si no lo estuviera viendo con mis propios ojos no lo creería ni por un instante. ¿Cuántos de estos simulacros ha completado él?

—Dieciséis en los dos últimos días —informó Garton, uno de los técnicos.

—¿Y los ha ganado todos?

Garton asintió.

—Las primeras batallas fueron ofensivas marinas excesivamente simplificadas en las cuales contaba con un solo destructor contra una fuerza ligeramente superior. Lo pusimos en tanques de batallas con montones de posibilidades a favor del enemigo, y después en invasiones a escala natural.

—¿Así que él simplemente ve lo que sucederá y lo contrarresta?

—No exactamente —objetó Garton, golpeando su lápiz en la ventana.

Seth se volvió hacia el ruido, con los ojos como dardos. Garton levantó la mano en señal de disculpa, y Seth se volvió a sumergir en el simulacro frente a él.

Seth no era muy diferente de un niño demasiado grande jugando con los videos más complejos del mundo, luchando con los gustos de ASCI White de IBM, una computadora que funciona a una velocidad de 7.226 gigaflops. Un gigaflop equivale a mil millones de operaciones matemáticas por segundo. La tarea era de enormes proporciones hasta para un hombre con las aptitudes de Seth, y él odiaba las distracciones.

—Él acordona muy cerrado —comentó Smaley.

—¿No lo haría usted? —preguntó Clive—. Seth está procesando en su mente incontables bits de información, siguiéndole la pista a cada uno de instante en instante y adaptando incalculables variaciones. Me da dolor de cabeza solo de pensar en cómo lo hace.

—Y eso es únicamente la mitad del asunto —advirtió Garton sonriendo, luego miró al general a través del vidrio de la ventana—. Él no está viendo *el* futuro, solo futuros posibles. Hay una gran diferencia. Si estuviera viendo lo que ha de ocurrir, sería bastante fácil. Pero evidentemente el futuro no funciona de ese modo. Me explico, lo que va a ocurrir dentro de un minuto aún no se ha decidido. Si un tanque está en posición en el campo de batalla frente a diez tanques enemigos, el futuro podría tener mil resultados posibles, dependiendo de las decisiones que tome el comandante. Seth tiene que verlos todos y elegir aquellos en que su tanque destruye a los otros diez tanques y escapa ileso. Eso podría implicar una hora de batalla y una serie unida de decisiones escogidas de entre un millón de posibles decisiones.

Rió y volvió a mirar a Seth.

—Intente eso ahora con mil tanques, cada uno frente a diez tanques enemigos, y trate de ordenar los mil tanques a la vez. Si usted logra imaginar eso tendrá una idea de lo que Seth estuvo haciendo ayer.

Pasaron algunos segundos. Clive no lo podía imaginar, en realidad no; ninguno de ellos podría hacerlo.

—¿Y qué está haciendo hoy? —inquirió el general.

—Hoy día está dirigiendo una campaña con cero víctimas —contestó Garton respirando profundamente.

La mirada del general Smites se movió hacia los técnicos y regresó a Seth.

—En realidad fue idea de Seth —informó Garton—. Tardamos la mayor parte de la noche en montarla.

—¿Una batalla en que él no produce ninguna víctima?

—Algo así. Esa fue su idea inicial, pero la llevamos más lejos. No es una batalla; es una guerra, y él está tratando de ganar sin ninguna baja de su lado.

El general dio media vuelta y volvió a fijar la mirada en Seth, quien se encorvó sobre su escritorio, con las manos volando sin detenerse sobre los teclados.

—Este muchacho es invalorable.

—En realidad se trata de algo más que una guerra —expresó Garton—. Es una ofensiva nuclear. La pregunta es: ¿Cómo gana usted una ofensiva mundial nuclear sin sufrir una sola baja?

—¿Es posible eso? —esta vez la pregunta vino de Smaley.

—Sí es posible ganar —contestó el técnico a quien llamaban J. P.—. Esta mañana, a las 08:43 de nuestro huso horario, Seth vio dos futuros diferentes en que Estados Unidos podía lanzar un ataque total, que incluía armas nucleares sobre China, partes del antiguo bloque soviético, varios estados árabes, y una docena de objetivos más pequeños, y salir muy bien con un cerrojo de poder mundial.

—¿Sabe Seth cómo apoderarse del mundo? —preguntó Smaley riendo con sarcasmo.

—No necesariamente. Le estoy diciendo que vio dos futuros únicos en lo que habría ocurrido *si* Estados Unidos hubiera hecho cosas específicas empezando a la 08:43 de nuestro huso horario. Ahora son las 13:15. Esos futuros ya no existen. El primer ministro de China pudo haberse comido en el desayuno un bistec en mal estado, haber tenido indigestión, y como resultado, ante la noticia de un ataque nuclear, ahora podría reaccionar de forma distinta a como lo habría hecho si el ataque se hubiera realizado antes de comerse el bistec. Seth está viendo montones de cosas, pero solo puede ver en un ámbito de tres horas.

—Pero usted podría bajar allí ahora y pedirle un contexto en que nos podríamos apoderar del mundo, por así decirlo, ¿y está usted diciendo que él podría darle ese contexto? —indagó el general.

—*Si* hubiera una manera ahora —contestó J.P. frunciendo el ceño—. Y *si* él quisiera dárnoslo.

—¡Esa no es la pregunta! La pregunta es: ¿*Tiene* él esa capacidad?

—Eso es lo que le estamos diciendo, sí. Parece un poco a lo James Bond, pero estoy seguro de que él podría fácilmente decirnos cómo cambiar el poder en el Oriente Medio, por decir, o neutralizar a China, al menos en las próximas tres horas.

Clive pensó que el general estaba empezando a entender lo que tenían aquí.

—Como yo estaba afirmando —añadió Garton—, los dos contextos que Seth vio esta mañana incluían cientos de miles de víctimas estadounidenses. Él está tratando de imaginar cómo realizar una campaña similar que produzca cero víctimas, usando principalmente armas convencionales. Eso significa que está dirigiendo cientos de grupos de batalla, proveyendo órdenes precisas a cada uno. Equivale a dar a cada comandante instrucciones específicas y luego decirle a cada soldado cuándo agacharse y cuándo disparar.

Clive conocía bastante bien a hombres como el general como para darse cuenta que Smites ya estaba pensando en los dos lados de esta ecuación.

—De modo que básicamente estamos viendo al hombre más poderoso en el mundo —comentó Smaley, ahora serio.

—Y el más peligroso —advirtió Smites.

Verdaderamente.

El general movió la cabeza de lado a lado, aún mirando a Seth a través del vidrio.

—Esto es increíble. ¿Está usted absolutamente seguro de que todo esto es posible?

—Hace dos días yo habría dicho que no —manifestó Garton—. Pero los insensibles datos no mienten.

—¿Ha mostrado alguien antes esta clase de clarividencia?

—Bueno... no que hayamos podido calificar. Estoy muy seguro de que nunca se ha registrado esta clase de habilidad de ver en tantos futuros a la vez y de verlos solo por un corto período. Esta es la primera vez.

—Fenomenal.

Clive decidió que era hora de cubrir el fuego con la sábana húmeda.

—Existe un ligero problema. Al menos alguien podría considerarlo un problema. La clarividencia de Seth está... cambiando. Se ha vuelto cíclica.

—Va y viene —explicó J.P., como si los demás necesitaran aclaración.

—Empezó hace cuatro días, mientras aún estaba con Miriam —informó Clive—. Su habilidad de ver comenzó a extenderse más allá de las preocupaciones inmediatas que ellos tenían, pero también se volvió intermitente. A las pocas horas experimentaba un retroceso.

—¿Y qué significa eso?

—Significa que cuando él ve, ve un grupo completo, pero su clarividencia solo dura unas pocas horas. Es casi como si sus baterías se gastaran, y necesitara algunas horas de descanso para recargarlas. Los períodos de ceguera eran cortos al principio. Él asegura haber cometido algunas equivocaciones en el desierto. Pero con cada día que pasa, esos períodos parecen estar durando más.

—¿Cuánto tiempo tenemos? —averiguó Smaley.

—No es como si pudiéramos ir a la biblioteca local y conseguir un libro sobre cómo mantener la clarividencia, Peter —contestó Clive frotándose los ojos inyectados de sangre—. Podría durarle toda la vida, o quizás desaparecer mañana. Pregúntele a él y le dirá que su habilidad se está desvaneciendo.

—¿Basándose en qué?

—En el hecho de que ahora Miriam está segura. Él cree que su don estaba ligado a ella.

—Debemos proceder como si fuera a perder la habilidad en cualquier momento —consideró J.P.

—¿Están ustedes grabando lo que Seth está diciendo? —preguntó Smites.

—Sí.

—Entonces podemos crear modelos de su trabajo, ¿de acuerdo? Al menos nos darán escenarios para analizar. Como si creáramos historias de las que podemos aprender.

—Sí.

—O ahora podemos usar de veras a Seth —opinó Smaley—. Proporcionarle un escenario real sin decírselo. Darle sus instrucciones para el campo de batalla a medida que entra en ellas, y él las ejecuta en tiempo real.

—Él vería lo que estamos haciendo —afirmó Clive—. Ahora que usted lo menciona, es probable que ya lo vea como un futuro posible, aunque solo inconscientemente.

El general movió la cabeza de lado a lado y gruñó.

—Tengo que hacer algunas llamadas, caballeros. Manténganme informado —indicó, y se fue, dejándoles que lo observaran.

Los pensamientos de Clive volvieron a un problema persistente, del que no deseaba hablar en voz alta. El problema era Seth. Seth no era un hombre común y corriente, con o sin esta visión suya. Él tenía una mente propia, y Clive tenía la seguridad de que esa mente estaba ocupada por algo más que por cómo Estados Unidos podría tomar el control del mundo.

capítulo 30

Para Seth, la descarga de futuros sobrepasaba su capacidad de señalar uno específico en particular. Sin embargo, su mente la manejaba sin esfuerzo consciente. Al menos la mayor parte de su mente.

La otra parte la consumía Miriam.

La parte que se sumía en estos juegos estaba en una especie de piloto automático, si bien de piloto automático intenso. Él suponía que el proceso no era muy distinto de los controles mentales sobre funciones corporales involuntarias. Sus dedos parecían seguir sus propias voluntades, golpeando los teclados con órdenes que separaban el futuro que él quisiera.

El segmento consumido con Miriam transitaba con gran esfuerzo por un abismo de dolor. El rostro de ella se le había plantado en el ojo de la mente, negándose a moverse, a pesar de todos los trucos que él le pusiera en frente. Desde mucho antes de llegar a Las Vegas supo que se había enamorado de ella, pero él suponía que una vez que ella estuviera a buen recaudo fuera de su vida, su sentido común se repondría rápidamente de ella. Después de todo, él era un hombre inteligente, no dado a razonamiento emocional. Parecía que su corazón le había traicionado la mente.

Sí, él estaba enamorado de Miriam. No solo era amor, como en «es primavera y creo que estoy enamorado», sino *Amor*, como en «pásame el veneno, porque sin tu amor me muero». Esta nueva bestia presentaba un reto más difícil que todo lo que había enfrentado.

Seth se había metido de lleno en los juegos porque acordó hacerlo, pero también porque debía hacerlo; esto le brindaba una distracción necesaria. Del rostro de Miriam. De su larga cabellera negra, brillando en el calor del desierto. De sus labios besándolo, de sus ojos guiñándole al otro lado de la mesa de ruleta, y de su risa gutural mientras él le hacía dar vueltas en un absurdo baile en el cuarto del hotel. De Miriam, la princesa bronceada que había irrumpido en su vida sobre los vientos de…

Seth golpeó violentamente los teclados con sus puños. *¡Por fin!* Miró el monitor más bajo de la derecha. Un informe en la esquina superior derecha. Bajas sufridas = *0*.

Además también estaba esta constante conciencia de la fuente de su don que no lo abandonaba. Esta locura acerca de Dios.

Seth levantó las dos manos y se frotó las sienes. Su capacidad de ver futuros ya se había mantenido por cuatro horas. Pronto lo dejaría libre por un momento antes de volver otra vez con toda su furia.

La puerta se abrió detrás de él.

—¿Está usted bien?

Seth cerró los ojos, y luego los abrió. El informe de bajas había cambiado. *3. Mira, pierdes tu concentración por unos segundos, ¿y ves qué pasa? Estás matando gente.*

—Estoy bien —mintió.

Clive ingresó. El número de víctimas empezó a aumentar. *100. 300. 700.*

—Descansa —lo consoló Clive.

¿Por qué no? De todos modos había echado por tierra el simulacro. Seth asintió.

Clive lo llevó a una sala de descanso cerca de la parte posterior del complejo.

—¿Café?

—Advil —contestó Seth.

Clive le lanzó el frasco desde el mostrador y se sirvió una taza de café.

—No sé cuánto tiempo pueda seguir de este modo —objetó Seth, dejándose caer en una silla—. No estoy seguro de qué me duele más, si mi mente o mis dedos.

—¿Algún cambio?

—Sí. Hace como tres segundos. Volví a encontrar mi sensatez.

Clive lo miró por sobre el borde de la taza.

—Por tanto ahora mismo no puedes ver...

—Ahora mismo estoy más ciego que un topo. Futuristamente hablando, es decir. Y si pudiera consumir una droga que me mantuviera aquí, en la tierra de los topos ciegos, la preferiría por vía intravenosa.

Clive se recostó y sorbió su café.

—No estoy seguro de que te culpe —manifestó el detective, e hizo una pausa—. A los sauditas casi les da un ataque por la muerte de Hilal. El Departamento de Estado le contó a Abdullah tu teoría de que Miriam se debía casar con Omar como parte de un trato con el jeque Al-Asamm.

—¿Están ellos oyendo eso *ahora*? —preguntó Seth mirando al funcionario de la ASN—. Esa no es una teoría... es el testimonio de Miriam. ¿Saben ellos dónde se encuentra ella?

—Evidentemente no. Y a los ojos de ellos el testimonio de una mujer no vale nada contra la palabra de un príncipe —opinó Clive encogiendo los hombros—. Además, eso ahora es discutible. Miriam está siendo salvada por Samir. ¿Recuerdas? Aunque haya habido un matrimonio planeado, ahora ya no lo hay.

Clive arqueó las cejas.

—¿Así que a los sauditas casi les da un ataque?

—Nos están acusando. Que Abdullah se mantenga en el poder es muy transitorio sin que estén circulando rumores de un golpe de estado —comunicó Clive, y tosió—. Para ser sincero, creo que ellos no saben qué creer. Pero sencillamente no pueden arrestar a un príncipe y matar a un jeque basándose en la palabra de una mujer. Las cosas no funcionan de ese modo en la Casa de Saud.

—No estoy seguro de que eso sea discutible —objetó Seth, bajando la mirada hacia sus dedos.

Estaban rojos. Se tocó las yemas. Tal vez heridos.

—¿Y por qué no? —discutió Clive—. Miriam ha desaparecido, ¿no es así? Se la entregaste a Samir. Nadie sabe adónde la llevó, pero sea donde sea, no fue a Arabia Saudí. Él habría sido un tonto para llevarla allá. Probablemente ahora mismo están ocultos en España bajo nombres falsos.

—Parece sensato. Pero solo hay un problema —discutió Seth sin estar seguro de cómo decir esto; ni siquiera estaba seguro de creerlo.

—¿Y cuál sería?

—Sería… —Seth hizo una pausa y frunció el ceño—. No me la puedo sacar de la mente.

—La maldición que sigue a las mujeres hermosas… —añadió Clive cruzando los brazos y suspirando.

—¡Es más que eso! —interrumpió Seth, luego se contuvo y apartó la mirada—. No puedo tenerla fuera de mi mente. ¿Qué te dice eso?

—¿Que te enamoraste de ella?

—O tal vez signifique que quien la haya puesto en mi mente aún no se la haya llevado. Quizás por un motivo.

—¿De veras? —preguntó Clive agarrando una nuez de la mesa y comenzando a limpiarla con el dedo pulgar—. ¿Y quién podría ser ese?

Seth se puso en pie ante esa incómoda coyuntura a la que a veces llamamos el momento de la verdad. Había estado en ella muchas veces en el transcurso de sus viajes mentales. El sendero se bifurcaba ante Seth. Una senda, la evitada, exigía que se explicara solo en términos conocidos para Clive. Esta senda lo eximía de llevar al hombre a un precipicio en que podían vislumbrar un panorama impresionante de nuevas ideas. La otra senda, que significaba el precipicio dicho, requería que intentara hacer que Clive entendiera de veras.

La mayoría de las veces, Seth descubrió que la última senda era una experiencia dolorosa. Tal vez parecida a los dolores de parto en una mujer. Al considerar el asunto, no encontraba nada diferente que sugiriera que esta vez sería de algún modo distinto.

Por otra parte, Clive era el tipo listo. Y la idea estaba empezando a nacer.

—Tú eres muy astuto, Clive. No me pidas que lo explique ahora, pero hoy sé algunas cosas que no sabía ayer. Sé que todo lo que hacemos cambia el futuro. Sé que algo allá afuera llamado Dios cambió mi futuro en el desierto. ¿Comprendes las repercusiones de esto, Clive?

—Dime.

—La oración podría ser la herramienta más poderosa que tiene la humanidad.

Seth se recostó. Sus propias palabras le parecieron absurdas. Imagine la reacción del profesorado de Berkeley ante eso. *Nuestro más brillante estudiante se ha vuelto loco.*

—Lo que intento decir es que allá afuera existe otra dimensión completa, y siento como si me estuviera ahogando en ella. Es un don. Pero ahora parece que tenemos un problema.

—Estás perdiendo ese don —añadió Clive volviendo a poner la nuez sobre la mesa.

—Sin embargo aún lo tengo. Lo cual significa que todavía lo necesito.

Clive se sentó tranquilo, observándolo.

—No permitas que tu encaprichamiento con una muchacha…

—No estoy encaprichado. Pero creo que Miriam aún podría estar en problemas. Y eso, amigo mío, no es simplemente mi amor por una mujer. Se trata de la estabilidad de Arabia Saudí y el Oriente Medio. Del futuro de Estados Unidos, algo mucho más allá de lo que yo pueda ver con este don mío.

capítulo 31

Miriam estaba sentada en una silla de playa junto a la piscina de la villa, mirando al hermoso horizonte de Madrid, bebiendo delicadamente de un enorme cóctel de banano, sintiéndose tan vacía como el lecho seco de un lago.

Samir la había traído aquí, a esta maravillosa ciudad en la que pasaron tiempo solos por primera vez. Para sorpresa de Miriam, nadie interfirió con su viaje. Aunque él le consiguió una identificación falsa, ella esperaba que el mismo nombre de él hiciera surgir preguntas en las fronteras. Pero salieron de las aduanas sin la más mínima demora.

Reunirse con Samir fue maravilloso en muchas formas... ella estaba una vez más con el guardián de su juventud, el hombre que representaba libertad y amor. Eso solo ya era suficiente.

Durante el viaje Samir la trató con cierta clase de actitud distante; después de todo, él era un ciudadano saudita viajando abiertamente con una mujer. Pero ella tenía confianza en que tan pronto llegaran a su destino final, el cual ella suponía que era Madrid, se volverían a abrir las flores del amor.

Habían estado durante dos días en esta fabulosa villa, y Samir se había ido «a ocuparse del futuro de ellos», como manifestara. Miriam se preguntó qué quiso decir.

Seth lo sabría.

Una vaga sonrisa le deambuló por el rostro. Su mente había revoloteado cien veces hacia Seth desde que lo dejaran en el casino. En su compañía ella se había transformado en una persona distinta. Él era como un aroma fragante que se había impregnado en su vida y la había revivido de una muerte en vida. Muy agradable y arrobador.

Tus necesidades materiales son mis necesidades espirituales. Ella creía que lo eran. Lo habían sido, de todos modos.

Cuando Miriam se dispuso a escuchar las tranquilas voces de su corazón, estas le dijeron que había enfermado al dejarlo. Sí, enferma... la clase de enfermedad que viene de tener perforado el corazón.

Pero esas eran tonterías, porque ¿cómo podría ella tener perforado el corazón cuando estaba con Samir? ¿No era Seth nada más que un estadounidense conflictivo que había irrumpido a tropezones en su vida?

Además él era judío. O su abuela había sido judía. No es que eso importara ahora.

—¿Desearía otra bebida, señora?

Miriam miró al criado que se le había acercado por la derecha.

—No, pero gracias.

Ella pensó que hasta su propia voz parecía vacía.

El criado bajó la cabeza y se alejó. Miriam volvió a mirar el patio buscando a Samir. Un amigo era dueño de la villa. Estaban aquí para la protección de ella. Eso es todo lo que Samir le diría. No es que importara; ella estaba aquí bajo su cuidado y confiaba en él. La mayor parte del tiempo él había estado ausente desde que llegaron, volviendo a cenar solamente, porque estaba disponiendo un futuro secreto para ellos. Quizás un viaje a una isla, o a una ciudad en el sureste asiático.

Ahora no había indicios de Samir, y ella se recostó en su silla.

Seth no la habría dejado sola en la piscina, ¿verdad? La habría llevado con él para escoger juntos su futuro. *Por favor, Miriam, no puedes comparar a Seth con Samir. Estás comparando una rosa con un Mercedes. Ellos son incomparables*.

En la mayor parte del viaje ella había enterrado con éxito las imágenes que continuamente trataban de resucitar. Pero aquí en la piscina con horas para malgastar, Miriam se encontraba impotente para resistir esas imágenes. Recuerdos de Seth subiéndola al inodoro, cayéndole encima de su cama por un conducto de ventilación, orando con los brazos levantados ante su altar hecho de prisa, e inclinado sobre la rueda de la ruleta, fingiendo ser un tonto afortunado; si algún otro hubiera hecho estas cosas, lo habría considerado un tonto. Pero Seth era su rosa en el desierto. Su salvador.

Quizás un día, si Samir estaba de acuerdo, volverían a Estados Unidos y lo hallarían. Los dos estaban en deuda con él. Miriam por su mismísima vida y Samir por su futura esposa.

Miriam se colocó de lado, le dolía el corazón. *Piensa en el futuro, Miriam. Piensa en la libertad ante ti.*

Pero en lugar de eso la invadió la tristeza, y no pudo impedir que los ojos se le llenaran de lágrimas. ¿Cómo podían esos recuerdos traerle tanto sufrimiento? ¿Por qué sencillamente no podía sacarlos de la mente y satisfacerse con su nueva libertad?

Seth, Seth. Mi querido Seth, ¿qué he hecho?

—Miriam.

Ella se irguió bruscamente. Samir se acercaba, con traje azul y lentes negros. Ella se frotó los ojos.

—Debemos irnos. Tu ropa te espera en tu cuarto. Nuestro vuelo sale en una hora. Apúrate por favor.

—¿Nuestro vuelo? —exclamó Miriam poniéndose de pie, inquieta—. ¿Adónde?

—A tu padre —contestó él después de titubear.

—¿Voy a ver a mi padre? ¿Cómo? Creí…

—No te puedes casar sin la bendición de tu padre —la interrumpió, sonriendo.

¿Casarse? Sí, por supuesto, pero ¿cambiaría de opinión el jeque y bendeciría su matrimonio? ¡Eso sería lo correcto!

—¡El futuro de mi padre depende de mi matrimonio con Omar! ¿Está de acuerdo ahora con nuestro matrimonio?

—¿Crees que tu padre es tan cruel?

—Sin embargo, yo creía…

Ella no sabía qué creer.

—Rápido, Miriam. El avión está esperando —advirtió Samir mientras se alejaba.

¡La bendición del padre! ¿Y por qué no? Observó a Samir… el traje le quedaba bien. Pensó que ya no era el mismo de antes. *Él está a punto de casarse; ¿qué esperas?*

Miriam voló a su baño, este nuevo giro de acontecimientos impidió que pensara más en Seth. Se duchó rápidamente, incitada con nerviosa energía. Sin duda sería en Egipto. El jeque habría volado a El Cairo y hecho los preparativos. ¡Ella se debía casar con Samir en Egipto!

Corrió a la habitación. ¡Casada! Su maleta yacía abierta, ya empacada. Y Samir había puesto sobre las almohadas un vestido negro para que ella lo usara. Él ya estaba pensando en su novia. Dio dos pasos hacia la cama y se quedó paralizada.

Era una abaya. Y un velo.

La vista de eso le hizo pensar solo en Omar.

Temblando, Miriam sacó un vestido de la maleta y salió del cuarto. Encontró a Samir de pie ante la enorme ventana, las manos en los bolsillos, mirando hacia la piscina.

—¡Samir! Hay…

—Tienes que usarla, Miriam —la interrumpió cuando se volvió hacia ella con la mandíbula tensa; luego se suavizó—. Por favor, vamos a ver a tu padre. Sin duda sabes que él debe aprobarlo. ¿Estás pensando en aventar todo lo que amas y preferir la costumbre estadounidense? ¿Es esto lo que ese hombre te ha hecho?

Por primera vez Miriam oyó ira en la voz de Samir, ira dirigida hacia ella, y se aterró. Él estaba pensando en Seth. ¿Sospechaba algo Samir? Estaba herido.

—No —contestó ella, dando un paso hacia él—. No, Samir. Pero esto no es Arabia Saudí.

—Pero tu padre es saudita. Póntela.

Miriam parpadeó. Quizás Samir tenía razón. Una última vez, por respeto a su padre. Solo era una prenda de vestir. Se miraron mutuamente por algunos segundos interminables. *Él solo está tratando de hacer lo mejor. Porque me ama. Esto no es más fácil para él que para mí.*

Ella dio media vuelta, con la reprobación de él ardiéndole en las orejas. *Sé una mujer buena y obediente, Miriam. Sencillamente no puedes tirar todo lo del pasado y fingir ser alguien que no eres.*

Entró a la habitación y miró la ropa negra. ¿Cómo se la podría poner? Pero negarse solo abriría una brecha entre ella y Samir.

Miriam cerró los ojos y agarró la abaya. Se la puso obrando a ciegas y conteniendo el aliento.

No es nada. Solo es una prenda de vestir.

Se deslizó el velo sobre la cabeza sin mirar. Habían pasado diez días desde la última vez que usó el velo, y lo sintió como si hubiera sido toda la vida. El lapso entre la vida y la muerte.

Ella abrió los ojos. El mundo era gris.

No bajaría la mirada; no se miraría en un espejo; fingiría que usaba lentes para el sol. ¿Era esto tan imposible después de todo lo que había pasado?

En el viaje hacia el aeropuerto, Samir se sentó en el asiento frontal de la limusina e hizo caso omiso de Miriam. Ella atravesó el aeropuerto detrás de él, la mente le zumbaba. El enojo y el abatimiento formaban un trago amargo que ella ingería y permitía que la envenenara. No veía nada... se negaba a ver. Permaneció en un rincón, con los brazos cruzados, y dejó que Samir hiciera los arreglos del vuelo. Después de algún tiempo él se le unió, y ella lo volvió a seguir, hacia la rampa de un jet privado.

Solo unas pocas horas, Miriam. Después de que veas a tu padre te arrancarás este saco. Muchos árabes no exigían a sus mujeres usar la prenda.

La mayoría en realidad. El islamismo tenía poco que ver con lo que se debía usar.

Pero ella era una princesa saudita de la secta wahabí. Ella...

Miriam se detuvo. Estaban entrando al puente de embarque. Ella había estado tan humillada por la vestimenta que no había puesto nada de atención a su entorno. Ahora veía al piloto, y estaba segura de reconocerlo. Miró el exterior de la ventanilla a su izquierda. Estaba demasiado oscuro. Se levantó el velo y vio el jet. ¡Tenía señalizaciones sauditas!

Con ira, un hombre le hacía señales de que se bajara el velo. Ella lo soltó y corrió a alcanzar a Samir.

—¿Adónde vamos?

—Te lo dije... a tu padre.

—¡Pero *dónde*! ¡Dónde está él!

Samir la agarró firmemente del codo y la jaló hacia delante.

—Por favor, Miriam. No hagas una escena. ¡Hay algunos que harán cualquier cosa por detenernos!

—Entonces dime adónde —susurró ella con dureza, caminando de prisa por la rampa.

Entraron al avión, el cual estaba vacío, a excepción de media docena de hombres sentados cerca de la parte trasera. Todos la miraron a la vez.

—Vamos a tu padre en Riad —informó Samir, y le señaló un asiento en primera clase—. Siéntate aquí.

Las piernas de Miriam se le entumecieron. No estaba segura de estar respirando. Se sentó sin comprender lo que hacía. ¡Riad! ¿Por qué? ¿No era allí donde estaban Khalid y su hijo Omar? ¿No era Riad la ciudad de la que había escapado?

Samir se sentó en la parte trasera con los otros hombres. Algo había salido terriblemente mal. Miriam podía entender la posible necesidad de todo lo demás que había pasado, pero no esto. No que Samir prefiriera sentarse con hombres en la parte trasera cuando tenía la alternativa de sentarse con su novia en primera clase.

A menos que él simplemente estuviera siguiendo la costumbre saudita. Eso sería, por supuesto. No se esperaba que los hombres sauditas conocieran a sus novias, mucho menos que se sentaran con ellas. Al ser discreto solo estaba protegiendo el matrimonio de ellos.

¿Pero por qué Riad?

Miriam odió cada minuto del corto vuelo. Pasó el tiempo cuidadosamente armando escenarios en los que todo esto tenía perfecto sentido. Samir solo estaba haciendo lo que debía hacer por el futuro de ellos. Ella no podía esperar entrar al paraíso sin pagar un precio. El jeque quería una boda saudita en Arabia Saudí.

Sin embargo, ¿por qué no en Jedda, o Dhahran, su ciudad natal?

Aterrizaron, y por algunos breves minutos Miriam agradeció que el velo la ocultara de las miradas curiosas. Luego subieron otra vez a una limusina, atravesando la campiña a toda velocidad. Samir aún se negaba a hablar con ella. Por supuesto. El chofer.

La limusina se detuvo ante una tienda, la misma en que ella se había reunido con el jeque menos de dos semanas atrás, pero esta vez había cerca una docena de tiendas más pequeñas, y al menos una docena de vehículos. En su impaciencia, pasó a Samir y corrió hacia la tienda. Se quitó el velo.

—¡Miriam!

Ella giró ante la voz del jeque y entró, confundida pero esperanzada. Él la besó y la invitó a la misma mesa en que habían comido antes. Dos hombres permanecían a la izquierda de ella… guardias.

Ella siguió adelante.

—Usted debe saber cuán peligroso es venir aquí…

—La vida está llena de peligro, Miriam.

—Pero si me voy a casar con Samir, ¿por qué no podríamos tener la boda en El Cairo, o al menos en Dhahran?

—Siéntate, Miriam —ordenó él, mirando por sobre el hombro de ella.

Ella siguió la mirada. Samir acababa de entrar a la tienda, y la miraba con ojos vidriosos. ¿Estaba llorando? Ella enfrentó a su padre, aterrada.

—Te casarás con Omar —sentenció el jeque—. He dado mi palabra por el reino y por Dios. ¡Siéntate!

La cabeza se le inundó de sangre y la tienda se inclinó.

—¿Omar? —inquirió ella girando alrededor y mirando directo a los ojos de Samir—. ¿Omar?

—No podemos poner nuestros deseos por sobre los de Dios, Miriam —expresó Samir con ojos suplicantes—. Lo que hagamos ahora debe ser por amor a Dios. El reino está en juego. Tú has sido elegida por Dios para liberarnos. Yo simplemente estoy feliz de haber amado a una mujer tan elegida.

—¡Esto es absurdo! —gritó ella.

¿Querían ellos en realidad hacer esto, o no?

—¿Qué clase de Dios me obligaría a casarme con una bestia?

—¡Cuidado con lo que dices, mujer! —amenazó el jeque.

El pánico la ensordeció. Ella miró a Samir.

—¡Tu amor me *matará*! Lo sabes, ¿verdad? ¡Omar me matará o me hará morir en vida! ¿Y tú permitirás esto?

—¡Él no te matará! —exclamó Samir—. Tu muerte rompería vínculos con tu padre. Por favor, Miriam…

—¡No!

Ella se inundó de ira. Los odió. ¡Los odió a todos! Corrió hacia Samir, gritando. Cayó sobre él, agitando los puños, golpeándole el rostro mientras él rechazaba sus golpes.

—¡Miriam! Por favor, ¡te lo ruego!

A ella no le importó. Ningún ser humano podía hacerle esto y afirmar que la amaba.

—¡Te odio! —le gritó, golpeándolo en la mejilla.

Unas manos la agarraron y la jalaron hacia atrás. Algo le pegó en la espalda.

—No la lastimen —ordenó su padre—. Ella se debe casar mañana por la noche. El novio no la querrá magullada.

Con estas palabras se escurrió del cuerpo de Miriam todo lo que había descubierto con Seth. Se rindió. La alcanzó el horror que siempre había temido.

Sita no fue la única en morir.

capítulo 32

Seth pensó que el sueño profundo había hecho posible esta clarividencia intensificada, y lo pensó incluso mientras dormía.

Se había ido a dormir sin la carga y se sumió en el primer sueño REM que había tenido desde esa última noche en Las Vegas. Casi como se podía imaginar, en la forma en que alguien se imagina cosas mientras muere para el mundo, la nueva y mejorada visión le llegó estando aún en el estado REM, separado del aluvión de preocupaciones que lo apaleaban durante el día. Como resultado podía ver con un grado de claridad sin precedentes.

Seth estaba en el futuro; sabía eso. Pero no era como el futuro que había visto antes, enfocado en los acontecimientos que podrían ocurrir en su vida o en los modelos computarizados en los minutos siguientes. Estaba en un futuro que no se extendía más allá de un segundo, un futuro que en realidad no tenía tiempo que resultara en algún acontecimiento en absoluto. Estaba en la próxima millonésima de segundo de miles de posibilidades.

Estaba en la mismísima estructura del futuro.

Esa era la única manera en que lo podía imaginar. Si hubiera visto antes un chip de computadora, ahora veía el mismo sistema de circuitos de ese chip, no como un acontecimiento, sino en su estado de ser.

Y lo que vio le hizo refunfuñar.

No lo había visto antes, no pudo haberlo visto sin esta perspectiva única.

La luz se movía de manera turbulenta a su alrededor, como una masa traslúcida de luciérnagas. Cada puntito de luz era una posibilidad, y cada una era alimentada por la misma fuerza que les había dado vida. Seth comprendió que sin este poder de vida no podría haber futuro. Pero era la fuente de ese poder la que le revolvía el estómago. Volvió a refunfuñar, furioso consigo mismo.

Estiró la mano y rozó los puntitos de luz. En un parpadeo, mil se desviaron hacia la oscuridad y otros mil surgieron a la vida. Era cómo el futuro cambiaba, en un instante, alimentado por la fuerza creativa del universo mismo, sin embargo cambiaba fácilmente por el movimiento de su mano.

Una de las diminutas luces llamó su atención, y él se centró en ella. Se expandió hasta que estaba mirando un futuro de la manera en que se había acostumbrado a verlo.

Estaba a punto de apartarse cuando atrajeron su atención los detalles de este futuro particular. Miriam.

Seth se sobresaltó en la cama, totalmente alerta y respirando con dificultad. Las sábanas estaban empapadas de sudor.

¡Era Miriam! La primera vez que la había visto en sus futuros desde Las Vegas. El pulso le latía con fuerza en las venas. No solo se trataba de Miriam; era Miriam y Omar. Él sabía eso porque dos días antes había descubierto en la Internet una foto del príncipe saudita. Pero el hombre del futuro no sonreía espléndidamente como lo hacía en la foto.

—¡Oh, Dios! —exclamó.

Las palabras salieron entrecortadas y ásperas.

Arrojó las cobijas y salió disparado de la cama. Ya había pasado la puerta de su cuarto cuando recordó que solo llevaba su ropa interior. Se deslizó hasta detenerse, confuso por un instante, y entonces regresó por sus pantalones. Eso bastaba por ahora. Corrió por el pasillo hacia los cuartos que alojaban a los demás invitados.

Irrumpió sin tocar en la habitación de Clive.

—¡Clive!

Oprimió el interruptor de la luz y un titilante tubo fluorescente brilló y zumbó. El agente se irguió en la cama e instintivamente hurgó debajo de su almohada buscando una pistola que le habían quitado en la puerta de entrada.

—¿Qué estás haciendo? —preguntó Clive, mirándolo boquiabierto.

—Acabo de ver el futuro, Clive —informó Seth pasando al lado de la cama y luego retrocediendo, tratando de encontrar las palabras; giró hacia el hombre—. Quiero decir, lo vi como nunca antes lo había visto.

—Irrumpes en mi cuarto —señaló Clive, luego miró el reloj al lado de la cama—, a las tres de la mañana, para decirme...

—Vi a Miriam.

—¿Miriam? Soñaste con una mujer hermosa y...

—¡Basta! Miriam está en problemas. Se está casando con Omar. Habrá golpe de estado.

Clive hizo oscilar los pies hasta el suelo.

—¿Cómo puedes saber eso? ¿Viste más allá de tres horas?

—No sé cuán lejos era. Pero sé las intenciones. La vida de ella está en peligro.

—¿Cómo es posible eso? Creí que ella estaba con Samir.

—Él debió traicionarla.

Seth cerró los ojos. ¿Por qué no había visto nada en Samir en el casino? Porque Samir la amaba de verdad. Él estaba seguro de eso. Y sin embargo...

Se frotó las sienes. Cuando abrió los ojos, Clive se estaba poniendo los pantalones.

—¿Cuándo crees que ocurrirá esto?

—No lo sé. Pero tengo que ir, Clive.

—Olvídalo. Tú te quedas aquí. Podemos decirle al Departamento de Estado que advierta al rey Abdullah.

—No. ¡Eso no funcionará! —exclamó Seth, golpeándose los costados de la cabeza con las palmas de la mano—. Adviérteles, sí, ¡pero yo debo ir! ¡El Departamento de Estado no puede ayudarle! Tú lo sabes.

—No puedes ir. Ellos *no* te dejarán ir. Y aunque lo hicieran, sencillamente no puedes abordar el próximo vuelo de United y salir para Riad. Arabia Saudí es una nación cerrada.

—Así estaba la frontera de Nevada.

Clive hizo una pausa.

—Eso fue antes de que tu clarividencia se volviera intermitente. ¿Puedes ver ahora?

—No. Pero veré otra vez.

Tenía que encontrar una forma de hacer entender a Clive. Estaban encerrados en la fortaleza más segura del mundo; sin la ayuda de Clive no iría a ninguna parte. Y Miriam lo necesitaba. Si ella alguna vez lo había necesitado, era ahora.

Suponiendo que puedas ayudarla ahora. ¡Estás ciego, Seth!

—Voy a ir —aseguró Seth caminando de un lado a otro—. En unas pocas horas podré ver de nuevo y salir de aquí. Sabes que no hay manera de que puedas detenerme.

—Quizás.

—No. De veras. ¡Pero no tengo unas cuantas horas!

—Te guste o no, eres el activo más valioso que este país tiene en su posesión ahora mismo —advirtió Clive—. También eres el potencialmente más peligroso. Si te dejo ir…

—Si *no*, ¡estarás sentenciando a muerte a Miriam, y a Estados Unidos a una tremenda crisis política!

Seth tanteó su bolsillo trasero. Aún allí. Sacó un disco y lo sostuvo en alto.

Clive entrecerró los ojos.

—Hice algo por mi cuenta. Este es un escenario que ejecuté esta mañana mientras los técnicos revisaban los resultados de la batalla. Es la única copia.

—De ahí que…

—De ahí que, esto es lo que ocurrirá si Khalid le arrebata el poder al rey Abdullah. No es muy lindo.

Clive sacudió la cabeza.

—¿Cómo puedes ver lo que podría pasar en el Oriente Medio en más allá de tres horas?

—Coordinando segmentos consecutivos de tres horas.

—¿Cómo… hiciste eso?

—En la computadora. Llegué hasta tres meses, y créeme, muchas personas morirán si Khalid toma el control. Si yo hubiera sabido que esto era importante, te lo habría dicho antes. Ahora es importante —dijo, y le lanzó el disco a Clive, quien lo agarró.

—¿Y cómo te ayuda esto?

—Me ayuda porque no creo que haya una manera de que Estados Unidos detenga un golpe de estado sin mi ayuda. Podrás creer que soy valioso aquí, participando en tus juegos, pero yo sencillamente podría ser la única opción que tienes fuera de aquí, donde realmente importa.

—No hay garantía aun de que logres llegar a Arabia Saudí, mucho menos de que detengas un golpe de estado. El Departamento de Estado…

—El Departamento de Estado fracasará —aseguró Seth.

—¿Sabes eso?

—No —contestó Seth después de respirar profundamente—. Pero ¿y si tengo razón? ¿Y si la única manera de detener todo este desorden es por medio de mí? ¿Y si se me ha dado este don para ese propósito? Si no me dejas salir, tu decisión pasará a la historia como el más grande acto de negligencia criminal ejercido de forma intencional. Me aseguraré de eso.

Clive lo miró por unos instantes.

—¿Tienes alguna idea de lo que estás pidiendo?

—Sí.

—¿Sabes siquiera adónde irías?

—No.

—No. Escúchate. Quieres que te deje salir de aquí porque Dios te ha seleccionado cuidadosamente para salvar al mundo. Y esperas que le explique eso a los generales, tres de los cuales vienen en camino para reunirse mañana con el secretario de estado.

—Prácticamente, sí. Muéstrales el disco y diles que si me equivoco, prometo regresar y dejarlos curiosear por mi mente. Si me mantienes aquí me haré el tonto. Tu espectáculo de mañana del perro y el pony será una terrible vergüenza. Es más, sencillamente puedo darles errores de lectura. Desearás nunca haberme descubierto.

Clive sonrió ante la estrategia de Seth, sin duda creyendo cada palabra. Se puso de pie y atravesó la habitación, con las manos en las caderas.

—No puedo creer que estés considerando esto de veras.

—Serías un idiota si no lo hicieras —contestó Seth.

—Esto en realidad se trata de Miriam, ¿verdad?

—Quizás. Sin embargo, adonde vaya Miriam, va Arabia Saudí.

Clive miró a Seth por un buen momento. Se le frunció el ceño en el rostro.

—Me tienes atrapado.

Seth asintió y agarró de la silla la camisa de Clive.

—Está bien. Tú ganas. Pero si lo vas a intentar, cualquier cosa que *esto* sea, déjame al menos ayudarte a conseguir los documentos que necesitarás para ingresar a la nación. Sígueme.

capítulo 33

Llegó la mañana y transcurrió en una nube vaga que apenas se registraba en la conciencia de Miriam. Ella resolvió no mostrar emoción. Ninguna en absoluto.

La tarde avanzó lentamente, animada con actividad, pero distante... una pesadilla a la cual ella se había resignado.

Debido a la reservada naturaleza del matrimonio, estaba ausente la parte acostumbrada de parientes cercanos. En vez de eso, la esposa del jeque, Nadia, y sus criados hicieron los preparativos de Miriam. Trajeron un elaborado traje de novia de color durazno, el cual le dijeron a ella que Samir había comprado en El Cairo. Miriam se paró en pies entumecidos mientras se lo ponían por la cabeza para un rápido ajuste. El vestido se veía suelto, y una de las esposas ordenó a una criada que lo metiera en la cintura. A Miriam le pareció que el durazno era un color horrible.

Ella yacía obedientemente para la ceremonia del *halawa*, realizada por las mujeres. Le esparcieron por todo el cuerpo una mezcla de dulce aroma de jugo de limón, azúcar y agua de rosas que habían hervido hasta formar una goma, y la dejaron secar. Cuando se la quitaron salieron con ella todos los vellos de su cuerpo. Bajo cualquier otra circunstancia, ella pudo haber protestado del dolor, pero no sintió más que una molestia abstracta. El dolor físico era fácil de soportar.

Las mujeres enjuagaron con alheña el cabello de Miriam para que brillara, y le pintaron las uñas de rojo rosáceo... preparando a la ramera para la unión impía de ellos. Dos semanas antes había observado a Sita soportar los mismos preparativos, animando a su amiga para que diera lo mejor en su nueva realidad. Sita la había mirado con sus aterrados ojos vidriosos. Su amiga se había sentenciado a muerte, y ahora la idea surgía en Miriam. No podía soportar la idea de que Omar la tocara. Primero moriría.

Pero Omar no la mataría. No, en vez de eso la mantendría en un infierno vivo, tal vez atada y amordazada en una mazmorra. Quizás la azotaría y la haría sangrar por el propio placer de él. Ojalá lograra encontrar una manera de morir sin matarse. Dios no sonreiría ante el suicidio.

Al acercarse la noche y cantarse el suave llamado a la oración desde los minaretes, Miriam susurró entre dientes una oración de impotencia y desesperanza.

Incapaz de mantener su resolución, comenzó a llorar. El constante horror al que había hecho caso omiso todo el día se extendió sobre ella como un dragón negro. La estupidez de dejar a Seth mostraba ahora sus verdaderos matices, y no era nada menos que la clase más repugnante de insensatez. Ella había dejado voluntariamente al único hombre que la amaba de veras. Su salvador, su amor, quien la estaría robando para llevarla a campos floridos en vez de entregarla en las manos asesinas de Omar.

La novia lloró prolongada y fuertemente, inquietando a las dos mujeres que la vigilaban. Lloraba por Seth. No le importaba estar distorsionando la imagen que tenía del amor de él en algo más de lo que era. Ahora mismo necesitaba alguien que la amara, y solo quedaba Seth.

Un jeque religioso llegó al anochecer y le pidió al padre de Miriam su consentimiento para la boda. Firmaron documentos, y luego el jeque salió para repetir el proceso con Omar. La voluntad de su padre estaba sellada. A cambio de su hija recibiría lo acordado por el precio de la novia, en este caso lealtad y poder en vez de dinero.

Nadia le dio a tragar una pastilla, le dijo que era para calmarle los nervios. Miriam pensó en Sita, drogada antes del ahogamiento, pero de todos modos se tomó la pastilla.

Al anochecer la metieron a una limusina. Se sentó en la parte trasera con su padre. Detrás iba una comitiva de autos.

Por primera vez desde que aceptó su destino, Miriam sintió las cuerdas del temor alrededor de su corazón. Su padre permaneció en un silencio sepulcral durante el recorrido hasta el palacio de Omar. *Soy su chivo expiatorio.* Ella pensó en saltar del vehículo en marcha. Colocó la mano en la manija. Las puertas estaban trancadas. Pudo sentir que la droga le hacía efecto. El sudor le cubrió las palmas.

—¿Padre? —exclamó con voz alta y chillona.

El jeque giró la cabeza, sonriendo como ella imaginaba que un padre orgulloso sonreiría antes de dar a su hija al hombre que ella amaba.

—Eres una novia hermosa, Miriam. Serás una esposa maravillosa.

—No quiero hacer esto.

—Ya se te pasará tu temor —le aseguró el jeque alejando la mirada—. No siempre puedes pensar en ti misma. Ahora eres una mujer, y debes comenzar a pensar en tu esposo.

—No creo que él será un buen esposo.

La enfrentó con una mirada de advertencia.

—¡Él es a quien he escogido! ¡No cuestiones mi autoridad! —exclamó, y luego bajó el tono—. No te preocupes, con el tiempo se ganará tu amor. Yo se lo he exigido.

Miriam se arrellanó en el asiento, rogando que se la tragara entera. Por el estómago le recorrieron náuseas. Cerró los ojos, pero el bamboleo del vehículo la hacía marear, así que los abrió de nuevo.

Llegaron a un enorme palacio y Miriam fue conducida con Nadia a un estudio. Tambores ahogaron las risas en el otro lado de las paredes. Ella se preguntó cuántos invitados se habrían reunido. Y si estarían enterados de los acontecimientos detrás de su matrimonio con Omar.

Sonó un toque en la puerta y Nadia se puso de pie.

—Sé fuerte, Miriam —le sonrió con compasión—. Por el bien de tu padre, sé fuerte. No hay nada que podamos hacer.

Miriam solamente la miró.

—Ven.

Ella alargó la mano, y Miriam se puso de pie. La mujer le bajó el velo a la novia y la llevó por un enorme pasillo con columnas altísimas. Varias docenas de mujeres las observaron caminar hacia el frente de la concurrencia. Miriam oía sus propias pisadas resonando en el piso de mármol. No había señales de Omar.

Llevaron a Miriam al frente y la dejaron sola, de cara a las mujeres. No pudo soportar mirarlas, ahora de pie sin velos y con vestidos coloridos, como era costumbre en las bodas. La ceremonia buscaba mostrar a la verdadera mujer en todo su esplendor, pero para Miriam esto solo era una farsa, una burla que las convertía en insensatas por creer…

Una puerta se abrió de golpe a su derecha. Su padre apretó el paso. Detrás de él caminaba otro hombre a quien ella reconoció como Khalid bin Mishal. Y luego otro hombre, vestido de negro, petulante. Omar.

Un temblor estremeció el cuerpo de Miriam. Era la primera vez que veía a Omar. Los duros zapatos de él golpeaban el mármol.

Miriam alejó la mirada, aterrada de mirarlo a los ojos. El caminar de ellos pareció prolongarse para siempre, su taconeo en el hueco pasillo. Por una puerta a la izquierda de ella entró el religioso que se había reunido antes con su padre y se acercó. La droga que había tomado una hora atrás parecía hacer más lento todo. Quizás después de todo solo era una pesadilla.

Los pasos se detuvieron. Miriam pudo oír respirar. La respiración de Omar. Se le ruborizó el rostro. El religioso se puso frente a ellos y comenzó a hablar, a su padre y luego a los demás. No se dirigió a ella. La transacción era entre hombres, entre su padre y Omar.

Una voz áspera habló, y ella supo que pertenecía a Omar. No se atrevió a volver la cara...

Él estaba allí, frente a ella, levantándole el velo. Ella contuvo el aliento. El rostro que veía a través de las lágrimas tenía barba negra con ojos oscuros. Una sonrisita de suficiencia le inclinaba los labios húmedos. Los ojos del hombre le recorrieron el cuerpo y luego la volvieron a mirar a los ojos. Él sonrió y le hizo un guiño.

De no ser por los efectos de la droga, pudo haber salido corriendo. En vez de eso, lloró. Los demás no le hicieron caso y dijeron unas cuantas palabras más para completar la ceremonia.

Omar la pasó y se dirigió a una puerta lateral. El salón estalló en alaridos de las mujeres, como una bandada de cuervos que le advertían a Miriam.

El religioso dio un paso adelante y le dijo que siguiera a Omar. Ella dio la vuelta y caminó, apenas consciente de que se estaba moviendo. Omar entró al mismo estudio en que ella había esperado, le sostuvo la puerta para que entrara, y luego la cerró detrás de ellos. Permaneció de espaldas a él, aterrada.

La mano de Omar tocó la parte alta del velo; lo arrancó y lentamente recorrió a la mujer.

—Eres más hermosa de lo que imaginé —la galanteó.

No lo miró. Nunca le daría la satisfacción de sostenerle la mirada.

—¿Me tienes miedo?

Ella no contestó.

Omar levantó del escritorio una botella y se sirvió una bebida. El tintineo del vaso le lastimó los oídos a Miriam. Él tomó un trago y bajó el vaso.

—Creo que me temes. Y quiero que sepas que prefiero eso. El temor tiene su manera de transformar a una mujer en algo de terrible belleza. ¿Sabías eso? No hay nada peor que una mujer sumisa.

Miriam miró a través del salón. Él la reduciría a la condición de gusano antes de terminar.

Caminó alrededor de ella, recorriendo su dedo por los hombros femeninos. Se inclinó y ella pudo oler su aliento alcohólico besándole la mejilla.

—Pero no solo estás asustada; estás enojada, ¿verdad? No estoy seguro de haber tenido alguna vez una mujer asustada y enojada. Creo que será un gran placer.

—Yo nunca… —empezó a decir Miriam, pero se detuvo, sorprendida de haber hablado.

—¿Sí? Continúa.

—Nunca le daré placer —advirtió ella con voz ronca.

Él rió, su risa era profunda y gutural.

—Sí, creo que en realidad crees eso. Eso es muy bueno. Habrá consecuencias, desde luego, pero esto también podría ser parte de nuestro juego.

Omar le apretó las mejillas con una poderosa mano y le hizo girar la cabeza frente a él. Ella mantuvo la mirada baja. Sus labios estaban oprimidos como los de un pez.

—Ahora eres mi esposa, Miriam. Eso es lo que eres. Nada más, y nada menos. Me complacerás, y si eres afortunada me darás un hijo. Eso es todo lo que harás. ¿Comprendes?

El salón se cubrió de lágrimas frescas. Ella cerró los ojos.

—Tengo planeado algo especial para ti, Miriam. Una recámara especial. Algo tan delicioso no se debe hacer a la carrera. Tomarás una noche en preparación para mí. El temor es bueno, mi cielo. Deja que pase el efecto de la droga y permite que el temor te invada. Luego te tomaré. Será encantador, lo verás.

Omar se inclinó hacia delante y la besó en los labios. Ella sintió como si fuera a vomitar antes de que él la empujara.

Luego la soltó. Ella tambaleó sobre sus pies, asqueada otra vez. Cuando abrió los ojos, él ya no estaba frente a ella. Después de un instante miró alrededor con cautela. El salón estaba vacío.

Miriam se dejó caer en el sólido piso y comenzó a llorar.

—¡Usted me tiene que estar engañando! —exclamó Peter Smaley—. Una cosa es huir de una persecución en California. Entrar campante en Arabia Saudí en un intento loco de rescate no es remotamente parecido. ¿En qué estaba usted pensando?

—Usted no controla exactamente a un tipo como Seth —contestó Clive—. Cuando está enardecido es imparable.

—Cuando está encendido.

Ellos estaban sentados en el mismo salón de conferencias que habían planeado usar para que Seth rindiera su informe: los dos generales, un coronel, el secretario de estado, y el subsecretario, Smaley. Clive les había hablado del ultimátum y de la partida de Seth; ahora retenía el disco como su as.

—Sea como sea, usted lo dejó salir —terció el general Smites—. Eso no es muy distinto a darles la clave de esta montaña.

—Exagerado —se defendió Clive—. Es un error suponer que él pretenda hacer en Arabia Saudí algo que no sea ayudar a Miriam. Sus acciones beneficiarán tanto nuestros intereses como los de Abdullah. Y como dije, se va estemos de acuerdo o no. No podría haberlo detenido.

—Usted pone a un tipo en una celda cerrada y él no va a ninguna parte; no me importa lo que él pueda ver.

—Eso no necesariamente es cierto —manifestó Clive—. Y él no estaba aquí como prisionero.

No era la verdad total, pero fue lo mejor que se le ocurrió en el momento. Con franqueza, él no estaba seguro de si ellos terminarían dándole una medalla o una sentencia de muerte.

—Comprendo lo importante que es para los militares un hombre con las habilidades de Seth —comentó el secretario Gray después de un largo silencio—. Pero francamente me preocupa más la estabilidad de Arabia Saudí. No necesito aleccionarles sobre las molestias que hemos tenido para impedir que los beligerantes tomen el poder en el Oriente Medio. Si es verdad lo que ustedes afirman acerca de este matrimonio, podríamos tener un problema en nuestras manos.

Clive se aclaró la garganta.

—Entonces tal vez usted quiera darle una mirada a algo que Seth nos dejó —dijo mientras hacía rodar su silla hacia una computadora y deslizaba el disco en la unidad—. Este es el escenario que ejecutó ayer por la tarde mientras estábamos ocupados. Empieza con un futuro en el cual Khalid triunfa en derrocar a Abdullah, luego se extiende a tres meses.

—¿Cómo es eso posible? —preguntó Smaley—. Yo no estaba consciente de que él pudiera extenderse más allá de tres horas.

—Tampoco yo. Encontró una manera de unir episodios consecutivos. Le mostré esto a Garton, quien revisó los algoritmos. Está convencido de que es factible.

Clive pulsó algunas teclas. El monitor titiló y luego se llenó de números. En el marco aparecieron cadenas de texto moviéndose demasiado rápido para leerlas. En una masa pasaron varios cientos de líneas, y luego apareció una sola página. *Indicadores clave del reino de Arabia Saudí y la región… A los tres meses.*

—Un panorama no muy alentador —concluyó Clive rodando la base del monitor hacia ellos.

Ellos leyeron las conclusiones de Seth.

—¿Qué probabilidades hay de que esto pueda ser exacto? —indagó el secretario mirando a Clive.

—Muchas, si Khalid toma el control. Al no tener otro escenario contrario a este, lo mejor es suponer que el que Seth proporcionó es, al menos, probable.

Por un momento nadie habló.

—¿Dónde está Seth ahora? —preguntó Gray echando su silla hacia atrás.

—Si agarra todos los vuelos, estará en Riad —contestó Clive y miró su reloj—, en siete horas.

—¿Tiene usted alguna confianza en que podría impedir esta boda?

—Su conjetura es tan buena como la mía —respondió Clive negando con la cabeza—. Cuando se fue, su clarividencia era cíclica, encendida unas horas, otras apagada. Sin ella, él es allí una presa fácil. Él lee árabe, quizás hasta lo habla un poco, pero no hay forma de que pase por árabe. Y existe la nada desdeñable posibilidad de que se alarguen sus períodos de remisión. A lo mejor es un juego de azar.

—¿No lo sabe el rey?

—No, señor —contestó Smaley—. No tenemos ninguna corroboración de ninguna agencia de inte...

—Esto es suficiente para mí —concluyó el secretario—. Le diremos que sospechamos que Miriam regresó a Arabia Saudí y que la están dando en matrimonio a Omar bin Khalid en un acuerdo con el jeque Al-Asamm. Le pedimos que arreste de inmediato a Khalid bin Mishal.

—No tendrá la voluntad política para arrestar a Khalid sin pruebas concretas —advirtió Smaley.

—Esa es decisión de él —aseguró el secretario poniéndose de pie—. Yo mismo haré la llamada.

Luego miró a Clive.

—No se ofenda, pero oro porque usted esté equivocado. Que Dios les ayude si no es así.

—No es ofensa. Y tal vez usted encuentre esto interesante: Una de las conclusiones a las que llegó Seth en su estado de mayor conciencia fue que la oración funciona.

La boca de Smaley se abrió, como si se preguntara otra vez por qué Clive había dejado ir a Seth.

—Discúlpenme, caballeros —se despidió el secretario, dando media vuelta y saliendo del salón.

capítulo 34

El Aeropuerto Internacional Rey Khalid estaba a treinta y cinco kilómetros al norte de Riad, una ciudad que cubría aproximadamente seiscientos kilómetros cuadrados y la ocupaban más de tres millones de habitantes. Seth sabía sin ninguna duda que sin su clarividencia sería imposible negociar su paso por inmigración y su entrada a la ciudad.

Los documentos de viaje que le había conseguido Clive lo llevaron a Londres y luego a Beirut, donde tomó un vuelo de cuatro horas a Riad. Hasta ahora todo iba bien.

Solo había dos problemas. Uno, la inmigración saudita no aceptaría su visa… él había visto eso en todo futuro posible. Su identificación falsa no era una obra maestra. Y dos, su clarividencia estaba a punto de acabarse. No podía ver exactamente cuándo… ni siquiera podía mirar dentro del futuro y ver cómo actuaría su clarividencia.

Pero ahora había estado viendo claramente casi por dos horas, y según sus últimos cálculos, dos horas eran ahora su límite. La duración de su clarividencia se encogía a un ritmo constante. Peor aun, el espacio en que no veía se estaba extendiendo a casi una hora entre episodio y episodio. Cuando su vista fallara esta vez, no volvería al menos durante seis horas.

Peor aun, veía menos cada vez que la clarividencia volvía. Había desparecido su vista expansiva que iba más allá de sus circunstancias inmediatas. Sencillamente su clarividencia se estaba esfumando.

Seth descendió del avión y se dirigió a inmigración, sudando la gota gorda. Aún estaba viendo. El secreto estaba en arreglárselas para pasar ante la mirada de las autoridades. Solo tendría que ir cuando y donde no lo vieran, en realidad pasándolos sin que se enteraran.

Aunque lograra pasarlos, aún estaría lejos de encontrar a Miriam. El temor se le asentó como plomo en el estómago.

¡Concéntrate!

El ojo de su mente le mostraba con precisión quién miraría, dónde y cuándo. Al menos como un mar de posibilidades. Tendría que aislar un curso particular en el cual ninguna de las autoridades de inmigración estuviera mirando en un sitio particular en un tiempo particular. Él tendría que estar en ese lugar en ese instante, y luego coordinar otra docena de lugares invisibles en que pudiera deslizarse.

Tres filas iban a dar a las estaciones de inmigración donde los funcionarios examinaban y sellaban los pasaportes antes de permitir el paso a los pasajeros. Dos estaciones a su izquierda no tenían personal, estaban acordonadas. Con facilidad se podría deslizar debajo de la cuerda roja.

El problema era que en realidad no logró ver ningún futuro en que pasara desapercibido. Eran muy pocas las probabilidades de que todos los guardias apartaran su atención el tiempo suficiente para él evadirlos. Muy, pero muy pocas. Descubrió una cantidad de futuros en que la izquierda del pasillo quedaba sin supervisión durante varios segundos, y unos pocos futuros en que la derecha quedaba sin control por breves momentos, pero ninguno por suficiente tiempo.

Se puso detrás de una gran columna e hizo lo posible por relajarse. Chorrear sudor y temblar como una hoja no ayudaría en su esfuerzo. A menos que se le ocurriera algo pronto, sería detectado en los próximos cuatro minutos.

Quizás debería regresar al avión, fingir que había dejado algo a bordo. Eso le daría tiempo. Pero no, tenía que hacer su jugada mientras el personal de inmigración aún estuviera ocupado con otros pasajeros.

Esto es todo, Seth. Estás acabado.

Ellos no lo matarían, ¿verdad? No, él era estadounidense. A menos que un golpe de estado cambiara las lealtades. No pensó nada para disminuir su transpiración.

Lo pasó una madre vestida de negro, sus dos hijas agarraban puñados de su abaya. Seth forzó una sonrisa y apretó el paso. La línea de inmigración estaba exactamente adelante.

¡Esto era una locura! Sintió que caminaba hacia un precipicio con la plena intención de saltar. ¡No podía hacer esto!

Una imagen de Miriam le llego a la mente. Ella estaba sentada frente a él en la mesa, partiendo una pata de cangrejo con los dientes, sonriéndole sobre la luz de la vela.

Seth se inclinó para amarrarse el zapato y ganar más tiempo. El problema con el futuro era que dependía tanto de decisiones de otros como de las suyas propias. En este caso, de las autoridades. Vio que en realidad podía llegar a la puerta de salida sin ser detectado, pero allí en la puerta lo divisaría en todo futuro un guardia que ahora estaba detrás de las estaciones.

Una gota de sudor le corrió por la sien, haciéndole cosquillas. *¿Qué estabas pensando? ¡Piensa! Piensa, piensa…*

Parpadeó.

No, no pienses. Da un paso más allá de tu mente.

El corazón de Seth le palpitaba en los oídos. Se paró lentamente, aún mirando el piso. Da un paso más allá de tu mente.

Contuvo el aliento. Su mente enganchó una nueva secuencia, y supo que había venido de más allá de él.

Se quedó allí aturdido, con la boca abierta como un idiota.

¡Camina! ¡Ahora! ¡Camina!

Seth se secó las resbaladizas manos en sus pantalones, dio tres pasos de frente y giró a la izquierda. Dio dos pasos, contó hasta cuatro, y luego giró a la derecha.

Nadie chilló. Nadie gritó: «¡Detengan a ese hombre!»

Confía, Seth. No te puedes detener ahora.

Se apuró diez pasos a la derecha.

Si alguna de las autoridades lo hubiera visto, sin duda habría mirado asombrada. El estadounidense con pantalones negros de pana estaba caminando diez pasos a la derecha, deteniéndose, retrocediendo tres pasos, y luego atravesando en un leve ángulo hacia el otro lado del pasillo, una marcha lunática alrededor del terminal como si engranara con otra docena de personajes invisibles.

En realidad, él daba pasos precisamente donde estaba bloqueada la visión que ellos tenían de él por una cabeza o un brazo, o cuando este o ese bajaban la mirada. Un muchachito observó a Seth todo el tiempo, durante todos los cinco minutos que necesitó para llegar a la puerta. Pero el muchacho solamente lo miró mientras Seth se movía en su camino por el pasillo.

El nuevo futuro que habría de llegarle le exigió estar en la puerta, mirar hacia la pared, y aclarar la garganta. El sonido rebotó de tal manera que llamó la atención de un guardia distante el tiempo suficiente para que Seth pasara de largo.

Entonces pasó. Temblando y asqueado del pavor, pero pasó. Se alejó de los puestos de inmigración con las piernas entumecidas.

Aún estaba viendo. Eso terminaría en cualquier momento, y luego estaría ciego.

Seth localizó rápidamente los baños y entró deprisa en ellos. Una abaya colgaba en el baño de damas… necesitaba esa abaya. Gracias a Dios que al menos había visto hasta allí.

Se metió en el baño, las manos le temblaban por el júbilo de su triunfo. Si solo pudiera…

El mundo se le volvió negro. ¡Se había ido la clarividencia!

Vio la abaya negra y la sacó del gancho. Buscó una abertura. Halló una. Arriba o abajo, no lo sabía… nunca había tocado una abaya, mucho menos había usado una.

Se la lanzó sobre la cabeza y la jaló hacia abajo. No había mangas como tales y rápidamente la recogió alrededor de él en una forma que correspondía a las fotos que había visto. Sus zapatos de cuero asomaban por el fondo… eso podría ser un problema. Levantó el velo y se lo caló en la cabeza. ¡Ja! ¡Perfecto!

La puerta se abrió y entró otra mujer.

¿Otra?

La mujer lo miró como si algo estuviera mal. Por un momento no se movieron. Luego siguió de largo y enderezó la cubierta de la cabeza, diciendo entre dientes algo que Seth no logró entender. Él asintió su agradecimiento y salió.

Se quedó quieto por un momento, haciendo acopio de sus sentidos. Estaba ciego al futuro. ¿Habrían usado alguna vez zapatos tenis de cuero las mujeres en Arabia Saudí? Esperaba que sí; sinceramente lo dudaba. Sin embargo, no podría calzarse bien un par de zapatillas, ¿no es así? Estaría tropezando en toda grieta.

Había visto suficiente futuro para saber lo que debería intentar ahora, pero no había visto si tendría éxito. Podía llegar a la ciudad en un autobús regular. Pero las especificaciones de ese futuro se habían desvanecido. No el futuro general, sino los aspectos mínimos que eran decisivos. Cuándo decir qué, en qué asiento sentarse… esa clase de cosas.

Emprendió el camino hacia la señal que indicaba autobuses. Ahora no podía echarse atrás. Esta era la patria de Miriam. El pensamiento se la trajo a toda prisa a la mente. Ella estaba aquí; él no tenía duda. *Dónde* era un asunto totalmente distinto.

El viaje en autobús involucró poco más que sufrimiento durante una hora de humillación. Varios hombres lo miraron, enfocándose primero en sus manos velludas, las cuales escondió al instante, y luego en sus zapatos, los cuales no podía ocultar. Él no podía imaginar si el desprecio de ellos venía por su elección de zapatos o por viajar solo. Debió esforzarse por no pegarle una bofetada a un tipo que evidentemente veía como su deber ponerle mala cara, pero de otro modo Seth no habría sobrevivido a su primera hora en Arabia Saudí.

Se bajó del autobús en el centro de Riad cerca de la medianoche. Se alejó del bus tan rápido como pudo, plenamente consciente de que la mayoría de mujeres sauditas no estaban fuera a esta hora.

La ciudad estaba prácticamente desierta. Si él tuviera su visión podría comenzar ahora su búsqueda de Miriam, pero tendría que esperar al menos otras cinco horas. Y ocultarse.

Seth encontró un callejón desierto y se acomodó sentado detrás de un enorme bote de basura. La noche lo ocultaría bien. Él *era* la noche. Una mancha negra en un callejón oscuro a altas horas de la noche.

No se había sentido tan ansioso desde que su padre lo sacó a patadas de la casa por derramar su Coca-Cola en la mesa de la cocina en la fiesta de su cuarto cumpleaños.

Había gritos y golpes, y Seth despertó.

—¡Levántese, levántese, mujer mugrienta —gritaba alguien en árabe.

Un palo le golpeó la cabeza, haciéndolo entrar bruscamente en conciencia. Un hombre estaba sobre él empuñando un bastón. Alguien de la policía religiosa, los mutawa, por el aspecto de su ropa.

Seth se puso de pie. El mutawa retrocedió para lanzar otro golpe, y Seth hizo lo único que le vino a la mente. Huyó.

Detrás de Seth en el callejón se oyeron maldiciones. La abaya se le enredaba en los tobillos, y él la jaló hasta las rodillas para correr. Algo respecto de lo que veía silenció al mutawa. Quizás los zapatos de Seth. O sus largas zancadas.

Ahora Seth no podía correr ningún riesgo. Si el hombre sospechaba que Seth era algo distinto a una mujer, investigaría. Vestir ropa del sexo opuesto no era algo exactamente alentado en Arabia Saudí.

Seth cortó por otro callejón. Entró a las tiendas del bazar por diez minutos hasta estar seguro de que el mutawa ya no era una amenaza. La abaya lo ocultaba solo entre otras mujeres; a estas horas de la madrugada aun no estaban fuera.

El llamado a la primera oración trinó en el fresco aire matutino. Eso convocaría a algunos hombres, lo suficientemente devotos para levantarse temprano, pero él tendría que esperar para iniciar su búsqueda cuando lo cubrieran bastantes mujeres.

Mientras su visión regresaba trató de escuchar conversaciones en el mercado. Alguien en alguna parte debía saber algo respecto de Omar. Estaba seguro que si lograba encontrar a Omar, hallaría a Miriam.

Lo absurdo de su situación lo golpeó mientras caminaba por el mercado, tratando de lucir como si fuera del lugar. Pero la realidad es que no pertenecía allí. Se imaginó a Miriam caminando por esta misma calle antes de su vuelo a Estados Unidos. En muchas formas ella pertenecía al lugar.

¿Dónde podía estar Miriam ahora? Si estuviera con él, él pertenecería al lugar; sin ella estaba perdido. Y sin su clarividencia también podría estar en una tumba. Los pensamientos le ocasionaron un nudo en la garganta.

Miriam, mi princesa. ¿Dónde estás? Él fue allí a buscarla, aun impotente para empezar.

Una alarma de incursión aérea ululó por la ciudad. Luego el sonido de armas automáticas, como palomitas de maíz. El corazón le latió con fuerza. Se hizo silencio en el aire. ¿Qué podía significar eso? Problemas. Pero no para él. Esto era algo más grande.

Seth corrió hacia una enorme estructura que se levantaba contra el horizonte, como a ochocientos metros adelante. Necesitaba ahora su clarividencia. La necesitaba con urgencia.

¿Y si no le volvía?

Volvió, dos horas más tarde. Siete horas después de que lo abandonara. ¡Siete horas! Y se iría en menos de dos.

La causa de las sirenas le vino a la cabeza. Alguien en un auto que pasaba estaba a punto de decir algo a alguien más en un teléfono celular, y Seth lo vio como un futuro.

—Lo que estoy diciendo, Faisal, es que no podemos fingir que no está pasando nada. El palacio real está sitiado, imbécil.

La conexión se perdía a medida que el auto salía del alcance. Seth lanzó un grito ahogado.

¡El golpe había comenzado! Lo cual significaba que Miriam se había casado con Omar. Seth se sintió mal.

Investigó los futuros por acontecimientos fuera de esta pequeña plaza. Nada. Veía como al principio. ¿Cuánto tiempo más hasta que desapareciera su clarividencia?

Si los beligerantes tenían sitiado el palacio, lo tenían en secreto... aquí en el centro de la ciudad no se había alterado la vida cotidiana en ninguna forma obvia. Unos cuantos autos policiales ululaban, seguidos por pesados camiones del ejército, pero las calles estaban llenas de transeúntes, despreocupados o no conscientes.

Está bien, Seth. Un paso a la vez.

Se metió de prisa en un paso de peatones con vista a un enorme patio del Centro Al-Faisaliah. La estructura central del centro comercial estaba muy por encima de la línea del horizonte, en forma de angosta pirámide, curiosamente moderna entre las demás. La atención de Seth se dirigió hacia las personas que abarrotaban su base.

Podía ir hasta alguno de los miles que pasaban y preguntarle si sabía quién era Omar bin Khalid y, de saberlo, dónde vivía. Eso creaba posibles futuros. Los vería, y vería las posibles respuestas. Su tarea era mirar en esos futuros y encontrar a la persona que sabía la respuesta a las dos preguntas.

Seth observó a la gente. Él era una mujer que descansaba en la pasarela, extraña solo porque estaba sola. Los futuros dieron vueltas en su mente, infructuosos por diez minutos. Luego veinte. Luego cuarenta.

Cien mil personas debieron haber pasado abajo en la multitud, ¿y ninguna de ellas conocía a Omar? En realidad vio a ocho que habrían contestado afirmativamente a su primera pregunta, pero no tenían más información que él en cuanto a dónde vivía Omar. Si solo pudiera encontrar *uno* que supiera, posiblemente le podría sacar la respuesta.

¿Y si el golpe de estado ya hubiera triunfado? Si Miriam estaba casada con Omar, ¿qué podría hacer él, un ciudadano estadounidense sin posición diplomática? Las preguntas lo debilitaron.

Una muchacha al otro lado del pasillo llamó su atención. Casi era una niña, aún sin velo, y al instante supo que era la elegida. Hablaba inglés, y su conversación con ella fue más o menos así:

—Discúlpame. ¿Quizás conoces a este hombre Omar?

—¿Eres inglés? —le preguntó en inglés, mirándolo divertida.

—¡Sí! Sí, lo soy.

—Entonces habla en inglés. ¿Te parezco tonta? ¿Y por qué estás vestido como mujer?

—Eres brillante. Estoy vestido como mujer porque soy del teatro.

—No tenemos teatros.

—Hay uno y es un secreto. ¿Conoces a Omar bin Khalid?

—No te creo. No existen teatros. Sí, conozco a Bin Khalid.

—¿Lo conoces? Eso es maravilloso. ¿Y dónde vive? Debo hablar con él respecto del teatro lo más pronto posible.

Ella lo miró por unos instantes y luego sonrió.

—Aún no te creo. Omar tiene muchas villas, pero la más nueva es la Villa Amour, en el acaudalado distrito en el occidente. Es muy conocida.

—¿Lo es? ¡Eso es fantástico! ¿Y sabes si hubo una boda allí hace poco? ¿En los últimos días?

—No te podría decir eso. Tú eres un hombre —habría dicho ella.

Y en realidad, no se lo diría. Pero ya lo había hecho, ¿no era así? La conversación se pudo volver interesante, pero él tenía lo que necesitaba.

Seth rodeó el enrejado. Debía encontrar el camino a la Villa Amour. Tenía menos de una hora antes de que terminara la clarividencia. Quizás mucho menos.

capítulo 35

El rey Abdullah entró como un vendaval en su oficina, furioso. Estaba rodeado de incompetencia. Se sentía vulnerable sin su jefe de seguridad, quien yacía muerto en un ataúd en alguna parte regresando a Arabia Saudita. Hilal ya habría acabado con esta locura si no lo hubieran asesinado. Por eso Abdullah culpaba a los estadounidenses.

—¿Cuántos hombres tenemos? —averiguó, deslizándose detrás de su escritorio.

—El jeque afirma tener diez mil exactamente más allá de la ciudad, hacia el oeste—contestó el general Mustafá al tiempo que cruzaba las piernas.

Abdullah observó a su hermano. Este hombre lo había persuadido de no actuar después de recibir la llamada de la secretaría estadounidense de estado. Con el príncipe heredero en Indonesia, Abdullah sopesó el consejo de su general y estuvo de acuerdo. Ahora que Khalid había tomado el control del perímetro del palacio, Abdullah se preguntó si el mismo general Mustafá no estaba dividido.

—¿Dónde está el príncipe heredero?

—Regresaron su avión a Yakarta —informó Mustafá—. Khalid también ha tomado el control del aeropuerto.

¡El aeropuerto!

—¿Está Ahmed con Khalid?

—Así parece.

—¿Cuántos otros ministros?

—Al menos doce. Khalid ha planeado esto por mucho tiempo para tener tan amplia base de apoyo.

Abdullah miró por la ventana. El cielo estaba azul. Una paloma remontó el vuelo. No era la primera vez que un príncipe había intentado quitarle el poder... la amenaza era constante. Pero este parecía tener algún ímpetu.

—Usted está hablando de mi muerte, general. No de una concentración política.

—No, Su Alteza. Ellos no han hecho esas amenazas. Le han dado doce horas para desalojar el gobierno. Si planearan irrumpir en el palacio, ya lo habrían hecho, cuando tuvieron la ventaja de la sorpresa.

—No sea tonto. Me han dado doce horas solo para apaciguar a la mitad de la ciudad que me apoya. No tienen intención de dejarme salir vivo de aquí. Siempre he sido una amenaza para los beligerantes.

El general esperó antes de contestar.

—Quizás tengan otros planes para contener esa amenaza.

—No tengo intención de pudrirme en una celda. ¿Cuántos hombres tiene afuera Khalid ahora mismo?

—No es cuántos, señor. Es dónde los tiene. Controlan toda la seguridad externa del mismo palacio. Además controlan la mayor parte de los ministerios.

—¿Ningún cambio en los militares?

—No. Tanto la fuerza aérea como el ejército se han retirado. No necesariamente están con Khalid, pero tampoco están contra él.

—Así que en definitiva la fuerza real de Khalid consiste en los hombres del jeque.

—Sí. Y el jeque tiene otros veinte mil en estado de alerta.

Abdullah cerró los ojos y pensó en los acontecimientos que habían precedido este momento. Su predecesor, el rey Fahd, siempre se había impuesto, usando tanto la astucia como la fuerza bruta. Astucia era lo único que tenía Abdullah. Astucia y los estadounidenses.

—¿Tenemos aún comunicaciones? —preguntó.

—No hay teléfonos —contestó el general Mustafá.

—Entonces envíe un mensaje con un comisionado. Usted puede hacer eso, ¿o no, general?

—Tal vez, creo que sí.

—Bueno. Haga que la ciudad sepa lo que está ocurriendo aquí —expresó Abdullah, abriendo los ojos—. Crearemos tanta confusión como podamos en las calles. Dígales que los chiitas han sitiado el palacio. Eso debería conseguir una reacción. El jeque Al-Asamm es la clave. Quizás podríamos hacer lo que Khalid ha hecho. Tal vez podríamos quitarle su lealtad a Khalid.

El general permaneció en silencio.

—¿Qué cree usted, general? ¿Se puede debilitar la lealtad del jeque?

—No lo sé. Si se pudiera, Khalid fracasaría. Pero Al-Asamm está ligado por matrimonio, y él es un hombre tradicional.

—Pero rompió su vínculo conmigo.

—Solo porque los líderes religiosos concordaron en que podía hacerlo, dadas las circunstancias.

—¿Y usted, general? ¿Con quién está su lealtad?

—Con el rey.

—¿Y si Khalid fuera rey?

—El rey será quienquiera que Alá haya querido. Pero creo que él ha querido que sea usted, Su Alteza.

—Ya veo. ¿Y está Khalid siguiendo la voluntad de Dios?

El general no tenía una respuesta. La convicción había dividido a la nación entre musulmanes fundamentalistas y más moderados. Pero igual que muchos, lo más probable era que el mismo Mustafá estuviera dividido. A veces era conveniente el fatalismo.

—Si no oigo disturbios dentro de una hora, supondré que usted no ha anunciado el mensaje, general. Eso es todo.

—Podemos deducir que el golpe de estado tiene seis horas, pero no podemos estar seguros al no tener contacto directo con la Casa de Saud —informó Smaley—. ¿Está usted aún en Colorado Springs?

¡Así que Seth había tenido razón! Clive se cambió el teléfono celular a la mano derecha.

—Ahora mismo estoy yendo al aeropuerto. ¿Confirma usted que Khalid bin Mishal ha triunfado de veras?

—Es demasiado pronto para afirmarlo.

—Entonces Seth podría ser nuestra única esperanza.

—En lo que a mí respecta, él está acabado. Es obvio que no logró desbaratar la boda, y no hemos sabido nada de él. Usted, por otra parte, nos podría ayudar —anunció Smaley e hizo una pausa—. Mire, usted tenía razón en esto, y le pido disculpas. Mientras tanto, tenemos una situación grave en nuestras manos. Khalid ha cerrado nuestra embajada en Riad y los dos consulados en Dhahran y Jedda. No tenemos idea de qué está pasando con Jordan y su personal; no hay comunicaciones. Es un desorden.

—¿Está viva Miriam? —preguntó Clive.

—Suponemos que sí. El jeque Al-Asamm ha reunido una fuerza muy moderada al oriente de la ciudad. Por eso queremos que usted vuelva al laboratorio con ese último escenario que presentó Seth. ¿Era el jeque un factor en el simulacro de Seth?

Clive usó su mano libre para maniobrar el auto dentro de un 7-Eleven.

—Debió haberlo sido. El jeque habría tenido que tratar con cualquier escenario real. ¿Quiere usted que yo analice las acciones del jeque y de Omar en el escenario de Seth? Tiene sentido —comentó, haciendo girar el auto.

—Los técnicos ya lo están haciendo, pero ellos carecen del sentido que usted posee para esto. Creemos que nuestra mejor esperanza reposa en el jeque. Debemos conocer sus debilidades, sus respuestas a situaciones reales. Si el escenario de Seth fuera real, nos podría dar eso, ¿de acuerdo?

—Tal vez. Tal vez no. ¿Tiene usted contacto con el jeque?

—No todavía, pero creemos poder acceder a su línea personal. De todos modos, aquí no tenemos mucho tiempo.

Clive regresó a la circunvalación 24 y se dirigió otra vez hacia la montaña Cheyenne.

—Estoy en camino. Así que nada de Seth, ¿eh?

—No en esta parte. Eso podría ser algo bueno. Lo último que necesitamos es que algún maniático estadounidense entre y secuestre a la hija del jeque. Necesitamos la cooperación de Al-Asamm, no su enojo.

—¿No entiende usted todavía a Seth, Peter? Es bueno que ahora él esté fuera de su alcance. Al menos, usted no se salga de su camino para detenerlo.

—Por lo que sabemos, él está muerto —indicó Smaley—. Usted nunca debió dejarlo ir. Olvídelo, Clive. Él ya no es un factor.

Clive quiso objetar, pero aparentemente el subsecretario tenía razón. Hasta donde sabían, para el momento Seth ya había perdido totalmente su don. Y si Miriam se había casado…

Sin embargo, aun sin clarividencia, Seth no era idiota.

—Lo llamaré si consigo algo —prometió Clive, y cerró el teléfono.

capítulo 36

El tiempo era todo ahora. Seth encontró un chofer de taxi que conocía la ubicación de la Villa Amour. A pesar de machacar solo unas pocas palabras en árabe usando su mejor impresión de una voz femenina, Seth convenció al chofer de que lo llevara. Pero el esfuerzo desperdició media hora.

Un elevado muro rodeaba la villa, y en las puertas había guardias. No importaba... de todos modos no veía manera de atravesar la puerta. La única forma de entrar a hurtadillas era sobre el muro en el extremo sur. Gracias a las estrellas que aún estaba viendo.

Corrió lo mejor que pudo en la abaya sin parecer un murciélago herido. Se subió a lo alto del muro, recogió la abaya, y se lanzó al otro lado.

A las villas se les llamaba palacios, y Seth pudo ver el motivo a la primera mirada. Altas columnas griegas enmarcaban una entrada de cinco metros hecha de madera. Pero él no tenía intención de utilizar la puerta principal. Lo que le interesaba eran las viviendas de los criados en la parte posterior.

Poco tiempo atrás habría podido pararse aquí y saber exactamente lo que había en la villa al escudriñar futuros posibles. Pero en el momento solo captaba vislumbres, como al inicio de todo este desorden, cuando vio por primera vez a Miriam a punto de ser atacada en el baño de damas en Berkeley.

Seth corrió protegido por los árboles y las palmeras que bordeaban una fuente, pensando en las preguntas que lo habían acosado durante el prolongado viaje en taxi. ¿Por qué no había visto a Miriam en ningún futuro? Esta era la más nueva de las villas de Omar; al menos sabía eso. Y sabía que aquí se había realizado recientemente una boda. Pero aún no sabía con certeza que Omar se hubiera casado aquí con Miriam, o que de ser así, que ella aún estuviera aquí.

Seth tragó saliva, consciente de lo pocas que eran sus posibilidades. Puso su esperanza en la sirvienta filipina que contactaría con él en los cuartos de la servidumbre. No sabía cuán colaboradora sería, pero había visto que ella le hablaba. Al menos tenía eso.

Un paso a la vez, Seth. Solo un paso.

Hizo una pausa ante la puerta y miró hacia atrás. Ya no podía dar por sentada su visión. Puso la mano en la manija y la giró. La puerta se abrió hacia adentro.

En el poco iluminado cuarto había una mesa de madera, cortinas hechas de sábanas, y un antiguo horno de madera. Una mujer de piel oscura, sin velo y vestida con una túnica sucia, se volvió del horno, con los ojos abiertos de par en par.

Seth entró y cerró la puerta. Ella le hablaría, en inglés. Él sabía eso, pero también sabía que se debía presentar como mujer.

—Hola, ¿me podría ayudar usted? —inquirió, temiendo que se le quebrara la voz.

A él le pareció voz de mujer. La criada simplemente lo miró.

—Soy estadounidense —señaló él—. Le ruego que me ayude.

—¿Estadounidense? —exclamó ella mirando a la ventana, obviamente aterrada.

Los criados filipinos, musulmanes que habían venido a la cuna del islamismo en busca de trabajo, eran comunes en Arabia Saudí, pero a menudo sus empleadores los maltrataban.

—Sí. Estoy dispuesta a pagarle —continuó Seth.

Deslizó la mano debajo de la abaya, agarró un fajo de billetes estadounidenses de su bolsillo frontal, sacó doscientos dólares, y se los extendió.

—Por favor —le suplicó.

La mujer miró el dinero por unos instantes, volvió a mirar la ventana, y entonces estiró ansiosamente la mano hacia los billetes. Por la mirada en sus ojos, probablemente era más de lo que había visto junto en toda su vida.

—Debo hablar con la mujer que está aquí. Se llama Miriam.

La criada se fijó en los billetes.

—Ella se casó aquí, ¿verdad?

La mujer levantó la mirada, desconfiada.

—Por favor, ella es mi amiga. Usted tiene que ayudarme.

—Ninguna mujer se casó aquí —dijo por fin la criada.

La oscuridad inundó la mente de Seth. ¡No! ¡Estaba ciego otra vez!

Lanzó un grito ahogado. La mujer retrocedió un paso. Estaba en medio de un palacio vigilado en la Península Árabe con un furioso golpe de estado a su alrededor, y él estaba ciego.

Querido Dios, ¡ayúdame!

—¡Por favor!

—¡Usted es un hombre! —exclamó ella.

Él se aclaró la carraspera y subió la voz un octavo.

—Por favor, no quise asustarla. Me duele el estómago.

Eso era ridículo.

—Ningún matrimonio —volvió a hablar ella—. ¡Usted no puede estar aquí! ¡Si me agarran, me golpearán!

Seth alargó una mano tranquilizadora, y luego la recogió cuando apareció el vello, para nada femenino.

—No, *no* la agarrarán. Me iré. Pero debo saber. Le pagaré más.

Metió la mano al bolsillo y sacó otro billete. Era de cien.

—Aquí, tómelo.

Ella estiró la mano hacia delante, pero esta vez él retiró el dinero.

—Dígame. ¿Dónde está la mujer?

Ella lo observó curiosamente y luego miró el dinero.

—Sí. Hubo una boda —reconoció.

—¿Cuándo?

—Anoche.

¡Esa fue! ¡Tenía que ser!

—¿Dónde está ella?

—Deme el dinero —ordenó la mujer manteniendo la mano estirada.

Seth se lo dio.

—No lo sé —contestó ella—. Ahora debe irse. ¡Váyase!

La criada agarró una escoba y pinchó a Seth con ella.

—¡Váyase ahora!

—¡Dígame dónde está! —retumbó Seth dejando de lado su esfuerzo por hablar como mujer.

La pobre sirvienta abrió la boca horrorizada e intentó golpearlo con la escoba. Él recibió el golpe en la cabeza, y levantó un brazo para protegerse de los continuos escobazos. La mujer comenzó a chillar. El alboroto significaría el fin para él.

—¡Está bien! ¡Cállese! *Shh.*

Ella continuó golpeándolo, sin intimidación. Seth huyó y lanzó la puerta tras él. Corrió cinco pasos antes de pensar en que debía parecer todo menos una grácil dama saudita. Se detuvo, el corazón le palpitaba con fuerza. Pero los terrenos seguían en calma.

Miriam estaba allí. Ahora sabía eso. Solo había una forma de encontrarla.

Para un varón de cabello rubio, ojos verdes, y piel blanca corriendo por un palacio árabe y abriendo puertas, una abaya era algo maravilloso.

Miriam estaba sobre el sofá, sofocada de púrpura. El cuarto subterráneo no tenía ventanas, pero su decorador, supuestamente Omar, había forrado las paredes con pesadas cortinas de terciopelo. La alfombra roja evocaba sangre en Miriam, y desentonaba con las cortinas. La colcha de seda era negra. Las velas violetas olían a ungüento. El cuarto no era más que un espléndido calabozo.

A ella todo le olía a nizarí, esa espantosa secta extremista, aunque nunca los había olido.

La habían traído aquí una hora después de la boda y cerraron la puerta. Desde entonces no había visto ni oído a nadie. El tiempo pasaba con creciente terror, y se las arregló para dormir solo durante un par de horas aquí en el sofá.

Reiteradamente pensó que era mejor matarse que volverse a enfrentar a Omar, pero el suicidio no era su manera. Preferiría que él la matara, y quería incitarlo a que lo hiciera. El mutawa que supervisó la muerte de Sita por inmersión dijo que ella le había hecho a Hatam un daño corporal; Miriam se preguntó cómo lo heriría su amiga. Quizás le arañó los ojos; o le rompió la nariz. Si Omar volvía a tratar de besarla, lo mordería, y no con suavidad.

Miriam pensó en morderle el labio con suficiente fuerza para romperlo. *Te demostraré que no soy tu juguete*. No, ella era una mujer. Pero en manos de este hombre no podía ser una mujer. Él ni siquiera estaba enterado de que las mujeres existían. Para él eran simplemente carne, posesiones. Algo para usar y desechar.

Las lágrimas le hicieron borrosa la visión. *¿Qué he hecho para merecer esto?*

El teléfono sonó y Miriam se sobresaltó.

El blanco auricular de porcelana colgaba de una horquilla de bronce... ella creía que el aparato solo era decorativo, pero el agudo timbre demostró que se equivocaba. Se puso de pie. ¿Debería contestarlo?

Miriam lo dejó sonar una docena de veces antes de levantar el auricular y ponérselo al oído.

—Él ya viene —informó una voz femenina—. Ha pedido que su novia esté lista.

Miriam se estremeció.

—¿Me oye? —preguntó la mujer.

—¡*Nunca* estaré lista! —susurró Miriam.

Silencio. Una risita suave.

—Y eso es lo que él quiere. De modo que *estás* lista. Si lo enojas, él te amará por eso. Si te sometes a él, te odiará. Él tiene la sangre de un rey, y tú eres su reina.

Miriam colgó bruscamente el auricular y gritó.

—¡Nunca! —exclamó temblando—. ¡Nunca!

Sollozó y atravesó la alfombra, aún temblando como una ramita en el viento.

Solo hay un camino, Miriam. Debes matarlo. Ella cerró los ojos. *Debes distraerlo y hundirle el candelero en el cráneo.*

Oyó un ruido en la puerta. Miriam corrió al tocador y se pegó bien en las sombras. ¡El candelero! Estiró la mano y lo agarró del tocador.

La puerta se abrió un poco. Miriam se presionó en la oscuridad y contuvo el aliento.

La puerta se abrió del todo. Una mujer estaba en el marco, vestida de negro. Con velo. ¿Era esta una enferma fantasía de Omar? ¿Venir vestido de mujer?

La repugnancia le recorrió el vientre, amenazándola con explotar en un grito. Ella podía hacerlo. Le arrancaría la cabeza antes de que...

—¿Miriam?

¡*Era* un hombre! Omar había venido hasta aquí en una abaya para burlarse de ella. Si lo dejaba entrar e intentaba pegarle mientras estuviera de espaldas, ella podría triunfar.

—Miriam, ¿estás aquí adentro?

El hombre estaba hablando en inglés. ¡Inglés! ¿Hablaba inglés Omar?

—Miriam. Dios, ayúdame. ¿Dónde te han puesto?

La mente de Miriam se inundó con la voz de él y un nombre emergió a gritos. La figura empezó a alejarse. No. ¡No! ¡Este no podría ser Seth! Ella se estaba volviendo loca. Si lo llamaba, ella se descubriría.

La figura se volvió para salir. Miriam no se pudo controlar. Salió de las sombras, con el candelero como un arma.

Él giró.

—¡Miriam!

Quítate el velo, trató ella de decir, pero no pudo. La garganta se le cerró. Él se arrancó el velo de la cabeza.

Era Seth.

Ella sintió que se le debilitaban las piernas. El rostro mostró una mueca de vergüenza. Estaba llorando. ¿Por qué estaba avergonzada?

Él corrió hacia Miriam, quien cayó contra él, incapaz de contener profundos sollozos. Quiso decirle cosas, contarle todo, pero las palabras solo salían como gemidos. Prolongados gemidos insulsos como de muerte, resonando alrededor de la recámara.

—¿Qué te han hecho? —exclamó Seth arreglándoselas para sostenerla, pero ella se desmadejó y él la dejó caer sobre el sofá, abrazándola—. Voy a matar...

La muchacha no podía contener la efusividad de su corazón. Omar estaba viniendo en este preciso momento, y ella tenía que advertirle a Seth. Pero su voz no cooperaba.

—Ahora estás segura —le aseveró él acunándola—. Estás segura conmigo. ¿Me oyes, Miriam? Ya estoy aquí.

—Él viene para acá —se las arregló ella para expresar.

—¿Quién? ¿Omar?

Miriam trató de contener la respiración. Impulsivamente agarró a Seth por la abaya y le besó el rostro.

—¡Gracias! —exclamó ella besándole el cabello, y repitió en medio de más y más lágrimas—. Gracias, gracias. Te agradezco, Seth.

—Escúchame, Miriam. ¿Dónde está Omar?

Sí, él estaba viniendo, ¿no era así? Miriam volvió en sí. Se levantó, inquieta.

—¡Viene hacia acá! —advirtió Miriam.

—¿Ahora? —le preguntó él, mirándola inseguro.

—Sí, ¡ahora mismo! —contestó ella empujándolo y corriendo hacia la puerta—. ¡Tenemos que salir ahora! ¿Puedes ver los futuros?

—No —confesó él enderezándose y quitándose la abaya—. Toma, ponte esto.

—¡No!

Seth se detuvo ante la ira en la voz de Miriam.

—No —repitió ella—. Ponte tú la abaya. Dame tu ropa. ¡Rápido!

Él entendió. Les llevó solo unos segundos, luchando a tientas como locos con botones y cierres, pero al final Seth aún estaba oculto en una capa negra, y Miriam usaba los pantalones de pana y la camisa blanca de él, todo del doble de su tamaño.

—Mi cabello —anunció ella.

Él giró alrededor de ella y le ató el cabello en un desordenado nudo detrás de la cabeza. ¡Horrible! Ella necesitaba un *ghutra*. Algo que le cubriera la cabeza; corrió hacia la cama, quitó la funda a una de las almohadas, y se la amarró sobre la cabeza.

—Haces un pésimo papel de hombre —comentó Seth.

—Y tú como mujer eres terrible —se defendió ella.

—¡Vamos! —exclamó Miriam, extendiéndole la mano.

Salieron corriendo de la habitación y se dirigieron a las escaleras.

—¿Dónde está el garaje? —preguntó él.

Ayer habían llegado por el garaje, pero ella no lo observó.

—No sé… ¡Por detrás! Hacia la parte trasera.

Salieron juntos por el piso principal. Seth parecía saber mejor que ella dónde estaba la parte de atrás, porque la llevó por un pasillo y señaló hacia el extremo. Ahora caminaban rápidamente. Un criado entró al pasillo y dio dos pasos antes de volverse hacia ellos.

Siguieron caminando, un hombre y una mujer: dos extraños en la villa, quizás extrañamente vestidos, pero nada más. Esa era la esperanza de ella.

—¿Les puedo ayudar? —preguntó el criado detrás de ellos.

—No —contestó Seth, y Miriam creyó que su acento árabe era bastante bueno.

Seth le informó que había perdido su don, lo cual significaba que él se las estaba arreglando por su cuenta. *Ellos* se la estaban arreglando por su cuenta.

Querido Dios, ayúdanos.

Encontraron el garaje en la parte de atrás, más allá del estudio en que Miriam había esperado ayer. Había una fila de autos en sus puestos. Mercedes, todos ellos. Oyeron gritos que venían de la villa. Omar.

—¡Rápido! —exclamó Miriam arrancando hacia el primer auto, cegada por una nueva furia; nunca regresaría. No viva. ¡Nunca!

—No logro ver un… —empezó a decir Seth, se quitó el velo del rostro, saltó la reja, y corrió hacia el segundo auto. Ambos estaban con seguro.

Intentaron abrir todos los cinco autos. El del extremo sonaba como si se enfriara. Estaba sin seguro. Ella supo sin duda alguna que Omar acababa de llegar en este auto.

Seth subió al asiento del conductor y pulsó el control de la puerta del garaje.

—¡No puedes conducir! Te detendrán; eres una mujer —advirtió Miriam, y miró hacia la puerta del garaje que se estaba levantando a la orden de Seth—. Yo manejaré.

Él titubeó y luego se pasó al asiento del pasajero.

Miriam se deslizó detrás del volante e hizo girar las llaves. El negro Mercedes rugió. El movimiento de la puerta llamó la atención de ella. Omar salía por la puerta que llevaba a la casa.

Llegaste demasiado tarde, cerdo inmundo.

Ella apretó la mandíbula, bajó el freno de mano, y presionó el acelerador. Se abrieron camino a través de la puerta medio abierta del garaje, entre chirridos y desgoznes, pero Miriam apenas los notó; estaba derribando los muros de la prisión.

—¡Adelante! —gritó Seth—. Adelante, adelante, ¡adelante!

Ella siguió adelante. Directo a la entrada principal. Pero la puerta estaba cerrada.

—¡Derríbala! —gritó Seth agarrado de la manija de la puerta.

—¿Derribarla?

—¡Chócala con fuerza!

—¿Chocarla?

—¡Corre! ¡Duro! Es un Mercedes; ¡lo lograremos!

Miriam había aprendido a confiar en Seth en el desierto, y no tenía motivos para dudar ahora de él. Presionó hasta el fondo el pedal de la gasolina y salieron rugiendo hacia las puertas. Los dos se agacharon en el último instante. El auto se lanzó contra las puertas con tremendo estrépito y una sacudida que lanzó a Miriam contra el volante. Arrastraron por algunos metros una de las puertas, y después se abrieron paso.

Miriam giró el volante hacia la derecha. El vehículo viró bruscamente algunas veces antes de enderezarse. Luego salieron volando por una intersección en medio de pitos de autos.

—¡Desacelera!

—¡Lo logramos! —exclamó Miriam aflojando el pedal.

—Por el momento —le aseguró él mirándola y lanzándole una pícara sonrisa—. ¿Sabes adónde estamos yendo ahora?

—Fuera de la ciudad.

—¿Y luego adónde?

—Luego no sé adónde. ¿Lo sabes tú?

—No.

En una curva los pasó un camión militar que iba como un bólido hacia un grupo de hombres que rodeaban una estación de combustible. Por tanto, había comenzado el golpe de estado.

Miriam observó a Seth, casi sin poder comprender su presencia.

—No puedo creer que esto esté sucediendo —manifestó ella—. Viniste por mí.

—¿Dudaste alguna vez de mí?

Ella miró por la ventanilla, aún aturdida.

—Esto está ocurriendo de veras, ¿no es así? ¿Somos libres?

—No exactamente. El palacio está sitiado —comunicó Seth—. Se está extendiendo el caos. Esperemos poder salir de la ciudad.

Ella solo debió considerar brevemente el asunto para saber que nunca lograrían salir de Arabia Saudí. Pero habían escapado de Omar, y eso bastaba.

—No regresaré, Seth. Nunca más regresaré viva.

Seth no pareció haberla oído.

—¿Qué es esa luz? —preguntó él, golpeando una caja negra al lado del árbol de dirección.

—¿Me oíste, Seth? Prométeme que pase lo que pase, no permitirás que ellos me lleven viva.

Él la miró a los ojos. Sabía lo que ella estaba pidiendo. No contestó nada.

—Preferiría morir contigo —añadió ella.

—¿Qué es este dispositivo? —volvió a preguntar él.

El auto de su padre tenía lo mismo… era común en un país con muchos ricos y muchos pobres.

—Es un dispositivo antirrobo. Si roban el auto, pueden rastrearlo.

Él levantó la mirada hacia ella con ojos redondos y sombríos.

—Ya conocen cada uno de nuestros movimientos. No hay manera de salir de Arabia Saudí, Seth —confirmó ella, inundada otra vez de lágrimas—. Prométeme, Seth. No viva. Nunca viva.

Él apoyó su mano en el hombro de Miriam y lo oprimió.

—Hasta para morir, necesitas mazel —contestó él.

—¿Mazel?

—Suerte.

—¿Otro proverbio judío de tu abuela?

—Yíddish, pero sí —afirmó él tragándose su miedo, sin embargo la tensión no salió en su voz—. Aún no estoy listo para renunciar.

Seth se aclaró la garganta.

—Ahora eres libre. Eso es lo que importa, ¿de acuerdo?

—Sí. Y te debo mi vida —contestó ella aspirando profundamente—. Otra vez. Gracias. Gracias con todo mi corazón. Pero no puedo regresar. Eso es todo. Siempre y cuando lo entiendas.

Él la miró y le brindó una sonrisa obligada.

—Conduce, Miriam. Conduce rápido.

capítulo 37

Omar escupió a un lado, furioso.

—¡Lo que te estoy diciendo es que ella está con otro hombre! —exclamó por el teléfono.

—¡Encuéntralos! —retumbó la voz de su padre en el auricular—. Y cuando lo hagas, mata al hombre. Esta mujer hace que parezcas un idiota. Se te escapa una vez, ¿y ahora dos veces?

Omar cerró los ojos y apretó con fuerza el teléfono. Ella no era la inteligente, sino el estadounidense. ¿Quién más habría podido encontrar manera de entrar al palacio para luego llevársela? ¿Quién más sabría siquiera dónde la encerraba? En realidad, él no tenía idea de cómo pudo haberlo sabido el estadounidense.

—Tú deberías preocuparte de los disturbios —advirtió Omar—. Están destrozando la ciudad.

—Déjalos que causen disturbios. Si el golpe falla será a causa de tu mujer, no debido a las protestas callejeras. ¡Debemos tener el apoyo del jeque!

Su padre tenía razón, desde luego, pero al final ellos seguirían al nuevo rey. Así se hacía en el desierto. Pero si le pasaba algo a Miriam, el jeque se podría convertir en un problema.

—Omar, estamos muy cerca —se tranquilizó la voz de Khalid—. Todo ha avanzado exactamente como lo planeé. Las fronteras están cerradas; los ministerios se muestran favorables; la lealtad de las fuerzas armadas está dividida, y ellos acordaron dimitir. Abdullah tiene hasta el anochecer, y entonces lo aplastaremos. Pero sin el jeque, flaquearemos. Nos abandonará tan rápidamente como abandonó a la monarquía si no nos mantenemos hasta el final. ¡Encuentra a tu esposa!

Omar sonrió. No era frecuente que su padre mostrase desesperación.

—El auto se dirige al sur. Ahora tiene poco combustible. Tendré a mi esposa antes de que tú tengas la ciudad.

Cortó la comunicación.

Diez sedanes se alineaban en su entrada de la calle, esperando. Omar se dirigió al primero y se subió al asiento del pasajero. A su lado un sencillo aparato de rastreo le mostraba la ubicación del Mercedes robado. Los árabes sauditas usaban los aparatos como rutina; sin duda Miriam sabía eso. Pero ella podía hacer poco al respecto. Era posible que pudiera cambiar de vehículo, pero encontrar un auto para robar en esta ciudad no resultaría tan fácil como había sido en Estados Unidos. Y en realidad rastrear *cualquier* auto sería mucho más sencillo en estas escasas carreteras. Usaría el helicóptero si lo necesitaba. Esta vez la persecución sería corta.

—Tenemos veinte hombres y están bien armados —informó Assir.

—Vamos —contestó Omar asintiendo.

El séquito de autos se movió, una larga serpiente negra de Mercedes deslizándose por las calles de Riad y luego entrando a la carretera, al sur hacia Jizan.

Un humo de llantas quemadas ennegrecía el cielo oriental. Esporádicamente se oían disparos desperdigados. La carretera estaba casi desierta, una vista poco común para el mediodía. El cambio flotaba en el aire. Cuán fácil y rápido podría llegar cuando todas las piezas engranaban en su sitio. Una corriente cada vez mayor entre las facciones fundamentalistas había amenazado durante veinte años el poder de la monarquía, y ahora alguien triunfaría finalmente. En realidad los fundamentalistas eran más de la mitad de la nación; el golpe de estado consistía sencillamente en devolver el poder a la mayoría. Al finalizar la jornada el reino de Arabia Saudí tendría un nuevo rostro. El rostro de su padre, el rostro de Khalid bin Mishal.

Luego un día, su propio rostro.

Su mente volvió a Miriam. Cuán irónico que una mujer estuviera demostrando ser el baluarte final. La próxima vez que le pusiera las manos encima no la soltaría hasta que ella entendiera lo que significaba ser una de sus mujeres.

—Más rápido, Assir.

Intentaron detenerse una vez por combustible, pero la estación estaba asaltada por una turba. Luego se fueron al sur de la ciudad. Devolverse para encontrar combustible solo aumentaría la probabilidad de toparse con Omar. Si Seth solo pudiera ver los futuros...

Pero no podía. Y si estaba en lo cierto, no estaría viendo por mucho tiempo nada más allá de sus propios ojos.

Trató de quitar la pequeña caja de seguridad. La pateó en un intento desesperado de inutilizarla, en vano. La diminuta luz roja se negaba a dejar de titilar.

—Nos estamos quedando sin gasolina —anunció Seth—. Esto no es bueno.

Miriam conducía con las dos manos aferradas al volante, su mente se peleaba por ideas. Las arenas del desierto se movían de aquí para allá, con arenisca y casuchas esparcidas.

Seth metió la cabeza entre las manos y gimió. Estaba más asustado de lo que antes ella lo había visto.

—Por favor, Seth. Me estás asustando.

—¿*Te* estoy asustando? Debería asustarte el hecho de que casi estamos sin gasolina mientras un maniático nos sigue el rastro.

—¡Me *estás* asustando! Solo podemos hacer lo que podemos hacer. Hemos llegado hasta aquí… tal vez haya un camino. Si no…

—No digas «si no» —la interrumpió él—. ¿Cómo puedes estar tan despreocupada al respecto?

Era verdad que ella sentía cierta paz que nunca antes había sentido. Había escapado de las fauces de un infierno vivo.

—Allá yo estaba muerta, Seth. Al menos por ahora estoy viva.

—Bien, para empezar me gustaría mantenerte viva. Comprendo que nuestra situación parece desesperada, pero sencillamente no puedo renunciar, no después de todo lo que hemos pasado.

Él tenía un punto. Sin embargo, ella estaba resignada.

—Dices que no verás de nuevo por lo menos en cinco horas. Quizás podamos sobrevivir cinco horas.

—Quizás —concordó él, pero con el rostro pálido.

Él aspiró profundamente y expiró poco a poco.

—Está bien. Tenemos que encontrar un lugar donde escondernos. Si se nos acaba la gasolina en la carretera, estamos fritos. ¿Llevan a alguna parte estos caminos laterales? —preguntó él señalando un camino destapado en dirección oeste.

—Deben ir a algún sitio.

Él se volvió y miró por la ventanilla trasera.

—¿Alguna señal? —preguntó ella.

—No. Sigue por el próximo camino de tierra. Tenemos que salir de la carretera principal.

—Si ellos están cerca, verán nuestra polvareda.

—De todos modos estoy seguro de que saben dónde estamos.

Miriam bajó la velocidad en la próxima salida, giró a la derecha, y siguió por el apisonado camino de tierra. Ahora estaban como a treinta kilómetros al sur de la ciudad. Tal vez los disturbios habrían bajado el ritmo de la persecución de Omar. Quizás estaban fuera del área de rastreo.

—¿Qué hay al occidente de aquí? —indagó Seth.

—El desierto. Jizan.

Viajaron en silencio por varios minutos.

—¿Te dije que te ves ridículo en esa abaya? —preguntó ella—. Pareces un monje.

Él la miró. Compartieron una breve sonrisa, y Seth volvió a mirar por su ventanilla.

—¿Te dije que no logré sacarte de mi mente? —preguntó él.

—¿Estaba yo en tu mente en Estados Unidos? —inquirió ella a su vez.

Entonces, él también.

—Como una plaga.

—¿Es bueno eso?

—Depende de lo mortal que sea la plaga —respondió Seth.

—Ahora tu jerga estadounidense me está confundiendo.

—Depende de si tienes la misma plaga que yo tengo —indicó él.

Ella reflexionó en eso. Él se estaba refiriendo a sus sentimientos por ella, y le estaba preguntando si participaba de ellos, si lo amaba como él a ella.

—¿Cómo podría no amarte? —expresó ella suavemente.

—Correcto. Es difícil no amar a tu salvador.

No había señal de civilización hasta aquí. Viajaron por sobre un montículo y se metieron a un valle vacío. El polvo se arremolinaba detrás de ellos en nubes cafés. El indicador de gasolina en el tablero se hallaba un milímetro por debajo de la *E*.

—Creo que podríamos morir juntos en este desierto, Seth Border. Si aún pudieras ver los futuros, este sería el más probable, ¿de acuerdo?

—Tal vez —contestó él después de meditar por unos instantes.

—Entonces antes de morir debería decirte que has cambiado mi vida. Nunca volvería a ser la que era antes de conocerte. Has hecho imposible para mí amar a algún hombre que no sea tan dulce y comprensivo con una mujer como lo has sido tú.

—Lo siento muchísimo —contestó él sonriendo.

—No lo sientas —continuó ella, e hizo una pausa—. Simplemente estoy siguiendo el mandamiento del Profeta. Si el mundo hiciera lo mismo no estaríamos en este desbarajuste.

—¿Cuál profeta?

—Ama a tu prójimo como a ti mismo. Ese es el segundo mandamiento más grande.

Eso produjo una leve sonrisa en los labios de Seth.

—Me alegro de haberte conocido, prójima —manifestó Seth, le agarró la mano, se la llevó a la boca y se la besó.

Antes de que ella pudiera reaccionar, él señaló una casucha enclavada en la base de un precipicio.

—¿Qué es eso?

—Parece una casa abandonada. Quizás una construcción sin permiso.

—Tan buen lugar como cualquiera.

No había una entrada que ella pudiera ver. El terreno era escabroso y rocoso. Miriam sacó el vehículo del camino y aceleró el motor. Dieron tumbos sobre el terreno.

—Exactamente como en el Valle de la Muerte —comentó Seth.

Ella rió. ¿Por qué no?

—Como Bonnie y Clyde —añadió ella.

—Solo que no pases por encima del lugar. Estaciona atrás.

—Por supuesto.

—Bueno, está bien entonces —concordó él sonriendo, pero ella sabía que era una sonrisa forzada.

Miriam detuvo el auto entre la desvencijada estructura y el precipicio, luego apagó la ignición. Una nube de polvo les pasó por encima. Un leve gruñido sonó en el motor.

La casucha no medía más de siete metros por siete, construida de ladrillos de barro y por encima un techo de hojalata. Una simple granada la demolería.

—¿Listo? —preguntó Miriam.

—Ahora o nunca.

Se apearon y rodearon la cabaña. Una capa apenas perceptible de polvo persistía sobre el camino, pero como hasta entonces, no vieron señales de persecución desde la carretera.

—¿Crees que nos hayan perdido? —indagó ella con esperanzas.

—Quizás.

—No lo crees.

—Siempre podemos tener esperanza —la tranquilizó él.

La puerta de madera colgaba de una sola bisagra. Seth la abrió, entró después de ella, y la cerró lo mejor que pudo.

Un poco de luz caía sobre el sucio piso a través de una ventana con tablas al lado de la puerta. Contra la pared derecha había una rústica mesa de madera, flanqueada por dos estantes y un par de bancos. Una pequeña cama hecha de tablas completaba el oscuro espacio al otro lado de la mesa.

Miriam fue a los estantes y enderezó dos velas grandes. Había varias ollas y cacerolas al lado de un viejo Corán cubierto de polvo.

—Es una cabaña común. Usada a veces por viajeros —comunicó ella, agarró una caja de fósforos y rastrilló uno—. Hasta dejaron fósforos.

La luz de la velas disipó las sombras. Miriam volvió a poner los fósforos en su sitio y dio la vuelta. Seth seguía mirando entre las tablas de la ventana. Ella pensó que él parecía un monje parado allí, estirando el cuello para ver. El monje que había podido ver muchos futuros, que no era cristiano ni musulmán, pero que creía que la oración funcionaba.

Ella observó la manzana de Adán de Seth moverse al tragar saliva, y le dolió el corazón. Le miró el rostro tenso y supo que a pesar de sus intentos de fingir otra cosa, en ese instante su monje era un hombre desesperado. Había llegado al final de su mundo.

No hacía ni una hora que ella había estado muy desesperada, en su propio final. Pero ahora veía con ojos diferentes. Ningún final se podía comparar con aquel del que Seth la había rescatado.

Seth se volvió de la ventana y se dirigió a la cama, con una mano en la cadera, y la otra agarrándose la mandíbula, sumido en sus pensamientos. Se detuvo de espaldas a ella, frente al oscuro rincón.

—Seth —habló Miriam dando un paso hacia él.

Él levantó los hombros y lanzó un profundo suspiro.

—Seth —repitió ella detrás de él—. Hay una cosa más que debo decirte.

Le puso la mano en el hombro, pero él no se dio la vuelta.

Miriam lo empujó suavemente y él se volvió. Tenía los ojos bañados en lágrimas. Una le había bajado por la mejilla, dejando un rastro que brillaba a la luz de la vela.

—No, hay dos cosas más que tengo que decirte —indicó ella, limpiándole la lágrima de la cara—. La primera es que *no* me has fallado. Crees que fallaste, pero estoy feliz de morir hoy contigo.

Él cerró los ojos, conteniendo más lágrimas. Ella llegó hasta donde él y le colocó la cabeza en el hombro. Le acarició la parte trasera de la cabeza, luchando contra el nudo que se le había hecho en la garganta.

Él levantó la cabeza, se limpió los ojos, y sollozó una vez.

—Esto es ridículo. No sé cuál es mi problema —confesó mientras se alejaba—. Siempre he podido arreglármelas para razonar en este mundo. Siempre he sido fuerte, tú lo sabes.

Fue hasta la ventana, miró hacia fuera, luego regresó y se volvió a recostar contra la pared.

—En realidad no sé lo que estaba pensando al venir a Arabia Saudí.

Miriam dio un paso hacia él.

—Viniste a devolverme la vida —confesó ella—. Y eso es lo que has hecho.

Él la miró y se le volvieron a empañar los ojos. Ella sabía que él no lograba entender cómo al liberarla no hizo más que posponer el final.

—La otra cosa que debo decirte es que no fui totalmente sincera contigo. Tú has hecho más que cambiar mi vida. La robaste de mí —continuó ella, y luego sonrió—. ¿Sabes cómo se castiga el robo en esta nación? Eres terriblemente culpable.

Él la miró sin comprender.

—Me has robado el alma y la mente —añadió Miriam—. Has robado mi corazón. Ya no puedo vivir sin ti.

Las palabras se asentaron entre ellos, hermosas y elegantes, y demandaban silencio.

—Estoy enamorada de ti, Seth —le confesó mientras le acariciaba el rostro—. Creo que me enamoré de ti desde la primera vez que nos vimos. No como un prójimo.

Ella se inclinó hacia delante, se paró en las puntas de los pies, y le tocó los labios con los suyos. Era la primera vez que ella iniciaba un beso, y sintió como si un incendio le estuviera recorriendo la boca.

Por un momento él no contestó. Entonces ella sintió en su cintura las manos de él, y le devolvió el beso, suave como el pétalo de una rosa.

Él la atrajo hacia sí y la volvió a besar, primero en los labios y luego en la mejilla. La envolvió con los brazos y la mantuvo abrazada. Un suave sollozo le brotó del pecho y se contuvo.

—Está bien, Seth. Ahora estaré bien —manifestó ella.

—Te amo, Miriam. Te extrañé muchísimo.

Ella iba a morir… lo sabía. Pero se sentía segura y realizada, y si podía disponerlo, moriría en los brazos de él. Lo único que necesitaba era *mazel*.

capítulo 38

Clive analizó el listado y recorrió el dedo por la información, con los nervios tensos. Marcas de lápiz cubrían los márgenes en un laberinto de flechas y anotaciones. Tres meses de predicción de Seth se habían expresado en setenta y tres páginas. Había trazado círculos en cada acontecimiento que mencionaba al jeque, cincuenta al menos. Abú Alí al-Asamm figuraba con gran importancia en un gobierno dirigido por Khalid. La pregunta era: ¿qué parte de este futuro producía alguna información útil que pudiera ser común a todos los futuros, incluyendo el que enfrentaban ahora?

El golpe de estado se había efectuado nueve horas atrás, y el mundo se movía confuso. Un gobierno de belicosos islámicos en Arabia Saudí causaría estragos en Oriente Medio, facilitando refugio a terroristas y disidentes, ya que una minoría muy pequeña de musulmanes estaba a favor de la destrucción de todo aquel que les impedía su utopía extremista.

Quienes seguían a los políticos de la región sabían que la desestabilización de Arabia Saudí se podría extender rápidamente a otros países árabes, y también a otros musulmanes.

Los militares de Estados Unidos ya estaban desarrollando planes para eliminar un reino saudita dirigido por Khalid, pero Clive mantenía una extrapolación de esos planes, y no parecía como si fuera fácil quitar un rey belicoso. Es más, según Seth, ellos fracasarían, al menos en los tres primeros meses.

Clive miró el reloj. El tiempo se estaba acabando. Según una información de Arabia Saudí, Khalid irrumpiría en el palacio en menos de cuatro horas.

—Vamos, Seth —musitó—. ¿Qué estoy buscando?

Por su mente pasó una imagen de Seth inclinada sobre el computador, tecleando. ¿Qué hace que una mente sea brillante?

—Aún estás allí, ¿no es verdad, Seth? Esto no ha acabado, ¿o sí?

Clive volvió a mirar el listado. El secretario tenía razón en una cosa: Un gobierno belicoso dependería de la cooperación del jeque y de los chiítas. El hilo de una débil idea le hizo cosquillas a su mente. Si Seth aún tenía su don, podría decirle a Clive si este ejercicio alterador de la mente arrojaría algo de valor en las próximas horas.

Olvida a Seth. Vuelve al listado.

El jeque Abú Alí al-Asamm se paró en la entrada de su tienda, mirando por sobre el valle repleto de sus hombres. Si Dios quiere, pensó. Por veinte años, treinta años, Dios no había querido; hoy había cambiado de opinión.

Riad se asentaba en el horizonte, contaminada por una nube de humo de cien llantas incendiadas. El llamado a la oración de la tarde trinaba precisamente ahora sobre la ciudad. *Sí, oren, mis compañeros musulmanes. Oren, como yo oro.*

La Casa de Saud se había ablandado con cada década que pasaba. Abdul Aziz se revolcaría en su tumba si pudiera ver hoy día a Abdullah. Ellos habían abandonado las enseñanzas centrales del Profeta para congraciarse con Occidente. Por tanto a quienes se mantenían fieles los llamaban fundamentalistas y los veían con desagrado y sospecha. ¿Era la religión algo que debía cambiar con estados culturales de ánimo?

Obviamente, la mayoría pensaba así.

Uno de sus siervos más confiables, Al-Hakin, se le acercó por detrás.

—Hemos recibido otro mensaje, Abú.

—¿De quién? —inquirió el jeque sin dejar de mirar la ciudad.

—De los estadounidenses —contestó él—. Están diciendo que de triunfar el golpe, ellos no permitirán que se lancen al mar cincuenta años de progreso.

Al-Asamm cerró los ojos. Nunca entendería por qué los estadounidenses insistían en meter los dedos en todo frasco.

—Continúe.

—Dicen que ya están haciendo planes para quitar a Khalid.

Al-Asamm sonrió. Ellos eran muy ingeniosos; él les reconocería eso. Y era verdad que la descendencia de él no se establecería por completo en el reino hasta que Miriam tuviera un hijo. Pero ellos subestimaban el valor de la mente y la palabra de él. *Todo* era negociable en la mente estadounidense, incluyendo su propia religión. No era así con el jeque, Abú Alí al-Asamm.

—Dígales que estoy más interesado en la voluntad de Dios que en la voluntad de los hombres. Luego recuérdeles que ellos son solamente hombres —informó, y después hizo una pausa—. Pensándolo mejor, no les diga esa última parte. Únicamente les metería pánico. Solo dígales que se metan en sus asuntos y que se queden de su lado en el océano.

Al-Hakin se inclinó y regresó al salón donde tenían la máquina de télex. Al-Asamm cruzó los brazos y caminó hacia su esterilla. Era hora de orar.

capítulo 39

Se sentaron a la mesa, las manos de ella en las de él, compartiendo preciosos minutos. A medida que hablaban, Seth se ponía de pie periódicamente e iba hacia la ventana antes de regresar.

El aprieto en que estaban era apenas comprensible. Miriam era árabe. Musulmana. Era una princesa saudita, hija del jeque Abú Alí al-Asamm, y ahora ella estaba casada con un príncipe saudita. Seth, por otra parte era... bueno, ¿qué era? Un tipo brillante, destinado sin duda a cambiar el mundo descubriendo cómo viajar con el mínimo de equipaje, o una bombilla de mayor duración. Seth era judío, al menos en herencia. Estadounidense, no saudita.

Y ellos estaban enamorados; este era un problema.

Él le habló brevemente de su viaje a Arabia Saudí, de cómo había despertado en la montaña Cheyenne después de verla en su sueño, y de cómo pasó por la inmigración saudita. Pero parecía desconectado de estos acontecimientos. Había tenido estas poderosas experiencias muy poco tiempo atrás, pero las narraba como si solo hubieran sido sueños distantes.

Para Miriam estas no eran en absoluto abstracciones remotas. Sus consecuencias le hurgaban la cabeza. Tal vez los problemas del amor solo eran ilusiones de la mente.

Ella se levantó y fue hacia las velas. Cuando había luz en la mente de Seth, él veía con mucha claridad, pero cuando no era así, enceguecía. No obstante, la verdad era inmutable, esperando ser iluminada por una vela, ¿de acuerdo? ¿Y cuál era esa verdad?

Seth permaneció en silencio detrás de Miriam. Ella levantó la mano y lentamente la pasó por sobre la llama. Tan pequeña pero tan caliente, tan real.

—¿Crees posible que tantos millones de personas podrían estar equivocadas respecto al amor? —preguntó ella, y sintió que se le aceleraba el pulso aun al hacer la pregunta.

Él siguió en silencio.

—¿Que el amor es el único camino? —siguió deliberando ella—. Las repercusiones casi son demasiado difíciles de sobrellevar.

—¿Qué quieres decir? —curioseó él mirando la vela.

—¿Cómo puedes matar a tu prójimo si lo amas?

Seth asintió.

—Supongo que no puedes.

—¿Por qué no se nos enseñó esto en nuestras mezquitas? ¿Por qué tus iglesias, sinagogas y templos hacen caso omiso a esta grandiosa verdad?

Él pensó en eso por un momento.

—Porque la política y el poder son más grandes.

—Harían mejor en pensar con sus corazones.

—Esa es una forma de ponerlo.

—¿Pero crees ahora?

—¿En el amor?

—En el amor de Dios.

—Sí. Lo creo. Dios cambió el futuro —aseveró él mientras la luz de la vela le titilaba en los ojos—. Pero ahora no estoy viendo el futuro.

—¡Estás dependiendo de tu mente!

—¿Qué quieres decir?

—Cuando ves cosas en tu mente, estas son fáciles de creer. Toda tu vida has dependido de esta brillantez tuya. Pero pierdes la fe cuando estas cosas, estos futuros que ves, ya no están *en* tu mente. Todo el mundo pone la mente antes que el corazón. Eso nos está matando a todos.

Seth la miró. Ella casi pudo ver círculos que giraban detrás de los ojos de él.

—Veías los futuros y creías, lo suficiente como para venir a salvarme a Arabia Saudí. Pero ahora que no puedes ver, pierdes la fe.

—¿Fe?

—Nunca has tenido fe —continuó ella—. Y ahora nos podría costar la vida.

Él se volvió y miró la ventana cerrada con tablas, considerando esta lógica como un niño atónito que acaba de ver un truco de cartas.

—¿Fe en quién?

—En Dios.

—¿En *cuál*?

Miriam se levantó y fue a la ventana. Cruzó los brazos y miró hacia afuera. Una pequeña columna de polvo se levantaba en el horizonte, pero estaba demasiado lejos para saber dónde se originaba.

—En el mismo Dios que nos exige amar a nuestro prójimo —contestó ella.

—¿Así de simple?

—Así de simple —dijo ella, volviéndose.

capítulo 40

—Pare —ordenó Omar levantando la mano.

Assir detuvo el Mercedes. Habían subido a una loma sobre el camino destapado. El desierto se levantaba ante ellos, ininterrumpido excepto por este sendero que dividía el norte del sur. Una casuchita se asentaba al borde de un precipicio, a trescientos metros adelante y a cien metros del camino. Según el aparato de rastreo, el auto estaba allí, quizás detrás de la cabaña.

—La choza común —dijo, señalando hacia el precipicio.

Assir dirigió el auto al frente y Omar agarró la radio.

—Están en la choza común a nuestra derecha. ¿La ven?

—Sí —chirrió la radio.

—Armas listas. Desde un perímetro en el frente. No los subestimen —anunció lanzando la radio sobre el asiento, sacó su nueve milímetros, y puso una bala en la recámara.

Los autos dividieron el desierto y se acercaron a la casucha desde varios ángulos, levantando nubes de polvo a medida que convergían en el precipicio. Assir siguió un par de huellas frescas de auto y detuvo su vehículo a cincuenta metros de la casucha. El polvo lo alcanzó y luego se aclaró. Desde aquí la choza parecía abandonada.

Los otros Mercedes se detuvieron, uno a uno, en un gran semicírculo alrededor de la cabaña, inmóviles contra la escarpada roca.

—Hay un auto detrás de la choza —anunció Assir.

Omar asintió. El Mercedes ronroneó. Aguardó un minuto completo, no esperando nada. Nadie habló por la radio; ellos solo seguirían su guía. Él prolongaría este espectáculo amenazador, esta muestra de poder, para que Miriam viera desde su lastimero lugar de escondite. Diez autos negros con parabrisas matizados, listos para el ataque final, a la comodidad de él.

Omar abrió su puerta. El calor de la tarde desplazó el aire acondicionado del vehículo, sacándole sudor de la ceja antes de ponerse de pie. Miró por la línea de automóviles por sobre el techo del suyo. Una por una se abrieron las puertas, y veinte hombres se le unieron, acechando tras la protección de sus autos.

Omar miró la choza.

—Contaré hasta diez para que salgan ilesos —gritó—. Luego abriremos fuego.

Levantó su pistola y disparó a la esquina de ladrillo.

—¡Uno!

—No sea estúpido —chilló la voz de Miriam.

A Omar le sorprendió la fuerza de la voz de ella. Esto frente a sus hombres. Apretó la mandíbula.

—Si usted me mata, su padre lo decapitará —exclamó Miriam—. Y si él falla, ¡le prometo que mi padre no lo hará! Guarde su ridículo juguete.

Un halcón chilló sobre el precipicio. Omar no había esperado que ellos se tragaran la amenaza de él, pero tampoco había esperado que ella lo desechara como un necio.

—Y si usted cree que puede entrar aquí y matar a Seth antes de sacarme a rastras, es mejor que lo considere —siguió gritando ella—. ¿Cree usted en realidad que me voy a dejar agarrar viva, solo para ser obligada a mirarle su horripilante rostro el resto de mi vida?

Ella lo desafiaba frente a sus hombres para sacarlo de casillas. Él lo sabía y no pudo detener el frío que le recorrió por los huesos. Decidió entonces, mirando la choza a través del calor, que Miriam viviría solo el tiempo suficiente para darle un hijo. Un hijo era lo único que necesitaba de ella.

—Oigo los sonidos de un animal —dijo tranquilamente—. Me gustaría hablar con el hombre. Con el estadounidense.

—Váyase de paseo, Omar —gritó una voz masculina—. Ella dijo que no quiere verlo. *¿Capisce?*

Quizás por primera vez en su vida de adulto, Omar se quedó sin saber qué decir. Asombrado y sin comprender.

—Está bien, lo siento —siguió voceando Seth—. Lo retiro. Pero me temo que Miriam está completamente enamorada de mí. Debemos permitir que el amor…

—¡Usted está hablando de mi esposa! —bramó Omar—. ¡Mi *esposa*!

Su voz retumbó en el precipicio.

—Sí, bueno, ese es un problema. Pero hemos estado orando aquí a Dios, y creemos que tenemos una solución a este caos. Hemos decidido que estará bien participárselo. Es decir, si usted es suficientemente hombre para entrar y unírsenos.

Omar miró su reloj. En dos horas el jeque irrumpiría en palacio. Era hora de acabar con esta insensatez.

—Su esposa ha exigido que la mate si usted viene tras ella —continuó gritando el estadounidense—. Seremos Romeo y Julieta. Los dos moriremos en el abrazo del verdadero amor. No tengo veneno, pero aquí hay un pedazo de vidrio que creemos que funcionará.

¿Haría él tal cosa? No.

Y sin embargo… el estadounidense tenía que saber que la situación era desesperada para él. Y quizás Miriam preferiría morir a ser capturada. Comprenderlo produjo una pequeña agitación a la mente de Omar. Miró la línea de autos. Seth no conseguiría nada matándolo. Otros veinte aquí irrumpirían en la choza y descargarían su furia sobre él.

—Voy a entrar —le informó Omar a Assir.

—Señor…

—Él no tiene nada que ganar matándome. Si algo sucede, invadan el lugar.

—¿Y Miriam?

Omar titubeó.

—Manténgala viva.

Salió de detrás de la puerta trasera del vehículo. Assir dio una orden a los otros detrás de él.

—La pistola, Omar —gritó Seth—. Deje caer la pistola.

Omar dejó caer el arma en la arena y siguió caminando. La puerta se abrió con un suave jalón. Entró a un espacio poco iluminado.

—Cierre la puerta.

El estadounidense estaba en el rincón, vestido con una abaya, los ojos le resplandecían a la luz de una vela. Tenía un trozo de vidrio contra la garganta de Miriam.

—¡Cierre la puerta! —ordenó Seth.

Miriam se estremeció. Estaba vestida como hombre. Omar cerró la puerta y los enfrentó.

—¿Creyó que yo bromeaba? —preguntó Seth—. Vacíe sus bolsillos.

Omar sacó algunas monedas. Las tiró sobre la mesa.

—Usted comprende que no hay manera de salir de aquí. Estamos rodeados por veinte hombres fuertemente armados.

Seth pareció no haber oído.

—Súbase las mangas del pantalón.

El estadounidense iba tras su cuchillo. ¿Cómo lo supo? Omar sacó de la funda de cuero un cuchillo de veinticinco centímetros con doble borde en la punta. Por un instante pensó en correr hacia Seth, pero desechó la idea con una mirada a la presión del vidrio contra la piel de Miriam. Ella no podía resultar lastimada. No todavía.

Dejó caer el arma sobre la mesa.

Seth agarró el cuchillo, fue hasta la ventana, y lanzó el vidrio por una rendija. Agitó el cuchillo en el aire y estiró la mano hacia la mesa, invitando a Omar a sentarse.

—Siéntese. Por favor.

Miriam retrocedió al rincón, permitiéndole a Omar estar lo más lejos posible.

—Usted no tiene nada que ganar al hacer estos juegos. Me dará a mi esposa, o me la llevaré por la fuerza. Así de sencillo.

—Su esposa. Sí. En realidad de eso es de lo que quiero hablar. Déme el placer. Como usted dice, tiene veinte hombres afuera.

Algo acerca del estadounidense atrajo a Omar. Decían que este tipo de cabello rubio suelto, vestido con esta prenda negra, poseía uno de los más altos intelectos de la humanidad actual. Apenas parecía posible. ¿Qué podría estar pensando el individuo?

—Usted no está en posición de mandonear, necio. Esto es...

—¡Siéntese! —exclamó Seth girando hacia Miriam y presionándole el cuchillo contra el cuello—. ¡Siéntese, hombre! Siéntese, siéntese, ¡siéntese!

El estadounidense estaba loco. Por un instante los dos se desafiaron a los ojos. Seth no estaba tan confiado como parecía. Omar había aprendido a reconocer el miedo, y lo vio ahora en los ojos del estadounidense. Sin embargo, Seth tenía el cuchillo. Si él estuviera en la posición del estadounidense, no dudaría en usarlo.

Omar fue hasta el extremo de la mesa y se sentó.

—Excelente —expresó Seth llevando a Miriam al extremo opuesto.

Ahora la mesa actuaría como barrera entre ellos. Este hombre tal vez no fuera un guerrero, pero Omar vio que se había ubicado bien.

—¿Afirma usted que Miriam es su esposa? —preguntó Seth.

Él se negó a dignificar la pregunta con una respuesta.

—Pero no creo que lo sea —continuó Seth—. En realidad no. Y ella tampoco cree serlo.

—Tengo una docena de testigos que afirman otra cosa.

—Cállese. Escúcheme.

—Entonces hable rápidamente. La ciudad está ardiendo, ¿o no lo ha notado?

—No creemos que ella esté casada, porque no se casó con usted, Omar. Ella fue obligada a pasar una ceremonia, pero eso es como si yo dijera que soy rico porque entro a un banco. Usted debe tener posesión del dinero antes de volverse rico. Miriam no ha sido posesión suya —manifestó, y luego forzó una sonrisa—. Pero no se preocupe, no vamos a buscarle cinco patas al gato. Sabemos que ante los ojos de usted y del padre de ella, Miriam está casada y, por desgracia, con usted.

—Entonces apúrese.

—Queremos que se divorcie de ella.

Omar soltó la carcajada. El tipo no solo era demente; era un idiota descarado.

—En su tradición, usted se puede divorciar de ella simplemente diciéndole frente a un testigo que se divorcia de ella. Así como viene se va. Si usted se divorcia de Miriam, están resueltos los problemas de todos. El golpe de estado fracasará, porque el jeque retirará su apoyo; usted ya no tendrá que perseguir por todo el mundo a su fugitiva novia; ella será libre de luchar por el amor que siente por mí. Es un plan perfecto. Un final feliz.

Omar no podía creer lo que había oído de este hombre. ¿Había perdido algo de su vocabulario inglés?

—Si usted conociera nuestras costumbres, sabría que ninguno de ustedes es un testigo legal —explicó Omar; el calor se le había subido al cuello—. Aunque yo quisiera hacerlo, no me podría divorciar aquí de mi esposa, ¡imbécil! ¿Me llamó usted a este lugar con la expectativa de que me divorciara de mi esposa? ¿Sencillamente porque me lo pidiera?

—No. Le estoy pidiendo que se divorcie de su esposa porque es lo mejor para Arabia Saudí y porque ella me ama. Además porque creemos que eso es lo que Dios quiere que usted haga.

—¡No escucharé esto!

—¡Sí escuchará! —gritó Seth golpeando fuertemente la mesa con la palma de la mano; se tocó la sien con el dedo índice—. ¡Piense, hombre! ¡Piense!

Omar entrecerró los ojos, incómodo por esta impertinente exhibición.

—Está bien, he aquí como funciona —advirtió Seth—. En Estados Unidos lo evadí a usted y a doscientos policías. ¿Cómo? Porque pude ver dentro del futuro, ¿correcto?

Él no respondió.

—¿Correcto?

—Así lo dice usted.

—No, así fue. Pude ver todo lo que alguien podría hacer, y supe qué hacer para facilitar toda posibilidad —expresó Seth al tiempo que intercambiaba una mirada con Miriam —. El futuro puede ser cambiado. Nosotros podemos cambiarlo; Dios lo puede cambiar.

—Créame cuando digo que no hay posibilidad de que me divorcie de mi esposa.

—Ah. Pero los dos hemos llegado a la conclusión de que el divorcio es una posibilidad —añadió Seth—. Es posible que yo tenga este don para evitar que Oriente Medio se salga de control. Por tanto, debe haber una forma, sea que alguno de nosotros pueda verla o no.

—Entonces veremos la voluntad de Dios —indicó Omar—. Y le puedo asegurar que la voluntad de Dios es mantener el matrimonio constituido en su nombre.

—¿Está usted dispuesto a probar eso?

—¿Qué hay que probar? Dios me ha dado una esposa, ¡*esta* esposa! —exclamó Omar, levantándose exasperado.

—¡Siéntese! —gritó Seth acuchillando el aire con la hoja—. ¿Se está usted negando a orarle a Dios?

—¡Ya lo hice!

—¡Siéntese!

El estadounidense tenía la apariencia de un hombre que mataría. Omar se sentó.

Seth respiró profundamente.

—Hemos orado porque se haga la voluntad de Dios. Ahora solo tenemos que ver, ¿verdad?

—¿Ver qué?

—Ver qué futuros se materializan.

—Yo ya conozco la voluntad de Dios, y este país está esperando que yo la cumpla en una ciudad a ochenta kilómetros al norte de aquí. ¡Estoy devolviendo Arabia Saudí a Dios!

—Oraremos ahora. Otra vez. Si no se materializa ningún futuro en que usted se divorcia de Miriam, ella se irá con usted sin objeción alguna.

Seth intercambió otra mirada con Miriam. Ella pareció nerviosa pero no discutió.

Nunca en su vida Omar se pudo haber imaginado un escenario tan irritante como este. La ciudad se estaba incendiando, y él estaba en una choza discutiendo con su esposa y con un infiel estadounidense acerca de la oración. Cerró los ojos, reflexionando en cómo recuperar el control.

Seth aún sostenía el cuchillo.

capítulo 41

Clive había leído y releído tres veces los listados cuando la idea saltó a su mente sin previo aviso. No se trataba del más exclusivo de los pensamientos; francamente, él se preguntó por qué lo había pasado por alto. Suspiró y reconsideró. Si Miriam muriera, el golpe de estado fracasaría, ¿no es cierto? Sí, todo se basaba en la descendencia que Miriam daría al jeque. Y si Seth estaba en el país…

Clive agarró el teléfono celular y marcó el botón de última llamada.

—Smaley.

—Creo tener algo, Peter —anunció Clive y respiró profundo—. Aparentemente este no parecería un curso obvio de acción, pero solo escuche por un instante.

Hizo una pausa. Smaley no aceptaría esto.

—¿Y bien?

—Solamente la mezcla de sangre garantizaría al jeque un miembro de la familia real. ¿Qué pasaría si cortáramos la línea de sangre?

—No estoy seguro de entender.

—Si estuviera a punto de ocurrir algo que *evitara* que Miriam le diera un hijo a Omar, el jeque podría reconsiderar su lealtad. No tendría garantía de realeza sin un hijo. El solo matrimonio no la da. El jeque necesita un hijo de este matrimonio.

—Todavía no veo cómo…

—Si algo le sucediera a Miriam, ella no podría tener un hijo, ¿no es así?

Smaley se quedó callado por un instante.

—¿Está usted sugiriendo eso? ¿Qué matemos a Miriam? Ya tratamos ese asunto.

—No. Estoy sugiriendo que le *digamos* al jeque que mataremos a su hija si triunfa el golpe de estado. Así ganamos tiempo.

—¿Tiempo para qué?

—Para Seth.

—Creí que ya habíamos decidido esto —objetó Smaley después de hacer una pausa—. Aunque sepamos que Seth *está* en juego, no es asesino. No podemos confiar en él.

—No, no. Él de ningún modo mataría a Miriam; está enamorado de ella, ¡por Dios! Solo trato de engañar. En el peor de los casos podemos ganar tiempo para el plan B. Esta podría ser nuestra última oportunidad.

—Usted me está pidiendo que le informe al jeque que tenemos un asesino en su nación, listo para jalar el gatillo y terminar con la vida de Miriam. Si Seth está en juego, no podemos ponerlo en esa posición. Y si no lo está, no podemos ponernos a inventar cuentos. Socavaríamos nuestra propia credibilidad.

—¡Tenemos que hacerlo! —exclamó Clive, secándose el sudor de la frente.

Smaley tenía razón, pero el instinto de Clive le decía que Seth aún estaba allá y que necesitaba tiempo. Tiempo para qué, él no estaba seguro. Solo tiempo.

—Yo he estado tras Seth, ¿recuerda? —indicó Clive—. Ellos tienen que atraparlo para matarlo. Esto nos da más tiempo. Esto le da a él una posibilidad.

—Esto es una locura. Ni siquiera sabemos si está en el país. ¿Y si los sauditas deciden eliminar a Seth? Peor aun, ¿y si ya lo hicieron? Además, lo único que el jeque tiene que hacer es una llamada para verificar que su hija está bien, y todo el complot fracasa.

—Tal vez. Pero obliga al jeque a hacer esa llamada. Y no es fácil agarrar a Seth. Mire, no me pregunte por qué esto tiene sentido. Solo hágalo. Por favor. La idea de que tenemos un hombre en el lugar listo para matar a su hija captará la atención del jeque. Garantizado. Aunque ella esté bien ahora, él comprenderá que podemos eliminarla antes de que tenga un hijo. Esto le hará bajar el ritmo. No podrá descartar a un asesino en cosa de minutos. Le podría llevar horas.

—Nos quedan dos horas —informó Smaley—. Demorarlos una hora más no cambiará nada.

—A menos que Seth haya hecho algún verdadero adelanto. No lo excluya. Este tipo aún podría verles las jugadas antes de que las hagan.

Otro largo silencio. Smaley tapó el auricular para hablar con alguien más y retornó.

—Está bien, Clive. Veré qué puedo hacer. Eso es todo lo que puedo prometer.

—¿Cómo pueden ellos tener ya un asesino en el lugar? —cuestionó el jeque entrando de sopetón en la tienda.

—Su nombre es Seth —notificó Al-Hakim—. El mismo que eludió a Hilal y a Omar en California.

¡Ah! El que supuestamente podía ver dentro del futuro. El que parecía poder atravesar paredes. ¿Había venido a matar a Miriam?

—Él fue su protector. ¿La matará ahora? ¿Creen ellos que tenemos mentes de niños?

—Ellos afirman que su primer objetivo es sacarla del país, pero si no puede hacerlo, la matará. Dicen que está enamorado de ella.

Por tanto, si él no podía tenerla, entonces no le permitiría ese privilegio a otro hombre. Esto lo podría hacer Omar, pero no un estadounidense.

—Le ruego que considere esta amenaza, jeque Al-Asamm —manifestó Al-Hakim.

—¿Por qué no nos dijeron esto antes?

—Tal vez no estaban listos para mostrar su jugada. Si nos lo hubieran dicho antes, habríamos tenido tiempo suficiente para tratar con la situación. Ahora que nos queda solo una hora estamos obligados a reconsiderar nuestros planes. Es una buena estrategia de parte de ellos, engaño o no.

El jeque salió de la tienda, inquieto, y aspiró profundamente. El sol se estaba poniendo, una gran bola anaranjada en el horizonte. Siempre había dado por sentada la seguridad de Miriam por la sencilla razón de que ella era demasiado valiosa para matarla. Pero no había pensado que los estadounidenses podrían matarla para conservar el *statu quo*. Le surcó una sombra de temor. ¿Lo harían ellos de veras?

Si Miriam muriera antes de darle un hijo a Omar, no tendría ningún valor el acuerdo del jeque con Khalid. ¡Su hija y sus sueños de realeza desaparecerían a la vez! Los estadounidenses podían ser tan despiadados como cualquiera cuando decidían serlo.

El jeque dio media vuelta y entró a zancadas a la tienda.

—¡Tengo que hablar con Omar! —exclamó—. Dígale a Khalid que no me moveré hasta estar seguro de la seguridad de mi hija.

—Se te acabó el tiempo —sentenció Omar levantándose de nuevo, y vigilando el cuchillo de Seth—. Puedes venir voluntariamente conmigo, o te llevaré a la fuerza. La decisión es tuya.

—Si usted trata de llevarme a la fuerza, Seth me matará —contradijo Miriam bruscamente.

—Seth es incapaz de matarte —se burló Omar—. Terminó esta payasada.

—¿Por qué soy incapaz de matarla? —cuestionó Seth.

—No tiene fuerza de carácter.

—Usted quiere decir que la amo, ¿verdad? Ha estado observándonos y ahora ve que tengo lo que usted no tiene. Amor.

Para sorpresa de Miriam, Omar no objetó.

—Pero tiene razón —concluyó Seth, al tiempo que rotaba el cuchillo en la mano y lo aventaba al aire; la hoja se incrustó en la mesa y tembló como un resorte—. Yo no podría lastimar a ninguna mujer, mucho menos a la que amo.

—Y por eso es que no merece esta flor —expresó Omar—. Usted morirá hoy.

—Moriré solo si Dios ha decidido que debo morir. Ninguno de nosotros sabe eso todavía, ¿verdad?

Omar arrancó el cuchillo de la madera.

—Usted está desarmado, rodeado por veinte de mis hombres, ¿y sigue con esta tontería? Sin este don suyo, usted no es más que un tonto balbuciendo.

—Mi falta de visión no hace menos real al futuro. Si yo *pudiera* ver ahora mismo todos los futuros potenciales, sin duda vería uno en que sobreviviríamos tanto Miriam como yo. Solo porque no vea ese futuro ahora no significa que no exista.

Entretener era lo único que Seth podía hacer por el momento. Omar tenía razón, el juego había terminado. A Miriam se le hizo un nudo en la garganta. Miró el cuchillo en las manos de Omar, lamentando la decisión de Seth de abandonarlo. Él había llevado demasiado lejos este asunto de amar al prójimo.

¿Era Omar su prójimo? Ella lo dudaba. Tal vez Seth no tendría valor para matarla, pero ella no tenía valor para volver con Omar.

¿Y si ella se fugaba ahora? Podría llegar a la puerta y meterse al desierto antes de que Omar pudiera detenerla. Pero iría tras ella. Tendría que matarse. Quizás saltar a un precipicio. ¿Podría de veras suicidarse? ¿Cómo podía matarse ella misma?

Omar abrió su celular y tranquilamente pulsó dos teclas. Lo llevó al oído y fijó la mirada en Miriam.

—Estamos saliendo —anunció—. Si el estadounidense hace un movimiento, dile a Mudah que le meta un tiro en la cabeza. Bajo ninguna circunstancia se debe lastimar a la mujer. Y no se dejen engañar, el estadounidense tiene puesta una abaya, y ella usa ropa de Occidente.

Cerró de golpe el celular.

—Vamos —ordenó, señalando la puerta.

El corazón de Miriam palpitaba como un gigantesco pistón. No se pudo mover. Seth también estaba inmóvil.

—¿Está sordo? ¡Fuera! —retumbó Omar; el celular le chirrió alegremente en la mano—. Si no se mueven, tendré que dispararle aquí.

Seth no hizo movimiento alguno. El teléfono volvió a chirriar.

Omar escupió y se llevó bruscamente el celular al oído.

—Ya estoy yendo, ¡idiota! —gritó.

Omar dio otro paso y luego palideció. Escuchó, inmóvil, y luego se volvió a Miriam.

—Perdóneme, Abú al-Asamm. Creí que era uno de mis hombres.

¡El jeque!

—Por supuesto que su hija está viva —anunció Omar hablando con rapidez, distraído momentáneamente por esta intrusión.

Avanzó hacia la ventana y miró hacia afuera, escuchando ahora.

Miriam observó los ojos de Seth. Estaban bien abiertos, brillando con una determinación que nunca antes había visto en ellos. Él había decidido algo.

—No señor, usted no entiende. ¡*Tengo* a su asesino! —exclamó Omar y luego hizo una pausa—. Sí, aquí tengo al asesino y a su hija. Ambos están bajo mi control.

Seth saltó sobre la mesa, arrebató el cuchillo de la mano derecha de Omar, y agarró a Miriam antes de que Omar pudiera reaccionar. Lanzó el brazo izquierdo alrededor de los hombros de ella, y le puso el cuchillo en la garganta.

Omar giró.

—Grita —le susurró Seth a Miriam en el oído.

Ella comprendió al instante.

—¡Padre! ¡Hay un cuchillo en mi garganta! ¡Padre!

El teléfono aún estaba presionado al oído de Omar.

Un puño golpeó la puerta.

—¡Dígales que se vayan o la mataré! —gritó Seth—. ¡Mataré a la hija del jeque!

Omar parpadeó varias veces. El puño volvió a golpear, acompañado esta vez de un grito ahogado.

—¿Señor?

Omar finalmente volvió en sí.

—¡Váyanse! —les gritó a los hombres afuera—. ¡Suban a sus autos y esperen mi llamada!

Una confusa voz electrónica chilló por el teléfono a través del cuarto. El padre de Miriam, ahora en voz alta.

—No, Abú al-Asamm —expresó Omar al auricular—. Le aseguro que no hay peligro para su hija. ¡Mis hombres tienen rodeado este lugar! Tengo la situación bajo control.

—Grita —volvió a susurrar Seth.

—¡Padreeee! —gritó ella, ahora con todas sus emociones, sacando el horror reprimido de volverse a enfrentar sola a Omar—. ¡Padreeee!

Agonía y terror aparecieron en el grito.

Los ojos de Omar se abrieron de par en par, incrédulo.

Miriam pensó que la conspiración de Seth, aunque temeraria, probablemente solo retrasaría lo inevitable. Seth no la mataría, y una vez acabadas sus amenazas inútiles, su padre lo entendería. Una vez que el jeque estuviera satisfecho de que la vida de ella no estaba en la cuerda floja, Omar mataría a Seth y se la llevaría cautiva.

Miriam puso el sufrimiento de esta comprensión en su siguiente lamento. Pareció un chacal herido.

—¡Cállate! —gritó Omar.

Miriam se consoló un poco con la momentánea desesperación de Omar. Le hizo un guiño a Seth.

—Le aseguro, Abú al-Asamm, no hay... Sí, él está aquí, ¡pero está engañando! ¡Su hija está gritando porque está *con* él! ¡Hablar con ella no probará nada!

El jeque le estaba gritando a Omar.

Omar se quitó el celular del oído y miró a Miriam, tenía los labios apretados y temblorosos.

—¡Usted no probará nada con esto! —exclamó, y escupió; luego continuó, bajando la voz—. Ustedes dos pagarán antes de morir.

Él empujó el teléfono hacia ellos.

—Tu padre quiere hablar contigo.

—¡No! —gritó Seth.

Eso lo detuvo.

—¿Qué quiere decir con no? ¿Que ella no hablará con su padre?

—No —afirmó suavemente Miriam—. No lo haré.

Omar levantó el teléfono.

—Ella no hablará con usted.

—¡Padreeee! —volvió a gritar Miriam—. ¡Me estoy muriendo!

—¡Ella no se está *muriendo*! —exclamó Omar—. ¡Ellos están jugando con nosotros!

—¡Padreeee!

La sensación de fe verdadera le llegó a Seth tan claramente como cualquier ecuación algebraica. Había visto suficiente cómo obraban los futuros para saber que un hecho tan improbable como que el jeque llamara cuando lo hizo, cualquiera que fuera la razón, no era una casualidad o algo sin propósito.

La llamada no hizo más que entretener a Omar. Pero si había un futuro en el cual Seth y Miriam sobrevivían, y si Seth podía facilitar ese futuro entreteniendo a Omar, decidió que sería buena idea distraer un poco más al príncipe. Pero distraer significaba apretar contra ella el cuchillo, una posibilidad que lo llenó de pavor. Por suerte su valentía valía la pena.

Aún no sabía cómo irían a sobrevivir, pero creía que estaban *destinados* a sobrevivir, y eso era suficiente.

—¡Padreeee!

Y entonces Seth supo que iban a sobrevivir, porque sin previo aviso se le abrió la mente, como si hubiera volado en pedazos el techo sobre sus cabezas.

Lanzó un grito ahogado.

—¡Ay! —se quejó Miriam.

Sin querer le había presionado bruscamente el cuchillo contra la garganta, pero le llevó un instante organizar mentalmente las imágenes que le llegaban y aflojar su fuerza.

Sintió la repentina inmersión en futuros potenciales como sumergirse en una piscina clara y fría después de que lo hubieran dejado para que muriera en el desierto. Seth bajó los brazos. Ahora tenía perfecto sentido lo de entretenerlo. Algo había hecho que el jeque llamara.

Miriam se volvió hacia Seth, ya no preocupada por gritar. Sus ojos se ensancharon de solo mirarlo.

—Por supuesto que ella hablará con usted. Por favor, ¡cálmese por favor! —explicó Omar, quien no tenía idea de que todo había cambiado.

Seth dio vueltas por futuros posibles como si fueran fotos de una rueda. Allí... un futuro en que Miriam y él sobrevivían. Pero era solo uno de muchos. Y no era en especial uno que le gustara.

Seth guiñó un ojo a Miriam, quien sonreía, por todo. Él respiró profundo y dio un paso adelante.

—Cambio de planes, mi amigo.

capítulo 42

Miriam miró el rostro de Seth y comprendió que estaba viendo los futuros.

Relajó las rodillas, aliviada. Ya antes había estado allí con Seth, mirando dentro de lo que parecía ser un cañón sin manera de escapar. Pero lo que una vez la aterrorizó ahora la alegró. Una tonta sonrisa se le formó en los labios.

Seth le guiñó un ojo, tomó una profunda respiración, y dio un paso adelante.

—Cambio de planes, mi amigo.

Omar bajó el teléfono. La voz del padre de Miriam sonaba distorsionada a través del pequeño parlante. Seth levantó con torpeza el cuchillo, amenazando con suavidad.

—El teléfono, por favor.

—¿Cree usted que su cuchillo amenaza...?

Seth arrebató el teléfono antes de que Omar pudiera terminar. Se llevó el aparato a la boca.

—Lo siento terriblemente, jeque, pero tengo que terminar esta llamada por algunos minutos. El príncipe lo volverá a llamar de un momento a otro, y le prometo que entonces aclarará todo. Su hija estará bien. Usted sabe que la amo. Una locura pero es verdad. Y si yo fuera usted no irrumpiría en el palacio. Sencillamente no todavía.

Cerró el teléfono.

El silencio zumbó en el sitio. Omar permaneció quieto e inseguro de qué hacer con la expropiación de Seth.

—Jaque mate —anunció Seth—. Sus pensamientos no son técnicamente futuros, por tanto no sé qué está pensando, pero sé docenas de cosas que intentará si tiene la oportunidad. Si estoy en lo cierto, algo que *hará* es saltar sobre mí. Y aunque usted es ligeramente más fuerte que yo, sé cuáles podrían ser sus movimientos, y sé exactamente cómo lastimarlo a pesar del hecho de que nunca he tirado un puñetazo en mi vida. Incluso hasta podría matarlo.

—Está intentando embaucarme —expresó Omar, aunque la duda contrarrestaba sus palabras.

—Supongo que usted está esperando que sus hombres entren ahora derribando esta puerta, pero le puedo asegurar que no hay posibilidad de eso por algún tiempo. Usted los envió a encerrarse en los autos, y ellos le tienen miedo. Lo siento muchísimo.

—¿Cree usted que esto me asusta? —preguntó Omar con los puños cerrados—. ¿Que me puede manipular con esta tontería?

—Yo tendría cuidado —enunció Miriam, levantándose con confianza—. He visto obrar a Seth. Él lo puede derrotar con una sola mano.

Las palabras de ella le dejaron un sabor de satisfacción en la boca.

El rostro de Omar se contrajo, y por un instante Miriam se preguntó si había sido poco prudente provocarlo. ¿Y si no hubiera un futuro en que sobrevivieran?

—Miriam —expuso Seth—. Por mucho que disfrutes esto, se nos acaba el tiempo. Según lo veo, tenemos como treinta segundos. ¿Te importaría darte la vuelta? Esto se pondrá feo.

¿Feo?

—¿No quieres que vea?

—Exactamente. Si no te importa. Normalmente no soy dado a la violencia, y no estoy seguro de que me guste la idea de que mires —contestó él mirándola; ella pudo constatar que hablaba en serio.

La escena parecía extravagante: Seth enfrentando a Omar, anunciando que lo iba a herir, tomándose el tiempo para insistir en que ella no mirara.

—Solo date la vuelta —le dijo.

Ella se volvió de espaldas.

—Quizás primero un beso rápido —pidió Seth.

Omar resopló y embistió.

—¡Quieto! —advirtió Seth, moviendo el cuchillo al frente.

Omar hizo una pausa, luchando por mantener el dominio.

—El beso, princesa —recordó Seth.

Ella miró a Omar. Sí, ¿por qué no? Con Seth, nada era por accidente, incluyendo un beso. Esta era la parte de ella en el reparto de justicia. Dejó de mirar a Omar el tiempo suficiente para besar tiernamente a Seth en la mejilla, y luego sonreír a Omar. Fue un placer para ella representar su parte.

Seth le pasó a Miriam el teléfono celular.

—Pulsa el botón de devolución de llamada cuando te lo diga.

Omar rugió. Miriam agarró el teléfono, dio media vuelta y se fue al rincón.

—No quiero lastimarlo, Omar —insinuó Seth—. Por lo tanto pido disculpas por anticipado. Hay dos maneras en que podemos hacer esto. Usted me ataca, o yo lo ataco. Y si está preguntándoselo, estoy hablando con toda esta naturalidad para ponerlo nervioso. Eso funcionará en mi beneficio, aunque usted ya sabe que lo estoy manipulando. Ver por anticipado es algo maravilloso.

—Una llamada y mis hombres estarán aquí. ¿Cree usted que puede vencer a veinte hombres?

—No lo sé. No está en los futuros, por lo tanto no lo he visto. Ellos no vendrán. Por desgracia para usted, están en sus propios vehículos.

Un Mercedes es asombrosamente aislado. Temo que usted está abandonado a mi suerte, don Juan.

Omar no respondió.

—Bueno, ¿debo ir hacia usted? —inquirió Seth—. ¿O solo debería provocarlo para…?

Un fuerte gruñido hizo estremecer a Miriam. Se volvió para ver que Omar se había lanzado sobre Seth. El saudita era un guerrero entrenado. Parecía un demonio descendiendo sobre Seth, quien permanecía sin defenderse. Ella apartó la mirada, como una colegiala agarrada mirando.

La choza se llenó con sonidos de pesada respiración y choques, seguidos de un tremendo golpe y un gemido. Silencio.

Miriam ya no pudo contenerse más. Se volvió.

Omar estaba recostado boca abajo, el rostro presionado contra las tablas del suelo, un brazo retorcido debajo de su espalda. Boqueaba tratando de respirar. La rodilla de Seth le pinchaba la espalda. Le había torcido el brazo en un ángulo antinatural con una mano, y con la otra le presionaba la punta del cuchillo en la columna vertebral, donde el cuello se unía a los hombros.

—¡Ahora escúcheme usted! —gruñó Seth; la ira en su tono hizo que Miriam pensara en darse otra vez la vuelta.

—El mundo no necesita asesinos como usted. Arabia Saudí no necesita asesinos como usted.

Seth estaba tan inclinado sobre él que tenía la boca cerca del oído de Omar. Aplicó presión a la hoja y el hombre se quejó.

—Miriam no lo necesita ni lo quiere. Y sé que esto le llega como un bombazo, ¡pero las mujeres no son perros! Usted, por otra parte, sí podría ser uno.

Seth volvió a presionar la hoja. Omar lloriqueó. Una gota de sudor cayó del mentón del estadounidense y se estrelló en la nuca de Omar.

—No soy un hombre violento, de veras que no, pero juro… —añadió Seth rechinando los dientes—. ¡Usted me produce *asco*!

Seth respiró profundo para tranquilizarse.

—Llama a tu padre, Miriam.

Ella levantó el teléfono y presionó el botón de devolver la llamada.

—Usted obligó a Miriam a casarse contra su voluntad —indicó Seth—. Ahora voy a obligarlo a divorciarse contra la voluntad de usted. Para nosotros, ella no está casada, pero vamos a hacerlo oficial.

Él miró a Miriam, con ojos vidriosos.

—Se supone que no estás mirando.

Ella lo amó más en ese momento que nunca antes. El teléfono sonó en el otro extremo.

—Esta hoja está muy cerca de su médula espinal, Omar —advirtió Seth—. Si usted gira o se levanta, le cortaré los nervios y lo dejaré tetrapléjico. ¿Quiere usted pasar el resto de sus días en una silla de ruedas?

El jeque contestó el teléfono.

—¿Padre?

—¡Miriam! ¿Qué significa...?

—No le daré un hijo a Omar, padre. ¡Nunca! Lo he rechazado, y si alguna vez intenta volverme a tocar, ¡lo mataré! —exclamó ella, sabiendo hacia dónde iba Seth, y decidió ayudar—. Omar me desprecia profundamente y quiere divorciarse de mí.

Silencio.

—Eso es correcto, Omar —afirmó Seth tranquilamente—. Usted se divorciará ahora de Miriam. Lo dirá al teléfono y el jeque será su testigo. Si titubea, le enterraré el cuchillo. ¿Entiende? Nunca volverá a tocar otra mujer mientras viva.

Omar gimió otra vez, y Miriam se preguntó si él iría a desmayarse del dolor.

—¡Omar no puede divorciarse de ti! —exclamó el padre de la joven, volviendo en sí—. ¡Lo arruinaría todo!

—¡No me arruinará a mí! —dictaminó Miriam.

Omar gimió.

Seth hizo un gesto hacia el teléfono, y Miriam se lo puso en el oído.

—Si Omar no se divorcia de su hija, quedará aquí como un inválido. No habrá hijo. De ninguna manera. Acepte la voluntad de Dios, Abú al-Asamm.

Miriam bajó el teléfono hasta los labios de Omar. Los ojos del hombre estaban virados de terror. Sus orificios nasales se abrían con cada respiración, y un hilo de saliva le caía desde la boca al suelo.

—¡Dígalo!

Omar cerró la boca y luego la abrió, enmudecido.

—Hágalo a su manera —advirtió Seth.

—Me divorcio de ti —pronunció Omar en un quejido apenas audible.

—Otra vez —ordenó Seth—. Me divorcio de ti, *Miriam.*

—Me divorcio de ti…

—Miriam.

—Miriam.

—De nuevo. Me divorcio de su hija, Abú Alí al-Asamm.

Miriam oyó en el parlante del celular la voz de su padre oponiéndose.

—Me divorcio de su hija, Abú Alí al-Asamm.

Una oleada de alivio inundó a Miriam. Tres veces frente a testigos. Se había cumplido la ley. Ella era libre. La única manera de que Omar la reclamara era a través de otra ceremonia. Ella cerró bruscamente el teléfono ante las protestas del jeque.

Seth titubeó, mirando la parte trasera de la cabeza de Omar. Apartó el cuchillo, le dio vuelta, y golpeó con el mango la cabeza de Omar, duro. El hombre se relajó.

—Lo siento mucho —le dijo Seth a la inconsciente figura.

Seth se levantó.

—Ellos están saliendo ahora de sus autos —anunció—. Cuando me vean, dispararán. Cuenta hasta cinco y corre hacia nuestro auto. No te dispararán.

—¿Te darán?

—Fallan en tres de cuatro futuros.

—¡El auto no tiene gasolina!

—Tenemos suficiente para lo que necesitamos. Solo mantente en movimiento. Ellos irán tras las llantas, pero allí no es donde yace nuestro peligro. Haz exactamente lo que te digo.

—¿Existe algún peligro? ¿Verdadero peligro?

—Siempre hay peligro —opinó Seth besándola firmemente en los labios—. Te amo, princesa.

capítulo 43

—Recuerda, cuenta hasta cinco —anunció Seth abriendo de golpe la puerta, y saliendo disparado de la choza.

Miriam descansó sobre una rodilla y comenzó a contar. Disparos llenaron el aire del desierto. Varios rifles y al menos un arma automática. ¿Cómo podía él escapar a eso?

Él dijo que ellos fallaban en tres de cuatro. ¿Y el cuarto?

Miriam apuró los tres últimos conteos, se encogió, y luego salió disparada a través de la puerta. Los autos negros estaban alineados en media luna. Al menos seis de ellos tenían sus puertas abiertas, las armas apuntadas hacia la choza.

—¡No disparen! —gritó el chofer del auto en el extremo izquierdo, el chofer de Omar, corriendo hacia la cabaña—. ¡Es la mujer!

El fuego cesó.

Miriam se resbaló en la esquina, se puso apresuradamente de pie, y corrió alrededor de la cabaña. Luego llegó al auto, resoplando. Seth se había sentado detrás del volante, haciéndole señas de que entrara.

—¡Apúrate!

—¡Lo estoy haciendo! —exclamó, rodeó la parte trasera, abrió de golpe la puerta delantera, y se zambulló dentro—. ¡Vamos!

—Cuando lleguemos al Mercedes del extremo izquierdo, necesito que salgas —indicó Seth—. Ellos aún no saben que Omar se divorció de ti. Estarás segura. Yo no estaré…

—Comprendo —lo interrumpió ella—. Es el auto de Omar. Su chofer está ahora en la choza. ¡Conduce!

—Es correcto. No te preocupes de las llantas…

—¡Anda! ¡De prisa!

Seth puso la palanca en marcha atrás. El vehículo se disparó hacia atrás, lanzando arena. Ellos salieron de la choza. Una docena de rifles giró hacia ellos.

—Lo estamos calculando muy cerca —expresó Seth—. Omar se levantó.

Puso la palanca en directa y rugió hacia el Mercedes abandonado. Unos disparos atravesaron la arena. Sonó metal y una de las llantas estalló. Ellos volaron, y Miriam estaba segura de que chocarían contra el capó del auto.

Seth pisó el freno en el último instante, y se deslizaron hasta detenerse, a centímetros del auto de Omar, trompa con trompa.

Miriam abrió su puerta y salió a tropezones. De inmediato pararon los disparos. Nuevamente, los hombres temieron que él tomara represalias. La joven irguió las piernas, rodeó la puerta abierta, y corrió hacia el puesto del conductor del Mercedes de Omar.

Seth corrió hacia la otra puerta, protegido por el pesado auto.

Miriam subió al asiento del chofer. Seth se arremolinó a su lado.

Omar y su chofer ya salían de la choza.

—Sácanos de aquí, mi amor —le dijo Seth a Miriam, sonriendo a su lado.

Ella pulsó el acelerador a fondo. Chocaron contra el auto que acababan de dejar.

—Lo siento, vi venir eso —señaló Seth—. Otra vía.

Ella puso la palanca en reversa, y giraron en una curva estrecha. Algo golpeó dentro del auto. Dos más. ¡Balas! Luego toda una hilera a lo largo del parabrisas trasero. Ella miró a Seth y vio que él sonreía.

—En cualquier otro auto estaríamos muertos —expresó Seth—. Este es el único blindado. Literalmente. Un regalo de despedida de Omar.

¡Por supuesto!

—¡Ajá!

—Correcto, ¡ajá! —remedó él.

—¿Y las llantas?

—Ni en broma.

—¡Ajá! —volvió a exclamar ella, golpeando el volante eufórica.

Rugieron sobre la arena, dejando atrás el círculo de autos en medio del polvo.

—¿Izquierda o derecha? —preguntó ella.

—Izquierda, de vuelta a la carretera. Luego al sur, hacia Jedda.

Miriam condujo el auto a una velocidad vertiginosa. Durante todo un minuto ninguno habló. Ella miró por el espejo retrovisor... una columna de polvo se levantaba en el camino de tierra.

—¡Nos están siguiendo!

—No te preocupes, tenemos un as detrás del volante —aseguró Seth—. Te dije que nos vendría bien tu conducción.

—¡Casi nos matan allá atrás! —objetó ella—. ¿Y si llaman adelante y bloquean la carretera? Ahora estamos en territorio de Omar, no en Estados Unidos.

—Omar podría tratar de bloquear la carretea. Pero tu padre le retirará ahora su apoyo. El golpe se derrumbará. El rey Abdullah se impondrá a su rival. Khalid y Omar se verán obligados a huir para salvar el pellejo. Piensa en eso, Miriam, ahora no te pueden utilizar. Tampoco el rey Abdullah. Ya no eres títere de ellos.

Ella meditó en el análisis de Seth. Tenía perfecto sentido.

—¿Ves todo esto?

—No. Ahora no veo nada. Se fue.

Ella lo miró, inquieta.

—¿Cómo entonces puedes estar tan seguro?

—Porque vi suficiente cuando podía para saber cómo funciona esto. Estoy muy seguro de que se acabaron mis días de ver. Ahora tendremos que deambular en la oscuridad, pero no estoy seguro que eso sea malo, ¿verdad? Ten un poco de fe —se burló él—. Somos libres, princesa. Confía en mí, somos libres.

Seth sacó de su bolsillo el teléfono de Omar y marcó un número larguísimo. Miró a Miriam y lo dejó sonar.

—¿Clive? Hola, Clive...

Seth escuchó por un momento.

—Tranquilo, amigo mío. Omar se ha divorciado de Miriam. El jeque está retirando su apoyo. El golpe de estado es historia. Ahora tengo a Miriam y nos dirigimos a la embajada en Jedda. Sí. Por favor, tenla abierta para nosotros. Te explicaré más tarde. Mientras tanto, dile al Departamento de Estado que llame al jeque. Él confirmará todo.

Seth cortó la conexión.

Condujeron en silencio por varios minutos interminables. La columna de polvo aún pendía en el horizonte detrás de ellos, pero si ella no estaba equivocada, estaba más lejos de lo que había estado unos segundos antes.

Llegaron a la carretera y Miriam giró al sur hacia Jedda. Seth tenía razón; Omar tendría más en su cabeza que perseguir a una mujer de la que se había divorciado. Tendría suerte de sobrevivir a la noche.

A Miriam le vino a la mente que ella y Seth habían comenzado así su relación, en un auto huyendo hacia el sur sobre kilómetros de pavimento. Una princesa saudita y un bandido estadounidense. Bonnie y Clyde. Atascados entre dos culturas. ¿Cuándo terminaría la huida? ¿Adónde estaban huyendo? ¿Qué futuro les aguardaba?

Solo Dios lo sabía. Amor.

La emoción la recorrió como una ola. La carretera se hizo borrosa y ella parpadeó para aclarar la vista.

—No creo que pueda vivir sin ti, Seth.

—Mientras yo esté vivo, no tendrás que hacerlo —contestó él—. Lo juro. No dejaré que te vuelvan a agarrar. ¿Me oyes?

Miriam no estaba segura de por qué, pero empezó a llorar suavemente. Era lo más dulce que alguien le había dicho.

—Te amo, Seth. Te amo mucho —confesó ella.

—Y yo también te amo, Miriam. Siempre te amaré.

epílogo

Samir estaba en la entrada de la mezquita, mirando la avalancha de hombres que pululaban en las oraciones, hablando en tonos bajos y asintiendo con la cabeza. El jeque Abú Alí al-Asamm estaba parado cerca del frente, discutiendo asuntos con varios líderes chiítas de menor grado aquí en Dhahran. Pronto pasaría la época del jeque, y uno de los líderes se levantaría para ser la voz de los chiítas sauditas. ¿Y cuál sería el mensaje de ese líder? ¿Sería un mensaje de amor y paz o de espada?

Habían pasado dos semanas desde el fallido intento de golpe. Samir no se pudo haber imaginado una reflexión como la que lo había acosado en estos últimos catorce días.

Se le hizo un nudo en la garganta. Aún no había discernido el análisis del asunto, pero tenía confianza en que las respuestas no lo evadirían por mucho tiempo... Dios nunca retendría de modo indefinido la verdad a alguien que buscaba de manera diligente. Mientras tanto se le habían presentado varias observaciones a Samir, ninguna de ellas particularmente bien recibida.

La menos bienvenida de estas fue que había perdido para siempre el amor de Miriam. Ella había sido, y seguía siendo, la única mujer que había amado, y la había sacrificado por un ideal equivocado.

—Perdóname, querida Miriam —habló entre dientes.

¿Cómo podía un buen musulmán reconciliar los ideales de los beligerantes por el islamismo con el verdadero amor? ¿Cómo podría un buen cristiano matar musulmanes en el nombre del amor?

¿Cómo pudo él haber entregado a Miriam a una bestia como Omar?

Samir no tenía resentimiento hacia el estadounidense, Seth. De alguna extraña manera estaba agradecido de que un hombre con un carácter tan indicado se la hubiera llevado a una vida nueva. ¿Cuántos hombres habrían arriesgado lo que arriesgó Seth por rescatar a Miriam?

Desde luego, el estadounidense no era saudita. Ni musulmán. La pareja soportaría gran cantidad de retos culturales si se iba a casar, pero al final, Miriam estaría feliz con Seth. Si había algo que Samir podía hacer ahora por Miriam era desearle felicidad.

—Buenas tardes, Samir.

Samir se volvió hacia la voz. Era Hassan, un hijo del jeque, de quince años de edad.

—Buenas tardes, Hassan.

—Dios es grande.

—Dios es de veras grande.

El muchacho sonrió y salió corriendo.

Sí, Dios era grande, pero no lo eran quienes empuñaban la espada en su nombre, pensó Samir.

Omar estaba muerto, asesinado al tratar de escapar el día posterior al golpe. Muerto nada menos que por los hombres del jeque. Una clase de justicia poética. Khalid aún estaba oculto en alguna parte fuera del país. Mientras la Casa de Saud se mantuviera en el poder, Khalid estaría huyendo. Aislado, pero no impotente. Otros expulsados del reino habían causado estragos alrededor del mundo. Samir no esperaba menos de Khalid.

El jeque no solo había sido perdonado sino elogiado por su cambio total de lealtad en la penúltima hora. Aunque había sido uno de los conspiradores, era aun más valioso para el rey como amigo que como enemigo. Así se hacía en el desierto.

Las religiones del mundo se habían comprometido en una gran lucha. Una lucha entre quienes querían arreglar el mundo a punta de espada y quienes querían arreglarlo con amor. Un día todos los musulmanes, todos los cristianos, y todos los demás entenderían que el mundo estaba cansado de la espada.

Igual que muchos de sus compatriotas, en lo más profundo de su corazón, Samir era un amante, no un luchador. Un día, si era tan afortunado, hallaría otra mujer a la que amar. Esta vez la amaría como ahora solamente desearía poder amar a Miriam, con todos los dones y toda la gratitud que él tenía. Ella sería libre, y si no lo era, él la liberaría. Como un ave.

—Vuela, mi amada. Vuela libre, querida Miriam.

Samir bajó por la calle, vagamente consolado.

acerca del autor

Ted Dekker es reconocido por novelas que conviene de historias llenas de adrenalina con giros inesperados en la trama, personajes inolvidables e increíbles confrontaciones entre el bien y el mal. Él es el autor de la novela *Obsessed*, The Circle Trilogy (*Black, Red, White*), *Tr3s, En un instante*, The Martyr's Song series (*Heaven's Wager, When Heaven Weeps* y *Thunder of Heaven*). También es coautor de *Blessed Child, A Man Called Blessed* y *La casa*. Criado en las junglas de Indonesia, Ted vive actualmente con su familia en las montañas de Colorado. Visite su sitio en www.teddekker.com.